Singende Eidechsen

Ein Afrika-Abenteuer

von

Evadeen Brickwood

„Singende Eidechsen"
Der Originaltitel des Werkes lautet: „Singing Lizards"
Die Übersetzung aus dem Englischen von Birgit Böttner

Erste Ausgabe erschienen 2015 bei CreateSpace
Zweite Ausgabe erschienen 2016 in Südafrika
Dritte Ausgabe erschienen 2019 in Südafrika
Vierte Ausgabe erschienen 2020 in Südafrika

CreateSpace ISBN: 978-1502732675
NLSA ISBN: 978-0-9946916-4-4

Cover Design: Yvonne Less, www.art4artists.com.au
Image source: 'Depositphotos.com' licensed
Buch-Layout: Birgit Böttner
Südafrikanische Ausgabe gedruckt in Kapstadt
Marketing: Alphalogic International

Claire Reinhold verschwindet unter geheimnisvollen Umständen im afrikanischen Land Botswana. Ihre Zwillingsschwester Bridget ist nicht gerade abenteuerlustig, doch ohne zu wissen, was passiert ist, hält sie es in England nicht mehr aus. Ohne lange zu überlegen, reist sie nach Botswana, um Claire zu finden. Wir begleiten Bridget in eine exotische Welt, wo moderne Lebensweisen auf uralte Traditionen treffen. Zunächst bleibt die Suche erfolglos und Bridget fragt sich, ob das noch Zufall sein kann. Wird es ihr gelingen trotz aller Hindernisse, ihre Schwester in Afrika wiederzufinden?

Für Barbara

Weitere Titel von Evadeen Brickwood

In der Jugendbuchreihe über Zeitreisen:

„Children of the Moon" (Remember the Future, Book 1)

„The Speaking Stone of Caradoc" (Remember the Future, Book 2)

„The Secret of the Bird God" (Remember the Future, Book 3)

In der deutschen Ausgabe:

„Kinder des Mondes" (Erinnerung an die Zukunft, Buch 1)

Romane:

„Singing Lizards" (Englische Originalausgabe dieses Romans)

„Abenteuer Halbmond" (Ein Erlebnis-Roman)

„A Half Moon Adventure" (An Adventure Mystery)

„The Rhino Whisperer" (A Crime-Mystery)

„Der Nashorn Flüsterer" (Ein Südafrika Mystery-Roman)

„Charlie Proudfoot Mysteries" (Romanreihe)

Besonderer Dank und Anerkennung

Ich möchte meiner Familie dafür danken, dass sie mich geduldig hinter geschlossenen Türen schreiben ließ; Peter Böttner und Phyllis Hyde für ihren Enthusiasmus, die konstruktiven Korrekturen und ihre unermüdliche Unterstützung, sowie all meinen Lektoren und einen besonderen Dank an alle Testleser für ihre ehrlichen Kommentare: Barbara Powalka, Renate von der Burg und Anne Rotteglia. Vielen Dank auch an Andreas Eschbach für seine guten Ratschläge, was das Selbstverlegen angeht, sowie an Cobus und Bernard Griesel für das Filmen der Interviews und ihre Hilfe in allen technischen Dingen.

"Wer feststellen will, ob er sich verändert hat,
der sollte zu einem Ort zurückkehren, der
unverändert geblieben ist..."

Nelson Mandela

ERSTES KAPITEL

Warum musste ich ausgerechnet jetzt wieder an Botswana denken? Ich hatte doch nur einen kurzen Moment lang durch das Fenster auf meinen dampfenden Johannesburger Garten hinausgeschaut und wupps war ich schon in Gedanken dort. Auf dem Avocadobaum und den pinken Proteabüschen glitzerten noch Regentropfen vom Sommergewitter letzte Nacht... Ich sollte lieber mit der Übersetzung, die vor mir lag, weitermachen! Ein dringendes Scheidungsurteil. *In the case between Joachim Meissner - plaintiff - and Nhlanhla...* Das Telefon klingelte.

"Ja, Hallo."

"Kann ich bitte mit Bokkie sprechen?"

"Ehem, es gibt hier keinen Bokkie."

"Aber das ist doch Bokkies Nummer."

"Tut mir leid, aber Sie haben die falsche Nummer gewählt."

"Oh – sorry."

"Kein Prob —" Der Mann hatte schon aufgelegt.

Ich kannte mal einen Bokkie in Botswana... ein unangenehmer Bursche. Da war er wieder - der Gedanke an Botswana. Er hatte sich einfach so angeschlichen.

Damals, als meine Schwester Claire beschloss dort zu arbeiten, wusste ich noch nicht mal, dass es ein afrikanisches Land gab, das Botswana hieß. Allein bei dem Gedanken an Afrika wurde es mir mulmig. Vor allem der Süden Afrikas, mit seinen großen, durstigen Wüsten.

Claire hatte das kein bisschen gestört. Es war nämlich genau das, was sie wollte. Und dann verschwand Claire in Afrika - am 16. Juli 1988. Vermisst. Für mich ist es noch immer ein hässliches Wort. Oh, wie sehr ich Claire vermisste! Ich hatte wohl vorübergehend den Verstand verloren. Warum hätte ich sonst einfach so die Zelte in England abgebrochen und wäre Halsüberkopf nach Afrika gegangen? Ich nahm damals meinen ganzen Mut zusammen, weil ich mich selbst davon überzeugen musste, was geschehen war.

Anfangs beunruhigte mich die komplette Stille dort. Der westliche Rhythmus vibrierte noch tief in mir, trieb mich an, sie zu finden, mehr zu tun, immer mehr... ich brauchte eine Weile, bis ich gelernt hatte der Stille zu lauschen, ihr nachzugeben... Das Telefon klingelte. *Warum klingelte das Telefon immer dann, wenn man wirklich keine Lust hatte zu reden?*

"Hallo?"

"Kann ich mit Bokkie sprechen?"

"Falsche Nummer." Diesmal legte ich auf.

Ich setzte mich wieder an den Schreibtisch beim Fenster und blickte in den Garten hinaus. Nicht weit entfernt zog ein gelber Webervogel mit seinem Schnabel Streifen von einem Palmblatt ab, um sein Nest damit zu flechten.

Ich ließ meine Gedanken schweifen. Ganze zwei Wochen hatte es damals gedauert bis man uns von Claires Verschwinden informierte. Zwei lange Wochen!

Ihre neue Firma hatte doch tatsächlich geglaubt, dass Claire einfach ein paar Tage an ihre Kurzreise ins Okavango Delta dran gehängt hatte. Angeblich machte das jeder so. Es war ganz normal in Afrika dauernd zu spät zu kommen.

Ich wusste es damals noch nicht - dass die Zeit in einem Land wie Botswana langsamer vergeht. Ein paar Tage hier und da machten keinen Unterschied. 'African time' nannte sich das. Deshalb war niemand beunruhigt gewesen. Es verstrichen Tage, bis man endlich die Polizei in Botswana einschaltete. Dann Scotland Yard. Hätte es einen Unterschied gemacht - die Zeit?

Die Erinnerung an das Jahr bevor sie nach Botswana ging, war bittersüß. Wir nannten uns gegenseitig immer *Fumpy*. Sogar noch im Alter von 22 Jahren. Wahrscheinlich haben alle Zwillinge so komische Ausdrücke, die nur sie selbst verstehen können.

Ich heiße eigentlich Bridget und bin um ganze zwei Minuten die ältere Schwester. Wir haben zwar dieselben blaugrünen Augen, aber Claire ist blond und zierlich (genau wie Mom) und ich schlage mehr nach der Familie meines Vaters. Ich bin größer und brünett, mein Gesicht ist rundlicher und meine Haut rosiger.

Wir waren immer schon wandelnde Gegensätze gewesen und Claire hatte mir einiges voraus. Sie lächelte immer und war überall beliebt. Ich war eher ernst und zurückhaltend. Um Claire scharten sich die Jungs, was sie mit selbstbewusster Gleichgültigkeit hinnahm, denn sie hatte ja meist einen festen Freund. Ich war eher schüchtern, schätzte eine kleine Gruppe von Freundinnen und ließ mich auf kurze, lauwarme Beziehungen ein.

Sie wollte ständig verreisen. Nach Kalifornien, Dänemark und Peru. Wir waren gerade mit unserer Freundin Liz in Peru gewesen. Für ganze drei Wochen! Ich hatte danach eine Zeit lang genug vom Reisen, aber Claire wollte mehr.

Ich war zufrieden mit meinem ruhigen Leben in England. Claire war Bauzeichnerin und ich hatte meine Arbeit als freiberufliche Übersetzerin. Uns ging es gut und das genügte mir. Jeden Winkel unserer Kleinstadt kannte ich, weit entfernt vom Gedränge der Großstadt. Mir gefiel einfach alles an Cambridge: die moosbedeckten Dächer und die mittelalterliche Atmosphäre, der Weihnachtschor bei Kerzenschein im King's College und die Bootsleute, die auf dem Fluss unter den Brücken herum gondelten.

Warum sollte ich woanders hinwollen? Die Welt war einfach zu groß und angsteinflößend und voll unverständlicher Dinge.

Nach der Peru-Reise machte Claire ernsthafte Pläne Cambridge zu verlassen. Sie hatte es sich in den Kopf gesetzt, einen zweijährigen Vertrag mit einer internationalen Baufirma zu unterschreiben und nach Botswana zu ziehen. Botswana war ganz unten in Afrika! Ein Ozean und ein riesiger Kontinent würden zwischen uns liegen. Ich konnte es mir kaum vorstellen. Und überhaupt - was sollte aus mir werden?

Pierre Boucher war daran schuld gewesen! Wenn der ihr nicht den Floh vom verlockenden südlichen Afrika ins Ohr gesetzt hätte, wäre Claire nie auf die Idee gekommen dort hinzuziehen. Claire und Pierre Boucher kannten sich vom College in London. Später hatte er seine Tswana-Freundin geheiratet und die beiden waren nach Botswana gegangen.

Nur, vor kurzem hatte Claire sich mit Pierre und Karabo in London wiedergetroffen und bei dieser Gelegenheit erfuhr sie von dem großen Haus in Francistown mit eigenem Swimmingpool, Hausmädchen und Gärtner und allem pi pa po. Von der einmaligen Landschaft und der wunderbaren Stille mal ganz abgesehen.

Auf einmal musste Claire einfach dort hin, in dieses fabelhafte Land. Sie wollte den lässigen Lebensstil genießen und die Freiheit; die weite Steppe sehen, die Tierwelt, den unendlichen Himmel.

Claire machte keine halben Sachen, sie bewarb sie sich bei einer Auslandsvermittlung um einen Job in Botswana - und wurde sofort angenommen.

Ein Traum wurde für sie wahr. Ein Albtraum für mich.

Es nutzte alles nichts: weder Klagen, noch Vorwürfe, noch Drohungen. Claire ließ sich nicht von ihrer Entscheidung abbringen. Ich versuchte tapfer zu sein und sie zu unterstützen. So sehr ich auch unter ihrer Entscheidung litt, so sehr ich selbst mit ihr stritt, ich duldete es nicht, dass andere meine Schwester kritisierten. Die meisten wussten das.

Nur David offenbar nicht.

Mein Freund David und ich hatten deswegen einen Mords-Streit, als wir mal wieder in unserer Lieblingskneipe in der Norfolk Street saßen. Wir sprachen eigentlich nie über Gefühle, aber meine Nerven waren nicht in bestem Zustand. Um ganz ehrlich zu sein, hatte sich unsere Beziehung schon wieder leicht abgekühlt. Es gefiel ihm nicht, dass meine Schwester mich in den Ferien in der Weltgeschichte herumschleppte. Neulich hatte er gefragt, was denn an den Midlands oder an Cornwall auszusetzen sei. Kurz und gut, David kritisierte Claire.

Als wir dann so beim Essen saßen und über Cricket redeten, fing er auf einmal aus dem Blauen heraus damit an. "Deine Schwester ist schon komisch. Wieso will sie ausgerechnet in Afrika leben? Sowas würde mir nie einfallen! Echt komisch."

Was? Ich hätte mich beinahe verschluckt.

"Ach wirklich und warum ist das so komisch?" fragte ich ihn irritiert.

Er nahm einen Schluck aus der Bierflasche. Grolsch war sein Lieblingsgetränk. "Weiß doch jeder, wie unsicher es da ist. Außerdem betrinken sich Afrikaner dauernd und so —" Er hatte wohl kein besseres Argument parat.

David hatte sich in der letzten halben Stunde selbst zwei Biere gegönnt. Aber das war wohl was ganz anderes. "Dauernd ist irgendwo Krieg und in Afrika ist es schmutzig und heiß und unzivilisiert... und der ganze gefährliche Dschungel da ...." beeilte er sich, diesen großartigen Standpunkt zu bekräftigen.

Als er meinen Blick sah, nahm er schnell noch einen stärkenden Schluck aus der Bierflasche.

Er meint es sicher nicht so, versuchte ich mich zu beruhigen, aber ich merkte, wie ich mich immer mehr aufregte.

Ein paar Studenten kamen herein und schauten sich nach einem freien Tisch um. Zwei der Mädchen starrten in unsere Richtung, als wollten sie sagen 'steht endlich auf und geht, jetzt sind wir dran'. Das irritierte mich noch mehr.

"So, jeder weiß also, wie das so ist in Afrika... dabei liegt Botswana bei Südafrika und nicht auf dem Mars. Meilenweit von Angola und Eritrea entfernt. Es gibt keinen Krieg dort... und keinen gefährlichen Dschungel." Zumindest soweit ich das beurteilen konnte...

"Klar weiß ich wo das liegt. Trotzdem... in Südafrika ist auch nicht gerade friedlich, oder?... Apartheid und das alles."

Genau ins Schwarze getroffen. Im Jahr 1988 steckte Südafrika nämlich noch mitten im Befreiungskampf. Mir war das auch zu unsicher, aber Claire war es anscheinend egal.

"Weißt du was, David? Ich finde, du bist komisch!" fuhr ich ihn plötzlich an, als mir der Kummer hochstieg.

11

"Verdammt noch mal, Claire will doch nur ihren Traum verwirklichen. Und sie geht ja nicht allein. Ihr Freund geht mit. Ich frage mich, ob du das für mich machen würdest. Wohl kaum!" Ich weiß ja, dass es unfair war, aber ich ärgerte mich über David und ich ärgerte mich über Claire. Warum musste sie sich so in Gefahr begeben? David hatte einfach nur so dahergeredet; unsensibel wie immer. Was wusste er denn schon? England war seine Welt und meine Gefühle kannte er auch nicht.

Ob es mir gefiel oder nicht, wegen Claire war ich dazu gezwungen, mich mit dem Rest der Welt zu beschäftigen. Auch mit Afrika. Und Claire war in guten Händen: Tony Stratton war seit 18 Monaten Claires Freund. Lehrer für Mathe und Wirtschaftslehre war er und er hatte auch gleich einen Job an einer Privatschule in Gaborone gefunden. Eigentlich ganz nett, dieser Tony. Wäre sie auch ohne ihn hingegangen? Ganz bestimmt.

David war sich nicht sicher, was er von meinem Ausbruch halten sollte. Er strich sich nervös das dichte braune Haar aus der Stirn und blickte sich in der Kneipe um. Starrten uns die Leute schon an und wo blieben nur seine Freunde?

"Na, das habe ich nicht kommen sehen!" lachte er und tat so, als hätte ich etwas Lustiges gesagt. "Ach komm schon Bridsch, was ist denn so schlimmes daran, dass ich lieber in England lebe? Alles was ich brauche, ist hier. Afrika ist so...so anders. Vielleicht mal in den Ferien eine Reise dahin machen. Obwohl, dann vielleicht eher Mallorca. Aber wie man gleich nach Afrika ziehen kann - das verstehe ich nicht." Er schüttelte sich. Auf einmal hatte ich genug.

"Du kannst einfach nicht aufhören damit! Ich will jetzt nicht mehr über die Sache reden," rief ich impulsiv. Ich musste weg hier! Jetzt gleich! Noch ein Wort und ich würde ausflippen. Ich suchte nach meiner Brieftasche und bezahlte die Tagliatelle Alfredo. "Ich muss gehen."

"Was, wieso denn?"

Für einen kurzen Moment hätte ich David schütteln mögen. Die Wahrheit war voll von rohen Gefühlen, und *das* hätte ihn nur noch mehr erschreckt. Stattdessen sagte ich ihm, ich hätte Kopfschmerzen.

Ich ging dann zu Fuß nach Hause, um mich abzureagieren. Beim Gedanken an das gemütliche Haus in der Tenison Avenue beschleunigten sich meine Schritte. Mein Lieblingsort, gerade groß genug für uns vier: Mom, Dad, Claire und mich. Im Sommer umrahmten rote Malven und blaue Vergissmeinnicht den grünen Rasen hinten. Darauf standen weiße Gartenstühle und ein runder Tisch. An warmen Sommertagen tranken wir hier Tee und unsere verwöhnte graue Katze Hinny sah uns vom Balkon aus zu. So mochte ich es am liebsten und hier fühlte ich mich geborgen.

Mein Zorn auf alle verrauchte schnell, aber die Gedanken, denen ich bisher so erfolgreich ausgewichen war, überfielen mich jetzt hinterrücks: Claire ging fort und ließ mich zurück. Das tat weh. Mein Zwilling zog nach Afrika und ich steckte in meinem eintönigen Leben fest.

Kino am Mittwoch, Abendessen in der Kneipe am Donnerstag, Sport am Freitag. Immer das Gleiche und meist verbrachte ich die Zeit mit David. Würde das immer so weitergehen, während Claire sich mutig ins Leben stürzte. Das hatte ich mir noch nie so genau überlegt.

Plötzlich war ich unzufrieden. Claire war die Würze in meinem Leben. War das egoistisch? Ich beschloss, Claire bald in Botswana zu besuchen, und schritt kräftiger aus. Selbst in der Dunkelheit zog mich die Wärme unseres Hauses an.

Ich bog in die Sturton Street ein, dann in die Tenison Avenue. *Ich sollte einfach mit Claire sprechen*, dachte ich als ich die Tür aufschloss. Aber Claire war nicht zuhause.

In den nächsten Tagen wimmelte mein Vater David am Telefon ab. Wir sprachen nie über Gefühle und ich war voll verwirrender Gefühle, die ich nicht mit ihm teilen konnte. Dann hörten Davids Anrufe einfach auf. Die Trennung war kurz und schmerzlos. Auch gut. Meine Gefühle für Claire waren dafür umso schmerzhafter.

"Lass mich doch nicht allein hier," bettelte ich. "Ich will nicht, dass du weggehst." Ich wusste, wie erbärmlich das klang.

"Das ist nicht fair Fumpy. Und außerdem...bist du ja nicht allein." Claire sprach mit mir wie mit einem Kleinkind. "Da sind Mom und Dad und David und Sahida... und Liz und Diane... und du bist doch gerne hier."

Nicht ohne dich, Claire, dachte ich trotzig, *nicht ohne dich!*

Sie saß im Korbstuhl und lehnte mit dem Kopf gegen die Wand. Die Blätter draußen warfen hüpfende Schatten auf das David Bowie-Poster. Ich hatte Claire noch gar nicht erzählt, dass ich mich von *meinem* David getrennt hatte. Es war im Moment auch nicht wichtig.

"Und was ist, wenn dir was passiert?" grollte ich und drehte mich auf den Bauch. Ich lag quer über dem Quilt, mein Kinn in beide Hände gestützt.

"Was soll mir denn schon zustoßen? Ich wohne doch in einem Firmenhaus mit einem Haufen Kollegen um mich. Ich werde wohl nie allein sein. Und dann ist da natürlich Tony. Er wird sich schon um mich kümmern," versuchte Claire mich zu beruhigen, während sie auf einem leeren Umschlag herumkritzelte. Sie schien mit ihren Gedanken ganz woanders zu sein. *Bei Tony wahrscheinlich.*

Eine halbe Sekunde lang stieg Eifersucht in mir auf. Es war kurz von Heirat die Rede gewesen, aber soweit ich das beurteilen konnte, läuteten noch keine Hochzeitsglocken.

"Wirst du mich denn nicht auch ein wenig vermissen?" schmollte ich.

"Natürlich werde ich dich vermissen! Überhaupt - du kommst mich ja bald in Gaborone besuchen, oder? Dann erkunden wir gemeinsam die Kalahariwüste."

"Oh wie schön," sagte ich unterkühlt, nur um Claire ein wenig zu sticheln.

"Ach komm' schon, schau' nicht so böse drein, Fumpy!" Sie schnitt eine Grimasse und ich musste lachen. Nur Claire hatte Unrecht gehabt. Ihr war etwas zugestoßen - ein paar Wochen später war Claire verschwunden!

Als die Nachricht uns erreichte, war ich benommen vor lauter Trauer und Sorge um sie. Nichts machte mehr Sinn. So etwas konnte... durfte doch einfach nicht passieren!

Ich schlich mich auf Claires Zimmer, warf mich auf ihr Bett und schrie ins Kopfkissen, bis ich keine Stimme mehr zum Schreien hatte. Dann kamen die Tränen. *Ich hätte sie nicht gehen lassen dürfen*, dachte ich, *ich hätte sie nicht gehen lassen dürfen*. Der nadelspitze Gedanke stieß jede Logik aus dem Weg. Als hätte ich jemals die Macht dazu gehabt, meine starrsinnige Schwester von irgend etwas abzuhalten. Was sollte ich jetzt bloß tun?

Die Nachricht schlug wie eine Bombe in unserer Kleinstadt ein. Die Zeitungen waren voll von Artikeln über Claire und ihr mysteriöses Verschwinden. Man spekulierte über mögliche Gründe: War es ein Mord oder eine Entführung? Die Meinungen überschlugen sich. Man hatte es ja gleich gewusst: Afrika war ein gefährlicher Ort.

Mir wurde schlecht, wenn ich nur an die Schlagzeilen dachte und kaufte keine Zeitungen mehr. Eine Woche später hatten dann Sportnachrichten Claires Verschwinden endlich von der ersten Seite verdrängt.

Ihr alter roter Mazda war von der Polizei in einem Feld in der Nähe von Motschudi gefunden worden. Der Name Motschudi sagte mir damals nichts. Ich hatte ja noch keine Ahnung, wie es in Botswana aussah. Die Polizei verhörte die Einwohner, aber die hatten weder etwas gehört noch gesehen. Natürlich nicht, was hatte man denn erwartet!

Die Fingerabdrücke waren angeblich alles andere als aufschlussreich, weil Kinder in dem Auto gespielt hatten. Sogar Mitglieder der britischen Spezialeinheit MI 5, die sich gerade zufällig in Botswana aufhielten, konnten angeblich nichts herausfinden.

Also sollten wir uns auf alles gefasst machen!

Claire war allein ins Okavango Delta gefahren. Tony konnte nicht mitkommen, weil er Zensuren ausrechnen musste und wie hätte er auch wissen sollen was geschehen würde? Ich gab ihm trotzdem die Schuld an allem. Zu Anfang - eine Minute lang. Claire wollte bei Pierre und Karabo in Francistown vorbeischauen und hatte schon in einem abgelegenen Nationalpark, dem Tuli Block, eine Hütte gemietet. Dort wollte sie ungestört Elefanten beobachten. Aber Claire kam dort nie an.

Wir warteten umsonst auf einen Anruf von Tony. *Vielleicht hat er ja unsere Nummer nicht,* dachte ich und schickte ihm einen Brief. Ich wartete auf eine Antwort... und wartete. Ich glaube, es war wegen der ganzen Warterei, dass ich schließlich anfing mir zu überlegen, ob es nicht besser sei die Dinge selbst in die Hand zu nehmen.

'Die Internationale Vermisstenstelle' schaltete sich ein und mein Vater wollte von den Behörden wissen, ob er denn irgendwie bei den Nachforschungen mithelfen könne. Die Antwort war ein gestrenges 'Nein'. Man unternahm schon alles Menschenmögliche, um Claire zu finden und die Familie würde nur dabei stören.

Das war schon ein starkes Stück. Sie sagten uns, dass sie bei der ganzen Detektivarbeit keine Spur von Claire finden konnten - und *wir* sollten uns nur auf alles gefasst machen. Herumsitzen und abwarten!

Ich sah Claire hinter einem Nebelschleier lachen und sprechen, aber ich konnte nichts von dem, was sie sagte verstehen. Ich wollte ihren Namen rufen, aber brachte keinen Ton heraus. Dann musste ich verzweifelt mitansehen, wie sie langsam im Nebel verschwand und wollte sie festhalten, aber ich konnte sie nicht fassen. An diesem Punkt wachte ich jedes Mal auf einem tränennassem Kissen auf. Es gab aber einen kleinen Hoffnungsschimmer: Claire lebte ja noch; das konnte ich spüren. Nur wo war sie?

Ich erzählte niemandem von diesen Träumen, denn zuhause war die Atmosphäre schier unerträglich geworden. Das Haus in der Tenison Avenue hatte seine Wärme für mich verloren.

Mom konnte die ganze Zeit nur heulen und Grandpa war vor ein paar Tagen aus London gekommen, um sie zu trösten. Dad zog sich meist in sein Arbeitszimmer zurück und grübelte. Meine Eltern hatten sich immer gut verstanden, aber ich war mir nicht sicher, dass es so bleiben würde.

Dad, ein gutaussehender, stiller Ingenieur aus Deutschland, war meiner Mutter nach England gefolgt, kurz nachdem sie sich in einem Zugabteil in Frankreich kennengelernt hatten. Beide waren Anfang zwanzig gewesen und Dad war kurz darauf mutig nach England gezogen, um das schönste Mädchen der Welt zu heiraten. Es muss wahnsinnig romantisch gewesen sein. Mom unterrichtete jetzt Kunstgeschichte und Dad hatte sich zur Ruhe gesetzt, bevor die Sache mit Claire passierte. Ihre Ehe war Bilderbuchhaft gewesen - bis jetzt.

Ich fühlte mich meist nur schwach und machtlos, aber dann änderte sich meine Stimmung schlagartig. Ich weinte keine Tränen mehr und war nur noch wütend. Auf alle. Mir schien es so, als hätten sie alle aufgegeben.

War ich die Einzige, die wusste, dass Claire noch lebte?

Als ich Dad am nächsten Tag in der Küche begegnete, beschloss ich, das Thema anzusprechen.

"Wir müssen etwas unternehmen," tastete ich mich vor.

"Etwas unternehmen, was denn?"

"Du solltest einfach hinfahren…"

"Nach Botswana? Was soll ich denn dort? Mom braucht mich hier und die Polizei tut schon alles, was sie kann. Sie wollen mich dort nicht dabeihaben... in Afrika," fuhr Dad gereizt auf, nur um sich Sekunden später dafür zu entschuldigen. "Tut mir leid, Kleines, meine Nerven…"

Ich hätte ihn anschreien mögen: *die Polizei tut alles was sie kann? Wirklich?! Mach was, Dad, tu' endlich was!* Aber ich brachte es nicht fertig und schwieg nur. Es tat weh über Claire zu reden.

Mom nahm Beruhigungspillen und wollte nur mit ihrem Psychotherapeuten über die Sache sprechen. Ich hatte das unerklärliche Gefühl, dass sie mich irgendwie verantwortlich machte und der Gedanke, dass ich selbst nach Botswana gehen sollte, um Claire wiederzufinden, begann in mir zu reifen.

Als sich die Wogen ein wenig geglättet hatten und endlich keine Artikel mehr in den Zeitungen erschienen, veranstaltete meine Freundin Diane ein Treffen mit unseren Freundinnen. Die rehäugige Sahida war gerade bei der Hochzeit ihrer

Schwester in Manchester, deshalb waren wir nur zu dritt. Ich fragte mich, ob sie mich verstanden hätte; meinen Plan nach Afrika zu gehen, um Claire zu finden und all das.

"Was willst du denn da, Bridget – in *Botswana*?" Liz sprach das Wort aus, als ob es sich um ein scheußliches Insekt handelte. "Ich wusste ja gleich, dass was passieren würde als Claire wegging." Ihre Nasenspitze zitterte.

"Ach so'n Quatsch, Liz und wie kannst du das vor Bridget sagen," schimpfte Diane ungewohnt heftig. "Das wusstest du doch überhaupt nicht. Niemand konnte das wissen. Claire ist doch schon so viel gereist und kennt sich aus in der Welt."

Wir starrten sie an. Diane war sonst immer so sanftmütig.

Liz ließ nicht locker. "Ja OK, aber das hat ihr jetzt auch nichts geholfen, oder? Warum ist Claire denn nicht nach Italien oder Spanien gegangen? Oder nach Amerika? Dann wäre sie wenigstens in einem zivilisierten Land gewesen." Sie nahm wie immer kein Blatt vor den Mund, aber ich wusste, dass sie es auf ihre Art gut meinte.

"Vielleicht war es ja Schicksal. Ich meine, dass Claire nach Botswana gezogen ist und ich sie jetzt dort finden muss." Das machte eigentlich keinen Sinn, aber ich suchte selbst noch nach einer logischen Erklärung für alles.

"Oh Bridsch, natürlich denkst du so..." meinte Diane besänftigend. Beide warfen mir mitleidige Blicke zu, denn ich konnte ja schließlich nichts dafür, dass ich solche dummen Sachen von mir gab.

"Oh hört schon auf, mich so anzustarren! Claire braucht mich bestimmt. Sie ist irgendwo da draußen und es geht ihr gut, verstanden? Ich kann es schließlich spüren."

"Ja sicher, kannst du es spüren —" sagte Liz und wechselte schnell das Thema. "Was ist eigentlich mit David? Ich habe euch schon eine Weile nicht mehr zusammen gesehen."

"Das liegt wahrscheinlich daran, dass wir uns getrennt haben."

"Wahrscheinlich?!" rief Liz entgeistert. Sie hatte uns immerhin miteinander verkuppelt.

Ich zuckte nur mit den Schultern. "Wir haben uns Anfang Mai gestritten und reden seitdem nicht mehr miteinander. Ich glaube, das heißt, dass wir nicht mehr zusammen sind."

"Wirklich?" Liz konnte es kaum glauben.

"Ja, wirklich."

"Hmm, das hat ja nicht lange gehalten. Waren das ganze zwei Monate?" Liz spielte auf meine üblicherweise kurzen Beziehungskisten an.

"Fast drei Monate. Er weiß auch nichts davon, dass ich nach Botswana fliegen will. Es sei denn jemand hat es ihm in der Zwischenzeit erzählt."

"Du hast ihm noch nichts davon gesagt?"

"Nein, wozu denn?"

"Willst du darüber reden - über David?" Diane sah traurig drein und fühlte mit.

"Nein, eigentlich nicht. Vielleicht sollte ich ihn aber anrufen. Es ist wohl an der Zeit, dass wir uns mal aussprechen."

"Gute Idee —" sagte Diane sanft. "Will noch jemand Tee?"

Am Nachmittag hatte ich mich dann mit David zur Aussprache im 'Jesus Green' getroffen. Reinen Tisch machen. Der Park war voller Sonnenanbeter, die das schöne Wetter genossen. Ich erzählte David von Claires Verschwinden und er warf mir seinen typischen *Hab's-ja-gleich-gewusst* Blick zu.

"Ich zähle dann anscheinend überhaupt nicht mehr?" Er warf einen flachen Kieselstein in den See. "Erst redest du nicht mehr mit mir und dann gehst du plötzlich weg." Der Kiesel hüpfte ein paarmal übers Wasser, bevor er unterging.

"David, nimm's mir bitte nicht übel. Du musst das doch verstehen. Es hat wirklich nichts mit dir zu tun."

"Ich dachte, wir könnten's nochmal miteinander versuchen."

"Wozu?"

Hatte er nicht mitbekommen, wie lauwarm unsere Beziehung war? Hüpf, hüpf, hüpf. Noch ein Kiesel sprang übers Wasser und versank.

"Verdiene ich nicht noch eine Chance?"

"David, ich glaube einfach, wir verschwenden unsere Zeit

miteinander."

"Puh, vielen Dank auch." Er kniff die Augen zusammen und sah seinem Kiesel hinterher.

"So hatte ich das nicht gemeint."

"Doch, hast du."

Wir stritten uns noch eine Weile auf diese sinnlose, wiederkäuende Art so vieler Paare, die einfach nicht zusammenpassen. Zum Schluss einigten wir uns immerhin, dass wir uns nicht einigen konnten; mehr gab es dazu nicht zu sagen.

Tonys recht kurzer Brief kam dann kurz vor der Veranstaltung in Heffer's Buchladen an. Oh, hätten wir damals doch nur schon E-Mail gehabt!

Tony machte sich schreckliche Vorwürfe. Er meinte, er hätte Claire nie allein fahren lassen dürfen. *Darüber* war ich ja schon lange weg. Er wollte, dass ich ihn im Hotel in Palapye anrief. So hieß das Dorf, in dem er jetzt als Lehrer arbeitete. Wie sprach man das eigentlich aus? P a l a p y e.

Tony hatte kein eigenes Telefon. Anscheinend hatte niemand in Palapye ein eigenes Telefon. Er hatte den Anruf im Hotel für 19:00 Uhr am Freitag vorgebucht. Man musste Anrufe vorbuchen! Glücklicherweise war der Brief noch vor Freitag angekommen. Ich konnte es kaum abwarten mit ihm zu sprechen. Tony würde mich sicher verstehen.

Wir sprachen wie verabredet am Freitag miteinander und danach ging ich gleich zu Heffer's Buchladen. Meine Eltern waren schon da. Der neue Roman 'Talk to the Wind' von Frederick Humphrey wurde vorgestellt. Frederick Humphrey war ein berühmter Schriftsteller - und er war mein Großvater.

Der Text auf dem Umschlag versprach einen aufregenden Kriminalroman, der sich im Kenia der zwanziger Jahre abspielte. 'Furcht verbreitet sich in der dekadenten Kolonialgesellschaft Nairobis, als auf einmal...'

Gewöhnlich war der Klappentext alles, was ich von Grandpas Büchern las. Ich wollte seine Gefühle nicht verletzen, falls er mich nach meiner Meinung fragte und ich sein Buch nicht mochte. Aber jeder Buch-Launch war eine nette Party. Grandpas Foto lächelte mich an. Er hatte klassische Züge, volles, graues Haar und sah gut aus für 72. Im Moment saß Grandpa im Laden drinnen hinter einem Tisch und signierte Bücher.

Ich stand mit meinen Eltern draußen auf dem Gehweg und hielt ein Weinglas in der Hand. "Ich werde nach Botswana gehen und Claire finden," verkündete ich. Musik und Gelächter drangen aus dem Buchladen zu uns hinaus.

"Wie bitte?" fragte mein Vater verstört. "Bist du verrückt geworden?" Mir fiel auf, wie grau Dads Haare geworden waren.

"Ich gehe nach Botswana," wiederholte ich trotzig und ertrug die schmerzverzerrten Blicke. Es ging nicht anders, ich musste endlich mit ihnen darüber sprechen.

"Oh üdas wirst du nicht. Ganz bestimmt nicht." Dads deutscher Akzent kam immer durch, wenn er sich aufregte. Ein einsamer Lastwagen knatterte über das Kopfsteinpflaster. Freds Büromöbel.

Oh nein, Mom hatte wieder Tränen in den Augen. "Du kannst uns doch jetzt nicht allein lassen," flehte sie und zitterte so sehr, dass sie etwas von ihrem Weißwein verschüttete.

"Es tut mir so leid Mom. Ich will euch wirklich nicht wehtun, aber Claire ist ganz allein da draußen und ich muss sie finden. Das geht einfach nicht von hier aus. Ich möchte ja auch hierbleiben, aber gleichzeitig will ich auch Claire wiederfinden. Ich kann nicht länger abwarten. Ich muss jetzt einfach was tun!"

Mein Herz sank beim bloßen Gedanken daran wegzugehen, aber meine Eltern brauchten das ja nicht zu wissen. Durch das große Schaufenster sah ich Grandpa mit bewundernden Fans schwatzen.

"Warum lässt du das nicht die Polizei machen? Uns wurde doch gesagt, dass wir bei den Untersuchungen nur stören... nicht auszudenken, wenn dir auch noch was passieren sollte... was dann?" stieß mein Vater verzweifelt hervor.

Ich hatte Claire damals so ziemlich das Gleiche gefragt und sie hatte versucht mich zu beruhigen. Jetzt war ich mit dem Beruhigen an der Reihe, genau wie Claire es mit mir gemacht hatte. Ein anderes Auto tuckerte an uns vorbei und ich schloss irritiert die Augen, bis der Lärm verklungen war.

"Mir wird schon nichts passieren," behauptete ich eigensinnig. "Ganz bestimmt nicht. Ich habe schon mit ihrem Freund Tony darüber gesprochen. Er sagte, ich kann erstmal bei ihm in Palapye unterkommen." Palapye. Palaapié. Der fremde Name prickelte auf meiner Zunge.

"Wann war das denn?"

"Gerade eben. Wir werden Claire schon finden - mit vereinten Kräften."

Eigentlich hatte Tony sich nicht so ausgedrückt; nur dass er mir behilflich sein wollte, was immer das bedeutete. Er war ganz schön erstaunt gewesen, als er meinen Plan hörte und ich mich über die zittrige Telefonleitung des Hotels ankündigte. Aber mit meinen Eltern jetzt über irgendwelche Zweifel zu reden war ganz ausgeschlossen. Im Moment brauchte ich ihren Segen für mein gewagtes Unternehmen.

"Oh Kind…" Moms Augen nahmen einen rötlichen Schimmer an. Sie kämpfte tapfer mit den Tränen und ich war schuld daran. Ich fühlte ein gefährliches Kitzeln in der Nase und musste mich räuspern.

Ich war mir auf einmal gar nicht mehr so sicher. Wie konnte ich Mom das bloß antun? Sie hatte sich doch gerade erst wieder gefangen.

"Mir gefällt das überhaupt nicht." Dads Gesicht sah auf einmal ganz eingefallen aus. "Nein überhaupt nicht."

"Ich will euch bestimmt nicht wehtun," wiederholte ich. "Aber Claire ist meine zweite Hälfte und ich kann jetzt einfach nicht länger herumsitzen und warten." Ich war nahe daran meinen Mut zu verlieren.

"Ich muss da jetzt hin. Nach Afrika," stieß ich hervor. Wir sagten ein paar schmerzhafte Augenblicke lang nichts. Grandpa winkte mir lächelnd durchs Schaufenster zu und ich winkte zurück.

"Ja, wenn du meinst, Kind…" schluchzte Mom und warf meinem Vater einen verwundeten Blick zu. "Mike…"

Dad sah strafend zu einem geschnitzten Holztor auf der anderen Straßenseite hinüber. Gaben sie etwa nach? "Wir können dich nicht aufhalten," begann er, "wenn du unbedingt da hinmusst. Aber wir werden regelmäßig telefonieren, verstanden? Und..." Dad atmete tief durch und trug mir eine Liste auf, an die ich mich zu halten hatte. Während der nächsten zwei Tage wuchs die Liste zusehends an, obwohl er genau wusste, dass ich mich nicht daran halten würde. Immerhin war ich schon 22. Ich war nur erleichtert, dass der Freigeist meiner Eltern die Überhand gewonnen hatte und wusste, dass sie mir nicht im Weg stehen würden.

Meine Mutter versprach widerstrebend, an meine wichtigsten Kunden Mitteilungen weiterzuleiten. Dass ich für einige Zeit im Ausland arbeiten würde und sie sollten sich doch bitte solange mit Diane Langer in Verbindung setzen. Es wurde beschlossen, dass ich mit Grandpa nach London fahren sollte. Am Abend vor meiner Abreise belauschte ich dann zufällig ein Gespräch zwischen Grandpa und meinen Eltern draußen im Flur.

"Was ist mit dem Bürgerkrieg in Südafrika?" fragte mein Vater besorgt und ich hielt den Atem an.

"Sprich bitte leiser, Mike," sagte Mom erschrocken. "Sie hört dich noch."

"Ich kann mich mit der Britischen High Commission in Gaborone in Verbindung setzen, wenn du möchtest. Die werden schon ein Auge auf sie haben." Ich wusste, dass Grandpa noch gewisse Beziehungen hatte, die aus seiner Zeit in Afrika stammten.

"Es ist ständig in den Nachrichten. Überall gehen Bomben hoch. In Geschäften und Nachtclubs. Botswana liegt doch gleich nebenan. Was soll Bridget machen, wenn sie die Straße entlanggeht und in eine Schießerei gerät?"

"Oh Mike, wir haben das doch damals schon Claire gesagt und es hat nichts genützt," schniefte Mom.

"Schaut, der letzte Bombenanschlag in Gaborone ist ganze zwei Jahre her und von Schießereien ist nie die Rede. Die Armee hat scharfe Kontrollen eingerichtet," erklärte Grandpa.

"Außerdem ändern sich die Dinge langsam aber sicher in Südafrika. Du machst dich nur bange mit dem ganzen Gerede über Bomben."

Eine kurze Pause, dann hörte ich schluchzende Geräusche. "Meine beiden Kleinen!" Oh je, mir war auch zum Weinen zumute.

"Komm schon Sarah, es wird schon alles gutgehen. Man kann nie wissen, vielleicht findet Bridget ja tatsächlich unsere Claire und bringt sie nach Hause zurück." Hatte das wirklich mein Vater gesagt?

"Man kann nie wissen," stimmte Grandpa zu. Da waren schlurfende Geräusche, als alle drei ins Wohnzimmer gingen.

Mir liefen die Tränen über's Gesicht als ich das letzte T-Shirt faltete. Ich schneuzte mich und sah auf meinen getreuen Rucksack, der mir schon von Machu Picchu bis nach Los Angeles gefolgt war und aus allen Nähten platzte. Ich fühlte mich schuldig, dass ich einfach so wegging, aber Claire war in Schwierigkeiten und das war alles, was ich wissen musste. Über die angeblichen Gefahren durfte ich gar nicht erst nachdenken, sonst bekam ich doch ein wenig Angst.

Am nächsten Tag umarmte ich meine Eltern und fuhr mit Grandpa nach London. Ich ließ mein unbeschwertes Leben in Cambridge zurück, um meine Zwillingsschwester wiederzufinden.

Ich musste noch mindestens zwei Wochen in London bleiben, um alles notwendige zu erledigen. Visas beantragen, mich im Tropeninstitut impfen lassen und noch alles Mögliche besorgen. Zwei Wochen, um meinen ganzen Mut zusammenzunehmen. Zwei Wochen - das war auf einmal gar nicht mehr soviel Zeit.

Bald saß ich in Grandpas eleganter Eigentumswohnung in der Arlington Road Nummer 327 in Camden und starrte auf die Liste mit den vorgeschriebenen Impfungen. Mir wurde ganz anders zumute: Cholera, Typhus, Gelbfieber, Immunglobulin... was um Himmels willen war Immunglobulin? Auf dem Flugblatt stand, dass es etwas mit Hepatitis zu tun hatte. Die Injektion war ja sicher notwendig, aber ich hasste Nadeln. Würde ich gleich tot umfallen, wenn ich nicht alles machte, was auf der Liste stand? Ich hatte wohl keine andere Wahl, weil es zu den Einreisebedingungen gehörte, genau wie Reisedokumente und Visas.

Draußen drehte sich der Wind wieder und Regen schlug sanft gegen die Fensterscheiben. Unten im Handtuch-großen Hinterhof bogen sich die spitzblättrigen Cordyline-Palmen. Komisch, dass das Klima in London mild genug war für exotische Palmen.

Mir wurde auf einmal die Enormität meines Planes bewusst. Was war, wenn ich mit meiner Mission scheiterte? Was dann? Warum musste es ein so ungesundes Land sein, für das man tausend Impfungen brauchte? *Nur nicht paniken... tief durchatmen...*

Ich lehnte mich in die weiche Ledercouch zurück und betrachtete vorwurfsvoll das Ölbild an der Wand gegenüber. Eine afrikanische Landschaft, noch dazu in einem breiten Goldrahmen!

Es war ein schönes Gemälde. Da waren eindrucksvolle Baobab-Bäume vor einem strahlend blauen Himmel und eine Elefantenherde im Hintergrund. Und unten links ein Leopard, der sich an grasende Gazellen heranschlich.

"Soll das etwa heißen, dass ich diese ganzen scheußlichen Impfungen wirklich brauche?" fragte ich das Bild.

Die afrikanische Landschaft antwortete nicht. Wenn man genauer hinsah, schienen sich die Elefanten ein ganz klein wenig zu bewegen und links war der Leopard aus dem Unterholz hervorgekommen. Schlich er sich näher an die Gazellen heran?

"Weißt du Bild, am besten bringen wir das Ganze schnell hinter uns. Schluss mit dem blöden Selbstmitleid." *Bridget du hast nicht alle Tassen im Schrank. Reiß' dich gefälligst zusammen,* schalt ich mich, *du redest mit einem Bild!*

Das letzte Mal als ich mit Claire in London gewesen war, hatten wir unbeschwert auf einem David Bowie Konzert gerockt. Mein Herz tat weh bei der bloßen Erinnerung daran. An Claire und mich. Sie hatte zum Schluss auf der Bühne mitgetanzt, aber ich war wie immer zu schüchtern für sowas gewesen. Wir waren aufgeregt mit der U-Bahn gefahren und hatten die Oxford Road mit den vielen kleinen Boutiquen unsicher gemacht.

Ich holte Claires Briefe heraus. Davon gab es genau fünf. Sie hatte mir jede Woche einen auf hauchdünnes, blaues Luftpostpapier geschrieben. Sie waren die letzte Verbindung zwischen uns. Claire hatte von der Landschaft geschrieben, dem Wetter, von ihren Kollegen und ihrem Job, und dass sie sich darauf freute, das Okavango Delta zu sehen, wenn es auch nur für ein paar Tage war.

Dann versuchte ich mir Afrika mit geschlossenen Augen vorzustellen: die Märkte, die von lachende Menschen nur so wimmelten. Da war Trommeln und Tanzen in den Straßen und es gab Restaurants, wo man verlockende Gerichte aus Kokosnüssen und frischem Fisch bestellen konnte, die in Kürbisschalen serviert wurden. Stickige Hitze, Tropenhelme, Löwen und Elefanten, Wasserfälle und...Tarzan, der sich an einer Liane von Baum zu Baum schwang. Blödes Klischee, ich weiß, aber so stellte ich mir Afrika nun mal vor. Damals wusste ich ja noch rein gar nichts von Schamanen, von Tokoloschen und der Welt der Vorfahren.

Im schäbigen Videoladen um die Ecke fand ich fast alle Episoden einer südafrikanischen Fernsehserie. Es ging um Shaka Zulu, dem berühmten und grausamen Zulu Häuptling aus dem 19. Jahrhundert. Nicht gerade modern, aber für den Anfang nicht schlecht. Bald konnte ich die Titelmusik mitsingen: "Bayete, kosi, bayete, kosi...we are growing, growing high and higher...".

Ich weiß nicht, ob es an Shaka Zulu lag, aber auf einmal sah ich alles mögliche Afrikanische um mich. Kleidung und Körbe in Schaufenstern; Trommel-Musik, die aus einer Wohnung in der City drang. Lächelten mir dunkelhäutige Menschen auf der Straße oder in der U-Bahn jetzt öfter zu?

Vielleicht ahnten sie ja irgendwie, dass ich ihren geheimnisvollen Erdteil bald besuchen kommen würde. Vielleicht waren sie aber auch einfach nur freundliche Briten vierter Generation , die aus Hackney kamen und mit einem drolligen Cockney-Akzent sprachen.

Claire hätte sich bestimmt über mich lustig gemacht. Claire... Während dieser zwei Wochen in London wartete ich noch immer auf Neuigkeiten aus Botswana. Einmal träumte ich, dass Claire plötzlich in einem Dorf im Tuli Block aufgetaucht sei und in der Küche einer netten Farmersfrau heiße Schokolade schlürfte. 'Es gibt ja soviel zu erzählen, Fumpy, du glaubst ja gar nicht, was mir alles passiert ist.' Ich konnte mir sogar ihre glucksende Stimme vorstellen.

Ich fühlte mich wie eine Sprungfeder, ständig in einem Zustand nervöser Spannung. Kein Wunder also, dass ich anfing mit Gemälden zu reden.

Als es an der Zeit für die Impfungen war, nahm ich den C2 Bus zur Great Portland Street und dann die U-Bahn zum Tropeninstitut in Bloomsbury. Auch eine halbe Weltreise. Die Spritzen waren genauso scheußlich, wie ich sie mir vorgestellt hatte. Für ein paar Tage danach, litt ich an Fieber und einem geschwollenen Arm. Wenigstens lenkte es mich für eine Weile von meiner Traurigkeit ab.

Grandpa war dauernd mit Buchvorstellungen beschäftigt und wir hatten uns seit der Ankunft kaum gesehen. Dann, ein paar Tage vor meinem Abflug verspürte er wohl auf einmal den Drang zum Kochen. Als ich abends aus dem Videoladen nach Hause kam, stand ein einfaches Abendessen auf dem polierten Buchenholztisch und klassische Musik spielte im Hintergrund. Claire de Lune von Claude Debussy.

Ich schluckte gerührt. "Hallo Grandpa!"

"Hallo Kleine, hast du Hunger?"

"Und wie."

"Setz' dich und nimm' dir was." Er kam aus der Küche herein. "Da ist auch Salat." Er stellte eine große Schüssel auf den Tisch.

"Grandpa, musstest du dich eigentlich auch impfen lassen als du damals nach Kenia gegangen bist?" fragte ich ihn und zog grüne Pesto-Spaghetti durch die Zähne. Als junger Journalist hatte Grandpa viel im Ausland gelebt.

Wahrscheinlich hatte er seine Reiselust an Claire weitervererbt.

"Ehrlich gesagt kann ich mich nicht so genau daran erinnern. Bestimmt brauchte ich damals auch die ein oder andere Injektion. Wie geht's denn deinem Arm?"

Er zeigte auf meinen linken Oberarm. Der war immer noch ein wenig geschwollen, aber die Röte hatte nachgelassen.

"Schon viel besser. Die Tabletten scheinen zu wirken, weil das Fieber 'runtergegangen ist." Ich wickelte grüne Spaghetti auf meine Silbergabel.

"Hast du heute schon mit deiner Mutter gesprochen?" fragte Grandpa auf einmal.

"Ja, heute Morgen. Sie möchte, dass ich mir das nochmal überlege mit der Reise," seufzte ich.

"Aha, aber du bist immer noch fest entschlossen?"

War da etwa ein Unterton? Falls Grandpa nicht wollte, dass ich nach Botswana ging, sollte er es doch einfach sagen. Nicht, dass es einen Unterschied gemacht hätte.

"Ja sicher! Ich würde niemals so viele Impfungen über mich ergehen lassen und dann nicht nach Afrika fahren," sagte ich. "Mom meinte, dass sie am Wochenende kommen wollen, um sich... na ja, um sich zu verabschieden. Nur für ein paar Stunden. Sie muss am Montagmorgen wieder im College sein." Mein Flug war am Dienstag.

"Schade, aber ich bin froh, dass sie überhaupt kommen.."

"Mhm," meinte ich und schluckte meine Spaghetti hinunter. Es würde mit Sicherheit viele Tränen geben. "Muss morgen früh nur noch Anrufe wegen der Visa machen."

"Gut. Dann hast du ja fast alles geschafft."

"Grandpa, ist es in Afrika wirklich so gefährlich wie alle sagen?" fragte ich impulsiv. "Einer meinte, dass ich verrückt sein muss in ein Land wie Botswana zu fahren."

"Wer sagt denn sowas?" Grandpa sah erstaunt von seinem Teller auf.

"Ein Geschäftsmann, den ich am Tropeninstitut getroffen habe. Er saß im Wartezimmer neben mir. Angeblich gibt es dort nur Medizinmänner und keine richtigen Ärzte. Er konnte mir aber nicht sagen, was Medizinmänner eigentlich genau sind."

"Die Leute sollten sich um ihren eigenen Kram kümmern," knurrte Grandpa. "Natürlich gibt es dort richtige Krankenhäuser und Ärzte. Sei nicht albern. Wahrscheinlich war der noch nie in Botswana."

"Wahrscheinlich nicht. Er sagte, er fliegt immer nach Südamerika."

"Für viele Europäer ist Afrika nichts weiter als ein riesiger Dschungel und ein einziges Land. Dabei ist es ein Kontinent mit vielen verschiedenen Kulturen. Egal worum es geht, alles ist einfach nur 'afrikanisch': Aussehen, das Essen, die Kleidung... Afrikanische Länder sind aber genauso verschieden wie die in Europa. Kenia ist vollkommen anders als Togo oder der Sudan - oder eben Botswana. Sogar Simbabwe und Namibia sind völlig anders als Botswana, und die sind Nachbarländer."

Zu meiner Schande musste ich gestehen, dass ich einer dieser Europäer war. Ich schämte mich aber, das Grandpa gegenüber zuzugeben. Theoretisch wusste ich, dass nicht alles Dschungel war, aber sonst nichts Genaues. Also Simbabwe und Namibia lagen direkt neben Botswana? Vielleicht sollte ich mal in die Bibliothek gehen. Die 'Shaka Zulu' Serie reichte offenbar nicht zur Vorbereitung auf meine Reise aus.

Am Wochenende kamen meine Eltern nach London und versuchten mir - wie erwartet - die Sache mit Afrika in letzter Sekunde auszureden.

"Kleine, was ist, wenn du Hilfe brauchst und hast niemanden in der Nähe?" meinte Dad. Wir warteten an der Victoria Station auf ihren Bus nach Cambridge. "Oder was ist, wenn du krank wirst?"

"Ich hatte gerade sämtliche Injektionen, die ein Mensch nur verkraften kann. Die Krankheitserreger werden sich nicht in meine Nähe trauen, wenn sie wissen was gut für sie ist!"

"Oh Bridget, du hast dich so sehr verändert," klagte meine Mutter.

"Klar habe ich mich verändert. Claire ist irgendwo da

draußen. Wie soll ich mich da nicht verändert haben? Ich muss sie ja schließlich wiederfinden."

"Falls du es dir doch noch anders überlegen solltest…"

"Nein Mom, ich werde es mir nicht noch anders überlegen. Das ist einfach etwas das ich tun muss! Und ich bin ja nicht aus der Welt. Du kannst mich dort erreichen und wir sprechen dann miteinander.

Tony sagt, dass man im Botsalo Hotel in Palapye Telefongespräche vorbucht und du kannst im Hotel auch Nachrichten für mich hinterlassen. Ich habe die Nummer hier unter die Postadresse geschrieben. Er hat schon einen Anruf für Freitagabend 8 Uhr vorgebucht. Das ist dann 6 Uhr hier in England. Warte, ich schreib's dir auf."

Ich nahm den Zettel mit allen wichtigen Adressen und Telefonnummern, einschließlich denen der Britischen High Commission in Gaborone, und schrieb darunter 'BOTSALO Hotel in Palapye, Anruf 6 Uhr Freitagabend'.

"Es tut mir leid, dass wir dich am Dienstag nicht zum Flughafen bringen können, Bridget. Du weißt ja, Mom muss wieder unterrichten und…" entschuldigte sich mein Vater.

"Weiß ich doch, es ist schon in Ordnung."

"Ruf uns bitte sofort an, wenn du gelandet bist, damit wir uns keine Sorgen machen müssen. Botswana ist doch so weit weg und du weißt ja sicher von dem Flugzeugabsturz letzte Woche." Ja, davon hatte ich gehört. Wo man hinsah, gab es Berichte über den Flugzeugabsturz. 169 Tote. Es war nicht zu übersehen.

"Sehr ermutigend, Danke Dad. Ich werde mein Bestes tun, um sicher in Gaborone anzukommen."

"Oh Bridget…" Mom hielt sich an mir fest und weinte wieder. Mir war auch wieder zum Heulen zumute und mein Herz tat weh beim Anblick meiner tapferen Eltern. Wann würde ich sie wiedersehen? So durfte ich nicht denken! Nicht jetzt. Ich riss mich zusammen und umarmte sie ein letztes Mal, bevor sie in den Bus stiegen. Zwei Tage später verabschiedete ich mich dann auch von Grandpa.

"Pass' gut auf dich auf, Kleine." Er sah traurig aus. "Bis bald."

"Keine Sorge, Grandpa. Ich komme sicher bald mit Claire zurück," versprach ich, ohne zu wissen, ob ich dieses Versprechen auch halten konnte.

Er winkte, bis ich hinter der Gepäckkontrolle verschwunden war.

Unsere Maschine setzte am 15. September auf dem kleinen Sir Seretse Khama Flughafen in Gaborone auf. Nach 14 Stunden Flug mit Zwischenlandung in Kinshasa und einem holprigen Transfer von Johannesburgs Jan Smuts Airport nach Gaborone, stieg ich mit weichen Knien das Treppchen hinunter.

Von diesem Tag an wurde ich eine der Lekgoas. Lekgoas sind Ausländer, die in Botswana meist nicht länger als ein paar Jahre verweilen, bevor sie weiterziehen. Ein paar Jahre sind ein Augenzwinkern in der Existenz der grandiosen Kalahariwüste. Und ich hatte eine Menge zu lernen.

Zum Beispiel, dass die Zeit hier langsamer verging als bei uns und dass die Tswanas alles so gelassen angehen, dass es einen manchmal fast zum Wahnsinn treiben könnte; dass sie mit ihren Ahnen kommunizieren und sie überhaupt nicht verstehen, warum wir das nicht tun; und dass es nicht alle Schamanen gut mit einem meinen.

Vielleicht wäre es besser gewesen, wenn sich meine eigenen Vorfahren eingeschaltet hätten - vielleicht hätte es auch keinen Unterschied gemacht. Vielleicht mussten sich die Dinge einfach so entfalten, wie sie es dann auch taten…

Das Schrillen des Telefons ließ mich auffahren. Diesmal ging ich nicht ran, wollte allein sein mit meinen Gedanken — meinem Leben in Botswana. Von Arbeiten konnte keine Rede mehr sein. Als das Klingeln endlich verstummte, holte ich mir eine Tasse Tee aus der Küche, legte den Hörer neben das Telefon und machte es mir im Sessel am Fenster bequem.

ZWEITES KAPITEL

Tony hatte angeboten, mich am Flughafen in Gaborone abzuholen, aber würden wir uns verstehen? Wir kannten uns nicht besonders gut und Claire war unser einziger Kontakt gewesen. Ich grübelte darüber nach, als wir vom Jan Smuts Airport Richtung Botswana starteten.

Das kleine Passagierflugzeug musste sich durch Turbulenzen kämpfen als wir den endlosen Busch unter uns überflogen und ich hörte dazu auf meinem Walkman einen Simon and Garfunkel Soundtrack.

Das ständige Rauf und Runter katapultierte meinen Magen jedes Mal in eine andere Dimension, aber zum Glück gab es als Snacks nur gesalzene Erdnüsse und Biltong. Dieses Trockenfleisch war eine Buschmann-Spezialität, erklärte die Stewardess. Angeblich nichts was Übelkeit auslöst. Trotzdem behielt ich zur Sicherheit die im Netz vor mir verstaute Papiertüte im Auge.

Mein Magen ließ mich nicht im Stich und die Maschine landete sicher auf einem hellen Streifen mitten in der Savanne. Alle klatschten erleichtert Beifall. Der Geruch von Wildnis und eine Welle heißer Luft schlugen mir entgegen, als ich die kurze Distanz übers Rollfeld zum winzigen Flughafengebäude ging. Die Luft glühte über dem Asphalt unter einer unbarmherzigen Sonne. Es gab so viel blauen Himmel und so viel Savanne.

Das war's also. Das war Afrika, wo Claire unbedingt hatte leben wollen.

Wie anders sich alles anfühlte. Ich hatte England mit seinen verregneten Herbstfarben verlassen und war in den afrikanischen Frühling eingetaucht: hell, heiß und schmutzig grün. In Botswana war es jetzt im September - Vorfrühling. Ich hatte fast vergessen, dass die Jahreszeiten auf der südlichen Halbkugel ja genau umgekehrt waren! Ich atmete die erdige Luft ein und ging weiter.

Es dauerte nicht lange mein Gepäck vom Karussell abzuholen und mein Pass war auch bald kontrolliert. Die Zeit reichte gerade aus, um die moderne Ausstattung des Flughafengebäudes zu bewundern.

Vielleicht bildete ich es mir nur ein, aber die Angestellten auf dem Flughafen sahen hier viel freundlicher drein als ihre Londoner Kollegen. Ihre Bewegungen waren gelassener und in Heathrow hatte niemand gelächelt.

Die Schlange bewegte sich an einer der Putzfrauen vorbei, die gerade, gegen einen Container mit tropischen Pflanzen gelehnt, eine Ruhepause einlegte. Sie grüßte mich mit einem breiten Lächeln und die nächste Putzfrau, die den gekachelten Boden um uns herum wischte, auch.

Als ich bei der Passkontrolle an die Reihe kam, meinte der afrikanische Beamte: "Willkommen in Botswana, Miss Reinhold. Genießen Sie Ihren Aufenthalt," als er mir mein Reisedokument zurückgab.

Das war so ganz anders als die öligen Typen in schlecht sitzenden Uniformen, die in so manchem Klischeefilm unbedarfte Reisende schon mal ins Gefängnis steckten, weil sie verkehrt geschaut hatten.

"Danke sehr," lächelte ich zurück und ging federnden Schrittes auf die Gepäckwagen zu. Ich lüpfte meine Taschen auf einen der Wagen und marschierte Richtung Ausgang weiter. Gutgekleidete Geschäftsleute waren direkt vor mir und eine indische Dame mit Doppelkinn, im grell-grünem Sari und mit Glitzerschmuck behängt, bugsierte ihre vier Kinder energisch den gläsernen Schiebetüren entgegen. Die aufgeregte Familie wartete schon und nahm ihr sofort Gepäck und Kinder ab.

Draußen kam ein junger Mann auf das Flughafengebäude zugesprintet. Es war Tony. Groß und attraktiv in ausgewaschenen Jeans und Freizeithemd. Die widerspenstigen, dunklen Locken waren jetzt länger. Seine hellen Augen standen im starken Kontrast zum sonnengebräunten Gesicht und die Gold-gerahmte Brille verlieh ihm trotz der Bartstoppeln einen gelehrten Ausdruck. Es machte mich auf einmal traurig ihn zu sehen. Claire war erst vor sieben Wochen verschwunden und Tony war die einzige lebende Verbindung zwischen uns. Wir klammerten uns für einen kurzen Augenblick aneinander. Irgendwie war es auf einmal in Ordnung, ihn wie einen alten Freund zu begrüßen, mit ihm zu sprechen als stünden wir uns richtig nahe. War alles halb so schlimm.

"Hallo Schwesterchen," sagte er mit belegter Stimme und hüstelte ein wenig. Er drückte mich weiter an sich.

"Hi Tony," schnüffelte ich und schälte mich aus der Umarmung.

Tony wandte sich praktischen Dingen zu. "Komm' lass mich das schieben. Wie war der Flug?"

"Lang," meinte ich. „Wir waren zum Tanken ein paar Stunden in Kinshasa. Gottseidank hatte ich meinen Walkman dabei." Ich versuchte mit normaler Stimme zu sprechen.

"Ja, Musik kann auf einer langen Reise schon ein Lebensretter sein. Das Auto steht da drüben." Ich trottete Tony und dem klappernden Gepäckwagen über den fast leeren Parkplatz hinterher.

"Ich habe noch nie so viele Swimmingpools gesehen wie im Anflug auf Südafrika." Ich öffnete den prallgefüllten Rucksack und drückte meinen getreuen Walkman hinein. Zum ersten Mal seit wir London verlassen hatten, trennte ich mich von meinem Reisebegleiter. Aber jetzt konnte ich ja mit Tony reden. "Wir mussten in Johannesburg über eine Stunde im Transit warten. Das war vielleicht langweilig."

"Tja, das ist halt ein anderer Lebensstil hier," sagte er, blieb hinter einem schmutzig-blauen Toyota Corolla stehen und suchte nach seinem Schlüssel.

"Du meinst, die Leute in Botswana haben auch Swimmingpools im Garten?" fragte ich naiv.

"Ja sicher. Nicht in so einem Kaff wie Palapye, aber es gibt davon 'ne Menge in Gaborone und Francistown."

Ich war beeindruckt. Stell' dir vor du hast deinen eigenen Swimmingpool! Tony hievte meine Taschen in den Kofferraum und stieß den Gepäckwagen zur Seite. Er machte mir die Autotüre auf und ich ließ mich dankbar auf den Beifahrersitz plumpsen.

Wir folgten den Schildern zum Ausgang und bretterten bald auf einer langen Teerstraße durch die Savanne. Die Erde war auffällig rot und mit dumpf-grünen Büschen bewachsen. Ich merkte, wie müde ich war, aber an Schlafen war jetzt nicht zu denken. Dafür war alles viel zu aufregend.

"Hier ist alles so staubig. Und die Erde ist so rot," sagte ich.

"Das liegt an dem ganzen Eisenoxid im Boden. Außerdem hat es eine Weile nicht geregnet. Es regnet nämlich nicht im Winter," erklärte Tony. "Angeblich explodiert die Natur im Spätfrühling, wenn die Regenfälle anfangen."

Komisch, in England regnete es andauernd. Vor allem im Winter. "Und ich dachte, die Natur wäre schon explodiert," sagte ich.

"Ha, abwarten und Tee trinken. Mach' dein Fenster zu sonst springt die Klimaanlage nicht richtig an," meinte Tony.

Ich kurbelte das Fenster hoch. "Fahren wir jetzt durch Gaborone?"

"Neh, Bridget, erstmal geht's direkt nach Palapye." Tony lenkte das Auto auf eine Art Hauptstraße. Wenn man nach den drei Autos gehen konnte, die an uns vorbeisausten. Dann fuhren wir Richtung Osten weiter.

"Oh, und warum nicht?" Ich hatte unbedingt Gaborone sehen wollen, wo Claire all die Wochen von mir getrennt verbracht hatte.

"Wir müssen vor Anbruch der Dunkelheit in Palapye sein. Ich nehm' dich bald mal nach Gabs mit. Vielleicht am Wochenende, mal sehen," sagte Tony.

Palapye. Das war das Dorf, wo Tony jetzt an einem Berufszentrum arbeitete - nahe beim Tuli Block und in der Nähe von Claire. Zumindest auf der Landkarte. Der Tuli Block war ein von der Hauptstraße weit entferntes

Naturreservat, an das Simbabwe und Südafrika und Botswana grenzten.

Claire hatte unbedingt die Elefanten dort sehen wollen.

Es musste ganz schön schwierig für Tony gewesen sein, ohne sie in Gaborone zu leben. Und dann die ganzen Fragen. Er konnte die Fragen nicht beantworten. Noch nicht.

Da die Fahrt ein paar Stunden dauern würde, hatte Tony einen Imbiss besorgt. Ich öffnete die braune Papiertüte mit den Coladosen und Sandwiches.

"Willst du dem Verkehr aus dem Weg gehen?" fragte ich und trank von der schäumenden Coladose ab.

"Nein, so groß ist Gabs auch wieder nicht. Um diese Zeit gibt es bestimmt keine Staus."

"Und warum dürfen wir dann nicht nach Einbruch der Dunkelheit fahren?" fragte ich ohne wirkliches Interesse. Ich biss hungrig in ein Sandwich mit Käse und Schinken und fühlte mich plötzlich sehr müde.

"Wegen der Kühe und Ziegen. Die laufen nachts schon mal auf die Straße und legen sich auf dem warmen Teer schlafen. Nachts kann es hier kühl werden."

"Wirklich, Kühe und Ziegen?" murmelte ich.

"Ja, und das kann nachts gefährlich werden, wenn man schneller als 5 Meilen pro Stunde fährt," erklärte Tony geduldig.

Ich dachte über diese erstaunliche Tatsache einen Augenblick lang nach. "Es ist doch erst früher Nachmittag. Braucht man denn so lange bis nach Palapye?"

"Nein, nur ungefähr zwei Stunden, aber es wird früh dunkel. Wir sind hier ja näher am Äquator dran."

Ach wirklich?!

"Hmm, was ist denn eigentlich mit den Löwen und Zebras? Laufen die hier etwa auch auf der Straße herum?"

Tony lachte. "Nein nicht hier in der Gegend. Wilde Tiere sind mehr oben im Norden im Okavango Delta, im Tuli Block und so. Hier gibt es eigentlich fast nur Farmtiere."

"Ach so." Ich nahm einen Schluck aus der Coladose, um die Krümel herunterzuspülen. Der Okavango war oben im

Norden? Soviel konnte ich mir an meinem ersten afrikanischen Tag sowieso nicht merken.

Tony musste bremsen, um einer Gruppe Frauen mit massiven Bündeln auf dem Kopf auszuweichen. Sie waren in Decken gehüllt, die sich am Rücken wölbten.

Ich verschüttete Cola auf meinen Jeans. Tony gab mir ein Taschentuch und ich trocknete mich damit notdürftig ab, während ich mir die Landschaft ansah, solange das Tageslicht anhielt. Aber da gab es nicht viel zu sehen. Lauter roter Sand, Büsche und grauer Schotter auf beiden Seiten der Teerstraße. Ab und zu ein halbverfallenes, strohgedecktes Haus.

Die Hügel, die sich in der Ferne aufstülpten, sahen einladender aus. Verträumt irgendwie.

Ich war noch nicht daran gewöhnt, Afrika richtig wahrzunehmen, sonst hätte ich die Dörfer, die Tiere und Haufen von Shake-Shake Kartons an der Seite der Straße gesehen. Shake-Shake war das beliebteste Getränk in Botswana: dickflüssiges, saures Hirsebier und mehr Brei als Getränk.

Nach einer Weile sah ich immerhin schon Holzpfähle mit elektrischen Leitungen vorbeiflitzen. Und hohe Zäune.

"Warum gibt es denn so lange Zäune an der Straße?" fragte ich und gähnte.

"Viehzäune. Um die Tiere von der Straße fernzuhalten," sagte Tony. Das verwirrte mich.

"Hattest du nicht gesagt, die laufen sowieso auf die Straße?"

"Die Hirtenjungen lassen oft die Tore offen stehen. Man muss deshalb trotzdem immer aufpassen," erklärte er. "Ein Freund von mir bekam vor zwei Wochen Ärger damit. Er fuhr eine Kuh tot und musste eine Menge Geld für sie bezahlen. Sein Auto war auch Schrott, aber zum Glück hatte er nur einen Kratzer an der Stirn."

"Oh, das ist ja schrecklich," meinte ich.

"Ja, ist es auch," pflichtete mir Tony bei und fuhr um ein Schlagloch herum. Ich fragte mich, wie so ein Unfall in Cambridge wohl Schlagzeilen gemacht hätte: 'Junger Lehrer fährt mit seinem Golf GTI Kuh auf der Straße an. Kuh und

Auto verblichen. Farmer verlangt sofortigen Schadensersatz von Fahrer' - oder so ähnlich.

"Wir fahren gerade durch Motschudi. Dort drüben bei dem Hügel ist ein kleines Krankenhaus. Ein deutscher Arzt leitet es, er heißt Dr. Ritter."

Motschudi. Ich zuckte zusammen. Hier war Claires Auto gefunden worden, auf einem Feld. Wollte Tony etwa anhalten und mir die Stelle zeigen? Anscheinend hatte er nicht die Absicht.

Wir fuhren weiter Richtung Osten und Tony zeigte auf ein weißes Gebäude rechts der Straße. Die Klinik. Dr. Ritter war anscheinend schon über zehn Jahre im Lande, mit seiner Frau und fünf Kindern. Laut Tony war die gut ausgestattete Klinik besser als die größeren Krankenhäuser in der Stadt.

"Du hast dort sicher nach Claire gesucht," meinte ich und kannte die Antwort.

"Natürlich. Es wurden alle Krankenhäuser abgesucht." Tonys Blick war auf die Straße fixiert. Aus gutem Grund, wenn man an all die Kühe und Ziegen dachte.

Ich nahm Claires ersten Brief aus dem kleinen Rucksack. Ich hatte ihn schon hundertmal gelesen, den Brief. Fotos steckten in dem abgegriffenen Luftpostumschlag: eines zeigte meine Schwester in Peru, wie sie sich an eine Ruine lehnte und eines war in unserer Küche zuhause aufgenommen worden. Auf dem dritten Foto war ich auch drauf, mit Mom und Dad. Ich hatte meinen Arm um Claire gelegt.

Der Anblick meiner Eltern gab mir einen Stich. Ich fühlte mich schuldig. Die drückende Schuld vermischte sich mit Heimweh. War es richtig gewesen, so einfach wegzugehen? Jetzt mussten die beiden sich auch noch Sorgen um mich machen.

Aber es gab kein Zurück mehr. Ich war jetzt in Afrika und so war das eben. Ich quetschte den Rucksack vor den Sitz und streckte meine nackten Füße auf dem staubigen Armaturenbrett aus. Hoffentlich störte es Tony nicht. Es störte ihn offenbar nicht, also las ich den ersten Brief zum hundert und einsten Mal:

'Gaborone, 11. Juni 1988

Hallo Fumpy,
Gerade in Gabs angekommen. So nennen die Leute hier die Hauptstadt. Die ist aber so klein, sogar noch kleiner als unser gutes altes Cambridge. Bisher habe ich nur zwei Ampeln gesehen... Es is ziemlich kalt nachts, weil — unglaublich — es hier Winter ist.
Erst bin ich noch im warmen Juniwetter in England und jetzt bin im Winter gelandet. Aber nur nachts. Tagsüber ist es heiß und trocken. Wer hätte gedacht, dass es so ein Klima gibt?
Letzte Nacht war mir dermaßen kalt, dass ich in meinen Schlafsack gekrochen bin. Muss morgen erstmal ein richtig dickes Federbett und Decken dazu kaufen, wenn ich einen Laden finden kann. Tony hat's gut. Ihm wird nicht so schnell kalt wie mir. Er ist auch schon fast einen Monat hier und sollte eigentlich die Geschäfte in Gaborone kennen.
Stell dir vor, ich hab' heute früh Pfützen mit Eis drauf gesehen. Ohne Quatsch. Der Gärtner, der sich um den Garten beim Firmenwohnhaus kümmert (das übrigens enorm groß ist) hat gestern den Rasen gewässert und... '

Im Brief standen noch Beschreibungen von Haus und Garten und wie nett Tony gewesen war. Er hatte Claire mit einem Blumenstrauß vom Flugplatz abgeholt. Sie hatten ihr Gepäck im Firmenhaus abgeladen und waren zum Büro gefahren, um sich erstmal bei Claires neuen Kollegen vorzustellen. Einmalige Charaktere, anscheinend.

Ich musste lachen als ich weiterlas. Da war zum Beispiel dieser aufdringliche Bauzeichner aus Chicago, der immer so verführerisch in Claires Richtung zwinkerte.

'...Vielleicht ist es nur ein nervöses Zucken...' schrieb Claire, aber ich wusste schon von ihren anderen Briefen, dass

das nicht stimmte.

Er glaubte vielmehr auf Frauen unwiderstehlich zu wirken. Chad Sullivan hielt sich für einen ausgemachten Frauenhelden. Nur dass Frauen sich eher aus dem Staub machten, wenn er mit seinen Aufreißersprüchen anfing.

'...Dann gibt's da noch Liesl, die langweilige, blonde Freundin von Desmond Kahl, einem jungen Ingenieur. Sie sitzt den ganzen Tag im Büro ihres Freundes herum und muss Löcher in die Luft starren, weil sie nicht zu arbeiten scheint. Wolfgang Klein, der Chef des Design-Teams und mein direkter Chef, ist ruppig aber fair. Er ist ungefähr Mitte Fünfzig, groß, sieht gut aus und recht intelligent.

Das Design-Team besteht aus Wolfgangs rechter Hand, einem hässlichen Ingenieur namens Werner Pfeiffer, der Sekretärin Emily van Heerden (sie ist nicht auf den Mund gefallen), Kgomotso Min (die Tswana-Buchhalterin, deren Stiefvater ein chinesischer Bankier ist) und Thomas Taylor, ein erfahrener Ingenieur, der mit seinem flammend-roten Bart wie ein wilder Schotte aussieht. Da gibt's noch ein paar andere Leute, die sind aber nicht sehr interessant...'

Claire verstand sich immer gut mit anderen Menschen, aber den korpulenten Bürochef, Herrn Feindlich, den mochte sie ganz und gar nicht. Ich wusste, was sein Name auf Deutsch bedeutete. Vielsagend.

'...Hr. Feindlich lud mich gestern zum Mittagessen in ein französisches (!) Restaurant, The Bougainvillea, ein und klärte mich erstmal über meine Kollegen auf. Der Mann hatte nichts Gutes über Emily zu sagen. Er denkt, sie ist eine Hure – stell' dir das vor. Wie kann ein Manager so vulgär sein? Ich habe außerdem überhaupt nicht den Eindruck. Im Gegenteil, ich mag Emily und Kgomotso. Mochte sie gleich von Anfang an. Du weißt ja, dass ich lieber auf meine Intuition höre.' (wusste ich) *'Denkt der*

Knabe etwa ich kann mir keine eigene Meinung bilden oder was?...'

Ich seufzte. Würde ich diesen Leuten jemals über den Weg laufen?

'...Herr Feindlich mag anscheinend Desmond und seine Dorfpflanze von Freundin am liebsten. Er scheint mit Liesl verwandt zu sein. Sie ist jung und üppig, sieht aber viel älter aus' auf so eine knuddelige, konventionelle Art. Ich bin sicher, sie zieht sich genau wie ihre Mutter an. Feindlich wollte mich gleich mit ihr zum Shoppen schicken. Kommt gar nicht in die Tüte! Hab' eine lahme Ausrede aus dem Ärmel geschüttelt. Er wird's mir nie verzeihen, wenn er rausfindet, dass ich mit Emily und Kgomotso shoppen war...'

Vielleicht war da was dran. Hatte dieser Herr Feindlich Claire nicht verziehen? Lies doch nicht in alles Anhaltspunkte rein, schalt ich mich. Ich hatte die Briefe immer wieder gelesen, aber ehrlich gesagt konnte ich nicht den kleinsten Anhaltspunkt entdecken. Die Briefe hatten mehr einen sentimentalen Wert in meiner Mission Claire zu finden.

'...Emily ist intelligent und eigensinnig, 23 und ziemlich hübsch, mit hellbraunen Haaren. Sie kommt aus Südafrika, aus Johannesburg, und fährt wenigstens einmal im Monat übers Wochenende zu ihrer Familie. Kgomotso ist Emilys beste Freundin. Die beiden sehen total unterschiedlich aus, aber beide bewegen sich so lässig und haben was richtig nettes an sich.

Sie luden mich gleich in das kleine Firmenwohnhaus in Tsholofelo ein, das sie sich mit zwei anderen Angestellten teilen. Tsholofelo ist ein netter Stadtteil. Emily liebt Sonnenbrillen und hat wenigstens fünf verschiedene. Ich glaube sie bemerkt nicht, dass Männer sie ziemlich anziehend finden. Herr Feindlich bemerkt es und...'

Claire hatte in ihrem ersten Brief noch nicht viel über Kgomotso geschrieben, aber ich wusste, dass die drei feste Freunde geworden waren. Ich versuchte mir ein Firmenwohnhaus vorzustellen, mit Claire...

"Hey, Bridget!"

"Hmm, ja?"

Ich musste für eine Weile eingeschlafen sein. Auf einem Straßenschild stand 'Mahalapye'.

"Wach' auf," sagte Tony eindringlich.

Da waren Soldaten auf der Straße. Wir wurden an einer Straßensperre angehalten!

"Was ist das denn los, Tony? Stimmt was nicht?" fragte ich alarmiert. Bomben, Straßengefechte...

"Nein sorry, alles in Ordnung. Ich hatte ganz vergessen dir davon zu erzählen. Soldaten durchsuchen hier öfter mal Autos nach Waffen und allem was nach Militär aussieht. Überlass' es mir mit denen zu reden. Du lächelst einfach nur." Ich rieb mir die Augen. Tony musste seinen Kofferraum öffnen und ich lächelte, was das Zeug hielt.

Die Soldaten waren jung und sehr nervös. Maschinengewehre hingen leger über mageren Schultern. Waren sie schießfreudig? Der barsche Ton und die Gewehre machten mich ganz kribbelig. Ich hatte noch nie eine richtige Waffe aus der Nähe gesehen. Wir mussten noch unsere Pässe vorzeigen und wurden dann weiter gewunken. Der ganze Spuk dauerte nur ein paar Minuten.

"Au weia," stöhnte ich und fing wieder an normal zu atmen, als wir uns von dem Road-Block entfernten.

"Gewöhne dich besser dran. In den Städten gibt es auch Straßensperren."

"Was machen die denn, wenn sie was finden?"

"Ach, das passiert nur selten. Ein englischer Vertreter war mal mit einer alten Bomberjacke aus seiner Army-Zeit erwischt worden. Den haben sie stundenlang verhört. Der arme Kerl war noch ganz durcheinander als er uns das ganze im Botsalo Hotel erzählte."

Botsalo Hotel. Da hatte ich Tony doch vor zwei Wochen angerufen.

"Das ist ja sehr beruhigend," murmelte ich. Wie konnte man

sich an so was gewöhnen? "Nimm' nie was army-grünes mit und sei immer freundlich. Dann kriegst du keine Probleme," sagte Tony. OK, *nichts army-grünes und sei immer freundlich*, dachte ich schläfrig.

Die Sonne sank schon auf die Hügelspitzen, dabei war es noch früher Nachmittag. Ein hauch von Nebel lag über den Feldern. Ich aß noch ein Sandwich und gab Tony das mit Salami. Er biss einmal hinein und starrte dann wieder auf die Straße. Erwartete er etwa, dass jeden Moment eine Kuh hinter einer Hütte vorgeprescht kam?

"Tony, erzähl' mir was über Palapye." Wir waren gerade an einem Straßenschild mit dem Ortsnamen vorbeigefahren und gleich darüber stand 'Francistown'.

Tony atmete tief durch, als hätte ich ihn aus einem Traum geweckt. "Da gibt's nicht viel zu erzählen... aber wundere dich nicht, wenn du am Anfang keine Häuser siehst."

Er biss wieder in das Sandwich, das er auf das Armaturenbrett gelegt hatte. "Die meisten Kraals sind hinter Motsetsi Hecken und getrockneten Ästen versteckt."

"Was sind denn Motsis?" Wovon redete er?

"Motsetsi sind hohe, immergrüne Pflanzen. Du wirst schon sehen. Dann gibt's da noch die neue Teerstraße, die bis nach oben ins Berufszentrum führt. Das ist die einzige Straße im Dorf, aber alle nehmen tagsüber die Abkürzung durch den tiefen Sand, an den Kraals vorbei. Ich habe ein Haus im neuen Wohnkomplex beim Berufszentrum. Dann gibt es da noch eine Highschool. Und natürlich das Botsalo Hotel."

Tony aß den letzten Sandwich-Happen. Er kaute bedächtig und wischte sich die Hand an einem Taschentuch ab.

"Der Komplex ist hinter dem Berufszentrum. Alles befindet sich hinter Zäunen. Ziemlich monoton, wie eine Gartenkolonie im Sand," meinte er.

"Ich kann dir helfen einen Garten anzupflanzen," bot ich spontan an. Etwas Grün ums Haus konnte nichts schaden. Wie unser Garten in Cambridge.

"Mhm," sagte Tony.

"Diese Hecken scheinen eine gute Idee zu sein," sagte ich,

aber die Diskussion war schon beendet.

Wir fuhren weiter und bald zeigte ein staubiges grünes Schild, auf dem deutlich *'Palapye'* stand, nach rechts. Tony bog zwischen einer antiken Tankstelle und einem Souvenirladen ein. Die sinkende Nachmittagssonne verlieh der Umgebung einen goldenen Schimmer.

"Und das ist Palapye," verkündete Tony.

Das sollte ein Dorf sein? Tony hatte recht gehabt, ich konnte keine Häuser entdecken. Nur Bäume, Hecken und trockenes Holz links der schwarz-glänzenden Teerstraße.

"Sehr beeindruckend!" log ich und wir lachten beide.

Hier gab es eindeutig einen Haufen an Nichts. Es sah nicht im geringsten dem lebendigen afrikanischen Dorf ähnlich, das ich mir in England vorgestellt hatte.

Meine Sichtweise war noch auf die dicht aneinander stehenden, hohen Häuser in London, die geschäftigen Einkaufsstraßen, die Ampeln, die schreienden Plakate, Busse und Züge und auf viele Menschen eingestellt.

Zuhause war Natur in ordentlich gepflegte Parks und Felder außerhalb der Stadt verpackt gewesen.

"Wir sind gleich da. Das hier ist übrigens das örtliche Einkaufszentrum." Tony zeigte auf eine kurze Zeile ziemlich schmutziger, einstöckiger Häuser mit einem breiten Gehsteig davor.

Er wich ein paar Ziegen und einer Gruppe fröhlicher Kinder in zerlumpten Shorts aus. Sie schoben Spielzeugautos vor sich her, die sie mit langen Steuerrädern aus Draht lenkten.

Sie liefen wieder auf die Straße und winkten uns zu. Tony hupte und ich winkte zurück. Die Kinder lachten und schnitten Grimassen. Der Toyota ließ das Dorf hinter sich und schnurrte die lange Teerstraße zum Berufszentrum hinauf.

Ich musste daran denken, dass Claire das alles noch gar nicht gesehen hatte, was ich jetzt zu sehen bekam. Es fühlte sich irgendwie komisch an. Ausgerechnet ich wollte ja nie nach Afrika!

Bald darauf fuhren wir beim Berufszentrum durch die Schranke und hatten noch immer kein einziges Wort über Claire gesprochen.

DRITTES KAPITEL

Worauf hatte ich mich da bloß eingelassen? Klar, Tony war traurig und durcheinander und das alles, aber es war unmöglich mit ihm über Claire zu sprechen. Der einfühlsame Augenblick beim Flughafen war verflogen. Und er schien es mit den Nachforschungen auch nicht sehr eilig zu haben. Warum nur war das so schwierig mit ihm?

Tony musste doch sicher auch mehr herausfinden wollen, oder? Warum sonst war er noch hier? Aber ich konnte ihn noch nicht mal dazu bringen über meine Schwester zu reden, geschweige denn einen Plan zu machen. Vielleicht war er ja verhext. *Unsinn*, sagte ich mir. *Fang nicht an zu spinnen, Bridget, es wird sich schon alles geben.*

Ich tat mein Bestes, versuchte verständnisvoll zu sein, ihm Zeit zu geben. Aber ich hatte keine Zeit. Ich war aus England gekommen, nur um ihm bei der Suche zu helfen. Aber er machte keine Anstalten zu suchen.

Ich saß in einem abgelegenen afrikanischen Dorf, in dem ich sonst niemanden kannte, und wollte endlich loslegen. Und alles was ich bekam, waren so komische Pausen, wenn ich das Thema ansprach.

Ich kannte Tony zu wenig. Vielleicht würde er mich ja rausschmeißen, wenn ich ihm Vorhaltungen machte. Und ich hasste Konfrontationen sowieso. Aufgeben kam aber nicht infrage. Was blieb mir anderes übrig als mich in Geduld zu üben?

Ich musste mich auch erst einmal akklimatisieren. Im wahrsten Sinne des Wortes. Der Staub und die Hitze machten mir zu schaffen und jetzt hatten auch noch die Regenfälle eingesetzt. Der Regen kühlte die Tagestemperaturen ab, aber nie für lange. Und meine Denkfähigkeit schien auch sehr unter der Hitze zu leiden.

Als am Freitag Mom prompt anrief, war ich ungeheuer froh ihre knisternde Stimme zu hören. Wenigstens wollte *sie* mir helfen.

'Vielleicht ist Claire über die Grenze gegangen - in ein anderes Land.'

'Das glaube ich nicht, Mom,' erwiderte ich vorsichtig.

'Du kannst doch nachfragen, oder? Die Polizei sollte das mal nachprüfen.'

'Ja, Mom, ich werde mich drum kümmern.' Wie sollte ich meiner Mutter erklären, wie leicht es war über die grüne Grenze zu verschwinden, ohne die geringste Spur zu hinterlassen?

'Gut.' Sie schien zufrieden zu sein.

'Mom?'

'Ja?'

'Ich hab' dich sehr lieb Mom.' Ich schluckte ein paar Heimweh-Tränen hinunter.

'Ich dich auch, Bridget.' Ich hörte meine Mutter ein wenig schluchzen.

'Sag' Dad, dass ich ihn auch lieb habe. Bis bald.'

Ich riss mich zusammen. Es war nicht leicht, hier am Hoteleingang gefühlsduselig zu sein. Hier, wo alle zusahen.

'Tschüss, pass auf dich auf,' sagte Mom langsam, so als wollte sie mich nicht gehen lassen.

'Tschüss dann.' Ich hängte auf und war wieder allein unter den ganzen Hotelgästen.

Das Landhotel hatte ein großes Restaurant, eine Bar beim Eingang und zwei Billardtische. Auf der Theke stand das unbezahlbare Telefon, und jeden Freitagabend versammelte sich die gesamte Gegend im Botsalo.

Tonys Lehrer-Freund, Neo Moletsane, kam aus der nahegelegenen Stadt Serowe. Neo war Single und die beiden verbrachten die meisten Abende im Botsalo Hotel. Das neue Semester hatte noch nicht begonnen und es gab nicht viel anderes zu tun. Also kam ich mit.

Neo Moletsane war ein gebildeter junger Mann. Er

unterrichtete die Maurer am Berufszentrum, während Tony für das Fach Wirtschaftslehre verantwortlich war.

Der etwas untersetzte Neo trug immer ein sauberes Baumwollhemd, nie T-Shirts oder Jeans. Tony sagte, wir könnten ihm vertrauen und er wusste, warum ich nach Botswana gekommen war. Immerhin.

Die beiden spielten Billard, aßen zu Abend, tranken ziemlich viel Bier und schwatzten mit den anderen Leuten dort. Ich saß mit meinem Buch in einem der gemütlichen Clubstühle in der Eingangshalle und las.

Die meisten Gäste waren in Hotelzimmern hinten beim Swimmingpool untergebracht und reisende Vertreter brachten oft Neuigkeiten aus anderen Gegenden Botswanas mit. Nichts, was mich interessierte, aber ich hörte trotzdem höflich zu.

Um den Schein zu wahren, stellte Tony mich überall als seine Freundin vor, die aus England zu Besuch gekommen war. Wir hatten beschlossen, dass es besser war die wahre Absicht meines Aufenthaltes geheimzuhalten.

Aber ich fragte mich, wie lange es wohl dauern würde, bis man in Palapye die Wahrheit spitz kriegte.

Einheimische Mädchen kamen auch zum Hotel. Anscheinend oft aus zwei Gründen: um sich mit ihrem Freund zu treffen oder einen Freund zu finden. Das hatte Neo in einem traurigen Tonfall gesagt. Die meisten kamen aus dem Dorf. Einige lebten in bequemen Häusern, die von ihren Lekgoa Freunden gemietet wurden. Da Palapye an der Hauptstraße auf halbem Wege zwischen Gaborone und Francistown lag, stiegen Reisende gern hier ab.

Andere Frauen waren Angestellte am Berufszentrum, denen es gefiel sich in der Gesellschaft von Lekgoas aufzuhalten. Es gab auch einige ausländische Frauen wie mich, die waren aber zu sehr an Tratsch und Gin & Tonic interessiert. Es war nicht leicht sich mit den rauen Sitten der Männer hier abzufinden. Ich hielt mich lieber an mein Buch und die Government Gazette.

Oft war es schon dunkel, wenn wir auf sandigen

Feldwegen nach Hause fuhren. Mittlerweile konnte ich gut verstehen, warum jeder so nervös war nachts mit dem Auto zu fahren.

Einmal hatte Tony fast zwei schläfrige Kühe angefahren, die sich im warmen Sand breit gemacht hatten. Nach einigem Hupen und Schreien, ließen sich die Viecher dazu herab sich von ihrem weichen Lager zu erheben, und vorwurfsvoll muhend davon zu trotten.

Ein anderes Mal fuhr der Wagen gegen einen im Schlamm verborgenen Stein und schlingerte vom Weg ab. Wir sanken in den schwammigen Ackerboden ein und brauchten zwei Holzplanken und eine Menge Muskelkraft, um den Toyota wieder auf den Sandweg zurück zu bugsieren.

"Wenn mich nochmal jemand fragt: 'na, wann wird denn geheiratet?', fang' ich anzuschreien," beschwerte ich mich eines Abends bei Tony, als wir uns wieder mal Richtung Komplex aufmachten.

Er steuerte vorsichtig durch den grauen Sand. Der war noch tief zerfurcht vom letzten Gewitterregen. Regenbäche hatten sich kreuz und quer einen Weg gebahnt. Im Scheinwerferlicht sah man hier und da gezackte Steine herausragen. Man musste höllisch aufpassen.

"Tja, es gehört eben zum guten Ton, seine Nase in die Angelegenheiten anderer Leute zu stecken," sagte Tony. "Es gibt sicher bald was anderes durchzuhecheln, aber im Moment sind wir noch ein aufregendes Thema."

Zwei Männer, die bei irgendeiner Mine arbeiteten, hatten uns nach einem Gin und Tonic zum Abendessen im Restaurant eingeladen. Erst wollten wir nicht, aber sie schienen Unterhaltung nötig zu haben und wir gaben nach. Es gab Schlimmeres, als zum Abendessen eingeladen zu werden.

'Kingklip Thermidor' war die Spezialität des Hauses, und der wurde aufgetragen. Der Fisch war frisch und lecker gewesen und die beiden hatten auch den dazu passenden Wein bestellt.

"Weißt du, als du auf der Toilette warst? Der eine Knilch hat mir doch tatsächlich gesagt, ich sollte dich verlassen und mit ihm nach Orapa kommen. Er hätte in der Diamantenmine genug Geld für uns beide verdient und wollte sich gut um mich kümmern." Ich musste kichern. "Du hättest sein Gesicht sehen sollen, als ich ihm 'ne Abfuhr gab."

Tony war still. Hörte er mir zu?

"Wann war das denn?" fragte er besorgt.

"Na, als du auf der Toilette warst. Er hat's wohl einfach mal probiert."

"Wetten, der wird sich so bald nicht wieder anbieten."

"Ich war nicht wirklich gemein zu ihm. Erklärte ihm nur, dass man Liebe nicht mit Geld kaufen kann und dass ich dich nie verlassen werde," sagte ich. "Meine Predigt hat ihn fast zu Tränen gerührt."

"Wahrscheinlich hat er sich seiner leidgeplagten Frau und Kinder in Südafrika erinnert. Und was für ein Hund er ist," sagte Tony verachtungsvoll.

Der Wagen ächzte weiter durch den Sand. Wir waren an einer vertrauten Weggabel mit einem niedergetrampeltem Zaun angelangt.

"Ja, es war die kleine Notlüge wert," kicherte ich zufrieden.

Das war einer der unbeschwerteren Momente gewesen. Es gab aber noch immer diese unangenehmen Pausen zwischen uns.

Ich wurde aus Tony einfach nicht schlau. Zum einen konnte ich mich noch nicht mit der hiesigen Langsamkeit abfinden. Zum anderen fand ich, dass Tony es nicht gerade eilig hatte, der Sache mit Claire auf den Grund zu gehen.

Vielleicht ich ihn ja missverstanden. Vielleicht hatte ich mir nur eingebildet, dass er der Sache auf den Grund gehen wollte. Aber was machte er dann noch hier in Palapye? Warum hatte er mich eingeladen?

Ich brachte ihn irgendwie dazu, mit mir zur örtlichen Polizeistation zu gehen.

Das schmuddelige Gebäude saß auf der anderen Seite der Eisenbahnschienen neben dem schmuddeligen Posthäuschen. Post wurde in einem klapprigen Fahrzeug donnerstags oder freitags angeliefert und musste abgeholt werden. Eine gute Gelegenheit, mal schnell in die Polizeistation 'reinzuschauen.

"Guten Tag. Wir wollten fragen, ob es in diesem Fall schon etwas Neues gibt —" Tony schob ein Stück Papier mit der Aktennummer über die Theke.

Der Polizist sah sich den Zettel an und verschwand für einige Zeit in einem Hinterzimmer, bevor er mit einem älteren Beamten wiederkehrte. Der war kurz angebunden.

"Tut mir leid Sir, aber der Fall ist noch nicht abgeschlossen. Keine neuen Erkenntnisse."

Ich stellte hartnäckige Fragen, aber es half nichts, denn Fragen begegnete man mit ausdauernder Gleichgültigkeit. Ich prallte an einer unsichtbaren Mauer ab. Damals vermutete ich, dass die Mühlen in Botswana eben nur sehr, sehr langsam mahlen. Soviel hatte ich schon begriffen. Ich ging danach ab und zu allein zur Polizeistation. Irgendwie würde es schon weitergehen.

Wie sollte ich die Situation Freunden und Familie in Cambridge erklären? Ich drückte mich einfach und schrieb, wie wundervoll Palapye war, wie das Abendrot zwischen den Hügeln hinter dem Komplex glühte. Reine Magie.

Wie Tony mir dabei half, etwas über Claires Verschwinden herauszufinden, wie hilfsbereit die Polizei war... Kurzum, ich log, was das Zeug hielt.

Die Sonnenuntergänge waren zwar spektakulär, aber Tony bemühte sich nicht gerade. Und die Polizei schon mal gar nicht. Was sollte ich bloß tun?

Ich würde nach Gaborone fahren und mit der Polizei dort sprechen - ja und außerdem mit Zeugen in Bobonong und Motschudi. In der Zwischenzeit musste ich versuchen, mich in diesem seltsamen Ort zurechtzufinden.

In den letzten beiden Ferienwochen kam langsam etwas Leben ins Berufszentrum. Ganz langsam.

Bis auf die Angestellten und einige ausländische Lehrer, war der Komplex immer noch recht verlassen. So sehr ich mich in England manchmal nach Ruhe gesehnt hatte, war es jetzt zu ruhig. Ich sehnte mich nach ein paar verständigen

Freundinnen, mit denen ich mich unterhalten konnte.

Oh Liz, Diane und Sahida, es tut mir leid, wenn ich euch nicht genug zu schätzen wusste!

Was Kommunikation anging, befanden wir uns ja noch in grauer Vorzeit. E-Mail, SMS und Mobiltelefone gab es noch nicht und sowas wie Skype existierte höchstens in Science Fiction Filmen.

Um nicht den Verstand zu verlieren, machte ich mich daran, in Tonys Garten Blumen, Kräuter und Unkraut, das wie Blumen aussah, anzupflanzen. Tony hielt es fürs beste, mir das Projekt zu überlassen.

Tagelang grub ich den sandigen Boden um und mischte stinkigen Kuhmist darunter, den Tony Lastwagenweise bestellt hatte. Dann wurde alles eingegraben. Buschige Motsetsizweige aus dem Dorf lagen in großen Haufen neben der Auffahrt, und das alles zur Belustigung der einheimischen Arbeiter im Komplex. Für mich war es die reinste Therapie.

Neo hatte mir versichert, dass die Motsetsi-Pflanzen schnell anwachsen würden. Alles was man machen musste, war sie am Zaun entlang in den Boden zu stecken und oft zu wässern. Ein kleiner Steingarten war als Nächstes an der Reihe. Wir hatten nach einer wackeligen Fahrt über Stock und Stein von einem ausgetrockneten Flussbett glatte Steine mitgebracht.

Und das war noch lange nicht alles.

Neo erwähnte, wie man aus verschieden großen Autoreifen einen Gemüsegarten anfertigen konnte. Die Reifen wurden aufeinandergelegt und mit Kompost gefüllt. Das Ganze hieß dann 'Wakah'.

"Das braucht kaum Wasser und wenig Pflege und du hast immer frischen Salat und Kräuter zur Hand," meinte er.

Bald stand ein dreistöckiger Wakah-Turm im Garten. Der ständige Regen half winzigen, grünen Blättchen dabei sich durch den Boden zu arbeiten. Ein zähes Akazienbäumchen vervollständigte den Garten.

Meine Hände waren schmutzig und meine Nägel ungepflegt, aber ich war stolz auf meine Leistung.

All das musste auch ein faszinierender Anblick für Ethel Poppelmeyer gewesen sein. Ethel war die ziemlich propere Frau des glatzköpfigen neuen Schuldirektors, dessen Bauch sich gerade noch in den hellblauen Safarianzug knöpfen ließ. Die beiden waren Tonys direkte Nachbarn.

Wir waren einander noch nicht formell vorgestellt worden, aber ich wusste, dass Ethel nebenan wohnte. Sie beobachtete mich oft hinter cremefarbenen Spitzengardinen, die mit ihr aus England angereist waren. Wahrscheinlich gab es noch nichts anderes zu beobachten.

Sie nahm offenbar an, dass Tony und ich in Sünde lebten. Zumindest hatte ich das im Botsalo Hotel gehört. In dem kleinen englischen Ort Cobblestead, aus dem sie stammte, hätte man so eine Lebensart wohl nicht toleriert. Ich fand das erheiternd.

Ich ging nach der Arbeit ins Haus, um mich zu waschen. Teile des Gartens klebten noch an mir und das Wasser tropfte mal wieder braun und spärlich aus dem Hahn.

Na prima. Ich brauchte eine Weile, um mich sauber zu schrubben. Ich war gerade dabei mich mit einem gekühlten Getränk auf der Veranda niederzulassen, als ich sah wie Ethel die noch leeren Fertighäuser auf der anderen Straßenseite inspizierte.

Es musste Ethel sein, da es nicht viele Frauen mit dauergewelltem blonden Haar im Komplex gab. Sie kam herüber, um unsere neu gepflanzte Motsetsihecke zu begutachten. *Komm' schon Bridget, gib dir einen Stoß. Sei ein guter Nachbar und rede mit ihr,* sagte ich mir. Schließlich interessierte sie sich immer so sehr für meine Gartenarbeit.

"Hallo Ethel, ich heiße Bridget, schön Sie endlich kennenzulernen," begrüßte ich sie und schlenderte die Auffahrt hinunter. Jeder hier benutzte Vornamen, also dachte ich mir nichts weiter dabei.

Ethel fuhr zusammen und stieß sich vom Zaun ab, als sei er elektrisch geladen. Ihre Augen unter den hellen, buschigen Augenbrauen betrachteten mich misstrauisch. Sie machte einen schwachen Versuch mir die Hand zu schütteln, überlegte es sich aber anders und streichelte lieber eine junge Motsetsipflanze.

Offenbar hatte sie nicht bemerkt, dass ich zuhause war. *Du lässt nach, Ethel,* dachte ich amüsiert.

"Wie geht es Ihnen?" antwortete sie steif und ihr Gesicht nahm einen dünkelhaften Ausdruck an." Wir sollten uns mit Nachnamen anreden. Wissen Sie denn nicht, dass ich die Frau des Schuldirektors bin?"

"Sicher weiß ich das." Jeder wusste, dass sie die Frau des Schuldirektors war.

"Man muss schließlich einen gewissen Anstand wahren, vor allem in so fremden Breiten. In dieser Wildnis. Ich werde Sie mit Miss Reinhold ansprechen und für Sie bin ich bitteschön Mrs. Poppelmeyer."

Sie hielt ihre Rede ohne die geringste Spur eines Lächelns auf den dünnen Lippen. War es Ethel noch nicht in den Sinn gekommen, nett zu ihren Mitmenschen zu sein, wenn sie in der Wildnis nicht vor Einsamkeit zugrunde gehen wollte?

"Aber natürlich, verzeihen sie meine Vorwitzigkeit. Ich werde ab jetzt immer tadellosen Anstand zeigen, Mrs. Poppelmeyer," sagte ich voll Ironie, was sie nicht zu bemerken schien.

"Ja," sagte sie nachdenklich. "Vielleicht darf ich Sie ja schon bald mit Mrs. Stratton anreden?"

Das wurde ja immer bunter. "Das glaube ich kaum. Tony und ich haben nicht vor zu heiraten."

"Oh, wie bedauerlich, Miss Reinhold," sagte Ethel eisig. "Unter diesen Umständen werden wir kaum etwas miteinander zu besprechen haben, Miss Reinhold." Anscheinend mochte sie meinen Nachnamen, weil sie ihn ständig wiederholte.

Sie streckte ihre Nase noch etwas höher in die Luft.

"Ja, das ist sehr bedauerlich, Mrs. Poppelmeyer. Aber ich bin davon überzeugt, dass Sie gute Gründe dafür haben."

"Durchaus." Sie ließ endlich die arme Motsetsi Pflanze los und strich stattdessen ihre bestickte Schürze glatt.

"Es war trotzdem nett, sie kennenzulernen." Ich hätte ihr

noch gerne so einiges an den Kopf geworfen, aber um Tonys Willen lächelte ich nur.

"Guten Tag Miss Reinhold. Bitte entschuldigen Sie mich jetzt, ich bin äußerst beschäftigt." Damit drehte sie sich um, stieß fast mit einem streunenden Hund zusammen und marschierte zum Haus des Schuldirektors zurück. Kurz darauf bewegten sich die Spitzengardinen. Ich setzte mich kopfschüttelnd mit meinem Glas auf die Veranda.

Irgendwie tat sie mir leid. Vielleicht hatte die afrikanische Hitze Ethels Gehirn ja ein wenig durchgebraten. Andererseits hatten die Poppelmeyers laut Tony einige Zeit in Südamerika gelebt. Na, wenn das nicht genauso exotisch war wie hier!

Tony lachte nur über die Sache mit Ethel.

"Sie kriegt noch einen steifen Hals, wenn sie ihre Nase immer so hochhält. Das macht sie bei allen so. Ethel Poppelmeyer ist eine einsame Frau," sagte er. "Alle ihre Hausmädchen laufen nach ein paar Tagen davon. Sie scheint sich für so'ne Art Adelsdame auf ihrem Schloss zu halten. Um sie herum gibt's nur niedere Dienstboten."

"Nur, dass es hier kein Schloss gibt. Und schon gar keine niederen Dienstboten."

"Ganz genau."

"Sie scheint sich hier nicht sehr wohlzufühlen. Manche Leute können sich eben nicht so leicht anpassen," meinte ich.

Tony grinste verschmitzt. "Wahrscheinlich eher 'falsches Jahrhundert'."

Palapye war nicht gerade der unterhaltsame Ort, den ich mir in meiner Fantasie vorgestellt hatte.

Es gab keine wimmelnden Märkte, keine wilde Tanzmusik und keine lachenden Marktfrauen in farbenfroher Kleidung. Die Einheimischen konnten ziemlich zurückhaltend sein. Ein Zustand, dem sie manchmal mit genug Hirsebier Abhilfe schafften.

Auch kein einziger afrikanischer Krieger weit und breit, der im entferntesten wie Shaka Zulu aus der Videoserie aussah. Überhaupt trug niemand so kreative, afrikanische Kleidung wie im Film. Dafür gab es eine Menge roter Erde, grauen Sand, staubige Pflanzen und glühende Hitze. Es gab viel zu wenig Leute zum Unterhalten und zu viel Zeit zum Nachdenken.

Eine Woche später erwies mir Mrs. Poppelmeyer noch einmal die Ehre. Es war niemand sonst greifbar, deshalb beschwerte sie sich wohl bei mir bitterlich über ihren Gärtner, der eine Arbeitshose zerrissen hatte. Er war nicht wieder erschienen, nachdem sie ihm richtigerweise 10 Pula vom Monatslohn abgezogen hatte.

War ihr denn nicht klar, dass der Ärmste von den 50 Pula, die er im Monat verdiente, seine Familie ernähren musste? Wenn ich mich richtig erinnere, waren 10 Pula im Jahr 1988 etwa 1 Pfund Sterling wert. Ein Vermögen für einen einfachen Gärtner.

"Als mein Mann und ich in Bolivien wohnten, wo er natürlich der Schuldirektor eines sehr wichtigen Colleges war, wäre so etwas nicht vorgekommen. Das Personal spurte. Mein Mann brauchte nur zu sagen 'Hey Chico, komm her und mach' das hier' und der Dienstbote gehorchte. Aber diese Schwarzen sind so schwierig —" grollte sie.

Ich sagte lieber nichts dazu und machte mich wieder an meine Gartenarbeit mit der Notlüge, dass Tony alles bis Tagesende fertig haben wollte.

Danach behelligte mich Ethel nicht mehr. Einige Zeit später hörte ich Gerüchte, dass sie wieder nach Cobblestead zurückgegangen war. Ethel hatte ihren ach so hart arbeitenden Ehemann einfach in der afrikanischen Wildnis zurückgelassen.

Ein anderer Nachbar war wieder aus England eingetroffen. Alfred Jones wohnte links neben Tony. Er unterrichtete Holzwerken und war ein richtiges Original. Seine hochschwangere Frau war lieber in Cardiff geblieben.

Alfred war ein kräftiger Bursche und ziemlich verschroben. Er hatte ungekämmte graue Haare und einen drahtigen Bart, hinter dem sich fast sein ganzes Gesicht verbarg.

Er schrieb seiner Frau Judith jeden Tag einen Brief. Meist

am Nachmittag, bevor er sich auf seiner Veranda ein paar Biere hinter die Binde kippte. Manchmal nahm er mich zur Polizeistation mit, wenn er den Brief aufgab. Alfred Jones konkurrierte mit mir auch schon mal um das Telefon im Botsalo Hotel.

Tony lud ihn öfter mal zu einem Gespräch ein, damit er nicht ganz so einsam war. Es war ein Anblick für die Götter, wenn unser Nachbar mit einer Kerze in der Hand, umständlich auf einen Stuhl stieg und über den Zaun kletterte. Stromausfälle waren keine Seltenheit.

Bei einer solchen Gelegenheit hatte er mal in der Dunkelheit meine Hand ergriffen und sie festgehalten – vollkommen betrunken natürlich. Hinterher konnte er sich an nichts mehr erinnern, aber Tony hatte das mit der Kerze vorgeschlagen.

Der Schulbeginn rückte näher und die Frauen zweier Tswana-Lehrer waren damit beschäftigt sich im Komplex häuslich niederzulassen.

Sie bereiteten den lieben langen Tag Mahlzeiten für ihre Großfamilien zu. Das Hauptgericht hieß Mielie Pap und wurde im Garten in dreibeinigen, schwarzen Eisentöpfen gekocht. Der feste Brei bestand aus gestampftem weißen Mais und das hölzerne Stampfen war ständige Hintergrundmusik. Es ging Ethel Poppelmeyer sicher schrecklich auf die Nerven.

Dazu gab es meist Maroch, wilden Spinat. Die Frauen liefen auch ständig hinter ihren Kindern her und wuschen Kleider oder beaufsichtigten junge Mädchen dabei.

Leider konnten wir uns nicht verständigen. Mein Setswana existierte fast gar nicht. Eine ausführliche Unterhaltung war deshalb ausgeschlossen. Mrs. Matija, eine Matrone mit fünf kleinen Kindern, brachte es immerhin fertig, mich auf Englisch zu begrüßen und dabei kichernd ihre Füße zu betrachten.

"Guten Morgen, Mrs. Matija, wie geht es Ihnen? Oh, ist das Ihr jüngstes? Hallo."

"Guten Morgen, Miss Reynole." Das war schon alles.

Ihr Mann war einer der leitenden Lehrkräfte am Berufszentrum. Eine Stellung, die er mit Würde und Sinn für Tradition wahrnahm.

Es war mittlerweile klar, dass mein Aufenthalt länger wurde als erwartet. Es blieb mir nichts anderes übrig, ich musste Setswana lernen.

Tsanana, unsere Maid, kam jeden Tag aus dem Dorf und machte bei Alfred und Tony sauber. Sie war das einzige weibliche Wesen, mit dem ich mich einigermaßen unterhalten konnte. Sie war zur Schule gegangen und – oh Glück - sprach ein wenig Englisch. Während sie putzte, brachte Tsanana mir Einfaches auf Setswana bei: "Dumela mma - Guten Tag, Madam."; "Dumela ra - Guten Tag, Sir."; "Le kai? - Wie geht es Ihnen?"; "Re teng - Mir geht es gut."; "Ke utlwa Setswana gologonje - Ich verstehe ein wenig Setswana."

Ich musste die Sätze wie ein Papagei wiederholen. Aber sie war geduldig, auch wenn es mit der Aussprache nicht gleich klappte. Oh, all diese 'g' Laute, die wie ein hartes 'ch' ausgeprochen wurden. Und dann gab es da die kleinen Eigenheiten, die ich mir merken musste. Zum Beispiel, dass 'ph' wie 'p' und 'sh' wie 's' gesprochen wurde und dass ein 'er' sich oft unerklärlicherweise in eine 'sie' verwandelte.

Endlich brachte ich einen einfachen Gruß auf Setswana zustande: "Dumela". Das war noch nicht genug für eine Unterhaltung, aber immerhin ein Anfang. Nachmittags trommelte der Regen auf das Blechdach und wir mussten lauter sprechen.

"Tsanana, warum sehen die Leute mich nicht an, wenn ich mit ihnen spreche?" wollte ich wissen. Die seltsame Angewohnheit auf die Füße zu starren war mir bei den Einheimischen immer wieder aufgefallen.

"Nein Madam, sie schaut auf die Füße aus Respekt!" erklärte Tsanana mir geduldig. Das war natürlich das genaue Gegenteil von Respekt in der westlichen Kommunikation.

Tsanana nannte mich immer noch Madam. Die afrikanischen Hierarchieregeln waren da streng. Sie war ganz erschrocken, als ich ihr das 'Du' anbot.

'Oh Madam, ich darf Mma nicht Bridget nennen. Muss Respekt zeigen,' hatte sie gesagt.

Sie weigerte sich auch mit mir in einem Zimmer zu essen oder gar am selben Tisch. Das war undenkbar. Stattdessen saß sie auf dem Küchenboden. Der Fußboden war sehr sauber, aber verstehen konnte ich das trotzdem nicht.

Tsanana bestand darauf, dass es ihre Kultur so verlangte. Sie musste Respekt zeigen. Wir waren als ihre Arbeitgeber so etwas wie ältere Angehörige. So war das eben. Wenn jemand herausbekam, dass sie uns nicht genug Respekt entgegenbrachte, gab es Schwierigkeiten. Wie konnte ich da nicht nachgeben?

Die Kommunikation mit England war schleppend. Von den Anrufen einmal abgesehen, waren Briefe der einzige Kontakt zur Außenwelt.

Mit einiger Verspätung hielten sie mich über das Leben in Cambridge auf dem Laufenden. Zum Beispiel erfuhr ich von Zahida, dass David eine neue Freundin hatte. Ich kannte Pippa und wusste, dass sie bei weitem nicht so querköpfig war wie ich.

Gut, David hatte endlich die Richtige gefunden. Keine Eifersucht, kein Schmerz. Nur ein wenig Heimweh. Kneipen und Kinobesuche erschienen mir mittlerweile sehr verlockend. Und wie ich zu meiner Schande gestehen musste, vermisste ich das britische Fernsehen.

Aber je mehr ich mich an meine afrikanische Umgebung gewöhnte, desto weniger fehlte mir das Kneipenessen und die nächste Folge von Coronation Street.

Ich schrieb eifrig zurück. Über den Vogelgesang am Morgen, Tonys Garten und den erdigen Geruch der Savanne. Über Mrs. Poppelmeyer und wie lautstark sich die Tswanas auf der Straße unterhielten.

Aber sie interessierten sich mehr für meine bislang erfolglose Suche nach Claire und fragten danach. Nur wie sollte ich ihnen die unüberwindlichen Hürden erklären, die sich in Botswana vor mir auftürmten? Wie naiv ich gewesen war, als ich dachte, man könne hier einfach in einen Bus oder

Zug steigen und drauflos suchen. Die Infrastruktur war hoffnungslos vorsintflutlich.

Bobonong war ja angeblich in der Nähe von Palapye. Ich wollte unbedingt dorthin. Und von dort aus zum Tuli Block. Aber sogar mit einem Auto war die anstrengende Fahrt durch Regen und Schlamm ziemlich wahrscheinlich von Misserfolg gekrönt.

Es gab kaum Straßenschilder, dafür aber eine Menge Abzweigungen. Zudem war Tonys Toyota gerade in der Werkstatt. Ich konnte noch nicht mal zum Botsalo fahren, um das Reservat im Tuli Block anzurufen. Tony hatte keine Zeit oder Lust, mich in einem vollbesetzten Minitaxi dorthin zu begleiten.

Was war, wenn der Wagen liegenblieb? Mit 'Dumela mma' konnte man sich schlecht durchfragen. Nicht mal Claire war durch schlammige Straßen gefahren und sie war auf dem Weg zum Reservat verloren gegangen. Ich hatte Angst. Das Risiko, dass ich mich verfahren würde, war einfach zu groß. Wieder hieß es abwarten.

Meine Eltern waren erleichtert, dass ich nichts über Schießereien oder Bomben zu berichten hatte. Die einzigen Waffen, von denen ich wusste, hingen über den Schultern der Soldaten an den Straßensperren.

Am meisten fehlte mir Claire! Sie hätte schon eine Idee gehabt, was zu tun sei. Sie hätte nicht gewartet. Ich zeigte schon so viel Mut, wie ich nur aufbringen konnte.

Hinter dem Schulkomplex drängte sich ein kleines Tal. Wegen der hohen Zäune musste man den Komplex verlassen und sich auf einem engen Pfad entlangtasten, um ein Plätzchen mit schönem Ausblick zu finden. Ich träumte manchmal davon, Claire eines Tages dort hinter den Hügeln wiederzufinden. Bald.

In der Zwischenzeit musste ich zu Fuß einkaufen gehen. Die lange Straße vom Berufszentrum zu den Shops war zwar frisch geteert, machte aber einen weiten Bogen um das Dorf.

Es gab kein Fleckchen Schatten und der ölige Teerbelag blieb an den Schuhen kleben. Es war besser die Abkürzung zwischen Bäumen und Motsetsi-Kraals zu nehmen. Auch wenn man durch den tiefen, hellen Sand waten musste. Aber auf keinen Fall barfuß. Der Sand war zu heiß und barg scharfe Objekte.

Zu meiner Enttäuschung gab es keinen traditionellen Markt in Palapye. Das einzige was man als Dorfzentrum bezeichnen konnte, war die kurze gemauerte Hausreihe, die wir *die Mall* nannten. Das Botsalo Hotel war weit davon entfernt. Auf der anderen Seite der vielen Kraals.

Die einzigen zwei Läden waren der Gemüsehändler, wo man vor allem Kohlköpfe, Spinat und Kürbis erstehen konnte und ein Laden, der die notwendigsten Lebensmittel verkaufte, wie Brot, Crosse & Blackwell Mayonnaise und H-Milch.

Daneben war eine Shebeen, eine afrikanische Kneipe, wo man einen Happen essen konnte. Tswanas suchten Shebeens gewöhnlich für einen Humpen Hirsebier auf. Neo Moletsane hatte uns dort mal stolz zu einer Mahlzeit mit Pap, fettigem Kochfleisch und Tomatensoße eingeladen.Wir hatten uns uns an einen der wackeligen Tische gesetzt, die mit geblümtem Wachstuch bedeckt waren. Das bestellte Essen kam auf viel benutzten Plastiktellern mit Rote-Beete Salat und mit unsauberem Besteck.

Da ich kein Liebhaber von fettigem Fleisch war, hielt ich mich lieber an den Pap und die rote Beete. Ich versuchte das ungewohnte Hirsebier nicht gleich wieder auszuspucken und als Neo mein Unbehagen bemerkte, bestellte er eine Cola.

Mein kleiner Einkaufsausflug endete auf eine angenehme Weise, als Alfred, der gerade Mittagspause machte, mich zum Komplex zurückfuhr.

Als das Auto wieder fahrtüchtig war, fuhr ich mit Tony nach Serowe und Selebi Phikwe, da die Speisekammer aufgefüllt werden musste. Es gab dort richtige Supermärkte! Sie hatten Kühlschränke und man bekam frische Milch, Obst und Gemüse.

"Endlich," stöhnte ich. "Ich hab' Dosenfutter so satt."

"Ich auch. Im heißen Kofferraum kann ein Salat schon mal zu Brei werden. Wie gekochter Spinat. Deshalb brauchen wir hier zum Einkaufen Kühlboxen."

"Klasse. Und statt Joghurt gibt's dann Käsekuchen."

"Ja genau. Aber das wäre gar nicht so schlecht."

"Claire liebt Käsekuchen," bemerkte ich.

"Mhm."

Das war alles, was er dazu sagte. Es war einen Versuch wert gewesen, aber wie lange würde das noch so weitergehen? Nach dem Einkauf gingen wir ins Museum für Tswana-Kultur, aber der Eingang zu dem einfachen Gebäude war verschlossen. Auf dem Schild stand aber deutlich, dass das Museum am Samstag geöffnet war. Tony fragte ein paar Männer auf der Straße. Sie sprachen ein wenig gebrochenes Englisch und meinten, dass der Museumsdirektor um die Ecke wohnte. Sie boten an, ihn zu holen und bald hastete der gute Mann herbei.

"Ich hatte um diese Jahreszeit noch gar keine Touristen erwartet," entschuldigte sich der Museumsdirektor. Die flexiblen Regeln gefielen mir. Wenn in England ein Museum geschlossen war, war es eben geschlossen und Schluss

"Tony, schau dir das an." Ich war von den Khoi San Schnitzereien in der winzigen Eingangshalle fasziniert. Ein hölzernes Brettchen mit flachgeklopften Nägeln, auf denen man mit dem Daumen spielen konnte, lag auf einem Podest.

"Das ist ein Buschmannklavier," erklärte uns der Museumsdirektor. "Alles hier wird von Buschmännern aus der Kalahari Wüste handgearbeitet."

Buschmänner. Ich hatte etwas über Buschmänner gelesen.

Der Mann war noch ganz außer Atem und bezog Stellung hinter der Theke. Von hier aus nahm er zwei Pula Eintritt pro Person entgegen. Eine Gruppe Amerikaner hatten sich ebenfalls zum Museum verirrt und stellten sich hinter uns an.

"Toll Mann, es gibt hier mitten in der Wüste 'n Museum, hey Bob?"

"Yeah, kann man die Figur da kaufen? Brauche noch'n Mitbringsel für Meg."

Nachdem wir uns die spärliche Ausstellung von Hütten, Kochgeschirr aus Ton und geflochtenem Gras angesehen hatten, erzählte uns der Museumsdirektor alles, was man über die Bierzubereitung der Tswanas wissen musste. Die Amerikaner uuhten und aahten und fotografierten andauernd. "Bier - genau's richtige für mich, hey Bob?"

Als nächstes gingen wir in ein bunt bemaltes Gebäude. Es handelte sich um ein zweistöckiges Restaurant an Serowes staubiger Hauptstraße. Die Besitzer des Lokals waren ein verschwitzter Schotte und seine dicke Tswana-Frau. Es gab einen einfachen aber herzhaften Fleischeintopf mit Samp, einen groben Brei aus ganzen weißen Maiskörnern. Das Essen schmeckte erstaunlich gut.

Wir saßen oben, direkt am großen Glasfenster. Von hier aus hatte man die beste Aussicht auf Serowe. Man sah eine Unmenge kleiner Häuser, die grün oder pink angemalt waren. Karren wurden von Eseln im Schneckentempo durch den hupenden Verkehr gezogen.

Babys machten die Reise durch das Verkehrschaos in großen Handtücher auf den Rücken ihrer Mütter gebunden.

Wie Serowe hatte ich mir Afrika auch nicht gerade vorgestellt. Wie sah es wohl in Bobonong aus - und im Tuli Block? *Ich darf mich nicht zu sehr ablenken lassen*, dachte ich.

Aber ich ließ mich ablenken.

Tony und ich wurden zu Barbecues eingeladen, die hier Braais hießen. Unsere Gastgeber waren oft gesellige Südafrikaner, die an der Mine in Selebi Phikwe arbeiteten. Ein amerikanischer Lehrer, der in einem Hippiehaus, weit ab von der Hauptstraße in den Hügeln wohnte, war der bemerkenswerteste Gastgeber. Jeder dachte natürlich, ich sei Tonys Freundin und zog uns unbarmherzig wegen unserer angeblichen 'Wilden Ehe' auf.

In diesen engen Kreisen waren Frauen entweder verheiratet oder verlobt. Nicht die Zwillingsschwestern von verschwundenen Freundinnen. Wir sagten wenig und lächelten meist. Menschen im südlichen Afrika - schwarz oder andersfarbig - waren ausgesprochen gastfreundlich. Sie waren auch recht religiös, im christlichen Sinne des Wortes.

Am Wochenende konnte man Tswanas in langen

Gewändern und 'Kirchenuniformen' daher schreiten sehen. Sie versammelten sich im Schatten ausladender Bäume, wo gesungen und getrommelt wurde.

Violett war die Farbe der Katholiken und grün/weiß war für die Anhänger der apostolischen Kirche reserviert. Frauen in hellroter Kleidung versammelten sich oft in Gruppen an den Bushaltestellen, aber ich fand nie heraus welcher Religion sie nun eigentlich angehörten. Einige weiße Frauen trugen auf dem Weg zur Kirche Spitzendeckchen auf dem Kopf. Erstaunlich.

Der Spätfrühling ging in den Frühsommer über und ich stellte fest, wie schmerzhaft es sein konnte tagsüber keinen Sonnenschutz und Hut zu tragen.

Nach einem Ausflug in eine verlassene Siedlung der McAlpine Company in den Hügeln westlich von Palapye, nahmen meine Arme eine tomatenrote Farbe an. Hals und Gesicht sahen auch nicht besser aus und es dauerte ein paar Tage, bis meine Haut aufhörte sich zu schälen. Ich hatte eine schmerzhafte Lektion gelernt.

Die Zeit verging und ich fragte mich, ob es eine gute Idee war, weiter meine Identität zu verbergen. Vielleicht hatte ja jemand Informationen über Claire, die mich weiterbrachten. Aber es war zu spät um meine Story zu ändern. Es musste einen anderen Weg geben.

Ich sollte allerdings bald Kontakt mit Gaborone aufnehmen. Mit der zentralen Polizeistelle dort und der britischen High Commission. Aber die Verständigung mit Gaborone war nach wie vor schwierig.

Mr. Poppelmeyer ließ über das Telefon im Berufszentrum einfach keine Privatgespräche zu. Ich schaffte es einmal die British High Commission vom Botsalo Hotel aus anzurufen.

Nach fünf Minuten Greensleeves gab ich auf. Dazu kam noch, dass sich Einzelheiten nicht besprechen ließen, ohne dass jemand mithörte. Mir blieb nichts anderes übrig, als zu warten bis Tony dazu bereit war nach Gaborone zu fahren.

Ich musste nicht lange warten. Am folgenden Wochenende entschloss Tony sich einen Tagesausflug nach

Gaborone zu unternehmen. Endlich!

Gabs wäre in England als Kleinstadt durchgegangen. Aber es hatte die Aufmachung und die vornehme Haltung einer Hauptstadt. Der Verkehr floss gemächlich dahin. Die Straßen waren zwar staubig, aber breit und geteert. Es gab ab und zu eine Ampel und sogar den gelegentlichen Kreisverkehr.

Wir tourten durch die Stadt und ich bekam eindrucksvolle Häuser inmitten üppiger Palmengärten zu sehen. Bougainvillea Büsche mit massenhaft pinken, lila und roten Blüten ergossen sich über Gartenmauern und kletterten in mächtige, blau-blühende Jacaranda Bäume. Ich war von der Schönheit Gaborones wie berauscht. Viele der Pflanzen kannte ich nur von englischen Blumentöpfen her und hier wuchsen sie einfach so draußen an der frischen Luft.

Im Stadtzentrum lag die Shoppingmeile, die man einfallsreich 'Die Europäische Mall' nannte. Mit unserer winzigen Mall in Palapye hatte sie aber wenig gemein. Diese 'Mall' erstreckte sich von einem Denkmal im Osten bis zu den Verwaltungsgebäuden im Westen. Es gab hier Banken, einen Buchladen, einen Supermarkt, ein Kino, ein paar Kleidergeschäfte, eine Eisenwarenhandlung und einen Souvenirladen. Mit anderen Worten: Zivilisation! Büros und Konsulate vervollständigten das Bild und die britische High Commission lag nur über die Straße. Kleinere Malls waren in Gaborone hier und da auch vorhanden, aber das Stadtleben fand zweifellos in der 'Mall' statt.

Claire ist hier entlanggelaufen, dachte ich wehmütig. Sie hatte sicher in einem dieser Geschäfte ihr warmes Bettzeug gekauft.

Etwa in der Mitte der 'Mall' überblickte das mehrstöckige 'President Hotel' gelassen die geschäftige Fußgängerzone. Breite Treppen führten zum gut besuchten Restaurant auf der schattigen Terrasse hinauf. Die belebte Mall kam meiner Vorstellung von einem afrikanischen Markt schon etwas näher. Der Buchladen war erstaunlich gut bestückt. Ich erstand günstig zwei Jane Austen Klassiker. Es gab sogar eine Kopie von Grandpas frühem Werk 'El Jadida' auf dem Regal für Historische Belletristik und ich kaufte die Kopie.

Auf dem Weg nach draußen stieß ich mit einem beleibten Herrn in hellblauem Safarianzug zusammen. Es war zwar meine Schuld gewesen, aber der Mann entschuldigte sich trotzdem. Wie höflich. "Ah sorry, no Matata", sagte er. Das bedeutet soviel wie 'kein Problem'. Das Wort sorry ließ sich vielfältig verwenden.

Im Corners Supermarket rollte mein Einkaufswagen aus Versehen in einen gepolsterten Hintern und die Antwort auf meine gestammelte Entschuldigung war 'Ah sorry, Madam, no matata.'

Leute auf der Straße zu grüßen war ein wichtiger Bestandteil der Tswana-Etikette. Und selbst in der Hauptstadt durfte man nicht einfach unhöflich vorbeigehen.

Ich grüßte wohlerzogen zwei ältere Damen, die in der Obst- und Gemüseabteilung des Supermarkts neugierig Blickkontakt gemacht hatten. Das Signal zu grüßen!

"Dumelang, bo-mma."

"Dumela, mma." Die Matronen nickten zufrieden und gingen weiter.

Ich hätte gerne mit Claires früheren Kollegen oder der High Commission Kontakt aufgenommen. Aber es war Wochenende und für Tony stand der Einkauf notwendiger Dinge im Vordergrund. Zum Abschluss gab es noch ein Mittagessen etwas abseits der 'Mall', im Gaborone Sun Hotel. Dann ging es auch schon wieder nach Palapye zurück.

Ich traute meinen Augen kaum, als direkt vor uns eine Kuhherde im Stadtverkehr durch die Straßen getrieben wurde. Tony meinte, sie seien wahrscheinlich auf dem Weg zum Schlachthaus in Lobatse.

"Wo hast du eigentlich mit Claire gewohnt, hier in Gabs?" fragte ich Tony auf einmal." Wo steht das Firmenwohnhaus?"

"Oh irgendwo da drüben —" er winkte mit seiner Hand ohne richtig hinzusehen.

" "Ich würde mir das gerne anschauen. Können wir nicht schnell mal vorbeifahren?" Wahrscheinlich dachte ich, dass ich dort Claires Fährte aufnehmen könnte oder so eine Art

Geistesblitz haben würde.

"Lieber nicht. Nächstes Mal vielleicht," murmelte er.

Ich wusste, dass Tony den anderen Ausländern noch aus dem Weg ging. Das Verschwinden meiner Schwester hatte in diesen Kreisen einen mittleren Skandal verursacht. Außerdem ging er allem aus dem Weg, das mit Claire zu tun hatte.

"Was mache ich bloß?" jammerte ich, als wir im Verkehr warteten. "Ich komme überhaupt nicht voran mit meiner Suche nach Claire."

"Du kannst ja mal allein nach Gabs fahren und für ein paar Tage bei Uli Winckler und seiner Familie übernachten," schlug Tony vor.

Wir sahen das Hinterteil der letzten Kuh hinter ein paar Bäumen verschwinden und fuhren weiter.

"Uli ist ein hohes Tier am Automotive College und seine Frau Rita ist unheimlich nett. Die beiden haben sicher nichts dagegen, wenn du bei ihnen wohnst. Nächste Woche kannst du mit einem der Minenleute nach Gabs mitfahren. Ich hol' dich dann am Wochenende wieder ab. Das heißt, wenn Poppelmeyer mich nicht braucht."

Das hörte sich ganz so an, als wolle Tony mich loswerden.

"Was denn und einen neuen Heiratsantrag riskieren?"

"Ja —" Tony lachte kurz auf.

"Was ist denn mit dir, willst du nicht auch mitkommen?"

Wir hielten an einer Ampel an.

"Ich, Ich kann nicht…nicht…noch nicht," stotterte er auf einmal. Was war bloß los mit ihm?

"Was ist, wenn ich was wichtiges über Claire herausfinde?" Ich ließ nicht locker. Irgendwann mussten wir ja schließlich darüber reden.

"Ich muss arbeiten und kann damit jetzt einfach noch nicht umgehen, OK?" Ich hatte es satt das zu hören, aber was sollte ich tun? Ich wollte mich nicht mit ihm streiten. Ohne Tony war ich hier aufgeschmissen.

"Wir müssen doch endlich mal darüber reden, Tony." Wir fuhren wieder auf der Hauptstraße.

"Ich weiß Aber nicht gerade jetzt." Oh es war einfach zum

Auswachsen mit ihm!

"Na gut, dann geh' ich eben allein. Was ist mit Montag?" drängte ich. Wozu noch warten?

"Ich ruf' die Wincklers am Montag an," versprach Tony.

Aber daraus wurde nichts. Am Montag hatte sich die Englischlehrerin immer noch nicht eingefunden. Sie wohnte in einem Dorf im Okavango Delta. Ohne Telefon.

Tony war ihr direkter Vorgesetzter. Er konnte nicht länger warten und flehte mich geradezu an, ihre Klassen zu übernehmen. Das letzte Semester des Jahres war schrecklich wichtig und Abschlussprüfungen standen an.

"Wir brauchen dringend eine Vertretung," sagte er.

"Was ist, wenn diese Lehrerin auch verschwunden ist?" fragte ich ängstlich. Wer weiß, was da draußen im Busch alles passieren konnte.

"Wohl kaum. Wahrscheinlich musste sie zu irgendeinem Begräbnis oder zu einer Hochzeit gehen. Vielleicht hat sie auch einfach keine Lust mehr hier zu arbeiten. Zeit hat hier in Botswana eine ganz andere Bedeutung, weißt du."

"Das habe ich schon gemerkt, das mit der Zeit. Aber was ist mit den Studenten, interessiert die Lehrerin das denn gar nicht?"

Tony zuckte nur mit den Schultern. "Wer weiß, was sie sich dabei denkt. Hier kommt nichts gegen eine ordentliche Beerdigung an. Wahrscheinlich taucht sie irgendwann vor den Examen wieder auf."

"Aber Tony, Ich hab' doch noch nie unterrichtet. Noch niemanden," stöhnte ich.

"Macht nichts. Du hast eine Sprachausbildung. Das reicht hier als Qualifikation vollkommen aus."

"Ich weiß nicht so recht — "

"Bitte spring' ein, bitte," bettelte er.

Was blieb mir da anderes übrig? Ich konnte Tony nicht im Stich lassen.

Oh well, no matata. Mein Besuch bei den Wincklers in Gaborone musste eben aufgeschoben werden. Stattdessen bereitete ich meinen Lehrplan vor. Ich konnte nur hoffen, dass ich mich nicht zum kompletten Idioten machte.

Ein paar Nächte vor der ersten Unterrichtsstunde wachte ich plötzlich auf und musste mich überall kratzen. Ich tastete mich an den Wecker. 1:34 Uhr. Autsch!

Ich sprang wie von Furien gejagt aus dem Bett und schaltete die Nachttischlampe an.

Eine wahre Armee roter Ameisen marschierte schnurgerade die Mitte meiner Matratze entlang und auf dem Boden hinunter. Und sie waren überall auf mir!

Ich riss mir den Pyjama runter und wischte verzweifelt an Armen und Beinen. Die grässlichen kleinen Feuerameisen bissen unerbittlich.

Mutig schälte ich das Bettzeug ab und schmiss alles in die Badewanne. Dann bombardierte ich die Viecher mit Wasser - Ameisen hassten Wasser - und stellte mich selbst unter die Dusche. Was war nur mit dem Wasser los, konnte das nicht schneller laufen?

Ich sah zufrieden, wie die letzten rot-braunen Teufelchen mit dem Seifenschaum im gurgelnden Abfluss verschwanden. Meine Haut juckte zwar immer noch, aber ich konnte jetzt wenigstens einen neuen Pyjama anziehen.

Insektenspray musste her! Die knallgelbe Sprühdose mit 'Sofort Tot' stand auf dem Kühlschrank, wo Tony auch die grünen Spiralen aufbewahrte, die gegen Moskitos nachts abgebrannt wurden.

Ich nahm das Spray an mich und rannte ins Zimmer zurück, obwohl ich alles hasste, was mit Gift zu tun hatte. Das hier war eine Notsituation. Ich schob das Bett von der Wand weg und sah, wie die Ameisen durch ein Loch in der Wand direkt über der Fußleiste krabbelten.

Tonys verschlafenes Gesicht erschien im Türrahmen. Der Tumult hatte sogar ein Murmeltier wie ihn geweckt. Na wunderbar, er konnte mir dabei helfen die Ameisen loszuwerden!

"Was machst du'n da?" fragte er und gähnte ausgiebig.

"Rote Ameisen!" rief ich schier hysterisch. "In meinem Bett, überall." Ich konnte noch immer die brennenden Bisse am ganzen Körper spüren.

Tony gähnte. "Oh sorry. Spray is' auf'm Kühlschrank." Damit drehte er sich um und taumelte in sein Zimmer zurück.

"Na vielen Dank auch," sagte ich, als seine Tür hinter ihm ins Schloss fiel. "Für gar nichts".

Ich besprühte die Fußleiste ausgiebig mit 'Sofort Tot'. Der Geruch allein war genug um tot umzufallen. Ich öffnete das Fenster und zog ins Gästezimmer um.

Zum Glück waren es nur rote Ameisen gewesen und nicht etwa eine große Spinne, ein Skorpion oder eine Schlange. Meine Vorstellung von Normalität war schon lange ins Wanken geraten. Während meiner fast insektenfreien Existenz in Cambridge hätte ich beim bloßen Anblick einer winzigen Spinne im Badezimmer einen Herzanfall bekommen.

Ich vergaß die Ameisen, die Schlangen und Skorpione und schlief wieder ein - und erwachte an einem neuen afrikanischen Morgen wie gehabt zu Hahnengekrähe und Eselsgeschrei.

Ein glühend heißer Tag kündigte sich an und ich sprang aus dem Bett, um das beste aus den kühleren Morgenstunden zu machen. Bald summte Tonys Wortprozessor und druckte fleißig ein Arbeitsblatt nach dem anderen aus.

Da waren noch stapelweise Dokumente durchzugehen und der erste Unterrichtstag rückte unaufhaltsam näher.

VIERTES KAPITEL

Auf einmal drehte sich alles nur noch um Schule. Eignungstests, Studienpläne, Zeitpläne. Ich hatte keine Ahnung, was ich da tat. Ich machte einfach, was Tony mir sagte. Er war ja schließlich Lehrer und kannte sich aus.

Ich gewöhnte mich langsam an Afrika und vermisste die Bequemlichkeiten der modernen Zivilisation nicht mehr ganz so sehr. Es wurde ganz normal einfach nur Shorts und T-Shirts zu tragen statt schicker Klamotten. Und Make-up war nur noch Nebensache.

Ich hatte das Gefühl näher an mein Ziel zu kommen. Immerhin hatte ich Gaborone gesehen und konnte dort, falls nötig, bei einer Familie namens Winckler übernachten. Und mein Setswana machte Fortschritte. Mein Gefühl war aber noch weit von den Tatsachen entfernt.

Eines Nachmittags kam ich von einem Ausflug zur Mall zurück und fand einen jungen Mann auf der Treppe zur Veranda vor. Er schien zu warten und sprang auf, als er mich sah. Es war ungewöhnlich für Fremde im Wohnkomplex herumzuwandern, es sei denn sie hatten Familie oder Freunde, die hier angestellt waren.

Der Mann trug ein sauberes weißes Golfhemd und Jeans, war hochgewachsen und höflich. Vielleicht war er ein Cousin von Neo.

"Dumela ra, le kai?" grüßte ich ihn auf die übliche Art.

"Dumela mma. Re teng, re teng. Wena o tsoga?" antwortete der junge Mann und begann einen Wortschwall auf Setswana von sich zu geben. Ich war völlig überfordert, schüttelte bloß den Kopf und versuchte es mit Englisch.

"Suchst du einen Job?" fragte ich.

"Job, Job?" Er zog verwirrt die Schultern hoch. Oh je.

"Hat etwa Neo dich geschickt? Unsere Nachbarn brauchen einen Gärtner, nicht wir. Du solltest besser mit ihnen reden —" Ich wollte ihn zu Mrs. Poppelmeyer schicken, aber er verstand mich nicht. Offensichtlich war er aus einem anderen Grund hier.

"Ah, du musst Tsananas Freund sein. Mal sehen, ob sie noch da ist," sagte ich und nahm die Schlüssel aus der Tasche.

"Ga ke na —" Der junge Mann schüttelte den Kopf und trat von der Tür zurück.

"Tsanana, Tsanana! Kannst du bitte herkommen?" rief ich. Keine Antwort.

"Sie muss schon gegangen sein." Ich drehte mich um, aber von dem jungen Mann war keine Spur mehr. *Komisch*, dachte ich und ging zum Gartentor zurück. Ich sah gerade noch das weiße Golfhemd beim Haupttor um die Ecke verschwinden, dann war der junge Mann ganz weg. Jemand auf der anderen Straßenseite verschwand auch sehr schnell hinter einem der leeren Häuser. Das war schon recht seltsam. Ich fragte mich, ob die beiden etwas miteindander zu tun hatten, aber die Frage konnte mir wohl nur Tsanana beantworten. Am nächsten Tag arbeitete Tsanana für Alfred und wir unterhielten uns kurz über den Gartenzaun.

"Oh Madam, der junge Mann war gestern hier und ich frage sie, was willst du. Sie sagt, will Madam sehen. Mma Bridget. Ich sage, sie ist nicht hier, soll später kommen. Ich gehe und er sitzt hier." Tsanana zeigte auf die Treppe.

"Ja, da saß er noch, als ich zurückkam. Aber wir haben uns nicht verstanden und dann ist er einfach gegangen."

"Ich weiß auch nicht, Madam." Tsanana zuckte die Schultern.

Weder Tony noch Neo konnten sich das Ganze erklären, also versuchte ich die Begegnung zu vergessen und machte mich wieder an die Unterrichtsvorbereitung.

Ich erfuhr erst viel später, wie wichtig ein Gespräch mit diesem jungen Mann gewesen wäre oder warum er so schnell verschwunden war.

Wenn doch nur diese lästige Sprachbarriere nicht wäre! Tsanana brachte mir schon so viel wie möglich bei. Wie sie das neben dem Waschen und Saubermachen noch bewerkstelligte, weiß ich beim besten Willen nicht.

Einmal fragte ich sie, warum sich Einheimische lauthals auf der Straße unterhielten. Für mich hörte sich das wie Streiten an. Ihre Antwort erstaunte mich.

"Nein Madam, die streiten sich nicht!" Sie schüttelte sich vor Lachen. "Nein, sie sprechen normal mit Schreien. Besser als leise sprechen. Dann denken Leute man redet Geheimnisse über sie." Wer hätte das gedacht? Man schrie sich an, um nicht in Verdacht zu geraten, heimlich zu tratschten!

Sie erzählte mir auch vom Kgosi, dem Oberhaupt eines Stammes. Einer seiner vielen Aufgaben war es, über Streitigkeiten zu richten und Strafen zu verhängen, wenn Stammesregeln verletzt wurden. Wenn es Probleme zwischen Eheleuten gab, wurden die Familien eingeschaltet und falls nötig eben auch der Kgosi.

Im Dorfversammlungsplatz, der Kgotla, konnte es schon mal das öffentliche Peitschen mit einem Stock auf den Rücken eines misshandelnden Ehemannes nach sich ziehen. Ich war zwar bei einer Kgotla- Versammlung dabei gewesen, aber nur um dem neuen Direktor des Berufszentrums die Ehre zu erweisen.

Gerichtstage waren an sich eine interne Tswana-Angelegenheit und ehrlich gesagt, hätte ich auch nicht gewusst, wie ich auf die Bestrafung eines abtrünnigen Ehemanns reagiert hätte.

Heiraten war eine komplizierte Angelegenheit. Ausgedehnte Verhandlungen zwischen den Klans waren nötig, bevor ein Mann für eine Frau die Lobola-Mitgift bezahlen durfte. Lobola bestand gewöhnlich aus Rindern, Haushaltsgeräten und Geld. Ein Mann musste sich auch als Ernährer und Beschützer beweisen. Frauen mit Kindern waren begehrenswert, weil sie schon ihre Fruchtbarkeit unter

Beweis gestellt hatten. Tsanana hatte zwei kleine Söhne.

"Und warum bist du dann noch nicht verheiratet?" fragte ich sie stirnrunzelnd.

"Kein Mann soll mich schlagen und schlecht benehmen. Ich will frei sein." Tsanana schnippte zur Betonung mit den Fingern. Wer hätte gedacht, dass unsere clevere Maid eine feministische Ader hatte?

Tsanana war stolz darauf für Lehrer zu arbeiten. Lehrer waren schließlich hoch angesehene Morutis. Seltsamerweise hieß Moruti auch 'Geistlicher'. Mir wurde klar, dass sie sich geehrt fühlte, mir, der weißen Moruti, etwas beizubringen, weil ich ja bald mein Wissen der englischen Sprache mit den Studenten am Berufszentrum teilen würde. Ich fragte mich, ob dem Lehrberuf in England mit demselben Respekt begegnet wurde.

Eines Morgens erschien Tsanana mit einem tiefen Schnitt im Finger und ich fragte sie, ob sie damit schon beim Arzt gewesen sei.

"Nein, Madam," lachte sie fröhlich. "Ich gehe zu eine Medizinmann. Ein Sangoma."

Ich hatte bis dahin noch nichts von Sangomas gehört. Ich nahm aber an, dass Tsanana so eine Art Schamane meinte. Das stimmte auch fast. Nur, dass Sangoma in der afrikanischen Gesellschaft um einiges wichtiger waren als ein Arzt in Europa. Neben dem Kgosi hatte der Schamane die wichtigste Stellung im Dorf.

"Was macht denn so ein Sangoma?" fragte ich neugierig.

"Oh viele Sache. Sangoma heilt mit Muti Medizin und helfen mit Tokolosche…"

"Womit? Toklosch?"

"Nein, Madam, T o k o l o s c h e," Tsanana betonte jeden Buchstaben.

"Was ist das?"

"Tokolosche ist kleine Leute."

Meinte sie damit sowas wie Pygmäen? "Kleine Leute?"

"Ja klein, und auch Geister." Die richtige Erklärung fiel ihr schwer.

"Geister?"

Das hörte sich aufregend an. Afrikanische Magie vielleicht.

"Ja, schlimme Geister. Sehr frech."

"Oh, warum denn schlimm, sind sie gefährlich?"

"Sie sind frech. Sie kommt in der Nacht und kratzt Kinder auf den Rücken und verletzt Rinder mit seinem Kopf." Sie beschrieb einen Knochenkamm, von der Stirn bis zum Nacken. Das hörte sich eher wie ein Fantasiewesen an. Sowas wie der Bi Ba Butzemann.

"Bett muss auf Ziegelsteine stehen, dann lassen sie in Ruhe. Sind klein." Tsanana machte ein ernsthaftes Gesicht. Das musste erstmal bei mir einsinken.

"Wie hilft denn so ein Sangoma?" fragte ich.

"Er wirft Knochen und gibt Muti Medizin und sagt Zaubersprüche."

Tja, wahrscheinlich war das genau das, was ich brauchte. Ein Sangoma, der mir mit einem Zauberspruch helfen konnte Claire zu finden. Knochen werfen hörte sich scheußlich an. Was das wohl bedeutete?

Damals wusste ich noch nicht wie sehr ich einen Sangoma wirklich brauchte.

Nach ein paar Tagen war Tsananas Finger blau. Nicht von der Infektion oder weil er kurz davor war abzufallen, sondern wegen dem sondern wegen dem allgemein gebräuchlichen Antiseptikum Gentiana.

"Ah Tsanana, der Sangoma hat dir Lekgoa Medizin gegeben?" fragte ich sie.

"Nein Madam. Sangoma Muti hat nicht geholfen. Ich gehe zur Klinik." Egal wie sehr ich mich anstrengte diese Kultur zu verstehen, desto schwieriger wurde es.

Mit meinem Versuch auf der Polizeistation Setswana zu sprechen, klappte es auch nicht sehr. Ich erntete nur noch mehr Erheiterung, aber es verbesserte sich nichts dadurch.

Wie sollte ich da vernünftige Informationen in Bobonong und Motschudi sammeln? Meine Sprachbegabung ließ mich im Stich. Ein neuer Plan musste her.

Und dann begann auch schon der erste Schultag.

Wer hätte gedacht, dass Unterrichten Spass machen kann? In meiner Klasse waren 31 Schülerinnen. Alles angehende Sekretärinnen. Und sie waren so aufmerksam, wie man es sich als Lehrer nur wünschen konnte. Nach der Feuertaufe, als ich noch befürchtete, dass etwas zwischen meinen Zähnen steckte oder ein Knopf an meiner Bluse fehlte, ging alles in eine angenehme Routine über.

Der Eignungstest hatte gezeigt, dass viele der jungen Damen fast überhaupt kein Englisch konnten.

Die älteste Schülerin war sogar selbst Englischlehrerin in einem Dorf in der Nähe von Francistown gewesen, aber mit dem Sprechen haperte es. Das hielt sie nicht im geringsten davon ab, es trotzdem zu versuchen.

Ich beschloss auch trotz meines Mangels an Erfahrung mein Bestes zu geben. Ich stolperte über so unaussprechliche Namen wie Ogaisitse, Tshidiso, Galisano, Gasinone, Daitapelo and Keitatole, und übte sie mit Neos Hilfe.

Und obwohl ich von Lehrtheorien keine Ahnung hatte, fummelte ich mich langsam in meine neue Rolle hinein. Tsananas Lektionen erwiesen sich auch als nützlich. Wenn meine Schülerinnen beim Reden auf ihre Füße starrten, dann wusste ich warum.

Tony half mir wo es ging und Mr. Matija gab mir den gutgemeinten, wenn auch erschreckenden Tipp, ich sollte 'sie schlagen, wenn sie Ärger machten'. Ein Stock oder Lineal, das schon mal auf Tische oder Studenten nieder krachte, war anscheinend ein unentbehrliches Lehrmittel. Nicht bei mir. Die Mädchen waren fleißig und brachten mich so manches Mal zum Lachen.

Ich benutzte rosa-roten Lippenstift und eines Tags kamen alle mit rosa Lippen in die Klasse. Alle. Wenn man so erfolgreich wie die Lehrerin sein wollte, musste man einfach nur ihren Lippenstift kopieren. Das Symbol für Erfolg. Ich versuchte nicht laut zu lachen und ignorierte die rosa Lippen. Die Lippenstift-Phase dauerte auch nicht lange. Studenten durften kein Make-up tragen und ein anderer Lehrer verlangte, dass sie sich die Gesichter wuschen.

Ich nahm meine neue Aufgabe sehr ernst, obwohl ich mit wachsender Ungeduld kämpfte, weil ich hier in Palapye festsaß und nichts dagegen tun konnte. Die Tswana-Englischlehrerin hatte noch nichts von sich hören lassen, aber ich konnte ja nicht einfach davonlaufen.

Ironischerweise verdiente ich nur 100 Pula im Monat. Eine mickrige Summe, selbst für hiesige Verhältnisse. Eine Maid verdiente oft mehr, aber ich war ja nur die vorübergehende Vertretung.

Mrs. Poppelmeyer schien etwas damit zu tun zu haben. Jeder wusste, dass Rektor Poppelmeyer, nie etwas ohne ihre Zustimmung tat. Es war mir egal und ich beschwerte mich nicht. No matata.

Nur eine Schülerin mit dem Namen Susan gab mir graue Haare. Sie war sechzehn und ziemlich aufmüpfig. Susan stand mitten im Unterricht auf, um die Fenster zu schließen oder aus dem Zimmer zu gehen oder sie war frech zu der unerfahrenen Lekgoa Lehrerin.

Es wurde so schlimm, dass ich mit ihrer Mutter Tshidi sprechen musste, die eine der Putzfrauen an der Schule war. Tshidi hörte mir entgeistert zu.

"Oh Madam, sorry. Sie ist ein schlechtes Kind," sagte sie und versprach ihrer Tochter ins Gewissen zu reden.

Susan kam weder am Montag noch Dienstag zum Unterricht. Dann hörte ich von Mr. Matija, dass sie zu ihrem Vater, einem Polizisten in Gaborone, fortgelaufen war. Ich wusste natürlich nicht, dass einem ungezogenen Kind ins Gewissen zu reden, eine ordentliche Tracht Prügel bedeutete.

Die Familie brachte eine Menge Opfer für ihre Ausbildung und Susan war vor den Familiensenat bestellt worden. Als sie frech wurde, gab es was hinter die Ohren.

Susan wurde eine Woche später von ihrem Vater wieder nach Palapye gebracht. Ich fühlte mich verantwortlich und nahm mir vor, weniger streng mit ihr zu sein. Aber das Mädchen war wie ausgewechselt. Susan war auf einmal lammfromm und hatte ab jetzt gehörigen Respekt vor mir. Oh je, so hatte ich es mir nicht vorgestellt.

Auf einmal waren es nur noch Wochen bis zu den Examen und ich war bei der Polizei noch keinen Schritt weitergekommen. Konnte man das noch als Lethargie bezeichnen oder versuchten die mich absichtlich zu bremsen? Obwohl mir mein Job Spaß machte, konnte ich es kaum erwarten nach Gaborone zu fahren.

Es war jetzt Hochsommer. Nicht der liebliche, warme Sommer in England. Nein, Sommer in Botswana bedeutete etwas vollkommen anderes. Eine unbarmherzige Sonne quälte uns. Heiß und blendend. Sie wechselte sich mit schweren Gewittern ab, die neues Leben in die ausgetrocknete Erde dreschten, um dann Platz für noch mehr Hitze zu machen. Wie sollte ich mich je an diese Hitze gewöhnen?

Es wimmelte nur so von Insekten. Moskitos, Kakerlaken und Spinnen waren einfach überall.

So langsam begriff ich, warum es diese kleinen Schirme aus Fliegennetz gab, die man übers Essen stülpte. Und warum Insektenspray unentbehrlich war.

Jeder versuchte die Arbeit am kühleren Morgen zu erledigen und Richtung Nachmittag immer mehr Ruhepausen einzulegen. Ich gewöhnte mich daran. Auch, dass ich über das ständige Brummen der Deckenventilatoren im Klassenzimmer sprechen musste. Aber ich hatte meine Grenzen. An heißen Nachmittagen schmachte ich meist nur noch in einem Sessel auf Tonys schattiger Veranda vor mich hin, mit einem Krug voll eiskaltem Getränk in Reichweite. Ein Ventilator blies mir kühle Luft direkt ins Gesicht. Es sei denn, wir hatten Stromausfall.

Von der Veranda aus schauten die Hügel hinter dem brandneuen Trainingszentrum verschwommen über den Baumwipfeln hervor. Die Häuserreihen im Komplex erinnerten mich an eingezäunte Hühnerställe. Tonys eingezäunter Hühnerstall war inzwischen mit einer grünen Motsetsi Hecke ausgekleidet.

Wenn ich die Energie dazu aufbrachte, las ich Briefe oder sah mir die Bilder in alten englischen Zeitschriften an. Zum

Musikhören war es zu heiß, und sogar zum Traurigsein. Sahida schrieb über ihre Großfamilie und irgendeinen Fußballspieler, den sie anhimmelte. Diane beschwerte sich über meine Kunden... dass jeder seine Übersetzung so superschnell haben wollte. Dabei hatte ich ihr doch eingebleut, mit den Kunden zu verhandeln.

Ich versuchte nicht mehr mit Tony über Claire zu sprechen. Es war einfach zu heiß dazu. Und ich fragte mich auch nicht mehr, warum er noch hier war, so nahe bei Claire. Ich wollte nur einfach diese furchtbare Hitze überstehen.

Während der Wochen vor den Examen gab es keine Klassen zu unterrichten. Endlich konnte ich mich wieder auf eine Fahrt nach Gaborone freuen. Mit seinen Malls und kühlen Hotelbars. Wir mussten früh morgens an einem Wochentag losfahren, um der Mittagshitze zu entgehen.

Ich hatte nur einen unbestimmten Plan.

Ich würde mit der British High Commission beginnen. Dann kam die zentrale Polizeihauptwache an die Reihe. Grandpa hatte mich bei der High Commission schon angekündigt. Tony ging derweil zur Bank und erledigte dies und das in der Mall. Wir wollten uns später im President Hotel treffen.

Zu meiner Enttäuschung bekam ich nur höflichen Smalltalk serviert und wohlgemeinte Beteuerungen, wie leid allen das Verschwinden meiner Schwester tat. Damit konnte ich überhaupt nichts anfangen. Was hatte ich auch erwartet?

Als ich auf die Straße hinaustrat, erwischte mich die heiße Luft. Es war nicht weit bis zur zentralen Polizeistation, aber als ich dort ankam, war ich schon vollkommen verschwitzt.

Jemand hier konnte mich bestimmt über die Umstände aufklären. Immerhin handelte es sich dabei um das Polizeihauptquartier mit erfahrenen Beamten, ganz so wie bei Scotland Yard. Keine Hinterwäldler wie die Polizisten in Palapye. Tatsächlich war Detektiv Sidney Sibeko ein etwa vierzig-jähriger, mit allen Wassern gewaschener Polizeibeamter, der stolz seinen Job tat.

Nach dem Austausch einiger Höflichkeiten und nachdem

er mich dafür gelobt hatte, dass ich ihn auf Setswana begrüßen konnte, überreichte er mir die Akte. Ein Haufen Papiere, die mehrmals zusammengeheftet waren.

Das musste der Bericht sein, den ich schon so lange hatte sehen wollen! Handgeschriebene Notizen steckten zwischen getippten Seiten. Sie waren durchweg unleserlich, aber im getippten Bericht stand etwas von einer Beule vorne am Auto, in der Ziegenhaar klebte. Claire musste also ein Tier, eine Ziege angefahren haben. Das hatte bisher noch niemand erwähnt. Bis jetzt.

Ich las, dass es keine bestimmbaren Fingerabdrücke gab. OK, das war ja nichts Neues.

Dann stellte ich Fragen und endlich bekam ich Antworten. Auch wenn es nicht die Antworten waren, die ich hören wollte. Angeblich war Tony am Anfang unter Verdacht gestanden, aber es gab weder Motiv noch Gelegenheit.

Man hatte sein fehlendes Interesse und dann meine Ankunft im Land bemerkt. Weil ich immer so hartnäckig bei der Polizeistation in Palapye nachfragte, hatte man den Verdacht aber wieder fallen lassen. Mein Eindruck, dass die Polizei in Palapye uninteressiert war, stimmte also nicht. Unsere anscheinend so gemütliche Landpolizei hatte die ganze Zeit Berichte nach Gaborone geschickt!

Der Detektiv konnte sich nicht für meine Theorie begeistern, dass jemand meiner verletzten Schwester geholfen haben könnte.

"Es gibt keinerlei Anhaltspunkte dafür. Wir tappen noch völlig im Dunkeln was ihren Aufenthaltsort betrifft," sagte Detektiv Sibeko in einwandfreiem Englisch.

"Aber vielleicht ist sie ja bewusstlos und jemand hat sie gefunden. Vielleicht noch an einem entfernten Ort im Tuli Block."

"Das halte ich für so gut wie ausgeschlossen, Miss Reinhold. Es gibt im Busch zu viele Gefahren…"

Seine Bemerkung schockierte mich. Eisige Kälte lief mir das Rückgrat hinunter.

Vor meinem inneren Auge fraßen sich Löwen und Hyänen

durch einen blutigen Kadaver. Hör' auf damit, schalt ich mich, konzentriere dich gefälligst.

"Ist es denn möglich, dass sie irgendwie das Land verlassen hat?" fragte ich und versuchte meine Panik unter Kontrolle zu halten.

"Das hört sich abenteuerlich an, aber wie gesagt, es gibt keine Anhalts…"

Ich beendete den Satz: "…punkte für ihren Aufenthaltsort, ich weiß,"

Er räusperte sich. "Außerdem haben wir das schon überprüft. Allerdings ist das im Grenzgebiet schwer festzustellen. Sogar wenn wir annehmen, dass Ihre Schwester den Unfall überlebte und sich in Richtung Grenze verlaufen hat. Sie würde das wohl kaum alleine schaffen."

"Meine Schwester hat den Unfall überlebt, das weiß ich einfach!" Ich konnte es nicht zulassen, dass mir das genommen wurde. Das einzige, was mich einigermaßen bei Verstand hielt.

"Wir behandeln sie ja noch als vermisste Person," sagte er.

"Gut."

"Die Anwohner in Motschudi wurden auch verhört, aber niemand hat eine weiße Frau gesehen oder mitbekommen wie das Auto auf das Feld gefahren wurde."

"Was ist, wenn die Leute dort lügen? Wie soll das Auto denn dorthin gekommen sein?" fragte ich.

"Mit welchem Motiv? Und wie das Auto dort hinkam wissen wir leider noch nicht. Wir wissen noch nicht sehr viel."

OK, das mit dem Motiv war natürlich ein Problem.

Detektiv Sidney Sibeko seufzte ergeben. Er wollte helfen. "Wir werden Sie über alle neuen Entwicklungen auf dem Laufenden halten. Geben Sie die Hoffnung nicht auf, Miss Reinhold."

"Da können Sie sicher sein."

Ich schloss die Akte, sah auf das Deckblatt und zögerte.

Die Überschrift war Stratton/Reinhold – Claire, vermisst: 16. Juli 1988. Stratton?

"Es tut mir leid Detektiv Sibeko, aber das muss sich um einen Irrtum handeln. Meine Schwester heißt mit Nachnamen Reinhold. Nicht Stratton. Ihr Freund heißt Stratton."

Er sah in der Akte nach und schüttelte den Kopf. "Nein, Miss Reinhold, das ist kein Irrtum. Geburtsdatum: 27/03/1966; Geburtsort: Cambridge, Großbritannien; Familienstand: Verheiratet, 2. Juni 1988 in London; Name des Ehegatten: Anthony Lewis Stratton." Er hielt mir das Dokument dicht unter die Nase und zeigte auf den Eintrag, den ich nicht hatte entziffern können.

Ich muss ziemlich blass ausgesehen haben.

"Fühlen Sie sich nicht wohl, Miss Reinhold?" fragte er und ich setzte mich wieder. "Möchten Sie etwas Wasser trinken?"

"Nein danke. Ich bin nur so…überrascht. Ich wusste nicht, dass sie geheiratet hatte."

"Das tut mir leid. Hatte ihr Schwager Ihnen das nicht erzählt?"

"Nein, das hat er nicht." *Warum eigentlich nicht, Tony?* Dachte ich ermattet. Warum kann man nicht mit dir reden?

Detektiv Sibeko gab mir einen Augenblick, mich zu fangen, dann verlor er keine Zeit mich loszuwerden. "Also wenn es sonst nichts gibt, Miss Reinhold…"

Da war ein gleichgültiger Unterton. Er wollte sich wieder seiner gewohnten Arbeit zuwenden.

"Ja, ja natürlich. Vielen Dank für Ihre Zeit, Detektiv."

Ich stand auf und gab ihm die Akte zurück. Er schüttelte meine schlaffe Hand und ich ging wie betäubt an geschäftigen Polizisten und klappernden Schreibmaschinen vorbei hinaus.

"Du siehst so blass aus, Schwesterchen. Was hat denn der Polizeidetektiv zu dir gesagt?"

Tony schien wenigstens interessiert zu sein. Ich erzählte ihm nur das Notwendigste: Dass die Polizei noch keine Spur hatte, das mit dem Unfall und so weiter. Die Löwen und Hyänen ließ ich aus dem Spiel.

Unglaublich, dass Tony und Claire verheiratet waren und er mir nichts davon gesagt hatte. Nachdem ich wochenlang sein Haus geteilt hatte.

Unglaublich, dass nicht mal Claire mit mir ehrlich gewesen war. Meine eigene Zwillingsschwester. Hier war ich nun in einem fremden Land und hatte nie die Absicht gehabt, dorthin zu reisen bevor sie herzog. Und sie hatte mir noch nicht mal erzählt, dass sie vorhatte zu heiraten. Hatte sie es einfach vergessen? Es war schwierig, mich nicht betrogen zu fühlen. Es war aber genug mich endlich in Gang zu bringen.

Ich verbrachte den ganzen Weg nach Palapye damit mich an den Gedanken zu gewöhnen. Als ich abends mit meiner Mutter wie verabredet im Botsalo Hotel telefonierte, hatte ich meine Nerven wieder im Griff. Ich durfte ihr auf keinen Fall sagen, dass Claire und Tony verheiratet waren. Noch nicht. So fanden meine Eltern das erst viel später heraus.

'Bist du sicher?' fragte Mom. 'Ein Unfall?'

'Ja, das hat der Detektiv gesagt. Und im Bericht stand etwas von Ziegenhaaren in einer Delle vorne an der Chassis.'

'Ohgott! War da denn...Blut?' fragte sie heiser.

'Nein, kein Blut. Nur ein wenig von der Ziege zusammen mit den Haaren. Und die Fingerabdrücke sind unbestimmbar. Eben nur Anhaltspunkte, dass sie irgendwo diese Ziege angefahren haben musste.'

'Aber was hat die Polizei herausgefunden? Wie ändert sich die Situation dadurch?' 'Aber was hat die Polizei herausgefunden? Wie ändert sich die Situation dadurch?' In der Stimme meiner Mutter schwang deutliche Erleichterung mit.

'Wie? Alles ändert sich dadurch. Sie ist wahrscheinlich noch da draußen im Busch, irgendwo. Verletzt. Allein oder bei Fremden. Und die Polizei tappt immer noch im Dunkeln!'

'Bridget, hör' bitte gut zu. Tu' nichts Unüberlegtes! Wenn Claire verletzt wurde, wie ist sie dann mit dem Auto zu dieser Stadt ... gefahren?' Mom suchte nach dem Namen.

'Motschudi,' warf ich ein.

'In diese Stadt Motschudi mitten auf ein Feld gefahren. Das ist doch nicht so weit von Gaborone entfernt. Wie lange glaubst du hat es gedauert, bis sie jemand dort gefunden hat?'

'Du hast recht, das macht alles keinen Sinn. Vielleicht wurde sie ja irgendwo entführt!'

Ich sah mich um. Hoffentlich hatte der Rezeptionist nicht mitgehört oder einer der Hotelgäste.

Ich sprach leiser weiter. 'Aber warum bloß, das ist doch unmöglich!'

'Es gibt da eine mögliche Antwort. Ich habe in den Nachrichten gehört, dass Mädchen entführt werden und an Männer im Nahen Osten verkauft werden. Sie haben gerade einen Menschenhändlerring in London hochgenommen. Vielleicht werden Mädchen ja auch woanders entführt.'

'Bisschen weit hergeholt, Mom. Vor allem hier im Busch. So hat sich das sicher nicht abgespielt! Und wie soll ich es anstellen etwas darüber zu erfahren?'

'Ich könnte mit deinem Großvater sprechen, vielleicht hat er ja eine Idee...'

Die Unterhaltung endete mit meinem Versprechen, mich um die Entführungsgeschichte zu kümmern. Und die ganze Zeit hatte ich eigentlich mit ihr darüber sprechen wollen, dass Claire verheiratet war.

Tony und Neo hatten in der Bar auf mich gewartet und wir beschlossen ins Restaurant zu gehen.

"Was ist eigentlich los mit dir heute? Zuviel Sonne abgekriegt?" Neo versuchte, mich aufzuheitern.

"Lass sie zufrieden, Neo. Bridget fühlt sich nicht wohl und es war ein langer Tag."

"Das tut mir leid. Hoffentlich nichts Ernsthaftes —"

Die beiden quasselten weiter über dies und das, meistens Arbeit, und machten irgendwelche Pläne fürs Wochenende. Als ich endlich mit Tony allein war, konnte ich mich nicht länger zurückhalten.

"Tony..."

Ich warf ihm alles an den Kopf. Dass ich ihn nicht verstand, dass ich Claire nicht verstand. Er sah mich schuldbewusst an und versuchte erst gar nicht es abzustreiten.

"Ich hab' das kommen sehen," sagte er.

"Warum hast du denn nichts gesagt? Warum hat Claire mir nichts gesagt?"

"Wir wollten eigentlich eine richtige Hochzeit mit der

Familie feiern – in zwei Jahren. Nach dem Vertrag."

"Aber nichts zu sagen. Nicht mal mir!"

Mein Gesicht musste den Ärger widergespiegelt haben, den ich in dem Augenblick fühlte.

"Wir haben in London geheiratet, mehr so nebenbei, weil es einfacher war mit den ganzen Formularen, Visas und so. Nur mal schnell auf dem Amt. Ganz unromantisch." Tony schien erleichtert zu sein, dass die Katze aus dem Sack war.

"Ich verstehe das nicht."

"Claire wollte nicht, dass das alles so kompliziert wird. Sie dachte du würdest es euren Eltern erzählen und die hätten das meinen Eltern erzählt," sagte er. "Das ganze Chaos." Es war das erste Mal, dass er Claires Namen ausgesprochen hatte.

"Aha."

"Meine Schwester weiß auch nichts davon, wenn es einen Unterschied für dich macht," sagte Tony versöhnlich.

"Nein, nicht wirklich," sagte ich immer noch ärgerlich. "Wir sind schliesslich Zwillinge. Aber das heißt dann - du bist mein... Schwager." Als ich das Wort aussprach, wurde es mir bewusst. Wir waren Familie.

"Ich denke schon." Tony hatte Tränen in den Augen. Vielleicht gab es ja noch Hoffnung für ihn.

"Warum hast du eigentlich die ganze Zeit nichts gesagt?" fragte ich.

"Ich weiß nicht. Irgendwie schien es nicht mehr wichtig zu sein."

"Aber es ist wichtig! Sehr wichtig. Wir wollen sie doch finden. Alles ist wichtig," sagte ich entgeistert.

"Wozu?"

Wozu?! So sehr mich seine Antwort verwirrte, war doch mittlerweile klar, dass ich mich nicht mehr damit aufhalten konnte, was mit Tony los war. Ich ließ ihn vom Haken.

"Schon gut."

Wenigstens hatte sich die Spannung zwischen uns etwas gelöst. Ich wurde unruhig, wahrscheinlich so unruhig, wie Claire sich gefühlt hatte, als sie aus England wegwollte. Ich brauchte Action, wieder mit Detektiv Sibeko sprechen.

Irgendwas.

Ich wusste, es war höchste Zeit Palapye zu verlassen. *Nur noch ein paar Wochen, nach den Prüfungen geht's los,* sagte ich mir. Ich beschloss ganz impulsiv Kgomotso Min und Emily van Heerden anzurufen. Sie hatten mit Claire gearbeitet und sie ganz gut gekannt. Ich nahm Tonys Auto und fuhr tagsüber damit zum Hotel. Kgomotso war nicht da, also sprach ich mit Emily. Sie war überrascht, dass Claires Schwester im Land war, aber verabredete sich mit mir sofort für Samstag in Gaborone.

"Wir könnten uns im Gaborone Sun Hotel zu einem Drink treffen," schlug sie vor. "Es ist am Wochenende ziemlich voll dort, aber wir finden bestimmt eine ruhige Ecke, wo wir uns unterhalten können. Wie wär's mit 10 Uhr, kannst du es bis dahin schaffen?"

Kein Problem. Ich war fest entschlossen, es zu schaffen. Immerhin schlug Tony vor mich hinzufahren, und Neo wollte auch mitkommen. Wir waren sogar fast pünktlich. 'African Time'. 30 Minuten zu spät zu kommen, war schließlich ganz normal. Die beiden luden mich am Haupteingang des Hotels ab und gingen irgendwelche Freunde besuchen. Ich würde schon irgendwie zur Mall zurückfinden und die beiden dort zum Lunch treffen. Wunderbar.

Emily wartete schon an einem Ecktisch auf mich. Von hier aus konnte man gut den Swimmingpool überblicken. Ich wusste sofort wer sie war. Genauso hübsch wie Claire sie beschrieben hatte. In einem kühlen Leinenhemd über weißen Caprihosen und einer Sonnenbrille, die auf den hellbraunen Haaren saß. Emily war eine selbstbewusste, junge Frau.

Wir unterhielten uns eine ganze Weile - mit Unterbrechungen. Sie grüßte dauernd jemanden, den sie kannte. Anscheinend kannte sie fast jeden in Gaborone.

Emily stellte mich unbekümmert als eine Freundin aus England vor und blockte gekonnt langwierigen Smalltalk ab.

Ich beschloss ihr zu vertrauen und Emily begegnete dem mit Offenheit. Sie erzählte mir, was im Juli vorgefallen war.

Ein lebhaftes Bild entstand vor meinen Augen!

Die Angestellten bei Packer Engineering waren von der Polizei verhört worden. Sie durften keine Einzelheiten mit Außenstehenden besprechen, solange die Untersuchungen nicht abgeschlossen waren. Das hieß im Klartext für immer und ewig. Es erklärte auch warum man im abgelegenen Palapye nichts gehört hatte. Emily war in meinem Fall zu einer Ausnahme bereit, weil ich zur Familie gehörte und versuchte meine Schwester zu finden.

"Weiß sonst noch jemand, dass du hier bist?" Sie nahm einen Schluck von ihrem Rock Shandy.

Wir hatten gerade die Möglichkeiten diskutiert, wo Claire sich aufhalten könnte. Am wahrscheinlichsten war, dass meine Schwester im Koma lag und von guten Menschen gepflegt wurde, nur eben in einem sehr abgelegenen Ort. Das war natürlich nur Spekulation. Egal. Es war einfach gut mit jemandem einfach über alles reden zu können.

"Da ist Claires Mann, Tony Stratton. Du kennst ihn ja sicher. Er lebt jetzt in Palapye. Deshalb bin ich dort. Wir tun so als sei ich seine Freundin und ich dachte, er wollte auch mehr herausfinden. Ich komme aber irgendwie nicht durch zu ihm. Er hat gar kein Interesse daran Claire zu finden."

Emily wusste natürlich, dass Claire verheiratet war.

"Schock wahrscheinlich," sagte sie einfühlend und trank den Rest ihres orangefarbenen Rock Shandys.

"Könnte sein... ich hab' auch ab und zu Albträume."

"Das tut mir leid. Das kann noch 'ne Weile dauern bis du da durch bist. Hast du schon was dagegen unternommen – die Albträume, meine ich?"

"In Palapye?" fragte ich.

"Nein, in England," lachte sie, als sie mein Gesicht sah.

"Ehrlich gesagt hatte ich nicht mal daran gedacht," sagte ich. Mom war vollkommen fertig wegen der ganzen Sache. Und dann musste ich mich ziemlich schnell auf Afrika vorbereiten. Und Dad war so... verbittert. Männer haben 'ne komische Art mit Gefühlen umzugehen. Schau dir Tony an."

"Ich glaube, Tony wird sich schon wieder fangen."

"Wollen wir's hoffen. Ich dachte, es wäre einfacher mit seiner Hilfe. Palapye und Bobonong liegen ja nicht weit auseinander. Aber alleine krieg' ich das nicht hin. Ich weiß schon gar nicht mehr, was ich noch in Palapye soll."

"Willkommen in Afrika. Wahrscheinlich hast du mehr Chancen was von Gabs aus zu erreichen. Warum ziehst du nicht einfach hierher? Kennst du nicht jemand, bei dem du wohnen kannst?"

Die Sonne spiegelte sich im Pool und Emily setzte ihre Sonnenbrille auf.

"Tony hat da mal eine Familie erwähnt, die er gut kennt."

"So, worauf wartest du dann noch?"

"Da sind die Examen…und, oh ich weiß auch nicht so recht. Ich dachte, die Dinge würden sich einfach so ergeben," jammerte ich.

"Na, so einfach ganz bestimmt nicht. Möchtest du noch eine Diet Coke?"

Emily gab mir ihre Privatnummer. Ich sollte sie anrufen, wenn ich mich dazu durchringen konnte nach Gaborone zu ziehen. Ein schneller Blick auf meine Armbanduhr zeigte, dass es Zeit war zu gehen. Ich wusste nicht, wo das alles hinführen würde. Wenigstens hatte ich einen Anfang gemacht. Und in Emily eine Verbündete gefunden.

An diesem Wochenende lernte ich auch endlich die Winckler Familie kennen und verliebte mich auf der Stelle in sie. Rita Winckler, war eine hochgewachsene, elegante Frau mit langen ergrauenden Haaren. Etikette war ihr im allgemeinen vollkommen egal und auch was andere von ihr hielten. Ihre natürliche Ausstrahlung ließ bestimmt auch die hartnäckigsten Klatschmäuler verstummen. Und von denen gab es anscheinend eine ganze Armee in Gaborone.

Ich mochte Rita sofort und mit der Zeit sollten wir enge Freundinnen werden. Während ich ihr in der Küche mit dem Essen half, legte ich ihr den wirklichen Grund meines Aufenthalts in Botswana dar.

Ihr Mann Uli, Tony und Neo spielten mit den beiden Töchtern Ball im Garten und wir konnten ihr vergnügtes

Gelächter durch die offenen Fenster hören.

"Du musst Geduld haben," sagte Rita. "Sonst kommt da nichts bei raus."

"Ich weiß, aber es fällt mir furchtbar schwer."

"Trotzdem. Nach Gaborone ziehen ist ein guter Anfang und ich werde dir helfen, wo ich kann."

"Danke dir." Das war ein großartiges Wochenende!

Sie versprach niemandem etwas von der Sache zu erzählen und hielt sich daran. Auf einen Schlag hatte ich zwei Freundinnen und mein Gaborone Netzwerk nahm Gestalt an. Es kam dem am nächsten, was ich in England zurückgelassen hatte.

Als Tony beim Essen davon erzählte, dass ich nach Gaborone ziehen wollte, bot mir Uli sofort eine Unterkunft an. Die zeitweilige Erweiterung der Familie schien den Wincklers nichts im geringsten auszumachen. Zudem schworen sie hoch und heilig, mich vor Klatschmäulern in Schutz zu nehmen. Die beiden machten ständig witzige Bemerkungen, was alle zum Lachen brachte, während ihre Töchter peinlich berührt mit den Augen rollten.

Die zwölf-jährige Jasmin musste unangenehme Zahnspangen tragen und war sanftmütig wie ihr Vater. Die dreizehn-jährige Adrienne, war schon vollauf mit der Pubertät beschäftigt. Wincklers hatten das Mädchen in Thailand adoptiert und sie war genauso deutsch wie der Rest der Familie.

Uli Winckler war Ingenieur, unterrichtete am Gaborone Automotive College und hatte genau die richtigen Beziehungen. Er war genauso groß wie seine Frau, hatte aber einen eher rundlichen Körperbau und sehr blonde Haare. Er trug immer khakifarbene Shorts und Hemden, die in den achtziger Jahren eine Art Arbeitsuniform in Afrika waren.

Als wir wieder auf die Uhr sahen, war es schon zu spät, um noch nach Palapye zurückzufahren und die Wincklers luden uns ein, bei ihnen zu übernachten. No matata. Die beiden Jungs teilten sich das Gästezimmer und ich schlief in Adriennes Bett. Am nächsten Tag fuhren wir zurück.

Die letzten Wochen in Palapye vergingen dann wie im Fluge. Der Hochsommer war voll im Gange. Das hieß Hitze und Regen und ungeheuer viel davon. Neo hatte mir beigebracht, dass Pula auf Setswana Regen heißt. Pula bedeutete auch 'Segen' und war die botswanische Währung.

Es gab mindestens einen Regenschauer pro Tag und es regnete nicht einfach nur. Es kam nur so herunter geplattert. Der Regen plättete die Blumen, die ich dem sandigen Boden abgerungen hatte.

Sogar ohne fürchterliches Donnergrollen und Blitzen, was die Menschen nachts aus dem Bett springen ließ, war dieser Regen eine Naturgewalt, gegen die sich kein Regenschirm behaupten konnte. Schlaglöcher taten sich auf neu geteerten Straßen auf, und die sandigen Feldwege, die jeder benutzte, wurden unpassierbar.

Ein liebenswerter neuer Mitbewohner war in mein Zimmer eingezogen. Ein winziger Gecko hatte damit begonnen die Zimmerdecke zu patrouillieren und nach Insekten Ausschau zu halten. Ich nannte ihn Hubert.

Täglich besah Hubert sich die Welt auf dem Kopf von einer anderen Ecke aus. Tony versicherte mir, dass das Tierchen sehr nützlich sei.

Als ich eines Nachts schlafen ging und gerade auf dem Weg ins Traumland war, plumpste etwas in mein Wasserglas auf dem Nachttisch. Ich dachte, es sei eine der großen Motten, die sich immer wieder durch das Fliegengitter zwängten. Im Licht der Nachttischlampe sah ich aber, dass es keine Motte war. Es war mein kleiner Freund, der Gecko, der wild im Wasserglas herumplantschte.

Hubert strampelte verzweifelt. Wie konnte ein so leichtfüßiges Tier von der Decke fallen? Ich brachte es nicht fertig ihn anzufassen. Also nahm ich das Glas und schüttete das Wasser samt Gecko aus dem Fenster.

Ich vermisste Hubert, aber bald fand sich wieder ein Gecko an der Zimmerdecke ein. Hatte sich der Platz in der Nachbarschaft herumgesprochen? Vielleicht war es ja derselbe. Wie sollte man den Unterschied erkennen? Ein

Gecko sah aus wie der nächste. Aber einer der ausrutschte und mir im Schlaf aufs Gesicht fiel, stand nicht ganz oben auf meiner Hitliste. Der neue Hubert balancierte aber einwandfrei und vergnügte sich nachts mit den Moskitos.

Während der Examenswoche wurde die kleine Samantha Jones zuhause in Cardiff geboren. Mit einem Gewicht von 5 Pfund, wie der stolze Vater Alfred immer wieder betonte. Judith und Samantha würden nach Palapye reisen, sobald das Baby alt genug war.

Der frischgebackene Vater wurde mit Glückwünschen nahezu überschüttet. Poppelmeyers luden ihn zum Essen ein und Herr Pielsticker, der immer gutgelaunte Manager des Botsalo Hotels, ließ für uns Lehrer eine Flasche Montaigne Brut Champagner springen.

Damit war das Feiern noch lange nicht beendet. Alfred Jones hatte durch Mr. Matija zwei Ziegen für Freitagnacht erstanden. Die Ziegen wurden für ein Barbecue am Spieß vorbereitet. Im Botswana Stil zusammen mit Steak, Bier und Salaten.

Die Putzfrauen hatten sich bereiterklärt für ein Entgelt mitzuhelfen. Das Barbecue sollte in einer der Hallen auf dem Schulgelände stattfinden. Laut Tradition wurde jeder bewirtet, der sich zu der Feier verirrte. Es verirrten sich eine Menge Leute.

Niemand verstand, warum der ganze Zauber zur Geburt einer Tochter veranstaltet wurde. Aber es war zufällig auch National Independence Day und das musste gefeiert werden.

Die Matija Kinder tanzten und sangen den ganzen Tag traditionelle Lieder. Festlicher Lärm schallte die ganze Nacht aus dem Dorf herauf und die bedauernswerte Ethel Poppelmeyer wurde um ihren Schönheitsschlaf gebracht.

Es gab Unmengen an Essen, die jedoch alle eine Heimat fanden. Die Frau des Fahrers wartete hinter der Halle auf ihren Mann, der dutzende roher Steaks zu ihr heraustrug. Sie ließ das Fleisch in Plastiktüten verschwinden und transportierte alles auf seinem Fahrrad ab. Perfekte Teamarbeit. Halb Palapye genoss Steaks an diesem National

Independence Day.

Ich kam zu spät zur Party, weil meine besorgten Eltern immer noch jeden Freitagabend pünktlich um 8:00 Uhr anriefen. Sie wollten sich versichern, dass ich noch...na ja... da war.

Wir kamen aus dem Feiern nicht heraus.

Für Samstag waren alle Morutis am Berufszentrum zu einer Beerdigung eines angesehenen Dorfältesten eingeladen. In ein Dorf nicht weit von Bobonong!

"Muss ich unbedingt zu diesem Begräbnis, Tony?" quengelte ich. "Es ist so morbide nach allem was passiert ist. Außerdem bin ich ja nur Vertretungslehrer."

"Wieso, meinst du dass Claire was Schlimmes zugestoßen ist?" fragte Tony.

"Nein, natürlich nicht," änderte ich meinen Tonfall augenblicklich. Ich wurde einfach nicht schlau aus ihm.

"Wo liegt dann das Problem? Es ist doch eine Ehre für uns vom Kgosi zu so einer Feier eingeladen zu werden."

Ich gab nach, auch wenn es bedeutete vor dem Morgengrauen aufzustehen und mich auf eine holperige Fahrt in das entlegene Dorf zu begeben. Wir mussten um 7:00 Uhr dort sein und kletterten verschlafen hinten auf den offenen Kleintransporter, der hier Bakkie hieß.

Alle waren in Decken gehüllt und drängten sich in der Kälte aneinander. Wir hatten Glück, dass es nicht regnete, die Fahrt war aber trotzdem reichlich unbequem. Der Bakkie rumpelte an verschlafenen Kraals vorbei, während ich versuchte ab und zu ein Nickerchen zu machen.

Wir kamen an, bevor es losging. Wir setzten uns mit all den anderen Gästen in den Sand des Dorfplatzes. Ein langer, junger Mann in weißem Golfhemd spazierte vorbei und ich musste zweimal hinsehen. Es war aber nicht der gleiche Mann, der bei Tonys Haus gewesen war.

Die Reden zogen sich hin. Vielleicht war es von Vorteil, dass ich kein Wort davon verstand. Ich saß im kalten Sand und sah mich im Dorf um.

Rechts von uns rührten einige Dorffrauen das Essen über

offenem Feuer in großen schwarzen Kesseln. Afrikanische Gastfreundschaft kannte keine Grenzen und jeder, ob eingeladen oder nicht, durfte an dem Festmahl teilnehmen.

Ich hätte sonst was dafür gegeben aufstehen und herumlaufen zu können, aber ich wollte unserem Kgosi keine Schande bereiten. Deshalb versuchte ich so feierlich wie möglich auszusehen und elegant von einer Pobacke auf die andere zu wechseln.

Die Reden dauerten ganze zwei Stunden. Wir standen mit wackligen Knien auf. Alle stellten sich vor einer Hütte auf, die ich während der endlosen Ansprache genau studiert hatte. Also taten wir dasselbe.

Ich wurde langsam wacher und begriff, dass von uns erwartet wurde, an dem offenen Sarg vorbeizufilieren! Wer ein richtiger Moruti sein wollte, musste auch Respekt für die Verblichenen zeigen. Gruselig.

Zwischen den Hütten lief eine Frau in traditioneller Kleidung und mit langen perlen-geflochtenen Zöpfen herum. Ich sah sie nur einen Augenblick lang, dann war sie wieder verschwunden.

"Wer war das?" flüsterte ich Neo zu, der hinter mir in der Reihe stand.

"Wer?" flüsterte Neo zurück.

"Die Frau mit den langen geflochtenen Haaren voll bunter Perlen," beschrieb ich die Frau.

"Hört sich ganz nach einer Sangoma an."

"Eine Sangoma? Was macht die denn hier?"

"Sie hilft dabei, die Seele der Toten mit den Ahnen zu vereinen," antwortete Neo.

Meine erste Medizinfrau. Sie war allerdings nicht mit der wildäugigen Schamanin in 'Shaka Zulu' zu vergleichen.

Ich fragte mich, warum sie sich uns nicht anschloss, dann war ich auch schon an der Reihe und betrat die Hütte, in der die Totenwache abgehalten wurde. Die verstorbene Frau lag im Sarg und hatte ihre Hände über der Brust gefaltet. Sie schien zu schlafen. Es war nicht angenehm, aber auch nicht halb so schlimm wie ich es mir vorgestellt hatte.

Draußen ertönte plötzlich ein Kreischen in den höchsten Tönen. Ich verließ schnell die Hütte und sah drei junge Frauen, die sich schreiend und heulend im Sand wälzten. Mit verdrehten Augen, ganz so als wären sie in einer Trance. Man versuchte ihnen aufzuhelfen, aber die Frauen waren wie von Sinnen.

Auf so einen Anblick waren die Ausländer unter uns natürlich nicht vorbereitet.

"Das ist ganz normal bei Tswana-Beerdigungen," klärte Neo uns auf. "Von weiblichen Verwandten wird das sogar erwartet."

"Wirklich?" meinte ich.

"Ja, ich hoffe, es regt euch nicht zu sehr auf."

"Bisschen komisch ist das schon," murmelte Alfred.

Als Nächstes stolperten wir einen steinigen Weg zu einem Stück Feld zwischen schattigen Dornenbäumen hinauf.

Ein einfacher Friedhof. Träger brachten den Sarg zu einem Loch im Boden.

Als der Sarg herabgelassen wurde, wollten die drei lauthals trauernden Frauen ins Grab hinterher springen. Sie wurden von Dorfbewohnern fortgeführt und der Pfarrer sprach ein paar geflügelte Worte. Sobald der Sarg ordentlich verabschiedet im Boden war, ging man zu den Trauer-Feierlichkeiten über.

Wir Lehrer wurden auf eine erhöhte Plattform unter einem Dach aus rotem Tuch geführt. Die anderen Gäste stellten sich mit ihren Tellern in der mittlerweile heißen Sonne an den Kochkesseln an. Der Kgosi und andere Würdenträger setzten sich zu uns und versuchten mit Neos Hilfe tapfer Konversation zu machen.

Der Kgosi sorgte dafür, dass unsere Teller mit Samp und gestampften Ziegenfleischfasern nachgefüllt wurden. Trotz meiner besten Vorsätze, konnte ich das trockenste, zähste Fleisch, das mir je untergekommen war, nicht kauen. Ich pries die Qualität des Fleisches und hielt mich an den Krautsalat.

Als wir nach Palapye aufbrachen stand die Sonne noch hoch am Himmel und in den Kraals, an denen wir frühmorgens vorbeigekommen waren, wimmelte es jetzt nur so vor Menschen. Frauen trugen geschickt Feuerholz und Wasserkrüge auf ihren Köpfen und Kinder liefen neben unserem Bakkie her, hielten ihre Hände hoch und schrien im Chor: "Ke batlá mádi, ke batlá mádi!" Ich will Geld, ich will Geld. An einer Wegkreuzung mussten wir auf eine Schafherde warten und die Kinder kletterten auf die Autoreifen. Ein kleiner Junge von etwa sechs Jahren hielt eine meterlange Schlange hoch.

"Igitt! Das Ding ist ja genauso lang wie das Kind," rief Tony.

"Er will uns nur zeigen, wie schlau er war, die Schlange zu töten," meinte Neo.

"Herrlich. Hoffentlich ist sie nicht giftig."

"Nein, das ist keine Giftschlange."

Neo schimpfte mit ihnen im strengen Lehrerton. Sie sprangen sofort vom Wagen und liefen ins Dorf zurück.

Er brachte mir bei 'Ga ke ná mádi' zu sagen. Das hieß soviel, wie 'Ich habe kein Geld', um die kleinen Plagegeister im nächsten Dorf loszuwerden.

Danach entspannte ich mich ein wenig und sah mich in der Gegend um. Wir waren im Busch, aber nicht im Tuli Block. Nur in der gleichen Gegend.

Keine Chance irgendwas über Claire in Erfahrung zu bringen. Vielleicht war es meine Einbildung, aber ich konnte sie spüren. Wie sie mit uns über den Unfug der Kinder lachte.

Ich fuhr zusammen. Claire musste hier irgendwo sein. Hier ganz in der Nähe.

FÜNFTES KAPITEL

Meine Eltern waren verständlicherweise besorgt. Was machte ich denn noch in Afrika, wenn meine Suche offensichtlich im Sande verlaufen war?

Wie sollte ich ihnen das bloß erklären? Ich musste einfach hierbleiben. Wie konnte ich jetzt aufgeben? Was war, wenn Claire plötzlich irgendwo im Tuli Block aufwachte und mich brauchte? Da war noch immer das Gefühl, dass sie hier bei mir war.

Ende November wurden die Examensarbeiten benotet und Tony half mir dabei nach Gabs zu ziehen.

Und damit begann mein Leben in Gaborone.

In Gabs musste ich nicht mehr durch tiefen Sand zur Mall waten. Ich gewöhnte mich auch wieder an das ganze Warenangebot. Aber das ging schnell. Nach ein paar Wochen fühlte ich mich nicht mehr wie eine Landpflanze im blendenden Licht der Großstadt. Die Hitze ließ sich in der Stadt auch besser aushalten. Die Winckler-Residenz war geräumig und luftig und man konnte übers Feld zum öffentlichen Schwimmbad gehen. Morgens wurde ich noch immer mit Hahnengekrähe und heiserem Eselsgeschrei geweckt. Es gab auch genauso viele Spinnen und Kakerlaken wie auf dem Land, aber dafür hatte man hier reichlich Unterhaltung. Kneipen und Restaurants konkurrierten um zahlungskräftige Kunden und Gabs hatte sogar ein Kino!

Rita war nicht zu übersehen, wie sie so in ihren luftigen Kaftanen durch die Mall spazierte. Ihre langen Locken nur dürftig mit breiten Haarbändern gezähmt. Sie erzählte mir, dass sie versuchte weniger zu rauchen. Dabei steckte sie sich eine neue Zigarette an, während sie ihre beiden Teenager im

Zaum hielt. Diese kleinen Ungereimtheiten machten sie nur noch interessanter. Rita nahm Probleme gelassen hin und war aus den wechselhaften Ausländerkreisen nicht wegzudenken.

Tony kam nach zwei Wochen zu Besuch. Er hatte die paar Kartons mit Claires Sachen in einem Raum hinter der Garage untergestellt und wollte etwas mitnehmen. Erstaunlich, wo er doch nicht mal über sie reden konnte. Ich hielt mich von dem Raum lieber fern. Princess, die Maid, wohnte mit ihrer Tochter Mpho und einem Enkelsohn im Zimmer direkt daneben. Sie brauchte mehr Platz für ihre beiden anderen Kinder, die in Gaborone arbeiten wollten, und hoffte offenbar, dass Tony den Raum leerräumen würde. Er nahm allerdings nur einen Karton mit nach Palapye und sie hatte danach tagelang schlechte Laune. Tony nahm auch einen Welpen aus dem neuesten Wurf des Familienhundes mit. Ein süßes schwarzes Labradorhündchen, das wir Gina nannten.

Jetzt, wo er wieder alleine lebte, würde ihm die kleine Töle mit dem weißen Bruststreifen, Gesellschaft leisten. Chunky, die Hundemutter, weinte um ihren Nachwuchs und Vater Pauli jaulte herzerweichend, als Tony mit Gina davonfuhr. Familie oder nicht, ich fühlte mich eher erleichtert, Tony von dannen gehen zu sehen.

Ich bin sicher, dass Princess mich - die junge unverheiratete Frau - als drittes Kind der Familie ansah. Ich stand ganz unten in der Hackordnung neben Adrienne und Jasmin. Sie war eine etwa fünfzigjährige, wohlbeleibte Tswanafrau und stets in eine adrette hellblaue Maid-Uniform gekleidet. Sie regierte den Wincklerhaushalt mit eiserner Faust und war so ganz anders als unsere sanftmütige Tsanana in Palapye. Sie hatte Uli und Rita vortrefflich trainiert. Neben Ulis Hauptaufgabe, die darin bestand. ihr den Monatslohn zu zahlen, musste er den Wasserboiler in der Küche anschalten, wann immer Princess abwaschen wollte oder er konnte es gefälligst selbst tun.

Rita musste zweimal die Woche Hundefutter aus Mielie-Mehl und dem sogenannten Dog-Mince, in einem großen Aluminiumtopf kochen. Das ganze Haus stank danach, aber

Princess duldete keine Widerrede.

Rita wusch auch die Unterwäsche der Familie in der Maschine - vor allem die der weiblichen Bewohner. Princess glaubte nämlich tief und fest, dass ihre Periode beim bloßen Anblick der Blutflecken wieder beginnen würde, und das ging einfach nicht an. Ihre Tochter wurde zum Fensterreinigen gerufen und um Handtücher oben in den Schrank zu räumen. Das konnte man schließlich nicht von einer rundlichen, würdevollen Matrone verlangen. Sie war der Kopf ihrer eigenen Familie und konnte angemessenen Respekt verlangen.

Zum Glück kommandierte sie mich nicht herum, aber ich ging ihr vorsichtshalber aus dem Weg, wenn sie schlechte Laune hatte. Auf der anderen Seite war Princess aber sehr stolz auf ihre Herkunft und beantwortete geduldig meine Fragen zur Tswana-Kultur.

"Was weißt du über Sangomas, Princess?" fagte ich, als sie Ulis dunkelblauen Safarianzug bügelte.

"Es gibt gute Sangoma, Madam und schlechte. Sie töten Kinder und machen Muti aus Teilen." Ich hielt den Atem an, während sie ihr hellblaues Kopftuch festknotete. "Nicht Medizin Muti. Zauber Muti für Erfolg.

"Aber - woher bekommen sie denn die, die - Teile?"

"Sie stehlen kleine Kinder und verzaubern Leute. Schlecht, sehr schlechte Leute. Aufpassen, Madam, nie mit schlechten Sangoma sprechen." Unfassbar!

Sie behauptete sogar, dass wohlhabende und einflussreiche Leute sich solch gruseliger Dienstleistungen bedienten. Ich konnte nur hoffen, dass Claire nicht etwa in die Klauen eines solchen Sangomas geraten war. *Hör' auf, immer das Schlimmste anzunehmen!* Schalt ich mich und sprach die Maid nicht mehr auf das Thema an.

Princess brachte mir City-Manieren bei. Ich durfte nicht einfach 'Ke batla' (ich will) sagen, wenn ich etwas wollte. Das sagten ungeschliffene Leute auf dem Lande. In der Stadt sagte man höflich 'Ke kopa' oder 'Ich hätte gerne'. 'Ketumetsi 'bedeutete 'Vielen Dank', aber das Wort 'Bitte' schien in es auf Setswana nicht zu geben.

Rita hatte mich nach ein paar Tagen zu ihrem Friseur geschickt. Ich besah mir das Ergebnis im Flurspiegel. Nicht schlecht! Meine dunklen Haare hatten einen modischen Stufenschnitt bekommen und waren von der Sonne gebleicht. Aber da war noch etwas anderes. Meine Augen sahen mich herausfordernd an. Ja, ich hatte mich verändert.

Eines Abends saßen wir gerade beim Essen, als ein hoher Schmerzensschrei aus der Garage heraufschallte. Dann lautes Gezeter. Wir stürzten nach draußen.

Princess kam aufgeregt die Auffahrt hinauf gewogt. Sie erzählte uns schwer atmend, dass jemand versucht habe in den Raum hinter der Garage einzubrechen. Sie fügte triumphierend hinzu, der Dieb habe die Bekanntschaft einer Mausefalle gemacht. Die gewiefte Princess hatte sie dort aufgestellt. Der Dieb war mit den Fingern in der Mausefalle geflüchtet.

"Sollten wir nicht besser die Polizei rufen?" fragte Uli besorgt.

"Nein, Master," sagte Princess entschlossen. "Noch alles da. Sie wird nicht zurückkommen. Oder seine Brüder. Ich sage zu ihr, ein Gespenst beschützt das Haus und wird alle töten, die hier stehlen wollen. Er wird nicht zurückkommen."

Sie grunzte selbstzufrieden und verschwand wieder auf ihr Zimmer. Uli kaufte eine neue Mausefalle und solange ich dort wohnte, versuchte keiner mehr einzubrechen. Problem auf afrikanische Art gelöst!

Rita verlor keine Zeit mich in ihre sozialen Kreise einzuführen. Carol Jenkins, eine lustige 'Geordie' aus Newcastle, hatte zu ihrer Vor-Weihnachtsfeier geladen.

Carol war um die dreißig und sehr hübsch mit ihren blonden Locken und feinen Gesichtszügen. Sie kam aus einer Arbeiterfamilie, in Gaborone gehörte sie aber zur britischen Schickeria.

Hier führte sie das Leben einer typischen ausländischen Hausfrau. Sie kümmerte sich aufopfernd um die Bedürfnisse ihres Mannes Len, der bei einer Versicherung arbeitete, und denen ihrer beiden kleinen Söhne Callum und Shawn.

Rita und ich kamen an, als die Party schon voll im Gange war. Anscheinend waren nur Frauen anwesend. Na großartig, die berüchtigte Gaborone Klatschfabrik bei der Arbeit!

"Ah, bist du nicht Emily's Freundin?" fragte Carol. Vielleicht erkannte sie mich ja aus dem Gaborone Sun Hotel.

"Ja, das stimmt," sagte ich.

"Na, dann komm' mal 'rein Bridget, hier lang. Willkommen in meinem bescheidenen Heim," begrüßte sie mich in ihrem breiten Newcastle-Akzent.

Die Jenkins wohnten in einer Seitenstraße gegenüber dem Gaborone Sun Hotel. Das bescheidene Heim war ein doppelstöckiges Haus, mitten in einem englischen Garten. Satan, der uralte Beagle, bellte heiser in einem der Gästezimmer, als wir zum hinteren Teil des Gartens gingen.

Ich fand bald heraus, dass es sozial unakzeptabel war weder verheiratet noch verlobt zu sein. Aber um Ritas Willen war Carol entschlossen mich, die einsame Single, zu integrieren. Man unterhielt sich über die Kinder, die Lehrer und was andere Mütter alles so falsch machten. Und natürlich über die Ehemänner. Zunächst stand ich nur unbeteiligt dabei und hörte zu.

Lorato Sepeng, eine mafuta (wohlbeleibte) Tswanafrau Ende zwanzig und Mutter von drei Kindern, hatte sich angeregt mit Carol unterhalten, als Rita mich vorstellte. Dann gingen Rita und Carol davon, um sich anderen Freunden zu widmen und die Unterhaltung konzentrierte sich sofort auf meine Wenigkeit.

"Wena, Bridget, du bist nicht verheiratet und du hast noch keine Kinder?" Lorato schien nicht sehr beeindruckt zu sein von diesem Mangel an familiären Engagement. Sicher hielt sie die kitzelige Frage warum ich meinen Freund in Palapye gelassen hatte nur mit Mühe zurück. Die Gerüchte waren mir mit schmeichelhafter Geschwindigkeit vorausgeeilt.

"Nein, wirklich nicht," sagte ich schmunzelnd.

"Howe! Aber du bist doch schon 22," fuhr sie unbeirrt mit dem beliebtesten Thema unter Tswana-Matronen fort. Ich hatte schon Erfahrung damit.

"Wo ich herkomme, ist das noch nicht sehr alt. Kinder machen 'ne Menge Arbeit und wir haben keine Kindermädchen, die uns dabei helfen." Ich hoffte auf Unterstützung, aber Carol und Rita waren weitergegangen, um mit anderen ordentlich verheirateten Müttern zu tratschen.

"Ihr habt keine Kindermädchen in England?" fragte Lorato überrascht. Es war ihr anscheinend noch nicht in den Sinn gekommen, dass in England, im Schoße der Zivilisation, Maids und Kindermädchen nicht frei verfügbar waren, um einem die Kinderbrut abzunehmen.

"Nein, eigentlich haben nur die Reichen welche."

"Howe! Das ist ja schrecklich. So sorry, Mma."

"Das ist nicht so schlimm. Die Leute haben ja auch nicht so viele Kinder wie hier."

"Wena, wie furchtbar!" Lorato konnte es nicht fassen und schüttelte ihren Kopf vor Mitgefühl. Eine so herzlose Lebensweise konnte sie nicht begreifen.

"Aah, Lebo!" rief sie einer Freundin zu, die offensichtlich ein eingeschworenes Mitglied des Mütter-Clubs war, und nickte mir kurz zu. Dann war sie auch schon geflüchtet.

Ich stellte mich zu Carols Gruppe. Sie sprach gerade mit Tessa, der Mitbesitzerin des afrikanischen Souvenirladens in der Mall. Emily van Heerden war auch da, aber wir grüßten uns nur von weitem. Heute gab es keine Gelegenheit sich vernünftig zu unterhalten.

Carol zog mich auf die andere Seite des großen Buffets.

"Ah, Bridget. Ich möchte dir Jennifer Harland vorstellen, Sie ist auch erst gerade aus England angekommen."

Jennifer war eine zierliche blonde Frau, die verloren herumstand. Sie sah gerade mal wie 16 aus, es stellte sich aber heraus, dass sie älter war als ich. Ihr Mann hatte seit zwei Monaten eine Stelle bei der Barclays Bank in Gaborone und Jennifer war gerade erst in Botswana angekommen.

Sie war noch recht bleichgesichtig. Ein sicheres Zeichen dafür, dass sie nicht lange im Lande war. Ich fühlte mich neben ihr wie ein alter Hase in Sachen Afrika.

"Ist es nicht einfach schrecklich hier? So schmutzig und unzivilisiert." Sie schien von mir Zustimmung zu erwarten. Schließlich war ich Mitglied der 'britischen-Frauenclubs-in-fernen-Ländern'.

"Mir gefällt es hier." Warum ging mir jetzt ausgerechnet Ethel Poppelmeyer durch den Kopf?

"Oh." Jennifer schien zutiefst enttäuscht zu sein.

Rita Winckler stand schwatzend bei der Küchentür und winkte mir kurz zu ohne aus dem Takt zu geraten.

"Ich finde es toll, wie viel Platz wir hier haben und wie friedlich es ist. Und die Leute sind auch so freundlich."

"Aha. Woher kommst du in England?" Jennifer ignorierte einfach was ich gesagt hatte.

"Cambridge." In meiner Stimme schwang Stolz.

"Ach wirklich?!" Es hörte sich an, als sei etwas verkehrt mit Cambridge.

Eine Frau neben uns schloss sich plötzlich unserem Gespräch an. "Was für ein Zufall. Meine Cousine war in Cambridge. Leider habe ich den Namen von ihrem College vergessen," informierte sie uns und schüttelte ihre dunklen Locken. "Ich heiße übrigens Henriette. Henriette Milton."

Der Ring an ihrer molligen linken Hand ließ keinen Zweifel daran, dass Henriette eine verheiratete Frau war. Ich seufzte ergeben.

"Wusstet ihr, dass ein Mädchen aus Cambridge für ein paar Monate in Gaborone wohnte und dann auf einmal im Busch verschwand?" tratschte sie weiter. "Wie hieß sie nochmal... Clara, nein Moment, Claire. Claire Stratford. Ja genau. Haben nie herausgekriegt was mit ihr passiert ist. Arme Kleine." Es tat weh, auf diese Art von Claire zu hören

"Das ist meine... meine Güte. Das ist aber traurig."

Ich schluckte und bekam mich gerade noch in den Griff. Ich war ja immer noch inkognito.

"Verschwunden? Oh, wie furchtbar." Jennifer war völlig entsetzt. Was war das bloß für ein schrecklicher Ort, wohin ihr Mann sie da verschleppt hatte?

Ich hätte ihnen so gerne von Claire erzählt. Davon, was

für ein wunderbarer Mensch sie ist und dass ich, ihre Zwillingsschwester, die Hoffnung nicht aufgegeben hatte sie wiederzufinden. Aber das ging ja nicht.

"Ja, ziemlich traurig," sagte Henriette und machte sich am Buffet zu schaffen. Wir schwiegen für einen Moment, während sie ihren Teller mit gefüllten Eiern und Wurströllchen voll lud.

"So, was macht dein Mann hier?" versuchte Jennifer das unangenehme Thema zu wechseln. Es war klar, dass sie noch nichts von dem Klatsch über mich gehört hatte. Claire und ich hätten uns darüber köstlich amüsiert. In Brief Nr. 3 hatte sie geschrieben, dass die anderen Frauen es sich nicht vorstellen konnten, einen besseren Job zur haben als ihr Mann.

"Ich bin nicht verheiratet," sagte ich.

"Oh." Jennifer sah Henriette nervös an. Sie wusste nun wirklich nicht mehr, worüber man mit einer derart exzentrischen Frau sprechen sollte.

"Ach, für's Heiraten ist noch 'ne Menge Zeit. Ein so junges Füllen wie du braucht sich nicht damit zu beeilen." Henriette Milton stopfte sich darauf noch ein gefülltes Ei in den Mund. Ich hätte sie küssen mögen. Trotz Ei.

"Du bist also mit deinem Verlobten hier?" Jennifer Harland versuchte immer noch eine Erklärung für meinen ungewöhnlichen Status zu finden.

"Nein, Jennifer, ich bin auch nicht verlobt," lachte ich.

"Willst du damit sagen, du bist ganz alleine in Afrika? Das ist aber tapfer von dir." Ich konnte aus ihrem Ton heraushören, dass sie eher dachte, bei mir säßen ein paar Schrauben locker.

"Ich glaube nicht, dass man verheiratet sein muss, um hier in Afrika zu leben." Fettnäpfchen.

"Sieh nur was für leckere Snacks Carol gemacht hat. Vielleicht sollte ich sie nach dem Rezept für diese Crostini fragen…" Jennifer wechselte das Thema.

In ihren Augen war ich wahrscheinlich ein hoffnungsloser Fall. Egal. Ich schien nun mal eine Krankheit zu haben, die

'Single' hieß. Vielleicht war es ja was Ansteckendes.

Ich konzentrierte mich lieber aufs Essen. Das Buffet sah einladend aus: Häppchen aller Art, Salate, Pasteten und Kräcker, eine Käseplatte und Obstschalen.

Ich nahm mir ein paar Häppchen und setzte mich auf einen Stuhl, der an die Hauswand lehnte. Ich hatte keine Lust mehr zu reden. Die gefüllten Eier war gut und die Crostini auch. Ich hatte vor aufzuessen und dann unserer Gastgeberin für den gelungenen Nachmittag zu danken. Vielleicht war es besser ein wenig spazieren zu gehen.

Dann setzte sich Helen Rossi zu mir. Sie hatte etwas Eckiges, Jungenhaftes an sich mit ihrem dunklen Bubikopf. Rita hatte mir erzählt, dass sie eine australische Ingenieurin italienischer Abstammung war und für Len Jenkins' Firma arbeitete. Eine der seltenen weiblichen 'Singles' hier. Helen schien sich auch fehl am Platz zu fühlen.

"Komm' ich lade dich auf ein paar Drinks ins Sun Hotel über die Straße ein," sagte sie und zwinkerte mir zu.

"Gute Idee. Das ist ja was wir Singles so machen, oder?"

"Genau."

Rita versprach mich dort abzuholen und wir ließen die Klatschfabrik hinter uns. Wir saßen an der Bar draußen und tranken Gin und Tonic. Ich beschwerte mich über die einseitige Party Unterhaltung.

"Ich versteh' überhaupt nicht was sie eigentlich gegen mich haben. Ich hab' wohl was Ansteckendes an mir."

"Ach, kümmere dich nicht darum. Lorato kann sich kaum vorstellen, nicht hunderte von Kindern in die Welt zu setzen und von ihrer Maid verwöhnt zu werden. Die meisten Ausländerinnen haben einfach nur Angst. Das ist alles."

"Angst? Wovor denn?" fragte ich überrascht.

"Ihren Mann an eine attraktive, alleinstehende Frau zu verlieren, natürlich." Helen grinste breit.

"Wie bitte? Das ist doch lachhaft. Hast du diese Ehemänner mal näher angesehen? Ich meine, sogar wenn die wie Tom Cruise aussehen würden —"

"Du kommst schließlich mit Vorgeschichte."

Natürlich -Tony!

"Aha - aber das heißt doch Weißgott nicht —"

"Klar heißt es das nicht. Aber hast du noch nicht gehört, wie viele Ehepaare Probleme bekommen, sobald sie ins Ausland ziehen?" fragte Helen und bestellte noch einen doppelten G&T. "Darüber wird meistens geredet."

"Nein, das wusste ich nicht," gab ich zu. Ich versuchte einen Gast zu ignorieren, der uns aufdringlich anstarrte.

"Besonders hier in Gabs. Jede unverheiratete Frau ist eine potenzielle Bedrohung für die unglückliche Ehe."

"Warum das denn, denken die etwa wir können's nicht abwarten uns an ihre tollen Männer 'ranzumachen?"

"Keine Ahnung. Selbsterhaltungstrieb wahrscheinlich." Kein Wunder, also. Mein Ruf war anscheinend nicht das Hindernis.

Bevor ich noch Partygirl sagen konnte, war ich auch schon in die inneren Kreise Gaborones aufgenommen. Rita Winckler hatte auch durch Beziehungen herausgefunden, dass der Leiter der Deutschen Freiwilligen Organisation eine neue Sekretärin suchte.

Ritas Informant hatte gesagt, dass der Job Anfang Februar frei wurde und ich sei bestens geeignet. Bisher hatten sich nur Hausfrauen beworben, die sich etwas dazuverdienen wollten.

"Mit einer Arbeitserlaubnis in der Tasche wird alles einfacher werden. Um eine verlängerte Aufenthaltsgenehmigung brauchst du dir keine Sorgen mehr machen," sagte Rita.

Und es gab noch mehr gute Neuigkeiten: ein Kollege von Uli Winckler am Automotive College, würde bald abreisen und seine Wohnung wurde frei.

Der Lehrer ging vorzeitig nach England zurück, weil er seine Freundin zu sehr vermisste. Die möblierte Wohnung hatte hinten einen Balkon und war nicht weit von der Mall entfernt. Ich würde schon im Dezember dort einziehen können, gleich nach Weihnachten.

Uli meldete uns bei seinem Kollegen an, begleitete mich in die Stadt. Uli war sehr überzeugend. Der Lehrer akzeptierte mich als seine Nachfolgerin.

In dem recht ordentlichen 'Acacia Court', lebten in erster Linie Ausländer. Es gab in dem zweistöckigen Komplex 12 Wohnungen und einen Haufen Parkplätze. Die Sache war geregelt. Ich übernahm die Wohnung für die verbleibende Zeit des Mietvertrags.

Eine eigene Wohnung! Hier konnte ich die Türe hinter mir schließen und die Seele baumeln lassen. Es gab genug Platz, mit den zwei Schlafzimmern, einer Küche, Bad und Wohnzimmer. Zwar war alles im siebziger Jahre Stil eingerichtet, aber dann brauchte ich wenigstens keine Möbel zu kaufen. Ich würde kochen und Freunde einladen, vorausgesetzt ich fand welche. Und das alles für nur 200 Pula im Monat. Der Vertrag war für 9 Monate gültig, aber länger würde ich die Wohnung sowieso nicht brauchen.

Dann kam das Interview bei der Deutschen Freiwilligen Organisation an die Reihe. Ich war nervös. Es war erst das zweite Jobinterview meines Lebens. Das erste Mal hatte ich mich bei einem Übersetzungsbüro vorgestellt, war aber zu unerfahren gewesen.

Ich zog die geeignetsten Klamotten an, die ich besaß - einen beigefarbenen Stiftrock und eine schwarze auf Figur geschnittene Bluse. Jetzt musste ich nur noch einen guten Eindruck machen.

Es hatte seit Tagen nicht mehr geregnet und ich konnte nur hoffen relativ schweiß- und staubfrei dort anzukommen. Zum Glück hatte ich in England meinen Lebenslauf und Zeugnisse eingepackt.

Wie so viele andere Büros in Gaborone war die Deutsche Freiwilligen Organisation in einem umgebauten Privathaus untergebracht. Ich wurde von der kleinen Eingangshalle sofort ins Wartezimmer geführt, wo eine Anzahl kurios geschnitzter afrikanischer Stühle um niedrige Tische herum standen.

Mr. Köhler sprach Englisch mit einem starken Akzent und studierte mich eingehend über den Rand seiner Brille, die ganz vorn auf der Nasenspitze saß. Alles lief glatt, bis mitten im Vorstellungsgespräch jemand mit einer unterdrückten

Entschuldigung hereinspazierte.

Ich sah auf und mein Interesse wanderte zu dem großen jungen Mann in beigem Hemd und Shorts und mit dunklem, Wind-verwehten Haar hin. Seine muskulösen, gebräunten Arme und Nacken waren ein Zeichen dafür, dass er viel Zeit draußen verbrachte. Sogar von hinten war er ein richtiger Hingucker.

Ein Windhauch von Abenteuer wehte durch das stickige Wartezimmer. Als er sich lächelnd umdrehte, begann ein Schwarm von Schmetterlingen in meiner Magengrube zu flattern. Mein Blick fiel unwillkürlich auf seinen Ringfinger. Kein Ehering.

Reiß' dich gefälligst zusammen, Bridget, das hat überhaupt nichts mit deinem Interview hier zu tun! Er verschwand in dem kleinen Postraum hinten und ich konnte mich endlich wieder auf Mr. Köhlers Frage konzentrieren.

"Haben Sie denn je in Deutschland gelebt?" Er sah auf die Dokumente vor sich.

"Ja, ich habe eine Zeitlang in Deutschland gewohnt. Für ungefähr ein Jahr bei Verwandten in Berlin, wo ich meine Ausbildung beendete. Ich habe auch einen Onkel in Köln."

"Vielleicht sollten wir auch ein wenig Deutsch sprechen." Mr. Köhler wechselte plötzlich in Deutsche über. "Nur um zu sehen wie es damit noch klappt."

"Das is kein Problem Herr Köhler," erwiderte ich. "Ich glaube, mein Deutsch ist noch recht gut."

Aber er hatte schon genug gehört. Hatte ich die Hürde geschafft?

"Es ist wichtig, dass sie sich mit der deutschen Mentalität auskennen. Sie werden hier mit deutschen Entwicklungshelfern und offiziellen Stellen arbeiten," sagte der Leiter der DFO in einem etwas klagenden Ton.

"Ja, ich kann mir das gut vorstellen, Mr. Köhler." Was erwartete er von mir?

"Sehr gut, Frau Reinhold, sehr gut." Er schien über meine Antwort erfreut zu sein.

Ein kleiner Mann mit schlechten Zähnen und fettigen

Haaren trat in den Raum und flüsterte dem Leiter ins Ohr. Vielleicht ein wenig intimer als man es von einem Angestellten erwartete. Kurt Köhler nickte. Der Hingucker hatte in der Zwischenzeit sein Postfach nachgesehen und ging mit einem Stoß Briefe an uns vorbei. Diese blöden Schmetterlinge aber auch!

"Ah, unser Fotomodell Benjamin Glasberg aus der Kalahari!" Kurt Köhler schenkte ihm diesmal Beachtung und stellte uns vor. Der junge Mann war einer der Entwicklungshelfer.

"Ben, komm doch mal für einen Moment her und begrüße Fräulein Bridget Reinhold. Sie bewirbt sich bei uns um die Stellung als Sekretärin." Der kleine Mann verließ den Raum mit gerunzelter Stirn.

"Wieso, geht Margarete denn?" Benjamin Glasberg schien den Gedanken nicht sehr zu mögen. "Ich kriege alles zuletzt mit, wie es scheint."

Margarete Marducci war noch die sehr beliebte Sekretärin der DFO. Sie hatte sich mir kurz vor dem Interview vorgestellt. Eine attraktive Frau von etwa sechzig. Sie war sonnengebräunt und bewegte sich sehr elegant. Ihre grauen Haare hatten noch natürliche blonde Strähnen und wurden zu einem hohen, altmodischen Knoten gebändigt.

"Ja, ich weiß. Es wäre besser, wenn es in Kang Telefone gäbe. Es ist eine Katastrophe, dass sie geht! Aber der Vertrag ihres Mannes ist abgelaufen und sie fliegen Ende Februar nach England zurück. Ich werde sie ganz furchtbar vermissen," stöhnte Kurt etwas übertrieben. Das war ja nicht sehr ermutigend.

"Jeder hier wird sie vermissen. Sie ist großartig. Also auf Wiedersehen dann." Benjamin Glasberg verbeugte sich leicht und lächelte. Mir wurde ganz anders, als er mich mit seinen braunen Augen so fragend ansah.

"Ich hoffe, du stellst diese junge Dame ein, Kurt. Ich kann mir Fräulein Reinhold gut als unsere Sekretärin vorstellen." Der Entwicklungshelfer war ausgesprochen charmant. Ich sah nach unten, als ob es gefährlich sei ihn direkt anzusehen.

"Meinst du wirklich, Ben?" Kurt Köhler schien sich die Möglichkeit zu überlegen. Dann platzte er heraus: "Ah, zu dumm, dass du hetero bist. In der Hinsicht hat sich wohl nichts verändert?"

Ich zuckte zusammen. Er fuchtelte mit den Armen herum und sah auf so eine theatralische Art zu mir herüber. *Wenn ich den Job will, gewöhne ich mich besser an so was*, dachte ich und lächelte zurück.

"Ganz bestimmt nicht." Ben Glasberg ließ sich nicht aus dem Gleichgewicht bringen und lächelte ausgiebig.

Komm' schon Bridget, der hat bestimmt eine Freundin und du wirst ihn sowieso nicht wiedersehen. Meine Gedanken schweiften wieder ab. *Konzentriere dich gefälligst*, dachte ich ungehalten, *das Interview ist wichtiger!*

"Zu schade. Ich glaube, du hast recht, Ben." Kurt Köhler beäugte mich wieder eingehend. Beide starrten mich an, aber dann war der peinliche Moment auch schon wieder vorbei.

"Ein Anruf für dich, Kurt!" Der kleine Mann sah herein und brachte sich wieder in Erinnerung.

"Übrigens, das ist Hansie. Er arbeitet auch hier," sagte der Leiter und ging mit Hansie aus dem Warteraum. Ich nickte kurz zurück.Oh nein, die beiden ließen mich mit dem Model aus der Kalahari allein!

"Hmm, ich wollte nur mal nach der Post sehen," sagte der. "Ich muss noch zu den Radovics und meine Sachen hinbringen. Ich schlafe heute Nacht dort," erklärte er mir unnötigerweise und spielte mit den Umschlägen in seiner Hand. Ich hatte keine Ahnung, wer die Radovics waren.

"OK, tschüss denn." Mir fiel beim besten Willen nichts anderes ein.

"Well, tschüss und viel Glück - mit dem Job." Ben ging nach draußen, ohne sich umzudrehen. Mist, er mag mich nicht mehr, klagte mein dummes Herz.

Ich saß eine Weile auf dem unbequemen Stuhl, wartete und blätterte in dem kargen Lesestoff herum. Kurt Köhler nahm sich Zeit mit dem Telefongespräch. Als er endlich zurückkam, las ich gerade einen Artikel über diese neue

Krankheit, die AIDS hieß.

"Wir werden Ihnen nächsten Montag Bescheid geben, Frau Reinhold. Ich muss mir nämlich jede einzelne Bewerbung nochmal genauestens ansehen." Er nahm meine Bewerbung vom Schreibtisch in der Eingangshalle. "Aha, wie ich sehe können wir Sie bei den Wincklers erreichen. Brigitte wird Sie anrufen."

"Vielen Dank für Ihre Zeit, Herr Köhler." Ich schüttelte seine Hand und er winkte mich mit dem Bewerbungsformular nach draußen.

Ich verließ das Büro und sah einen riesigen neuen Nissan Bakkie, der unten in der Auffahrt geparkt stand. Das Fotomodell Benjamin lehnte sich über den Rücksitz und war mit irgendwelchen Kartons beschäftigt. Er hatte es ja dann wohl doch nicht so eilig gehabt.

Sollte ich stillschweigend an dem Wagen vorbeigehen und einfach fortgehen? Da war noch Zeit... Benjamins Kopf kam zum Vorschein. Er starrte mich eine Sekunde lang durch die Windschutzscheibe an, dann kletterte er heraus und stand charmant grinsend vor mir. Mein Herz machte einen Satz.

Ich kam schließlich aus dem kühlen, verregneten England und war solch aufregende, braungebrannte Männer noch nicht gewöhnt.

"Oh, du bist ja noch hier!" sagte ich ungeschickt.

"Ja, ich habe nach Stricken gesucht, um die Buschmannbögen zusammenzubinden."

Buschmannbögen? Was war das denn?

"Naja, denn —" Ich hoffte, dass er mein laut klopfendes Herz nicht hören konnte, als ich mich an ihm vorbeidrängte.

"So, wie gefällt dir eigentlich Botswana?" fragte Ben schnell.

Ich musste lächeln. Es war die absolute Standardfrage, aber immerhin.

"Ich finde Botswana ganz toll," antwortete ich schüchtern.

"Du hörst die Frage wohl zu oft?!" Er sah etwas betroffen aus.

"Ja, sicher. Jeder will das wissen."

"OK. Wie findest du denn Kurt Köhler?" Die Frage war

nicht gerade Standard.

"Eigentlich mag ich ihn. Er hat Humor," sagte ich aufrichtig.

"Ja, das kann man wohl so nennen," Ben lachte, "Aber gewöhnungsbedürftig." Entdeckte ich da etwa einen sarkastischen Ton in seiner Stimme?

"Ach ja?" Ich wusste nicht recht, was er damit meinte. "Mir macht es nichts aus, dass er schwul ist, wenn du das meinst."

"Direkt. Das mag ich! Kurt kann ziemlich launisch sein," sagte Benjamin. "Aber du kommst schon damit zurecht."

"Ja sicher." Ich hüstelte ein wenig vor Verlegenheit.

"Ich bin nur hier in Gabs, um Provisionen in der Mall zu besorgen. Morgen muss ich schon wieder nach Kang," ließ Ben mich wissen. Er wollte mich offensichtlich noch nicht gehen lassen. Ich fühlte mich geschmeichelt. Eindeutig, Benjamin mochte mich.

"Wo liegt denn Kang?" fragte ich naiv

"Mitten in der Kalahari, auf halbem Wege nach Ghanzi." Er lächelte wieder sein charmantes Lächeln. Er lebte mitten in der Wüste, wie aufregend! Oh nein, diese verdammten Schmetterlinge schon wieder.

"Aha." Ich hatte keine Ahnung, wo genau Ghanzi lag. Oder Kang.

"Wie lange bist du denn schon im Lande?" wollte Benjamin wissen. Da wären wir wieder bei den Standardfragen. Aber immerhin redeten wir.

"Seit September. Und du?" Jetzt war ich mit dem Fragestellen an der Reihe.

"Das ist mittlerweile mein zweites Jahr. Ich habe 'nen Dreijahresvertrag, werde aber wahrscheinlich verlängern. Fühlt sich so an, als sei ich schon ewig hier."

Zwei Jahre in der Kalahari Wüste! Benjamin erschien mir nur noch attraktiver. "Dann kennst du dich in Botswana ja ganz gut aus."

"Ja, das könnte man so sagen. Ich ziehe aber die Wüste den Städten vor. Die Kalahari hat was Magisches an sich. Du solltest mal vorbeikommen und sie dir ansehen!" Das hörte sich ja ganz wie 'ne Einladung an.

Fantasierte ich etwa schon davon in den Bakkie zu steigen und mit Ben Glasberg nach Kang in der Kalahari zu fahren? Bloß nicht! Bevor ich noch Vogel Strauß sagen konnte, riss er ein Stück von einem Briefumschlag ab und schrieb etwas darauf.

"Schau, wenn du möchtest, komm doch einfach heute Abend zu den Radovics. Das ist ihre Telefonnummer. Nur falls du Lust hast."

"Danke, aber ich hab' heute schon was vor," log ich, nahm aber trotzdem das Papier. Unsere Finger berührten sich einen elektrischen Augenblick lang.

Er räusperte sich. "Hast du eigentlich auch eine Telefonnummer?"

"Ich wohne bei Freunden in der Stadt." Ich rollte das Papier mit der Nummer der Radovics zusammen.

"Vielleicht nächstes Mal dann, wenn ich wieder in der Stadt bin," sagte Ben leichthin und sprang wieder auf seinen Wagen, wo er abrupt begann, zwischen Kartons auf dem Rücksitz zu wühlen. Nicht sehr höflich. Egal. Vielmehr Aufregung konnte ich heute sowieso nicht verkraften.

"Ja vielleicht, bis dann." Ich ging leichtfüßig die Auffahrt hinunter und stand einen Moment mit geschlossenen Augen auf der staubigen Straße. Oh warum musste ich mich so anstellen? Weil du hier bist um Claire zu finden, sagte eine piepsige Stimme, nicht um einen Freund zu finden. Die piepsige Stimme hatte recht. Ich entfernte mich vom Büro mit festen Schritten.

Beim Abendessen erzählte mir Uli von Billy Ansell und seiner Schwester Gertrud. Billy arbeitete mit ihm am College und Gertrud besuchte ihren Bruder für einen Monat in Gaborone. Sie wollte unbedingt die Victoria-Fälle in Simbabwe sehen, bevor sie von Harare aus wieder nach London zurückflog.

Gertrud traute sich aber nicht alleine zu reisen und suchte einen Reisebegleiter. Mich. Also fragte mich Uli, ob es mir sehr viel ausmachen würde gemeinsam mit Gertrud Ansell zu dem beliebten simbabwischen Reiseziel aufzubrechen.

"Ich hab' sie nur einmal getroffen, aber sie schien ganz nett zu sein," sagte er und nagte an einem Hühnerbein. Dann machte er sich an den gebutterten Kürbis ran. Ich war durchaus in der Stimmung für etwas Spontanes. Außerdem brauchte ich einen Szenenwechsel, um über ein paar Dinge nachzudenken. Das unverhoffte Treffen mit Benjamin Glasberg nach dem Interview hatte mich auch einigermaßen aufgewühlt. Etwas Abstand würde mir sicher guttun.

"Sollte ich nicht lieber hierbleiben? Was ist, wenn Kurt Köhler mich nochmal sehen will," wandte ich halbherzig ein, "zu einem zweiten Interview?"

"Unsinn. Der Job bei der DFO wird dir nicht davonlaufen. Hier, iss noch was." Meine mütterliche Freundin Rita schöpfte mehr Broccoli mit Käsesoße auf meinen Teller. "Geh' ruhig und sieh dir Afrika an. Wir kümmern uns hier um Kurt Köhler."

"Er ist so…"begann ich.

"Seltsam?"

"Impulsiv."

"Ja, dafür ist er bekannt. Seine Sekretärin versteht sich mit ihm und macht sich selten was daraus. Margarete arbeitet schon fast 17 Jahre für die DFO und hat schon einige Leiter kommen und gehen sehen. Sie nimmt Kurts Schoßhunde zum Frisör, holt seine Klamotten bei der Reinigung ab und lässt alles stehen und liegen für ihn. Es scheint ihr nichts auszumachen."

"Das wusste ich nicht. Hunde zum Frisör?" Mein Mut sank. Ich würde als persönlicher Sklave arbeiten müssen!

Naja, man konnte sich an so einiges gewöhnen.

Jeden Tag mit Sonnenschein aufwachen zum Beispiel. Neue Freunde finden, Kürbis und Leber essen und all so was. Sogar die flachen, harmlosen Spinnen, die hinter fast jedem Wandbild saßen, waren Gewöhnungssache. Warum sollte ich mich da nicht an einen etwas impulsiven Chef gewöhnen können?

"Es ist nicht gerade die anspruchsvollste Arbeit. Aber wenn du damit umgehen kannst, auch nicht die schlechteste. Meinst du, du schaffst das?"

"Ich denke schon," sagte ich und meinte es ernst. Ich tat das schließlich für Claire.

"Gut. Fahr' du ruhig nach Vic Falls und freunde dich mit dem Gedanken an. Ich kann dir jetzt schon sagen, dass du ganz oben auf Kurts Liste stehst." Rita schien keinerlei Zweifel an meinem Erfolg zu hegen.

Wenn mich nicht alles täuschte, war Maun nahe bei Victoria Falls und Claire war doch in Maun gewesen! Ich könnte auch auf dem Rückweg in Francistown bei Pierre und Karabo Boucher vorbeisehen, und dann bei Tony in Palapye.

Uli hatte Billy und Gertrud Ansell nach dem Essen zum Tee eingeladen, so dass wir uns kennenlernen konnten. Woher wusste er, dass ich zusagen würde? War ich so transparent?

Gertrud war ziemlich kurzsichtig und schien eine Vorliebe für indische Baumwollblusen zu haben. Meine zukünftige Reisegefährtin erinnerte mich an meine Freundin Diane in Cambridge. Sie war zurückhaltend und lächelte schüchtern. Wir vereinbarten, am nächsten Morgen beim Thebe Reisebüro zu buchen und danach Malaria Tabletten in der Apotheke zu kaufen.

Donnerstagnachmittag ging es dann zum Bahnhof. Wir waren wie echte Touristen gekleidet. Der Zug fuhr erst nach Plumtree, an der Grenze zu Simbabwe. Dort würden wir nach Bulawayo umsteigen und einen anderen Zug nach Vic Falls nehmen. Wir planten eine Woche in einem günstigen Hotel in Vic Falls zu verbringen und dann getrennte Wege zu gehen.

"Sag dem Schaffner Bescheid, dass du in Palapye aussteigen willst. Die Station ist so klein, dass du sie sonst verpasst," hatte mein Schwager gesagt.

Ich hoffte, dass wir uns bei der Gelegenheit mal so richtig über Claire aussprachen. Bei Pierre und Karabo hatte ich weniger Glück. Der schottische Haussitter sagte mir am

Telefon, dass die beiden nach England gefahren waren, um das Baby dort der Familie vorzustellen und dass sie erst im neuen Jahr wieder in Francistown sein würden.

Ich rief noch schnell Detektiv Sibeko an, um mit ihm meine Idee mit der Informations-Kampagne zu unterbreiten und vielleicht auch von der Entführungstheorie meiner Mutter. Von der Sekretärin erfuhr ich aber, dass er bis zum folgenden Montag bei einer Beerdigung sein würde.

"Nein, niemand hier weiß über den Fall Bescheid, aber wenn sie eine Nachricht hinterlassen möchten —" Ich lehnte ab. Ich würde ihn eben *nach* meiner Reise anrufen.

Und dann war es auch schon Donnerstag. Wir fuhren zum Bahnhof, gekleidet wie echte Touristen. Gertrud trug ein knöchellanges indisches Kleid und ich Shorts und ein buntes Sommertop. Es war eine gute Idee gewesen mit dem Bummelzug zu reisen.

Viele Touristen buchten aus Zeitgründen lieber die regelmäßigen Flüge von Gaborone nach Victoria Falls, aber von der Zugperspektive aus bekamen wir um einiges mehr von der fantastischen afrikanischen Landschaft zu sehen. Der Zug stammte eindeutig aus der Kolonialzeit und unser Abteil war mit einem Waschbecken aus Zink und gerahmten Spiegeln dekoriert.

Wir würden auf der Fahrt übernachten und morgens in Plumtree ankommen. Es gab zwar noch keine Elefanten, Zebras und Löwen zu sehen, aber ich konnte sie mir gut zwischen dem goldenen Gras der Savanne vorstellen. Bei Anbruch der Dunkelheit fuhren wir durch Palapye.

Hier waren sie wieder, die vertrauten von Motsetsi Hecken umgebenen Kraals im tiefen hellen Sand, in dem Dorf, wo ich 10 Wochen verbracht hatte. Gertrud war beeindruckt als ich ihr von meiner kurzen Zeit als Lehrerin erzählte.

"War es denn nicht schrecklich langweilig in so einem kleinen Dorf?" fragte sie mich und nahm ihre Brille ab um sie zu putzen, "Da ist ja weit und breit nichts weiter."

"Wie man's nimmt. Ich hatte jemanden besucht und wurde ins Unterrichten 'reingezogen, weil die

Englischlehrerin nicht wiederkam. Palapye war eigentlich ganz interessant."

Ich erzählte ihr von meinen informellen Sprachlektionen mit Tsanana, die Beerdigung auf dem Lande, und Mrs. Poppelmeyer.

Wir schlossen das Fenster, als in einer Kurve von der schnaufenden Lokomotive Rußflocken hereingeflogen kamen. Bald war es draußen sowieso zu dunkel, um etwas zu sehen. Gertrud teilte ihre Weintrauben mit mir und wir tranken noch etwas Fanta zum improvisierten Abendessen. Dann kam jemand herein, um die Betten in unserem 'Erste Klasse Abteil' zu beziehen.

Außer Schlafengehen gab es nichts weiter zu tun. Wir redeten noch eine Weile über Politik, was wir von Afrika hielten und vom wachsenden Ozonloch, und ich dachte fast gar nicht an Benjamin Glasberg.

Ab und zu gab es einen Ruck von Stahlrädern auf harten Stahlschienen, und trotz des ständigen Ratterns musste ich einfach eingeschlafen sein. Wir erwachten kurz vor Plumtree zum Duft von frischem Kaffee.

Die Reisepapiere wurden noch an Bord kontrolliert, bevor der Zug zum Stillstand kam. Die Landschaft veränderte sich nicht sehr über die simbabwische Grenze hinweg und Bulawayo war nicht halb so grandios wie ich es mir vorgestellt hatte.

Sieben Jahre nach der Unabhängigkeit war Simbabwe anscheinend nicht besonders gut dran. Um den Bahnhof in Gaborone herum lagerten immer viele Simbabwer, die riesige blau-weiß-rot-gestreiften Taschen mit Hamsterkäufen bei sich hatten. Viele dieser Grenzgänger waren in den billigen Abteilen mitgefahren. Die meisten stiegen in Bulawayo aus und drängten sich an uns vorbei.

Gertrud und ich hatten bis zum Abend Zeit, uns die Stadt anzusehen und gaben unser Gepäck an einem altmodischen 'cloak room' am Bahnhof ab.

Wir folgten den anderen Passagieren, die den Weg gut zu kennen schienen auf die breiten Straßen hinaus. Es gab hier mehr Schlaglöcher als erwartet und weit weniger Geschäfte. An jeder Straßenecke wurden wir in gutem Englisch von Männern angesprochen, die Zim-Dollar in Rand oder Pula umtauschen wollten, oder besser noch in US-Dollar und Britsche Pfund.

Ziellos herumstolpernde Touristen wie wir, waren leicht auszumachen. Wir hatten keinen Bedarf daran von der Polizei eingesperrt zu werden, und suchten lieber eine Bank wo wir zum offiziellen Kurs ein paar Pula in Bündel simbabwischen Geldes umtauschten. Ein indischer Ladenbesitzer wollte uns seine Waren übereifrig zu teuren Preisen verkaufen und wir wechselten auf die andere Straßenseite.

"Wo kriegt man hier bloß was zu essen?" fragte Gertrud mit hungrigem Blick.

"Ich habe bestimmt keine Lust auf Shebeenessen," meinte ich und deutete auf ein paar Tische und Stühle, die entlang der Straße aufgestellt waren. Gertrud sah mich verständnislos an und ich berichtete ihr von meiner Shebeen-Erfahrung in Palapye, von Mieliepap und fettigem Fleisch.

"Was hältst du von dem Hotel da drüben?" Sie hatte eine grüne Fassade entdeckt mit Häkelgardinen hinter hohen Fenstern. Auf dem Messingschild über der Holzveranda stand einladend 'Hotel'. Wir ließen uns an einem Fenstertisch häuslich nieder. Von hier aus konnte man die ganze Straße überblicken und wir taten uns auf die gute englische Art an Pötten voll Tee, Gurkensandwichs und Teegebäck gütlich.

Der verspätete Zug verließ Bulawayo Richtung Victoria Falls erst nach Einbruch der Dämmerung. Die Passagiere waren durch die Ankunft von bewaffneten Soldaten, die auf einmal in die Waggons sprangen, einigermaßen beunruhigt.

Bald waren Maschinengewehre durch die halbgeöffneten Fenster und Türen nach draußen gerichtet, aber niemand erklärte uns die zweistündige Verspätung oder die Anwesenheit der Soldaten. Vom Schaffner erfuhren wir zu guter Letzt, dass Züge ab und zu von Rebellen im unruhigen Matabeleland angegriffen wurden. Die Soldaten waren zu unserem Schutz da und hatten sich in Bulawayo ein wenig verspätet. Happy Holidays!

Die Zugfahrt war eine richtige Zeitreise in den Film 'Out of Africa'. Zum Abendessen wurde mit den Klängen einer Messingglocke gerufen und die Passagiere begaben sich in den Speisewagen. Das à la carte Essen war köstlich und die Atmosphäre gepflegt. Draußen glänzte die Landschaft in der untergehenden Sonne.

Wir sahen allerdings nur wenig von dem berühmten Hwange National Park, weil wir so spät in Bulawayo abgefahren waren. Ich schlief unruhig in unserem mit Messing beschlagenem Mahagoni-Abteil ein. Würden die Rebellen angreifen, während ich weit weg im Traumland war?

Es blieb aber alles ruhig und morgens tuckerten wir in den nicht weniger kolonial anmutenden Open-Air Bahnhof von Victoria Falls. Die Gegend um Vic Falls war eindeutig tropisch, so ganz anders als die trockenen Savannen im südlichen Botswana. Unser Hotel lag nahe am Bahnhof, gleich neben dem exklusiven Victoria Falls Hotel, und wir gingen das kurze Stück zu Fuß.

Gertrud und ich teilten uns ein Zimmer für eine Woche im Makasa Sun Hotel. Frühstück und Abendessen im Preis inbegriffen. Für zwischendurch behalfen wir uns in einem spärlich bestückten Supermarkt. Ich konnte es nicht abwarten das Städtchen zu erforschen.

Zuerst wollten wir natürlich die berühmten Wasserfälle besichtigen. Uns wurde gesagt, dass es nicht viel geregnet hätte und die Fälle deshalb zu einem müden Rinnsal zusammengeschrumpft seien. Nicht die gewöhnlich so tosenden Wassermassen. Es machte uns überhaupt nichts aus und wir wollten keine Zeit mit unnötigem Gerede verschwenden. Auspacken konnten wir auch später.

Der Sprühregen von den Wasserfällen erreichte trotz allem noch den schlüpfrigen Holzweg am gegenüberliegenden Kliff, den die Touristen als Aussichtsplattform benutzten. Was den Lärm anging, war der ursprüngliche Name durchaus angebracht.

"Interessant. 'Die Einheimischen nennen die Fälle 'den

Rauch, der donnert'," schrie Gertrud über das Dröhnen hinweg. Sie klammerte sich an das Geländer und las die hölzernen Schilder mit Erklärungen durch ihre beschlagene Brille. Der Sprühregen kam zwar nicht ganz an uns heran, aber die Luft war ausgesprochen feucht.

"Ja, ziemlich laut. Und es ist noch nicht mal Regenzeit," schrie ich zurück.

"Was?"

"Egal!"

"Wahnsinn, schau dir das ganze Wasser an." Gertrud zeigte auf die massiven weißen Wirbel, die in die Schlucht hinunterstürzten. "Ich frag' mich, wie das wird, wenn die Regenzeit haben."

"Wahrscheinlich noch schlimmer. Ist ja ein riesiger Fluss, der da runterkommt," rief ich so laut ich konnte. "Der Sambezi. Das muss hier mal ein Erdbeben oder so was gegeben haben. Schau dir bloß die Schlucht da unten an."

Gertrud stand jetzt direkt neben mir und wir konnten fast normal weiter reden. Ein paar Touristen tasteten sich am glitschigen Geländer an uns vorbei und verschwanden im Sprühnebel.

"Ich möchte das Livingstone-Denkmal sehen," verkündete Gertrud auf einmal.

"Weißt du denn wo das ist?"

"Ich glaube auf der anderen Seite." Sie zeigte auf die andere Seite der Schlucht.

"Wir sollten besser jemanden fragen."

"OK, dann lass uns gehen!"

Wir schlitterten den Holzweg auf die Straße zurück und entdeckten bald die Bronzestatue. Dann wanderten wir weiter zum Markt für Kunsthandwerk, wo wir bald herausfanden, dass Kleidungsstücke sogar noch höher im Kurs standen als amerikanische Dollar.

Gertrud bekam am nächsten Tag zwei farbig geflochtene Körbe und eine Holzmaske für ein paar alte Shorts, die sie im winterlichen England sowieso nicht mehr brauchen würde. Ich erstand ein fettes, hoch-poliertes Nilpferd aus Holz für ein T-Shirt, das in der Wäsche eingegangen war. Claire hätte es sicher toll gefunden, das hölzerne Nilpferd. Oh, Claire...

Eine Welle von Schuldgefühl schwappte über mir zusammen - und verebbte wieder. Ich hatte es irgendwie geschafft mich abzulenken. Seit Gaborone hatte ich auch keine Albträume mehr gehabt. *Ich werde später mit dir sprechen,* sagte ich in Gedanken zu ihr. Später. Auf dem Rückweg lauschten wir einer Marimba Band, die im Garten des eleganten Victoria Falls Hotels spielte. Zwar konnten wir uns den teuren 'high tea' nicht leisten, aber die Kellner ließen uns umsonst zuhören.

Als wir durch den Garten zu unserem Hotel gingen, sah ich eine lange schwarze Schlange, wie sie sich durch den Swimmingpool und wieder auf die Steinplatten schlängelte. Ich blinzelte und da war sie auch schon zwischen den Büschen verschwunden. Gertrud hatte gerade weggeschaut. Es war besser, ihr nichts davon zu sagen, aber die Lust am Schwimmen war mir erstmal vergangen.

Unser nächster Ausflug zu den Wasserfällen wurde unerwartet gestört. Wir hatten uns durchs Gestrüpp am Wegesrand bis zu einem Baobab Baum vorgekämpft.

Ich berührte gerade ehrfürchtig die glatte Rinde, als ein großer Pavian uns direkt vor die Nase sprang und einen markerschütternden Schrei ausstieß. Wir erstarrten vor Schreck. Der Anblick von scharfen, gebleckten Zähne reichte aus, um Gertrud und mich in die Flucht zu jagen. Wir rannten, was das Zeug hielt.

Der kreischende Affe folgte uns nicht bis zum Holzsteg, aber jetzt warnte ein heftiges Donnergrollen vor einem nahenden Sturm. Wir lehnten uns zum Verschnaufen ans Geländer und sahen, wie der Himmel sich beängstigend dunkel färbte. Eine schwarze Wolkendecke lag über Victoria Falls und faserte an den Enden schon in einen zitronengelben Regenhimmel aus.

Wir liefen so schnell wie die glitschigen Holzplanken es zuließen zum Hotel zurück. Dann fing es auch schon an in Strömen zu regnen. Wir verbrachten die nächsten Stunden trocken in der Summit Bar auf der überdachten Dachterrasse Es regnete unablässig und von hier oben sah die Gegend wie ein undurchdringlicher Regenwald aus.

"Verdammt. Was machen wir jetzt?" beklagte ich mich beim Barmann. "Ein verregneter Urlaub ist nicht gerade ein Vergnügen." Er gab nur ein gutturales Lachen von sich.

"Ah, es wird nicht lange regnen. Kann ich den Damen etwas zu trinken anbieten?"

Er mixte uns zwei Makasa Sunset Cocktails, die Spezialität des Hauses, und wir unterhielten uns mit den anderen Gästen über unsere erschreckende Begegnung mit dem Affen. Es gab geröstete Erdnüsse, bis es Zeit zum Abendessen war. Der Barmann behielt recht. Am nächsten Tag war es zwar noch feucht, aber sonnig und wir machten uns wieder auf Vic Falls zu erkunden.

Ein pseudo-afrikanisches Dorf in der Stadtmitte hieß *The Craft Village* und bestand aus unterschiedlichsten afrikanischen Hütten und Kunstobjekten, die innerhalb der bunt bemalten Mauern ausgestellt waren. Dort boten auch drei Schamane ihre Wahrsagekünste für die stolze Summe von vier Zim-Dollar pro Sitzung an.

Princess und Tsanana hatten mir schon so viel von den Sangoma erzählt, dass ich einfach die Bekanntschaft von allen dreien machen wollte! Gertrud brachte nur den Mut für den ersten Sangoma aus Malawi auf. Der in Felle gekleidete Mann sagte ihr, dass ihr Freund endlich heiraten wollte, wenn sie zurückkam. Er sah auch Zwillinge in ihrer Zukunft.

Gertrud war über diese Enthüllungen höchst erstaunt und musste sich erst mal auf einem Stuhl im Hof erholen, während ich die anderen Schamane in ihren jeweiligen Zelten abklapperte, um mir die Zukunft voraussagen zu lassen.

"Ich sehe keine Geld- oder Gesundheitsprobleme. Und vier Kinder, zwei Jungen und zwei Mädchen," sagte mir der Schamane aus Malawi, nachdem ich nach Vorschrift wieder auf eine handvoll Knochen gepustet hatte. Die gekonnt auf eine Bodenmatte geworfenen Knöchelchen verrieten mein weiteres Schicksal: "Sie werden einen Mann mit dunklen

Haaren kennenlernen und einen mit hellen Haaren, aber keinen davon heiraten."

"Was ist mit meiner Schwester?" wollte ich wissen und mein Herz klopfte mir bis zum Halse.

"Ihre Schwester wird drei Kinder bekommen und mit ihrem Mann glücklich leben," prophezeite der angebliche Sangoma. Ach wirklich?!

Ein ähnliches Ritual wie beim ersten der simbabwischen Sangoma ergab, dass ich einen grauhaarigen Mann aus meinem eigenen Stamm heiraten würde, und für einige Zeit in einem anderen Land leben würde. Diesmal bekam ich drei Kinder, zwei Jungs und ein Mädchen. Ich würde auch bald meine Schwester wiedersehen. Oh, wie sehr ich ihm glauben wollte!

Mittlerweile musste Gertrud wohl denken, dass ich ein paar Schrauben locker hatte. Sie wollte gehen und weigerte sich mit mir in das ledrige Zelt des dritten Sangomas zu kriechen. Vielleicht hatte sie ja recht und ich war zu sehr auf die ganze Sache versessen.

Mein Kopf prallte auch prompt gegen eine Messingkanne, die von einer Querstange herabhing. Nachdem ich den Assistenten bezahlt hatte, blies ich wieder auf die winzigen Knochen und anderen seltsame Gegenstände, bevor sie über die Grasmatte gerollt wurden. Der Sangoma schüttelte einen kleinen Stieltopf in dem ein schwarzes Horn rhythmisch klapperte. Dann besah er sich die Anordnung der Knochen und sammelte sie wieder in einen schmutzigen Beutel ein. Die Prozedur wurde wiederholt und er blickte mich geheimnisvoll aus dem Augenwinkel an.

"Unmöglich," sagte er entschlossen.

"Was ist unmöglich?" Eigentlich hatte ich eine Standard-Wahrsagung erwartet.

"Die Vorfahren sind verärgert. Es dauert zu lange."

"Welche Vorfahren denn?" fragte ich erstaunt. "Was dauert zu lange?"

"Gar nichts. Sie werden einen reichen Mann heiraten und drei Kinder bekommen. Zwei Jungs und ein Mädchen."

"Das ist doch nur eine Floskel. Was wollten sie mir wirklich sagen?"

Aber sein Assistent hatte mich wieder aus dem Zelt hinauskomplimentiert, bevor ich irgendwelche Fragen über vermisste Schwestern stellen konnte. Als ich auftauchte, warf Gertrud mir einen verdrossenen Blick zu.

"Ich habe Hunger. Dieser Hokus Pokus dauert viel zu lange," beklagte sie sich. Ich fragte mich, warum der Schamane mich so schnell hatte loswerden wollen.

"Das war gerade komisch. Er sagte, die Vorfahren seien verärgert."

"Das wundert mich nicht. Was willst du auch bei den ganzen Schamanen. Ist doch sowieso komplette Zeitverschwendung." Sie schob ihre Brille Richtung Nasenwurzel.

"Warum ist es Zeitverschwendung?" fragte ich als wir durch die 'Löwenhöhle' an Reihen strickender und flechtender Frauen vorbeigingen. "Findest du das nicht faszinierend?"

"Nein. Und zwar hat mein Freund Schluss gemacht - kurz vor meinem Abflug aus London."

"Na und?"

"Na und? Ich glaube kaum, dass er unbedingt heiraten will." Das hörte sich endgültig an. Und natürlich logisch.

"Hmm, OK. Ich verstehe. Wo willst du hingehen?" Ich hatte sowieso genug von dem Thema. Es gab zu viele Widersprüche bei den Wahrsagungen, warum also sollte ich die Schamanen verteidigen.

"Was?" Gertrud schien noch immer angespannt zu sein.

"Ich dachte, du hast Hunger. Willst du nicht was zu essen holen?"

"Ach ja, Sandwichs im Hotel wären ganz gut." Sie schien sich wieder gefangen zu haben.

Im Hotelrestaurant waren recht ansehnliche Sandwichs günstig zu haben. Gertrud würde am nächsten Tag nach Harare abfliegen und so feierten wir unseren letzten Tag mit Cola und Sandwichs. Nach einer Weile wollte uns der Empfangschef sehen. Er teilte uns mit, dass wir ihm noch

Geld schuldeten.

"Aber wir haben doch schon alles beim Thebe Reisebüro in Gaborone bezahlt," protestierte Gertrud. "Als wir letzte Woche gebucht haben."

"Davon weiß ich nichts, aber das hier muss trotzdem bezahlt werden. Wir nehmen nur amerikanische Dollar, nicht Zimbabwe Dollar," erklärte er uns und ich wurde langsam misstrauisch.

"Amerikanische Dollar? Wohl kaum. Auf der Quittung steht eindeutig Zim-Dollar."

"Nein, amerikanische Dollar," wiederholte der Empfangschef starrköpfig.

"Ich möchte mit dem Hotelmanager sprechen," verlangte ich.

"Erst wird die Rechnung bezahlt."

Ich war entrüstet. "Kommt gar nicht infrage. Gertrud, hol' doch die Quittung vom Thebe Reisebüro. Sie ist im Zimmer oben, in meinem Rucksack."

"Oh, lass' uns einfach bezahlen." Gertrud war unglücklich über die Szene.

"Auf keinen Fall, hol' bitte die Quittung. Wir bezahlen keinen Cent mehr."

Meine Urlaubsstimmung war endgültig verflogen. Gertrud ging widerstrebend, um den Beweis unserer Zahlung zu holen, während ich störrisch die Stellung hielt. Da kam zufällig der Hotelmanager von der Straße herein.

"Mr. Solomon!" rief ich ihm durch die Vorhalle zu.

"Ah, Miss Reinhold, guten Tag. Sie verlassen uns ja morgen. Ist alles in Ordnung?"

"Ja, wir gehen morgen. Es gibt nur ein kleines Problem. Ihr Empfangschef verlangt von uns, dass wir nochmal für alles in amerikanischen Dollars bezahlen."

"Wir verlangen gewöhnlich amerikanische Dollars."

"Wir hatten aber schon alles bei der Buchung in Gaborone bezahlt." Der Hotelmanager starrte auf den Beleg, den Gertrud ihm unter die Nase hielt. Er las, runzelte die Stirn und gab sofort nach.

"Ich muss mich bei Ihnen für das Missverständnis

entschuldigen, Miss Reinhold," sagte Mr. Solomon höflich und musterte den Empfangschef von der Seite. "Darf ich Sie zu Drinks in der Summit Bar einladen?"

"Ja, danke. Das wäre keine schlechte Idee." Ich seufzte vor Erleichterung.

Mr. Solomon begleitete uns auf die Dachterrasse, wo er dem Barmann Anweisungen gab. Er meinte noch "Ich wünsche Ihnen einen angenehmen Nachmittag," und ging.

"Ich wusste gar nicht, dass du so angriffslustig sein kannst, Bridget," sagte Gertrud, als wir bei der zweiten Runde Makasa Sunset Cocktails angelangt waren.

"Ehrlich gesagt, bin ich eher das Gegenteil. Aber der Schnösel hat mich einfach gefuchst. So 'ne Frecheit zu versuchen, uns übers Ohr zu hauen."

"Ich hätte bezahlt." Gertrud schlürfte ihr Getränk verdrossen durch den Strohhalm.

"Genau das wollte er doch," sagte ich ein wenig selbstgerecht. "Außerdem haben wir gar nicht mehr viel Geld übrig."

"Ich weiß, aber ich mag es nicht, wenn die Leute mich anstarren."

"Wieso, ist doch egal."

"Ich mag' das einfach nicht. Außerdem fahre ich morgen wieder nach Hause."

"Aber ich muss noch für zwei Nächte beim National Parks Board bezahlen und dann für die Fahrt zurück nach Gaborone."

"Jetzt hast du wenigstens noch genug Geld dafür."

Wir schlürften unsere Cocktails und spazierten danach noch ein letztes Mal durch den friedlichen Hotelgarten. Diesmal ohne Wasserschlangen oder Affengeschrei.

Der Jasmin duftete schwer und die orange blühenden Flammenbäume zeichneten sich gegen die rosa Wolken am dunkelblauen Himmel ab. Meine Urlaubsstimmung war sofort wieder hergestellt.

Gertrud nahm am nächsten Morgen ein Taxi zum Flughafen und ich ging zu Fuß zum National Parks Campingplatz. Nach einer Woche in dem engen Hotelzimmer, genoss ich es das geräumige Chalet für mich alleine zu haben. Ich beobachtete einen Trupp kleiner Affen, die in den Mülltonnen nach Essbarem suchten und schließlich über einen Mangobaum herfielen. Ich konnte beim Anblick der schönen Landschaft um mich herum ein paar Tränen nicht zurückhalten. Claire hätte es hier bestimmt gefallen.

"Schau dir das an, Claire," sagte ich zu dem Mangobaum, "Hast du sowas schon mal gesehen? Der kleine Frechling da hinten!"

Wenn ich Claire wiederfand, konnten wir ja gemeinsam hier Urlaub machen, träumte ich. In den zwei Tagen unternahm ich nicht viel, außer Postkarten schreiben und mich mit den jungen Leuten nebenan zu unterhalten.

Sam und Jenny kamen aus Neuseeland und reisten nach drei Monaten in Europa durchs südliche Afrika. Ich hatte auch einen südafrikanischen Lehrer kennengelernt, der am folgenden Tag zum Chobe National Park in Botswana weiterfahren wollte.

Er ließ sich breitschlagen, mich bis über die Grenze mitzunehmen. Das nahm mir die Sorge ab, eine geeignete Busverbindung zu finden. Den Zug nochmal durch das gefährliche Matabeleland nach Bulawayo zu nehmen kam nicht infrage.

"Eigentlich reise ich lieber alleine," brummte der fast kahlköpfige Südafrikaner. Der Mann war offenbar ein Einzelgänger. "Aber ich kann dich bis Kazungula mitnehmen. Von dort aus kannst du in ein Minitaxi nach Francistown steigen. Übrigens heiße ich Jacques Mellert."

"Bridget Reinhold." Wir schüttelten uns die Hände.

Jacques Mellert war ein Kunstlehrer aus Durban und auf dem Heimweg von einer Tour zu den Ruinen von Groß-Simbabwe, dem Kariba See und den Victoria Fällen.

Solch ein Mangel an Planung sah mir überhaupt nicht ähnlich, doch dann schob ich einfach meine europäische Denkweise beiseite. Die afrikanische Einstellung, dass 'Morgen noch'n Tag ist', schien im Moment angebrachter zu sein.

Claire hätte das bestimmt auch so gemacht. Ich hatte mit dem Gedanken gespielt, mich etwas in Maun im Okavango Delta umzusehen, aber das war wahrscheinlich zu viel verlangt. Jacques wollte zeitig um 8 Uhr morgens aufbrechen. Ich war pünktlich und wartete bei der Rezeption auf ihn.

"Schmeiß' deine Sachen hinten 'rein," sagte er kurz angebunden und schon waren wir in seinem Landrover unterwegs zur Grenze.

Nur ein kurzes Stück die Landstraße hinunter musste er plötzlich anhalten. Eine Herde majestätischer Riesen war gerade dabei die zweispurige Straße etwa 50 Meter vor uns aus dem Dschungel heraus zu überqueren. Ein unglaublicher Anblick. Jacques nahm seinen Fotoapparat und klickte wild drauflos. Ich konnte es nicht fassen.

Hier saß ich nun, ein totales Greenhorn, in einem Landrover auf einer abgelegenen Landstraße in Afrika und blickte diesen grauen Kolossen mit ihren flatternden Ohren todesmutig ins Auge. Sowas passierte doch nur auf Safaris in Wildparks, oder?

Zum ersten Mal verstand ich, warum Claire sich im Tuli Block unbedingt die Elefanten hatte ansehen wollen. Der Anblick der wilden Dickhäuter war einfach elektrisierend.

SECHSTES KAPITEL

Dank der kooperativen Grenzbeamten in Kazungula, befanden wir uns innerhalb von Minuten in Botswana. Wie versprochen setzte Jacques mich an der Hauptstraße nach Francistown ab. Es war einer jener Tage, an denen die Luft über der heißen Teerstraße wie Wasserwellen flimmerte. Über die Kreuzung hinüber stand ein Straßenschild, auf dem ‚Maun' zu lesen war. Der Pfeil zeigte in eine Seitenstraße. Nach der hautnahen Begegnung mit den Elefanten fühlte ich mich geradezu abenteuerlustig. Ich fragte Jacques, was er davon hielt, wenn ich einen Abstecher ins Okavango Delta machte. Wahrscheinlich stellte ich mir vor, die Fährte meiner Schwester wie eine Löwin aufnehmen zu können.

Wie gesagt, es war sehr heiß an diesem Tag.

"Das würde ich auf keinen Fall tun," nahm er mir den Wind aus den Segeln. "Du kannst dich da draußen im Busch verlaufen. Viel sicherer, direkt nach Francistown zu fahren. In diese Richtung." Er zeigte die Hauptstraße hinunter nach Süden.

Davon abgesehen, dass es keine gute Idee war, allein zu Fuß zu reisen, kannte ich keine Menschenseele in Maun. Ich hatte auch gerade noch genug Geld für die Heimreise dabei. OK, ich musste einsehen, dass es eine Schnapsidee war.

Auf Wiedersehen Bootsafari, Nilpferde und exotische Vögel. Auf Wiedersehen Löwenfantasie. Meine Spontanität hatte ihre Grenzen.

Jacques Mellert verlor keine Zeit und fuhr Richtung Chobe weiter. Ich stand derweil unter einem Baum am Straßenrand mit meinem Rucksack und einem hölzernen

Nilpferd. Was jetzt?

Je höher die Sonne kletterte, desto heißer wurde es. In einem klimatisierten Hotel wäre die Hitze erträglich gewesen, aber an der Straßenseite war ich den Elementen unbarmherzig ausgeliefert.

Nach und nach erschienen andere Menschen mit Gepäck und wollten schwatzen. Jeder war auf dem Weg nach Francistown, genau wie ich. Wir warteten im spärlichen Schatten eines kahlen Baumes gemeinsam auf ein Minitaxi.

Der erste Kleinbus hielt nach 30 langen, heißen Minuten. Wir waren jetzt sechs Passagiere, stiegen ein und bezahlten unsere 14 Pula pro Kopf.

Das meiste Gepäck wurde oben aufs Dach gebunden. Alles andere fand zwischen den Sitzen und zahlreichen Beinen Platz. Wenn man die ganz kleinen Kinder nicht mitzählte, waren wir 15 Passagiere. Meine Freude über den erschwinglichen Transport schmolz dahin. Es wurde derart stickig im Kleinbus, dass alle anfingen stark zu schwitzen. Ich auch. Trotz der Fahrtluft durch geöffnete Fenster.

Jacques Mellert hatte mir zum Abschied noch zwei Coladosen mitgegeben, die mich jetzt vor dem sicheren Verdursten bewahrten.

Die Fahrt hätte sich leichter aushalten lassen, wenn da nicht die Trommelfell-zertrümmernde Musik gewesen wäre. Zudem roch der Mann zu meiner Linken, ekelerregend nach Bier.

Während der Trinkpausen lallte er mir unaufhörlich ins Ohr, wie er mich am liebsten sofort heiraten und sich gut um unsere Kinderchen kümmern wollte.

Ich hörte auf zu lächeln und starrte nur noch stumm zum staubigen Fenster hinaus. Die Hitze machte mich schläfrig und ich nickte ein paarmal ein. Irgendwie brachte ich es fertig, mich nicht an meinen Bier-schlürfenden Nachbarn zu lehnen.

Auf der Plus-Seite sah ich an der simbabwischen Grenze Elefanten in einem See baden. Wir fuhren an der Grenze und dem Hwange National Park entlang. Schon deswegen lohnte sich die anstrengende Fahrt in dem dahin kriechenden

Minibus. Wilde Tiere schienen sich nicht besonders um die von Menschen errichteten Barrieren zu kümmern.

Wenn es mir gelang zwischen den Passagieren und Gepäckstücken einen gelegentlichen Blick auf die andere Straßenseite zu erhaschen, war die Aussicht auch nicht zu verachten. Nur als wir das Okavango Delta und den Chobe National Park hinter uns ließen, hatte ich leider so gut wie nichts davon gesehen.

Unser Kleinbus war ziemlich klapprig und wäre in England sicher aus dem Verkehr gezogen worden. Es war also kein Wunder, dass das Fahrzeug auf halbem Wege zwischen Kazungula und Francistown endgültig in die Knie ging.

Zum Glück waren wir nicht zu weit von einer Raststätte entfernt, wo ölige Brötchen mit stark gewürztem Hackfleisch und Getränke feilgeboten wurden.

Ich wunderte mich über die feindseligen Blicke, die ich bekam. Die Frau hinter der Theke wollte mir nicht mal zwei Coladosen verkaufen, bis mein betrunkener 'Beschützer' sich einschaltete. Ich hatte bisher nur freundliche Einheimische in Botswana und Simbabwe kennengelernt und konnte mir den Grund für die Feinseligkeit nicht vorstellen. Ich beschloss daher, dass es sicher nichts mit mir zu tun hatte.

In der Zwischenzeit war unser Fahrer damit beschäftigt gewesen ein anderes Minitaxi anzuhalten. Nach einigem hin und her einigten sich die beiden Fahrer. Uns wurde mitgeteilt, dass wir, samt unserer Habe, in den anderen Kleinbus umzusteigen hatten. Niemand fragte danach, warum. No matata!

Im neuen Minitaxi war die Musik genauso ohrenbetäubend wie vorher, aber immerhin schaffte ich es diesmal zwischen einem Fenster und einer übergewichtigen Matrone zu sitzen.

Nach acht heißen, ermüdenden Stunden und einer unvermeidlichen Straßensperre, hielt unser Minitaxi mit einem Seufzer am Bahnhof in Francistown an. Wie durch ein Wunder fuhr der nächste Zug nach Gaborone in 15 Minuten.

Ich war so langsam am Verhungern. Sobald ich im Abteil saß, schlang ich noch die zerquetschten Butterbrote in meinem Rucksack hinunter. Dann schlief ich ein.

Der Schaffner weckte mich wie versprochen um 1 Uhr morgens. Wir waren schon fast in Palapye. Ich war die einzige Reisende, die im hellen Mondlicht das Treppchen hinunterstolperte. Und ich stand auf dem falschen Bahnsteig.

Niemand war weit und breit auf dem Bahnsteig zu sehen. Es half alles nichts, ich musste über die Gleise klettern und durch den tiefen Sand an den stillen Kraals vorbei Richtung Schulkomplex waten. Der Mond schien so hell, dass es nicht schwierig war, die richtigen Abbiegungen zu finden.

Nach einer halben Ewigkeit erreichte ich Tonys Haus. Alles an-die-Tür-Hämmern zeigte keine Wirkung. Erst als ich an Tonys Schlafzimmerfenster klopfte, ging endlich das Licht an und bald drehte sich der Schlüssel im Schloss. Tony hatte wie so oft verschlafen.

Ich verbrachte zwei angenehm ereignislose Tage in Palapye. Alfred Jones' Frau Judith und Baby Amanda waren inzwischen nebenan eingezogen. Judith war keine sehr freundliche Frau. Sie schien erbost darüber zu sein, hier am Ende der Welt mit einem Neugeborenen zu sitzen. Amanda war aber das goldigste kleine Baby, das man sich vorstellen kann und schlief meistens.

Mrs. Poppelmeyer beobachtete uns alle durch die berühmten Spitzengardinen und ging mir glücklicherweise aus dem Weg.

Beim Abendessen im Botsalo Hotel war es wie in alten Zeiten. Ich erzählte Tony und Neo von Simbabwe und dem Interview bei der Deutschen Freiwilligen Organisation und dass ich eine gute Chance hatte, die Stelle zu bekommen.

Die beiden berichteten ihrerseits wie sich Mr. Poppelmeyer aufgeregt hatte, dass ich mich so mir nichts dir nichts Richtung Gaborone aus dem Staub gemacht hatte.

Die neue Englischlehrerin hatte beschlossen in ihrem Heimatdorf zu bleiben und anscheinend war es recht schwierig gewesen mich zu ersetzen. Ansonsten hatte sich in Palapye nicht viel geändert. Tony wollte immer noch nicht über Claire sprechen. Das war ja nichts Neues.

Ich wusste mit jeder Faser meines Wesens, dass Claire

noch am Leben war und es war mir egal, ob sonst noch jemand daran glaubte oder nicht. Da war eben nur dieses nagende, hilflose Gefühl selbst noch nichts ausrichten zu können.

In Gaborone, bekam ich tatsächlich den Job bei der DFO und verbrachte die Weihnachtszeit bei Familie Winckler. Sehr zum Missfallen meiner Eltern, die gehofft hatten, ich würde endlich wieder nach England kommen.

Gabs war zu dieser Jahreszeit wie ausgestorben. Ich vermisste meine Familie, das englische Winterwetter und das Konzert des Chors am King's College. Wir feierten den Weihnachtsabend auf deutsche Art bei hochsommerlichen Temperaturen mit allem drum und dran. Bei Kerzenschein, dem Singen von Weihnachtsliedern um einen Plastiknadelbaum und mit Geschenken.

Von Rita bekam ich 'Moll Flanders' von Daniel Defoe geschenkt. Seltsamerweise konnte ich mich gut mit der Mühsal, das die Titelheldin aus dem 17. Jahrhundert erduldete, identifizieren. Sie musste sich auch ständig mit ihren Umständen abfinden und nutzlose Gefühle unterdrücken.

'Wir können nicht behaupten, dass diese Geschichte ganz bis zum Ende der berühmten Moll Flanders, wie sie sich selbst nennt, aufgezeichnet wurde, da niemand über sein eigenes Leben ganz bis zum Schluss schreiben kann...' las ich in der Einleitung. *Es gibt also noch Hoffnung*, ging es mir durch den Kopf. Dann rief Rita uns zu einem ausgedehnten Abendessen auf die Veranda hinaus.

Ich las am nächsten Tag weiter. Natürlich war damals alles anders gewesen. Ich wurde nicht zu Beziehungen mit Männern gezwungen, um im Leben weiterzukommen, aber wie Moll Flanders ihre Schwierigkeiten meisterte, war inspirierend. Rita hatte das Buch zweifellos aus diesem Grund für mich ausgesucht. Um mir Hoffnung zu geben. Und von mir hatte sie nur ein paar Topflappen bekommen.

Kurz nach Weihnachten zog ich in die Wohnung im Acacia Court. Wie wunderbar mich endlich in meinen eigenen vier Wänden ausbreiten zu können. Und hier in der

Stadtmitte rissen mich weder Hahnengekrähe noch Eselsgeschrei aus dem morgendlichen Tiefschlaf!

Die Wohnung war schnell eingerichtet. Ich hatte viel Zeit und las deshalb 'Moll Flanders' zu Ende. Dann nahm ich mir ein anderes Buch vor. 'El Jadida' - Grandpas Roman. Die Story drehte sich um einen Entführungsfall in Marokko im Jahr 1957 und wandte sich atemberaubend in diese Richtung und jene, bis zum überraschenden Ende. Beeindruckend. Ich beschloss voller Stolz von nun an auch seine anderen Bücher zu lesen.

Der kleine Park hinter dem Wohngebäude lud zum Lesen im Schatten ein, und ich verbrachte so viel Zeit viel möglich draußen bei den roten und rosa Bougainvillea-Büschen.

Ich beobachtete fasziniert, wie gelbe Webervögel ihre kugeligen Nester aus Palmfasern bauten. Das Weibchen inspizierte das fertige Heim, das von einem langen Zweig am Baum hing. Wenn das Weibchen es nicht mochte, zerfetzte das Männchen das Nest und fing schnell wieder von vorne mit dem Nestbau an.

Die einzigen Nachbarn, die ich während dieser Zeit zu Gesicht bekam, waren das ältere indische Ehepaar nebenan in Nr. 2, die mich nie grüßten. Die in Saris gekleidete Frau lief immer mit ihren Einkaufstaschen ein paar Schritte hinter dem Ehemann her. Ich hätte mich gerne mal mit ihr unterhalten, aber sie ignorierte meine Kontaktversuche.

Mein Leben hatte sich unwiderruflich geändert, egal wie vorübergehend die neue Situation war. Noch vor einem Jahr hätte ich es für unmöglich gehalten in einem fremden Land zu leben. Jetzt hatte ich eine Wohnung, einen Job und ein bescheidenes soziales Netzwerk in Gaborone.

Das einzige was mir wirklich schmerzlich fehlte, war Claire.

Ein Paket von Mom kam kurz vor Silvester an. Darin waren ein türkiser Kaschmirpullover und mein Lieblingsparfüm. Ich hielt die Sachen gegen mein Gesicht und konnte die Liebe meiner Mutter in ihnen spüren. Der Pullover wäre im Winter genau richtig gewesen.

Ich machte mich daran, Postkarten und Päckchen mit afrikanischen Souvenirs nach England zu schicken. Sogar mit Luftpost konnte es Wochen dauern, bis sie ankamen.

Ich hatte meine Freunde zuhause vernachlässigt und musste dafür umgehend Schelte einstecken:

Cambridge, 14. Dezember 1988
"Hallo Bridget,

Kennst du mich noch? Ich hab' seit Wochen nichts mehr von dir gehört und dann krieg' ich auf einmal eine Postkarte aus Simbabwe. Jetzt ziehst du auch noch ausgerechnet nach Gaborone. Warum? Werden wir dich jemals wiedersehen? Wer zum Teufel bist du eigentlich und was hast du mit meiner Freundin Bridget angestellt? — "

Diane hatte recht. Ich war nicht mehr dieselbe und das ließ sich eben nicht ändern.

Ich schrieb lange Briefe voller Neuigkeiten an Diane und an die anderen. Von meiner Reise nach Simbabwe, dem neuen Job und wie anders sich Weihnachten auf der südlichen Halbkugel anfühlte. Ich schrieb auch, dass Detektiv Sibeko noch im Urlaub war und ich mit ihm bald darüber sprechen würde, wie ich dabei helfen konnte, die Nachforschungen voranzutreiben.

In der Zwischenzeit kümmerte ich mich darum, mein neues Heim gemütlicher zu gestalten. Die kleinen holzgeschnitzten Tiere, die ich im Serowe Museum erstanden hatte, sahen neben Familienfotos auf dem Bücherregal recht annehmbar aus.

Das fette hölzerne Nilpferd aus Victoria Falls nahm einen Ehrenplatz auf dem Couchtisch ein, nachdem ich ein abgebrochenes Beinchen mit Sekundenkleber behandelt hatte. Eine weiße Häkeldecke verschönerte den Esstisch und die Botswanaposter aus dem Souvenirladen hatte ich mit Prestik an die Wand geklebt.

Gar nicht schlecht, dachte ich zufrieden, *gar nicht schlecht.*

Das Nilpferd starrte mich anklagend aus hölzernen Glupschaugen an.

"Was glotzt du denn so?" schalt ich es. "Nichts verkehrt damit, es sich hier ein wenig gemütlich zu machen —"

Der Silvesterabend kam und ging auf Zehenspitzen. Das machte mir nichts aus. Es war so vieles passiert, dass ich eine Ruhepause nötig hatte.

Wie sich herausstellte, sollte das neue Jahr 1989 von einer Reihe weltbewegender Ereignisse heimgesucht werden.

Die kalifornische Küste wurde von einem Erdbeben erschüttert, die Börsen brachen zusammen und auch die Berliner Mauer stürzte ein. Das sollte sich auch auf mich auswirken. Was das Erdbeben in Kalifornien anging, war ich froh im abgelegenen Gaborone zu leben. Der Börsenkrach kostete mich eine bescheidene Investition in IT Aktien - und was die Berliner Mauer anging - na ja, davon später mehr.

Im Januar versuchte ich Pierre und Karabo Boucher in Francistown zu erreichen und hatte mal wieder nur den Haussitter am Apparat. Er meinte, dass sie ihren Besuch in England verlängert hätten. Keine Chance also die beiden bald zu Gesicht zu bekommen. Es gelang mir erst Anfang März mit Karabo zu sprechen.

"Claire wollte die Elefanten im Tuli Block sehen und soweit ich weiß, buchte sie sich deshalb für eine Nacht in irgendeiner Lodge im Reservat außerhalb von Bobonong ein. Wir haben der Polizei damals alles erzählt. Es tut mir wirklich leid, dass sie verschwunden ist, Bridget, aber ich weiß wirklich nicht wie wir dir noch weiterhelfen können." Sie lud mich nicht nach Francistown ein und ich fragte auch nicht weiter danach.

Das mit der Game Lodge Buchung und dass Claire dort nie aufgekreuzt war, wusste ich ja schon. Karabo schien sich schuldig zu fühlen und ich wollte sie nicht mit Fragen in die Enge drängen. Also wieder nichts. Wie frustrierend. Ich wusste damals ja noch nicht, was wirklich dahinter steckte.

Wie geplant begann ich deshalb Anfang Februar an zu arbeiten und musste mich völlig neuen Herausforderungen stellen.

"Na meine Arbeitsbienen, meine kleinen Ameisen, wie kommt ihr denn voran?" säuselte Kurt als er mal wieder in Margaretes Büro nach dem Rechten sah. Er kam zur Tür hereingetänzelt und fing an, meine Schultern zu massieren. Dann die von Margarete. Seine langjährige Sekretärin schien daran gewöhnt zu sein und lächelte nur. Ich fand es weniger angenehm, wenn mein neuer Chef mir die Schultern massierte.

"Alles in Ordnung, Kurt. Ich zeige Bridget nur unser Aktensystem."

Margarete und ich verstanden uns aber hervorragend. Wir verbrachte sogar nach der Arbeit und am Wochenende Zeit miteinander. Ihr britisch-italienischer Mann John war als Ingenieur beim Elektrizitätswerk in Gaborone in Pension gegangen. Das hieß, sie würden bald wieder nach London ziehen. *Wie schade, dass die beiden so bald schon Gaborone verlassen werden*, dachte ich.

Margarete entpuppte sich als Naturliebhaberin oder genauer gesagt als Kaktusliebhaberin. Ihren Garten teilten sich Sukkulenten und stachelige Pflanzen jeder nur erdenklicher Form und Größe. Von den eingetopften Exemplaren auf der Veranda mal ganz abgesehen.

"Was wirst du denn mit den ganzen Pflanzen machen, wenn ihr aus Gaborone fortgeht?" fragte ich sie bei meinem ersten Besuch im ‚Kaktushaus‘.

"Oh, Freunde von uns nehmen die Topfpflanzen und alles andere lasse ich einfach im Garten. Die nächsten Bewohner müssen entscheiden was sie damit anstellen wollen," sagte Margarete einfach.

Sie schien sich nie Sorgen über die Zukunft zu machen und ihr stiller Mann war genauso unkompliziert. Das kuriose Kaktushaus war geradezu ein Ruhepol für mich. Ich öffnete mich auch bald, was Claire anging und erzählte ihr von meinem unerklärlichen Gefühl dass sie noch am Leben war und von den ganzen Schwierigkeiten, mit denen ich mich herumplagen musste.

Margarete hatte lange in Afrika gelebt und fand das alles

kein bisschen erstaunlich.

"Du solltest einen Sangoma um Rat fragen," sagte die praktische Margarete vor, nachdem sie meiner Geschichte zugehört hatte.

Wir saßen bei einem frühen Abendessen im Kaktushaus und planten noch spazieren zu gehen

"Ich weiß nicht so recht. Die Sangoma in Vic Falls waren nicht gerade überzeugend. Jeder hat mir was anderes erzählt - von dem sie dachten, dass ich es hören möchte. Der letzte wollte mich nur so schnell wie möglich loswerden."

"Vielleicht waren die ja gar nicht echt. Nur eine Touristenattraktion oder so."

"Kann schon sein. Ich denke die drei Schamanen in der Craft Village waren natürlich für die Touristen da."

"Glaubst du, dass es echte Sangoma waren?" Margarete räumte die Teller zusammen.

Ich dachte einen Moment nach. "Wahrscheinlich nicht. Der letzte Schamane sagte was von den Vorfahren, dass die aus irgendeinem Grund verärgert seien. Aber ich kann mich da nicht richtig 'reinversetzen. Vielleicht verstehe ich so'n Sangomagerede einfach noch nicht."

Ich betrachtete den großen Saguaro Kaktus und den stacheligen, grünen Ball neben der Verandatreppe.

"Wirklich, er redete von Vorfahren? Das hört sich authentisch an. Vielleicht waren's aber auch nur Schauspieler. Für die Touristen eben. Was ist mit der Polizei?"

"Oh die zeigen ja kein richtiges Interesse," ich schnaubte verächtlich. Meine Hoffnung war nach dem letzten Besuch im Hauptquartier mal wieder zerplatzt. "Ich hab' dir ja gesagt, dass Detektiv Sibeko mich nicht ernst nimmt. Aber was soll ich sonst machen."

"Schau mal, die Frage ist doch wie schnell du deine Schwester wiederfinden willst. Ein Sangoma spricht mit den Geistern und die Polizei tut das nicht. Also gib' dir einen Stoß und sprich mit einem richtigen Sangoma." Margarete nahm die Hundeleine von einem Haken an der Wand und rief

Tennessee, ihren Hund. "Komm' wir gehen spazieren, ein wenig Bewegung wird dir guttun."

Das ganze schien für sie glasklar zu sein, aber mal ehrlich, mit Geistern sprechen? Hieß das nicht die Geister von Verstorbenen? Nein, Claire war doch am Leben.

Es gab keinen Grund mit ihrem Geist zu sprechen. So hatte ich damals gedacht.

Wie so oft fuhren wir mit Tennessee, der riesigen Deutschen Dogge, zum Gaborone-Stausee. Der Park dahinter war ein Naturschutzgebiet und eines meiner liebsten Ausflugsziele in der Stadt. Am Wasser herrschte immer eine kühle Brise, eine willkommene Erfrischung in diesem trocken-heißen Klima.

Ich musste mich aber erst daran gewöhnen, wie Tennessee so durchs Gestrüpp brach und mit voller Kraft auf mich zu galoppierte. Er erinnerte mich eher an ein kleines Pferd als einen Hund. Aber alles was er dann wollte war meine Zehen zu lecken und sich gegen mich zu schubsen. Es war Tennessees Art mir mitzuteilen, dass ich gefälligst seinen breiten Rücken streicheln sollte! Er würde versorgt sein, wenn Margarete fortging. Eine ihrer Freundinnen hatte sich bereiterklärt das gigantische Schoßhündchen zu adoptieren.

Als ich mal ein Picknick am idyllischen Stausee vorschlug, lachte Margarete mich nur aus.

Es gab da zwar viel Gras, aber nicht die weiche Grasdecke, wie man sie von einem englischen Park her kannte. Hier wuchs es vielmehr in groben Büscheln aus dem harten, roten Boden heraus. Als wäre das noch nicht abschreckend genug, gab es auch noch große schwarze Ameisen, die sich im Nu über die Decken und Essen verteilten. Und Termiten. Kein Picknick also.

Margarete liebte es Vögel zu beobachten und verließ ihr Haus nie ohne Fernglas. Sowas hatte mich noch nie übermäßig interessiert, aber meine Kollegin zeigte mir, wie faszinierend es sein konnte, Vögel zu beobachten.

Sie wusste die Namen fast aller Piepmätze, die uns vors Fernglas kamen. Da gab es Madagaskar Bienenfresser auf einer Hecke und blau-schimmernde Roller Vögel und Raubvögel, die am blauen Himmel ihre Kreise zogen.

Ich sah auch kleine Springböcke und große Echsen im Reservat und einmal fanden wir eine lange tote Schlange, als wir mit dem Hund am Wasser entlang gingen. Gruselig. Am besten gefielen mir große Schmetterlinge und die roten Libellen, die in der Luft zu stehen schien.

"Hast du das Dassie dort bei den Felsen gesehen?" fragte Margarete und zeigte auf eine Kreatur, die selbst durchs Fernglas wie eine große Ratte ohne Schwanz aussah.

Sie wusste auch, wie man fachgerecht Zecken aus Tennessees Pfoten und Nacken entfernte. Diese winzigen, spinnenhaften Insekten, die sich in kleine graue Gummibirnen verwandelten, wenn sie mit Blut vollgesaugt waren.

"Du darfst sie nicht einfach herausziehen," warnte sie mich. "Tu' etwas Alkohol drauf, Öl oder Kleber, damit sie loslassen. Dann drehst du vorsichtig den Kopf raus. Wenn der drin bleibt, gibt's eine böse Infektion."

Margarete wusste, wovon sie sprach.

Ich hatte von Rita erfahren, dass Carol Jenkins die unangenehme Bekanntschaft mit einer Zecke gemacht hatte. Geblieben war ihr ein schmerzhaft rot geschwollenes Knie. Ich besuchte Carol nach der Arbeit und sah in welchem Zustand ihr Knie war. Der winzige schwarze Kopf der Zecke war in der geröteten Haut festgesteckt und sich infiziert.

"Hat sich einfach entzündet," meinte die blasse, abgemagerte Carol. "Der Arzt hat den Abszess aufgestochen und ich muss nun schon zum zweiten Mal Antibiotika nehmen. Er sagte, er hätte schon schlimmeres gesehen. Dabei sah mein Knie wie ein roter Ballon aus. Wusste gar nicht, dass Zeckenfieber so schlimm ist."

Sie ignorierte die Schokolade, die ich mitgebracht hatte. Offensichtlich hatte sie ihren Appetit verloren.

"Du Ärmste!" sagte ich mitfühlend. "Bist du noch sehr krank?"

"Ach nein, das sieht schlimmer aus als es ist. Die

Kopfschmerzen sind auch schon fast weg und mir ist nicht mehr dauernd schlecht," sagte sie tapfer und mir lief es kalt den Rücken hinunter. Ich würde ab jetzt verteufelt gut aufpassen, was Zecken anging.

Ihr Gärtner Phineas war dabei die weißen Rosenbüsche im Garten zu beschneiden. Satan, der uralte Beagle, bellte halbherzig, jedes Mal wenn Phineas auch nur in die Nähe seines angestammten Ruheplatzes vor der Küchentür kam.

"Tut mir leid Bridget, ich habe wieder Kopfschmerzen. Ich leg' mich besser noch eine Weile aufs Ohr, bevor die Kinder aus der Schule kommen," sagte Carol matt.

Mitte Februar kannte ich mich so langsam im Büro aus. Margarete hatte es geschafft mich noch schnell in das ,Who-is-Who' der diplomatischen Kreise in Gaborone und Berlin einzuweisen. Dann musste sie auch schon nach England zurückfliegen und ich vermisste sie schrecklich. Wir waren gute Freundinnen geworden, wenn auch nur für kurze Zeit.

Mit den neuen Verpflichtungen änderte sich meine bislang friedliche Existenz schlagartig. Als Mr. Köhlers neue Sekretärin wurde ich ständig zu schicken Abendessen und Veranstaltungen eingeladen. Ich tauchte auch plötzlich auf dem Radar der Singles Szene in Gaborone auf. Eine dieser Singles war Gabriele Habenicht aus München, die in der Passabteilung des deutschen Konsulats arbeitete. Sie war nicht viel älter als ich, hatte dunkle, krause Haare und etwas krumme Zähne. Ihr Humor war unbezahlbar, vor allem wenn sie bayrisch sprach, deshalb war sie ein gefragter Partygast und ständig zu der ein oder anderen Party unterwegs.

Gabriele ließ sich von ihren Freunden Gaby nennen und spielte leidenschaftlich gern Tennis. Sie verstand es mich aufzuheitern und wir wurden bald dicke Freundinnen. Ich brauchte dringend neue Freunde.

Wir gingen bald zusammen zu einer recht formellen Veranstaltung - der Premiere des spektakulären Films 'Gorillas in the Mist'. Ich hatte die positiven Kritiken im neuesten Times Magazin gelesen und freute mich darauf ein sehr anderes Afrika im Film kennenzulernen.

Wir standen draußen vor dem einzigen Kino in der Stadt in unseren Cocktailkleidern - beide kamen natürlich aus Gabys Kleiderschrank. Gaby flüsterte mir zu, dass eine grauhaarige und sehr würdevolle Dame, die berühmte Lady Khama sei. Ein paar Würdenträger befanden sich in der Gesellschaft der Witwe von Sir Seretse Khama, des ersten Präsidenten Botswanas.

Ich hatte über ihre frühe Romanze in England gelesen und von den Feindseligkeiten, die das Ehepaar in Botswana erdulden mussten, weil sie weiß war und er schwarz. Sie überwanden die Schwierigkeiten und zogen vier Kinder groß. Der jetzige Präsident hieß Quett Masire, aber Lady Khama war eine legendäre Persönlichkeit.

Wir schlenderten hinter der Absperrung herum und verschmausten noch schnell ein paar Snacks bevor wir ins Kino gebeten wurden. Kaum hatten wir uns gesetzt, standen auf einmal alle Zuschauer wieder auf und klatschten. Der Präsident hatte das Kino betreten. Sobald er sich gesetzt hatte, gingen die Lichter aus und der Film begann unter allgemeinem Gemurmel. 'Gorillas in the Mist' hielt, was die Filmkritiken versprachen.

Gaborone begann mich in seinen Bann zu ziehen und ich fing an Spaß zu haben. Ich tanzte und unterhielt mich auf Partys und traf jeden Tag mehr Singles. Es muss um diesen Zeitpunkt herum gewesen sein, dass ich anfing nachzulassen.

Ich hatte absolut nichts zustande gebracht, mit meiner ehrgeizigen Suche nach Claire, und hatte auch einfach keine Energie mehr dafür. Vielleicht stimmte es ja auch, dass ich einem Hirngespinst hinterherrannte. Hier war ich nunmal und wollte leben und die Partys lenkten mich wunderbar ab. Es war ganz leicht loszulassen.

Eigentlich hätte ich wissen müssen, dass mir das überhaupt nicht ähnlich sah.

Und dann sah ich auch Benjamin wieder – durch Zufall. Meine mütterliche Freundin, Rita Winckler, wollte mich zu Drinks und einem überfälligen Schwatz auf der Terrasse des President Hotels treffen. Es war schon spät und ich wusste, dass Rita ihre Kinder von ihrer Chorprobe abholen musste. Als ich die Stufen hinaufeilte, stieß ich mit jemandem zusammen. Ich sah noch nicht mal auf, murmelte nur ein kurzes 'Tschuldigung' und wollte weitereilen.

"Ho, Moment mal, nicht gleich wegrennen." Ich hätte diese tiefe, wohlklingende Stimme überall wiedererkannt. Ich blickte auf und versuchte nicht allzu erfreut auszusehen.

"Oh Hallo, du bist doch... Benjamin, oder?" Ich versuchte gleichgültig zu klingen. Mein Herz begann höher zu schlagen.

"Ja, richtig, und Kurt hat mir erzählt, dass du unsere neue Sekretärin bist." Er schien sich für mich zu freuen und lächelte. Anscheinend erwartete er ein wenig Smalltalk.

"Das stimmt. Margarete und ihr Mann sind letzte Woche nach England abgeflogen."

"Ich höre, dass du deinen Freund in Palapye gelassen hast," platzte Benjamin heraus und ich schluckte verwirrt. Er interessierte sich für mich! Warum sonst hätte er so etwas gefragt?

"Den Klatschtanten entgeht auch gar nichts," sagte ich und lehnte mich an das Treppengeländer.

"Tut mir leid, das war unhöflich," entschuldigte sich Benjamin. "Es ist 'ne kleine Welt hier und die Leute reden über solche Sachen." Anscheinend war er doch nicht so ganz der Einsiedler, den er mir vorgemacht hatte.

"Schon in Ordnung. Ich finde mich mit der Gaborone Lebensart so langsam zurecht."

"Touché. Könnten wir uns vielleicht mal treffen?" fuhr er aber trotzdem fort. Sollte ich ihn ermuntern? Aber das dauerte jetzt einfach zu lange und Rita wartete auf mich. Ich entschied aus dem Stegreif heraus.

"Nein, sorry, ich habe jetzt überhaupt keine Zeit."

"Ach so." Benjamin schien auf eine Erklärung zu warten.

"Weißt du was, komm' doch einfach morgen beim Büro vorbei. Ich bin furchtbar spät für einen Drink mit meiner Freundin dran."

Ich sah Rita auf der Terrasse an einem der vorderen

Tische sitzen mit einer ihrer ewig-präsenten Zigaretten zwischen den Fingern. Um diese Tageszeit war schrecklich viel los im President Hotel und wir wurden unsanft zur Seite gedrängt.

"Vielleicht kann ich ja für einen Augenblick mitkommen," sagte Benjamin. Ging er da nicht zu weit? Ach was soll's, ich musste mich beeilen und je eher ich zu Rita konnte, desto besser.

"OK, aber nur für einen Augenblick," stimmte ich zu und raste die Stufen hinauf.

Rita saß an einem unserer Lieblingstische direkt am Terrassengeländer. Von hier aus konnte man die Mall und alle Leute wunderbar überblicken. Sie hatte schon eine Cola bestellt und winkte mich gelassen zu sich.

"Es tut mir so leid. Musste noch schnell was für Kurt im Büro machen," sagte ich außer Atem.

Benjamin hatte mich inzwischen eingeholt. Er musste einem Kellner aus dem Weg gehen, der ein Tablett mit Drinks zum Nachbartisch balancierte. Dann stand er neben mir und wartete darauf vorgestellt zu werden.

"Schon in Ordnung. Wir haben noch genau... 42 Minuten. Setz' dich doch." Rita war der geduldigste Mensch, den ich kannte. Sie sah nochmals auf ihre Armbanduhr und nahm einen langen Zug aus der Zigarette. Dann sah sie Benjamin.

"Ach Rita, das hier ist Benjamin Glasberg, ein deutscher Entwicklungshelfer. Benjamin, das ist Rita Winckler. Wir sind unten an der Treppe buchstäblich aufeinander getroffen."

"Nett Sie kennenzulernen," sagte Benjamin charmant und verbeugte sich leicht, als er Ritas Hand in seine nahm.

Es war klar, dass sie von seinen Manieren und Lächeln beeindruckt war.

"Ganz meinerseits," sagte sie freundlich interessiert.

"Ich werde mich dann wieder auf den Weg machen," meinte Benjamin und wandte sich mir zu. "Ich wollte dir nur sagen, dass... falls du Lust hast mitzukommen... ich mich mit ein paar Freunden heute Abend im chinesischen Restaurant treffe. Ich habe einen Tisch für sieben bestellt."

Ich fühlte mich überrumpelt, brachte es aber fertig wie nebenbei zu sagen, "ich werd's mir überlegen."

"Großartig, also tschüss dann." Er verbeugte sich leicht und schenkte jeder von uns ein strahlendes Lächeln.

"Wiedersehen." Ich setzte mich und bestellte einen Rock Shandy. Ich hatte gerade die Bekanntschaft dieses erfrischenden, fast alkoholfreien Getränks aus Limonade, Angostura Bitters, Sodawasser und Eis gemacht, und bestellte es bei jeder Gelegenheit.

Benjamin entschwand die Treppe hinunter und ging Richtung Corners Supermarket weiter. Ich folgte ihm mit den Augen.

"Ding dong!" Rita konnte manchmal so krass sein. "Und?"

"Was und? Ich hab' ihn gerade erst zum zweiten Mal getroffen," verteidigte ich mich und zitterte leicht.

"Ja, ja, ja. Ein ziemlicher Hingucker!" sagte diese Respektsperson der Gaboroner Gesellschaft.

"Ach ja? Das war mir noch gar nicht aufgefallen." Ich log natürlich.

"Geh' mit zum Chinesen heute Abend, iss ein paar 'Ameisen auf dem Baum' und lerne diesen Goldschatz kennen." Rita meinte mit 'Ameisen auf dem Baum' das gewürzte Lammfleischgericht, das man löffelweise in Eissalatblätter füllte und zu Rouladen faltete. Ein unter Ausländern ausgesprochen beliebtes Gericht.

"Rita, ich kenn' ihn doch kaum! Jetzt ist bestimmt nicht der richtige Zeitpunkt mit so was anzufangen. Er würde mich doch nur ablenken. Ich hab' nächste Woche wieder einen Termin beim Polizeipräsidium," weigerte ich mich nicht sehr überzeugend.

"Papperlapapp Das sieht doch ein Blinder mit Krückstock, dass er dich mag. Ein bisschen Romantik wird dir guttun," versuchte meine mütterliche Freundin mich zu überzeugen und sah mich wissend an.

Ich seufzte resigniert. "Oh Rita, hör' auf damit. Ich bin einfach noch nicht soweit."

Aber ich ging dann doch zum chinesischen Restaurant. Kurz

nach sieben. Ben kam mir entgegen, als ich suchend am Eingang stand und führte mich zum Tisch. Er stellte mir seine Freunde vor. Da waren Mette und Thorsten, dänische Entwicklungshelfer aus Kang, Rudolph Haase, ein älterer deutscher Entwicklungshelfer und Roz Williams aus Amerika. Mette war eine kräftige Blondine mit gesundem Appetit. Ihr Freund Thorsten war nordisch hochgewachsen und sehr wortkarg

Rudolph Haases Nase zuckte nervös. Er schien zu schüchtern zu sein, um Frauen direkt in die Augen zu sehen. Roz war dagegen eine hochkarätige Anwältin, die dem Peace Corps mit der Absicht beigetreten war, leidenden Afrikanern zu helfen. Sie gab zu, im falschen afrikanischen Land gelandet zu sein, weil es in Botswana nicht so viel Leid gab, wie sie es erwartet hatte.

Danach schienen alle plötzlich nur noch Insidersprache zu reden. Über Dinge, die sie gemeinsam erlebt hatten, von denen ich aber nichts wusste, und über Leute, die alle hier außer mir kannten. Ich verstand nur Bahnhof.

Ben bemerkte mein Unbehagen, rief die anderen zur Ordnung und die Unterhaltung wandte sich den jeweiligen Projekten zu. Dem Fortschritt derselben oder dem Mangel daran.

Benjamin schien sich über Leute aus dem Dorf zu ärgern, die für die Schule in Kang arbeiteten und ständig Baumaterial für ihren Privatgebrauch klauten. Offenbar vernachlässigten sie auch die teuren 4x4 Fahrzeuge, die sie benutzten.

"Wenn so ein Laster liegenbleibt, hat man eben Pech gehabt. Sie lassen ihn einfach am Straßenrand verrotten, bis sich jemand daran erinnert, mal nachzufragen. Genauso geht's mit den Wasserpumpen. Wenn die ihren Geist aufgeben, ignoriert man sie einfach und macht eben ohne weiter." Er lachte in einem bitteren Ton. "Dann bekomme ich das Problem serviert und muss in der Werkstatt Wunder vollbringen." Benjamin war demnach ein Mechaniker.

"Tja, immer das gleiche," klagte Rudolph.

"Warum kümmern sie sich denn nicht um die Sachen?" fragte ich entgeistert. "Brauchen die Leute etwa keine Autos oder Wasserpumpen?"

"Wahrscheinlich nur zu faul. Wenn man seit Generationen in

der Wüste ohne Technik ausgekommen ist, warum dann jetzt damit anfangen?"

Die anderen schienen mit Ben übereinzustimmen.

"Bevor ich hierherkam, traf ich mich mit einer Entwicklungshelferin, die gerade wieder nach Dänemark zurückgegangen war. Sie sagte, man könne die Tswanas am besten so beschreiben, dass sie den ganzen Tag unter einem Baum sitzen und ehéy, ehéy sagen," informierte uns Mette.

"Viele von den Männern schon," pflichtete Roz ihr bei. "Aber nicht die Frauen - und schon gar nicht die in der Stadt. Frauen machen oft die ganze Arbeit, während die Männer Bier trinken."

"Zwei meiner Lehrlinge sind schon nach der ersten Prüfung gegangen," beschwerte Ben sich weiter. "Und es gibt drei Prüfungen im Laufe von drei Jahren. Ein einziges Zeugnis reicht anscheinend aus, um sich einen gutbezahlten Job zu angeln. Also wozu sollte man sich da noch zwei Jahre weiter plagen, nur um sich voll zu qualifizieren?"

Die anderen nickten.

"Genau. Und wenn man eine Urkunde an der Wand hängen hat, braucht man nur auf seinem Hintern sitzen und andere springen lassen," fügte Rudolph hinzu und kratzte sich an der Nase.

"Ich hab' eine Weile in Palapye Englisch unterrichtet und meine Schülerinnen waren das genaue Gegenteil," warf ich ein. Alle starrten mich an.

"Das ist ja was ganz anderes," sagte Rudolph schlicht und ohne weitere Erklärung.

"Ja, das ist was vollkommen anderes," stimmte Roz zu.

Anscheinend war meine eigene, positive Erfahrung hier nicht erwünscht. Also hörte ich lieber den Geschichten der anderen zu.

Mette und Thorsten arbeiteten mit Buschmännern in der Kalahari. Das hörte sich interessant an. Eine ihrer Aufgaben bestand darin, ihnen regelmäßig Trinkwasser in großen Tonnen in die Siedlung zu bringen. Das überraschte mich, weil ich immer angenommen hatte, Buschmänner wären dazu in der Lage, überall Wasser im Boden zu finden. Wurzelknollen, die Wasser enthielten ausgraben und all so was.

"Übernimmt jemand die Arbeit von dir, wenn du nach Gaborone kommst oder in Urlaub fährst?" fragte ich Mette.

Sie zuckte nur mit den Schultern und erzählte uns von den gravierten Straußeneiern, die die Khoi San an sie verkauften. Ich bestellte bei ihr daraufhin solch ein verziertes Straußenei und eine Halskette für jeweils 10 Pula.

Rudolph Haase hatte etwas zuviel Bier getrunken und begann unzusammenhängend über ein Korbflechter Projekt zu reden, das er leitete. Ich verlor nach kurzer Zeit den Faden, als die Unterhaltung wieder in Geheimsprache fortgesetzt wurde.

Ich gab es auf, mithalten zu wollen und konzentrierte mich lieber auf die wortlose Unterhaltung, die Benjamin mit mir angefangen hatte. Blicke und Zulächeln und unter dem Tisch mein Bein mit seinem Fuß streicheln. Ich mochte die "Ameisen auf dem Baum" und ich mochte Ben.

Später, als er mich am Acacia Court absetzte, gab er mir einen Kuss und ich protestierte nicht. Es war irgendwie romantisch. Ich schaffte es gerade noch bis zur Haustür, bevor es zu regnen anfing. Mein Herz klopfte wild im Takt zum Regengepladder auf dem Blechdach.

Am nächsten Tag hatte ich wieder einen klaren Kopf. Eine Beziehung kam im Moment einfach nicht infrage, obwohl da so ein schönes, warmes Gefühl in meinem Bauch war. Ich musste mich auf meine Arbeit konzentrieren. Deshalb sollte mir eine Putzfrau helfen – zumindest ab und zu. Bisher hatte die Maid des vorigen Bewohners ein wenig bei mir sauber gemacht. Ich fand aber bald heraus, dass sie die Wohnung für Schäferstündchen mit ihrem Freund benutzte, während ich bei der Arbeit war. Sie hatte leichtsinnigerweise ihre Unterwäsche im Wohnzimmer herumliegen lassen und ich kündigte ihr. Schließlich konnte ich selbst putzen. Aber von wegen!

Tswanas fanden es anscheinend ausgesprochen egoistisch, wenn Leute, die es sich leisten konnten, ihr Einkommen nicht mit jemandem teilten, der die grobe Hausarbeit machen konnte. Das wusste ich aber noch nicht, als am Wochenende eine hartnäckige junge Tswanafrau an meine Tür klopfte.

"Koko! Koko!" rief sie um sich auf Tswana Art bemerkbar zu

machen.

Ich war überrascht. Außer einem gelegentlichen Bettler, der Essen verlangte, waren die Einheimischen gewöhnlich zurückhaltender. Jeder gab Bettlern Essen, aber die Frau war ganz bestimmt keine Bettlerin. Sie sprach höflich und verlangte eine Anstellung, sobald ich die Tür aufmachte. Jemand hatte ihr gesagt, dass die Lekgoa in Nr.1 Acacia Court, ihre Putzfrau für schlechtes Benehmen gefeuert hatte.

"Nein, danke für die Nachfrage, aber ich brauche keine Maid. Ich wohne alleine. Aber warum fragst du nicht das Ehepaar in Nr.8 oben? Vielleicht suchen die noch jemanden zu Saubermachen," schlug ich vor. Die junge Frau war sprachlos.

"Die sind schwarz, Madam," flüsterte sie. Anscheinend kannte sie sich gut aus.

"Wie bitte?" Jetzt war ich an der Reihe, sprachlos zu sein.

"Ich möchte lieber für eine weiße Madam arbeiten - so wie Sie," erklärte sie mir.

"Aber was macht das denn für einen Unterschied? Die Leute sind wirklich nett," sagte ich unbeholfen.

"Bei schwarzen Madams muss man Überstunden arbeiten. Ohne extra Geld. Immer schnell sein, wenn die Madam klingelt. Bis spät abends. Aisch."

"Wirklich?" Das war mir neu. Nach der Maid klingeln hörte sich so altmodisch an. Wenn ich mir allerdings Lorato vorstellte...

"Ja, die schwarze Madam von meiner Schwester schlägt sie sogar - so." Sie demonstrierte eine saftige Backpfeife und ich ging instinktiv einen Schritt zurück.

"Warum das denn?" Ich vergaß sicher meinen Mund zuzumachen.

"Meine Schwester, sie wollte ein Wochenende freinehmen."

Ich brauchte einen Moment um das alles zu verarbeiten. Warum erzählte sie mir das eigentlich? Dachte sie, alle Weißen seien so blöde und glaubten das?

"Das tut mir leid, aber ich brauche trotzdem keine Maid. Viel Glück." Ich wollte die Türe schließen und wieder meine Zeitschrift lesen.

"Howe! Bitte Madam," bettelte sie und stellte frech den Fuß in die Tür.

"Schau, die Leute von Nr. 8 brauchen eine Maid, nicht ich. Wiedersehen." Ich schob ihren Fuß zurück und schloss die Tür. Die junge Frau muss noch eine Weile ungläubig auf die Tür gestarrt haben, dann drehte sie sich um und ich sah, wie sie über den Parkplatz auf die Straße zulief. Sie versuchte es nicht mal bei dem Ehepaar in Nr. 8. Komisch. Ich erzählte Gaby die ganze Geschichte. Meine erfahrene Freundin informierte mich, wie das alles funktionierte und warum man in Botswana Leute im Haus anstellte.

"Sie hat wahrscheinlich übertrieben, um dich weich zu kriegen. Aber ich hab' schon von solchen Fällen gehört."

"Wie bitte?"

"Es ist hier nicht dasselbe wie bei uns, wenn man jemanden anstellt. Arbeitgeber werden hier schon fast wie Eltern angesehen."

"Das ist ja wohl ein Witz! Ich kenne das mit dem Respekt und so, aber Eltern?"

"Nein ernsthaft. Deine Hausangestellten lügen vielleicht, wenn sie schon wieder zu einer Beerdigung müssen – schon die dritte ihrer Großmutter, aber, wenn sie ein Problem haben, wird erwartet, dass du das für sie regelst. Und manche Leute denken, sie könnten mit ihren Maids umspringen wie mit ihren Kindern." Gaby meinte das todernst.

"Puh. Was passiert, wenn ich Hilfe brauche? Funktioniert das auch andersrum?"

"Manchmal vielleicht, aber sonst eigentlich nicht." *Jeden Tag was Neues, Bridget,* dachte ich und seufzte ergeben.

"Ich kann aber trotzdem nicht glauben, dass sie uns Lekgoas als Arbeitgeber bevorzugen."

"Lorato hat mal zugegeben, dass ihre Maid Tag und Nacht fast umsonst arbeitet. Das ist eine strikte Hierarchie Junge Verwandte vom Dorf bekommen gewöhnlich gar nichts."

Mrs. Matija hatte auch ihre junge Cousine mit nach Palapye gebracht. Auf der anderen Seite aber regierte Princess den Winckler Haushalt. Kompliziert!

Gaby wusste von einer Universitätsdozentin, deren Maid einen 'piece job' für zweimal in der Woche suchte. Ich stellte also Hilda kurzerhand ein, um noch mehr derartigen 'Interviews zu entgehen und Gaby gab mir Ratschläge was die Arbeitsstunden und Bezahlung anging. Und so wurde ich die 'Mutter' von Hilda am Mittwoch- und Samstagmorgen.

Hilda war bald nicht nur meine Putzfrau, sondern auch meine Vertraute. Hilda war eine kleine, attraktive Frau und hatte immer ein Kopftuch umgebunden. Meine vernachlässigte Wohnstatt war innerhalb kürzester Zeit wieder unter Kontrolle gebracht und verließ sie jedes Mal blitzeblank. Hilda war sehr klug. Meine eigene Tsanana.

Es war nicht so einfach, eine Arbeitgeberin zu sein, aber es konnte weit weniger angenehm sein, mit Nachbarn zu leben.

Wie so oft saß ich mal wieder draußen im Schatten eines großen ungezähmten Bougainvillea Busches. Ich las mein Buch und hörte Walkman Musik.

Als ich zufällig aufsah, erschien die Frau von Nr. 2 auf ihrer Veranda und lief schnell zu meiner Seite hinüber. Dort trocknete meine Unterwäsche auf zwei Wäscheleinen und verdeckte die offene Hintertür. Wollte sie mir etwa einen Besuch abstatten?

Aber meine gewöhnlich so blasierte Nachbarin hatte nichts dergleichen im Sinn. Ich beobachtete wie sie meine BHs und Unterhosen eingehend befingerte. Das sah mir nicht gerade nach einem unangekündigten Besuch aus.

"Moment mal, was machen Sie da mit meiner Unterwäsche?" Ich sprang auf und ließ Buch und Kopfhörer fallen. Bevor die überraschte Frau wieder in ihre Wohnung verschwinden konnte, hatte ich mich tapfer vor ihr aufgepflanzt.

"Warum haben Sie meine Wäsche durchsucht?"

"Nicht sprechen, nicht sprechen!" jammerte sie und versuchte sich an mir vorbeizudrängen.

"Ich will wissen was Sie da auf meiner Veranda zu suchen hatten," sagte ich beharrlich.

"Nicht sprechen, nicht sprechen!" Die Frau zerknautschte den Sari-Stoff nervös zwischen den Fingern. Die Situation war einfach absurd. So würde ich nie herausfinden, was diese Frau, deren Namen ich noch nicht einmal kannte, von mir wollte.

"Lassen Sie das gefälligst! Sie haben bei meiner Unterwäsche nichts zu suchen," sagte ich im gestrengen Lehrerton und ließ sie an mir vorbei.

Dann sah ich nach, ob sie etwas mit meiner Unterwäsche angestellt hatte, konnte aber nichts Ungewöhnliches entdecken.

"Warum zum Teufel will jemand, der noch alle beisammen hat, die Unterwäsche seiner Nachbarn inspizieren?" fragte Gaby erstaunt. "Das ist doch krank."

"Woher soll ich das wissen? Die Frau ist doch Inderin und hat sicher nichts gegen mich," erwiderte ich, "Sie ist nicht gerade freundlich, aber ich glaube kaum, dass sie mir schaden will. Außerdem habe ich kein Muti oder so was gefunden."

Ich hatte mittlerweile gelernt, dass man mit bestimmten Gegenständen seinen Feinden schaden konnte.

"Deine Nachbarin hat sicher Benjamin gesehen und konnte ihre Neugier nicht bezähmen," meinte meine weltgewandte Freundin. "Wahrscheinlich wollte sie nur rausfinden, ob ihr zwei zusammenwohnt." Eine plausible, wenn auch etwas seltsame Erklärung.

"Das ist schon ein starkes Stück. Vielleicht hatte sie sich deshalb am Sonntagmorgen direkt vor mein Schlafzimmerfenster gesetzt und lauthals mit ihren Besuchern unterhalten. Sie hat spioniert."

"Gab's denn da was auszuspionieren?"

"Nein, ich war bis zum Frühstück allein."

"Dann sollte sie sich was schämen."

"Ja, das sollte sie auch. Dass sie nichts Besseres zu tun hat!" Mein Ärger war verflogen. Es gab schon komische Leute.

So langsam kam Routine in mein neues afrikanisches Leben. Es gab so viele Veränderungen, aber ich wehrte mich nicht mehr dagegen. Ich begann mich zum Beispiel anders zu kleiden.

In England hätte ich nie ein auf Figur geschnittenes Kleid ins Büro getragen, das ganz mit großen violetten Früchten gemustert war. In Gaborone tat ich aber genau das.

Ich wohnte in einer Stadt, in der Frauen morgens in leuchtend bunten Abendkleidern auf den Bus warteten. Berufskleidung in Schwarz und Grau wäre hier viel zu langweilig gewesen. In

England war mir der Mangel an Farbe nie aufgefallen. Vielleicht hatte der Mangel an Sonne etwas damit zu tun.

Arbeiten war in Gabs auch eine andere Erfahrung. Ich ging früh los, spazierte die Sandwege entlang, die die Einheimischen benutzten und genoss die Morgenluft. Eine entspannte Art den Tag zu beginnen. Der Job war nicht zu anstrengend und nach der Arbeit nahm ich an der Abendszene teil.

Nicht weil Claire das so gemacht hätte, sondern weil es mir Spaß machte. Und ich beschloss mich auf eine Romanze einzulassen. Mein Ruf hatte sich geändert. Ich war nicht mehr die arme alte Jungfer Bridget, die ihren Freund in Palapye hatte sitzenlassen.

Jetzt war ich die interessante Bridget, die für eine wichtige Entwicklungshilfe Organisation arbeitete und auf Partys zu finden war. Bridget, die das Herz eines der gefragtesten Junggesellen erobert hatte. Ich begann mich in meiner neuen Rolle wohlzufühlen.

"Ah Bridget, ich habe gehört, dass dein attraktiver Freund wieder in der Stadt ist. Wie ist das denn einen so schönen Mann zu küssen?" wollte Kurt wissen.

Ich traute meinen Ohren nicht, musste aber zugeben, dass ich ein klein bisschen geschmeichelt war.

"Ich glaube, das geht niemanden etwas an."

"Oh, Spielverderber. Wie kann man nur so prüde sein? Du hast es ja so gut!" Kurt winkte mit der Hand herum und warf mir einen strafenden Blick zu.

"Du doch auch, Kurt, Hansie ist wirklich nett," versuchte ich das Thema zu wechseln. Und es klappte auch.

"Ich weiß, ich weiß," sagte er etwas theatralisch.

"Brauchst du noch die beiden Akten, nach denen du vorhin gefragt hast?"

"Ja, ich muss mich sputen, Berlin wartet auf den wöchentlichen Bericht." Er sah übertrieben auf seine Uhr und schickte sich an mein Büro zu verlassen.

"Oh, und Kurt vergiss bitte deinen Arzttermin um 10 Uhr nicht," rief ich ihm hinterher, als er auf den Flur verschwand.

Kurts Kopf erschien wieder im Türrahmen. "Du bist so

fleißig, meine kleine Arbeiter-Biene." Er seufzte und ging in sein Büro zurück.

Kurt Köhler schien langsam zu merken, dass ich nicht Margarete war. Die Nackenmassagen hatten aufgehört. Ich grinste und wandte mich den zwei Akten zu.

Es war aber nicht immer einfach mit den Stimmungs-Schwankungen meines Chefs umzugehen. Wochenlang arbeiteten wir friedlich vor uns hin, und dann auf einmal schnappte er über. Margarete musste dagegen immun gewesen sein. Ich leider nicht.

Kurt hatte mich die Woche davor heruntergeputzt, weil ich alle Entwicklungshelfer im Land zu einer Meinungsumfrage angerufen hatte. Genau wie er es mir aufgetragen hatte. Ich war erst bei der Mitte der Liste angelangt, als er sich lauthals beschwerte, dass ich die Frechheit besaß gutes Geld zu verschwenden.

Es half nichts, dass ich versuchte mich mit Tatsachen zu verteidigen. Er war nämlich auch wütend, dass die Entwicklungshelfer mich, die neue Sekretärin, kennenlernen wollten.

"Sie müssen zuerst in mein Büro kommen. Dann erst in deins. Andersherum ist das unangemessen," regte er sich auf, so als ob ich die Entwicklungshelfer absichtlich in mein Verlies gelockt hätte.

"Ich weiß wirklich nicht warum die Leute das tun, Kurt. Ich werde ihnen sagen, dass sie in Zukunft zuerst zu dir kommen sollen," versprach ich meinem Chef und er schien damit zufrieden zu sein.

"Oh Fumpy. Was für ein Schafskopf!" beklagte ich mich dann bei Claires Bild in meiner Schreibtischschublade, sobald Kurt außer Hörweite war. "Als ob ich ihm den Rang ablaufen will. Man kann es ihm einfach nicht recht machen."

Rita machte sich über die Sache lustig und Gaby zeigte Verständnis, aber ich schmollte noch eine Weile. Dann hatte ich mich wieder gefangen. Überhaupt, Benjamin kam bald wieder für ein Wochenende nach Gaborone. Kurt Köhler konnte mir den Buckel herunterrutschen. Ich konnte verstehen, warum Margarete die Ausflüge zum Hundesalon und zur Reinigung immer so gerne gemacht hatte.

"Sag' mal Bridget, ist dein Freund eigentlich genauso sexy, wie er aussieht?" platzte Gaby zwei Tage später beim Mittagessen heraus. Wir waren im Parks Restaurant in der African Mall, das vor allem bei jungen Leuten beliebt war.

"Was? Bist du noch zu retten?" Ich fühlte wie ich rot wurde. "Nicht so laut! Außerdem geht dich das gar nichts an," fügte ich irritiert hinzu und sah mich um. Es gab überall Klatschmäuler, vor allem in Restaurants.

"Jo mei. Ach komm', sag' scho'," flehte Gaby auf Bayrisch, als ob es um die nächste Folge irgendeiner Fernsehserie ging. Ich sah nicht ein, warum ich ihr einen Gefallen tun sollte.

"Nein, es geht dich wirklich nichts an. Und wenn du's unbedingt wissen musst, wir haben uns letztes Mal als er hier war nur geküsst und wir waren im Kino. Wofür hältst du mich eigentlich?" zischelte ich.

"Na gut," sagte sie, schürzte ungläubig ihre Lippen und nahm einen Zahnstocher.

"Und?" fragte ich mit einem empörten Ausdruck. "Warum ist das Thema denn so interessant für dich?"

"Animalische Anziehungskraft. Benjamin Glasberg ist nur einer der niedlichsten Jungs hier und du lässt ihn zappeln, weil du Angst hast, dich zu verlieben." Ich schnappte nach Luft.

"Das ist überhaupt nicht wahr," widersprach ich, obwohl es wahrscheinlich stimmte. "Ich kenne ihn doch kaum."

"OK, wenn du darauf bestehst. Ich muss jetzt sowieso gehen, die Pflicht ruft," sagte Gaby und angelte nach ihrer modisch-roten Handtasche. "Sag' Bescheid, wenn du ihn nicht mehr willst."

Mein Gesicht war mittlerweile genauso rot wie ihre Tasche. Gaby konnte manchmal so krass sein. Sie küsste die Luft links und rechts von meinem Gesicht und rauschte zur Tür hinaus. Ich dachte einen Moment an Benjamin und daran, dass ich meine Zeit nicht mit dem sogar niedlichsten Mann verschwenden konnte. Er würde wenigstens noch für die nächsten zwei Wochen in Kang sein, und ich hatte schließlich genug um die Ohren.

Aber je mehr ich mich dagegen wehrte, desto mehr fühlte ich mich zu ihm hingezogen. Es fühlte sich so gut an, wieder jemanden in mein Herz zu lassen. Begehrens-wert zu sein. Ich begann Ben mehr und mehr in mein Denken einzubeziehen. Was hätte er wohl zu diesem oder jenem gesagt oder wie wäre es gewesen, wenn ich mit ihm zu der Party gegangen wäre.

Es stand ein neuer Termin bei der Polizei an und diesmal empfing mich ein hartgesottener britischer Agent. Er hieß MacDonald, wie der Hamburger. Grandpa hatte da wohl ein paar Beziehungen mit dem MI 5 spielen lassen.

"Sehen sie diese Akten da drüben?" fragte er, als ich mich gerade hinsetzen wollte. Sein Benehmen war genauso stachelig wie sein Mecki-Haarschnitt. Auf der anderen Seite des Büros waren auf einem wackligen Tisch gegen die Wand haufenweise grüne Aktenorder und Mappen gestapelt.

"Ich muss mich jedes Jahr mit mindestens 30 ungelösten Fällen herumschlagen. Wir haben einfach nicht die Zeit uns ewig mit einem einzigen Fall abzugeben. Meistens bekommen wir Hilfe von den Stammesführern." Er holte tief Luft. "Im Falle Ihrer Schwester haben wir uns krummgelegt, um da etwas herauszufinden. Weil sie britische Staatsbürgerin ist und um ihrem Großvater einen Gefallen zu tun. Die Einheimischen machen da aber aus irgendwelchen Gründen nicht mit und wir können absolut nichts dagegen tun." Der 'Hamburger' nahm kein Blatt vor den Mund.

"Aber warum denn nicht?" fragte ich hartnäckig. Mir war es bislang noch nicht so vorgekommen, als würden sich alle besonders krummlegen.

"Das wissen wir nicht. Wir sind in Afrika. Unser Mittel hier sind begrenzt, Miss Reinhold. Ich will Ihnen nicht die ganze Hoffnung nehmen," Ach wirklich...? "Aber die Chancen, dass Sie Ihre Schwester wiedersehen werden sind mehr als gering. Es tut mir leid, aber dieser Fall wird bald abgeschlossen und zu den Akten gelegt."

Danke, das war sehr einfühlsam. Ich brauchte einen Moment um diese harten Tatsachen zu verdauen. Ich fühlte, wie Hoffnungslosigkeit über mir zusammen schwappte. War da was dran? Wollte ich die Realität nur nicht wahrhaben?

"Was erwarten Sie von mir? Dass ich alleine planlos im Tuli Block herumfahre und ohne polizeiliche Unterstützung nach ihr suche? Ich brauche Ihre Hilfe dabei."

"Um ehrlich zu sein, Miss Reinhold, packen Sie Ihre Sachen und fahren Sie nach Hause. Sie können hier ja doch nichts erreichen. Von mir aus können sie auch im Tuli Block herumfahren. Das überlasse ich ganz Ihnen. Solange sie uns keinen Ärger machen und selbst noch verschwinden." Er kritzelte etwas auf seinen Schreibblock.

"Werden sie dann jetzt ihr Auto freigeben?" Warum hatte ich das denn gefragt?

"Das Auto wurde schon an ihren Schwager übergeben. Ich glaube, er wollte es verkaufen." Das hatte ich nicht gewusst, aber wir waren auch nicht gerade in engem Kontakt.

Was sollte ich tun, wenn die Polizei mir nicht helfen konnte - oder wollte?

Ich musste unbedingt wieder mal mit Tony sprechen. Er hatte doch bestimmt noch etwas für Claire übrig! Vielleicht konnten wir uns mit einem der Stammesführer treffen oder - einem Sangoma. *Ich kann doch jetzt nicht einfach aufgeben*, dachte ich verzweifelt. Ich kann doch nicht einfach aufgeben!

Agent MacDonald wurde zu irgendeiner wichtigen Sache aus dem Büro gerufen und kam wieder mit einer weiteren grünen Mappe herein, deren Inhalt er angestrengt las. Er bemerkte mich anscheinend gar nicht.

"Oh, Sie sind ja noch hier, Miss Reinhold. Es tut mir leid, aber ich muss jetzt wirklich..."

"Entschuldigen Sie bitte, wenn ich Ihnen im Weg bin, aber es geht hier um meine Zwillingsschwester. Sie ist mir ungeheuer wichtig und ich würde es begrüßen, wenn Sie mir noch ein paar wertvolle Minuten Ihrer Zeit schenken könnten," regte ich mich hilflos auf.

Die grüne Mappe klappte augenblicklich zu und landete mit einem Knall auf dem großen Schreibtisch.

"Na gut, was wollen Sie noch wissen?" Er sah mich aus

übermüdeten Augen an.

"Wenn ich schon selbst nach Claire suchen muss, will ich wenigstens wissen wo ich damit beginnen soll. Wo genau wurde meine Schwester zuletzt gesehen und wann?"

Agent Hamburger seufzte ergeben, aber ich blieb hart.

"Also hier ist was wir wissen. Mrs. Reinhold-Stratton verließ Francistown am frühen Nachmittag, nachdem sie die Nacht bei ihren Bekannten verbracht hatte. Die heißen..." Er musste nachsehen.

"Boucher. Dann fuhr sie Richtung Tuli Block weiter und kam bis Bobonong. Es wird früh dunkel im Winter und sie fuhr wahrscheinlich zum Schluss im Dunkeln auf dem Feldweg."

"Aber da liegen doch Kühe und Ziegen auf der Straße herum —"

"Genau. Sie hat die Ziege wahrscheinlich im Dunkeln angefahren. Wir wissen nicht genau wo, weil kein Unfall gemeldet wurde." Er schloss die grüne Akte und gab mir das Kleingedruckte. "Wir müssen annehmen, dass sie sich auf dem Weg zum Reservat verfahren hat. Wir glauben allerdings nicht, dass Ihre Schwester dann noch den ganzen Weg bis Motschudi gefahren ist, wo ihr Auto mit einem fast leeren Tank gefunden wurde. Es wurde auch nichts weiter im Auto gefunden. Das wurde unter Umständen gestohlen und der Dieb nahm Reißaus, als das Benzin ausging. Mit anderen Worten, ich würde in der Gegend vom Tuli Block anfangen. Vergessen Sie Motschudi."

Nichts Neues also. Das hätte ich mir auch alleine ausrechnen können.

"Und mit wem soll ich mich dort in Verbindung setzen? Mit der örtlichen Polizei?"

"Ich glaube, das wäre reine Zeitverschwendung. Vielleicht sollte ich Ihnen das nicht raten, aber an ihrer Stelle würde ich mit den Häuptlingen dort sprechen. Wie gesagt, wir sind hier in Afrika und Sie sollten Ihre Zeit nicht unnütz verschwenden."

Was, die Polizei war reine Zeitverschwendung? Ich

versuchte das zu begreifen.

"Danke Agent MacDonald," ich versuchte zu lächeln. "Ich werde mir das alles durch den Kopf gehen lassen."

"Viel Glück, Madam. Aber egal was sie tun, seien Sie bitte vorsichtig."

"Ich weiß, wir sind hier in Afrika."

"Versuchen Sie bitte nicht auch zu verschwinden, oder besser noch, gehen Sie nach England zurück."

"Dann auf Wiedersehen."

"Wiederseh'n, Ma'am."

Er öffnete mir höflich die Tür und ich trat in den grünen Flur hinaus. Agent MacDonald hatte mich und Claire sicher schon vergessen, als er sich wieder seiner neuen grünen Mappe zuwandte. Es wurde mein letzter Besuch. Vielleicht musste ich mich doch damit abfinden, das ich Claire nie mehr wiedersehen würde? Warum wollte er, dass ich mit den Häuptlingen sprach?

Margarete Marducci hatte mir gleich gesagt, dass ich mich an die Sangoma wenden sollte. Aber ich schob den Gedanken wieder beiseite. Ich fühlte mich wie erschlagen und ging in Zeitlupe zur Mall hinüber, wo ich mich eine Weile auf einer Bank niederließ. Ein Straßenjunge folgte mir und rief "Batla mádi, batla mádi!" – Ich will Geld, ich will Geld. Ich gab ihm 50 Thebe und er rannte davon.

Ich musste mir das nochmal genau überlegen. Es war einfach zum Verzweifeln. Die großspurigen Pläne mit der Polizei zusammenzuarbeiten hatten sich in Wohlgefallen aufgelöst und es war sinnlos Hilfe von der High Commission zu erwarten. Tonys Mithilfe war auch fraglich.

Von meinen neuen Freunden in Gabs wäre eine Mithilfe einfach noch zu viel verlangt. Es wäre verrückt so ziellos in der Gegend herumzufahren und nach Claire zu suchen.

Ich konnte mir einfach keine vernünftige Lösung vorstellen. Man konnte sich da nicht einfach durchkämpfen. Das Unternehmen war zu groß für mich. Dann drängte sich mir eine vollkommen andere Frage auf. Eine sehr egoistische Frage. Was war eigentlich mit meinem Leben und was war, wenn Ben der RICHTIGE war? Unsere Beziehung begann sich zu entfalten. Meine Energie war begrenzt. Also warum fühlte ich mich so schuldig dabei? Ich wollte es mir nicht eingestehen, als ich so allein auf der Bank in der Mall saß, aber ich musste mich entscheiden, wofür ich meine Energie einsetzen wollte.

Wenige Zeit später hatte ich es geschafft mit einem Lastwagen vom Wasseramt, der nach Ghanzi fuhr, zu trampen. Genau wie Ben es mir beschrieben hatte. Der Fahrer wollte mich an der Hauptstraße in Kang absetzen und Ben hatte mir genau erklärt, wie ich von dort aus zum Komplex der Brigade laufen musste.

Ich war sofort von der Weite und der wechselnden Wüstenlandschaft in den Bann gezogen. Es gab hier so viel Sand. Roten und weißen und gelben, mit Dornenbüschen bewachsen, die sich zäh an den kargen Boden klammerten.

Vielleicht bin ich ja dabei mich mehr in die Kalahari zu verlieben als in Ben, dachte ich und lächelte vor mich hin. Da liefen wilde Strauße elegant an der Sandstraße entlang und sprinteten neben dem Lastwagen her. Für mich waren sie die Delphine der Wüste. Ich beobachtete verwundert, wie sie sich mit kleinen Springböcken abwechselten, die durch die Luft flitzten, nur um dann hierhin und dorthin zu rennen. Dies war keine normale Sandstraße für normale Autos.

Man konnte es nur in einem Lastwagen oder 4x4 bei hoher Geschwindigkeit schaffen durchzukommen. Sonst sank man in den Sand oder blieb auf dem Buckel in der Mitte stecken. Zahllose Reifen hatten sich unermüdlich in den weichen Untergrund gefressen und manchmal war die Straßenhöhe der Einzelspur weit unter dem des umliegenden Bodens gelegen. Der Buckel in der Straßenmitte musste ständig eingeebnet werden. Die Planierfahrzeuge des Straßenamtes und der entgegenkommende Verkehr kündigten sich des Öfteren mit einer Staubwolke an.

Das Zeichen für den Fahrer schnellstmöglich zur Seite auszuweichen. Es war auch schwierig langsamere Fahrzeuge zu überholen, aber irgendwie kamen wir in einem Stück in

Kang an. Ab hier war die Straße mit Schotter befestigt.

Trotz der atemberaubenden Schönheit der Strecke, war die Fahrt ausgesprochen unbequem gewesen. Ich hatte es allein dem Sitzgurt zu verdanken, dass ich nicht gegen das Dach oder die Windschutzscheibe geprallt war. Von einer Unterhaltung konnte keine Rede sein. Wir kamen erst nach Einbruch der Dunkelheit an und ich machte mich gleich auf den Weg zum Komplex.

"Nein, Bridsch, das sind keine Zikaden," sagte Ben als ich ihn am frühen Morgen befragte, was es mit dem zirpen auf sich hatte. "Das sind Eidechsen. Komm, ich zeig' sie dir."

Wir gingen zum Busch am Rande der Stadt. Da 'sangen' doch tatsächlich Eidechsen, die in der Kühle des frühen Wüsten-Morgens auf den Spitzen von langen Gräsern und Zweigen wippten. Bevor eine flammend rote Sonne sich über den Horizont schob und für die Tageshitze sorgte.

Oh Fumpy, ich wünschte du könntest das sehen, dachte ich sofort begeistert. Aber der bloße Gedanke an Claire tat weh und ich schob ihn wieder zur Seite. Der Gedanke an Ben dagegen war wärmend und angenehm.

"Wie ist es möglich, das sie so singen können?"

"Sie singen natürlich nicht wirklich. Mette sagt, es soll die Körpertemperatur nach der kalten Wüstennacht ankurbeln. Die Eidechsen machen das auch manchmal am Abend. Vor allem im Winter."

"Unglaublich," staunte ich und sah zu wie die Tierchen sich auf den Gräsern und Zweigen wiegten. "Meinst du das stimmt?" Ich blinzelte in die aufgehende Sonne.

"Keine Ahnung, aber warum eigentlich nicht? Mette kennt sich mit sowas aus."

Es gab so vieles, was ich noch lernen musste. Auf dem Rückweg zum Komplex lief ich barfuß neben dem Pfad her und ließ den feinen Sand durch meine Zehen rieseln.

"Autsch, was ist das denn?" Solch einen stechenden Schmerz hatte ich nicht erwartet.

"Ich hatte dir doch gesagt, dass du deine Sandalen anziehen sollst, Bridsch," schalt Ben und half mir dabei, die gefürchteten Teufelsstachel aus meinen weichen Fußsohlen zu ziehen; diese kleinen Samen, die im prickelnden Sand lauerten. "Nur die zähen Buschmänner mit ihren hornigen Fußsohlen sind dagegen immun."

"Autsch, das tut aber weh." Ich sah zu, wie er einen weiteren Teufelstachel aus meiner Haut hakte.

"Das wird dich lehren, nächstes Mal richtiges Schuhwerk zu tragen und auf dem Fußweg zu bleiben."

Die 'singenden' Eidechsen faszinierten mich immer wieder. Ich konnte es aber einfach nicht verhindern mir bei jedem Besuch erneut schmerzhafte Teufelsstachel in meinen Sohlen zuzuziehen.

Mit der Zeit lernte ich aber, dass in der Kalahari nicht alles das ist, wofür man die Wüste hält. Was hier wie Seen aussieht, sind eigentlich *Pans*, die Überbleibsel eines uralten Inland-Meeres, die aus einen Cocktail aus bitteren Salzen bestehen. Die Flüssigkeit ist vollkommen untrinkbar. Wenn man aber tiefer gräbt, findet man viel gutes, unterirdisches Trinkwasser. Die Tswanas nennen die Wüste Kgalagadi und die harschen Silben passen genau zu diesem harschen Land.

Das Okavango Delta im Osten ist dagegen eine völlig andere Welt. Ein riesiges Feuchtgebiet vor ewigen Zeiten durch einen Erdrutsch geboren. Der zwang den Okavango Fluss dazu, seine Wassermassen statt ins Meer, im Inland auszuschütten. In diesem marschigen Paradies findet man dann die Zebras und Giraffen, Nilpferde und winzige Vampire in ganzen Wolken voll nervender Moskitos.

Aber nur die trockene Kalahari, pur und schlicht und wunderschön, wurde zum Teil meines Lebens. Ich fuhr nach Kang so oft es ging und bald kannte ich die unterschiedlichen Gebiete um die Trans-Kalahari Straße herum wie meine Westentasche. Die Farbtöne des Sandes, die je nach Tageszeit von rot auf grau, gelb und weiß wechselten. Die niedrigen Hügel, die Dornenbäume und die Siedlungen, an denen wir vorbeifuhren. Kang war nicht sehr groß und musste eine der abgelegensten Städtchen der Welt sein. Es war ursprünglich eine Handelsniederlassung mit Warenhäusern, einem Postamt und kleinen Läden gewesen und es war immer noch nicht viel moderner. Nicht eine Motsetsi Hecke gab es hier und zwischen den einstöckigen Gebäuden lagen nur Dreckstrassen. Da gab es nicht viel was sich Garten nennen konnte und Blumen oder Gemüse anzupflanzen war schon eine Herausforderung.

Der helle Sand, reflektierte das grelle Sonnenlicht, was von den paar Dornenbäumen kaum gemildert wurde, und eine ständige Brise fegte die stillen Straßen. Ich erinnere mich deutlich an den Geruch von Holzfeuern, strohgedeckten Dächern und Kreosot, mit dem Holzpfähle und Zäune gestrichen wurden. Es war nicht einfach Shampoo aus nassen Haaren zu waschen, weil das Wasser so unglaublich weich war. Wenn ich nach Kang kam, wollte ich aber nichts anderes trinken als dieses weiche Wasser.

Die Stille wurde ab und zu durch das Jaulen eines herumstreunenden Köters oder dem Brummen vorbeifahrender Autos unterbrochen. Trotz der wenig einladenden Umgebung war aber auch hier die Tswana-Etikette auf den Straßen zu finden.

"Dumela, ra."

"Dumela, wa tsoga, wa tsoga."

Die bescheidenen Auslagen in den wenigen Läden erklärte, warum die Entwicklungshelfer immer nach Gaborone zum Einkaufen fuhren. Auf der rechten Seite der Hauptstraße lagen die Schule und die Brigade gleich nebeneinander. Sie wurden gemeinsam von verschiedenen Entwicklungsorganisationen geführt. Im Komplex selbst waren die Häuser eher bescheiden und reichten gerade für einen einzigen Bewohner aus.

Die Lebensbedingungen waren deshalb nicht für Entwicklungshelfer mit Familien geeignet. Die strohgedeckten Lehmhütten auf der anderen Seite der Trans-Kalahari Straße, waren das eigentliche Tswanadorf.

Während der Regenzeit kam es dort schon mal vor, dass die Hütten in einem gewaltigen Sturm weggespült wurden. Nur um wieder stur an der gleichen Stelle aufgebaut zu werden. Im nächsten Jahr fielen sie dann wieder dem gleichen Schicksal zum Opfer.

Zum Glück waren die Gebäude des Trainingszentrums, wo Ben arbeitete, stabiler gebaut. Ich erlebte nie etwas Schlimmeres als einen Regensturm, der an Fenstern und Türen rüttelte und das Blechdach zum Lecken brachte.

Ein paar Wochen später befand ich mich schon wieder auf dem Weg nach Kang. Wie so oft ging mir während der achtstündigen Fahrt so einiges durch den Kopf.

Ich konnte diesmal nur drei Tage bleiben. Letztes Mal waren es vier Tage gewesen. Ich hatte nicht den Mut, mich auf solche quengelnde Fragen einzulassen, ob Benjamin und ich eine ernsthafte Beziehung hatten.

Ich wollte nur für eine kurze Zeit in das einfache Leben und die Stille der Kalahari eintauchen. Mich ein paar Tage von einem Wirbel der Liebe und des Lachens berauschen lassen. Nie hatte ich so etwas mit David erlebt. Oder sogar mit Mark, meinem ersten richtigen Freund. In mir vibrierte es jetzt anders.

Ben kam etwa zweimal im Monat nach Gaborone. Bei diesen Gelegenheiten gingen wir ins chinesische Restaurant oder zum neuen Koreaner in Ramotswa, zum Schwimmen ins Oasis Hotel oder zu einer der häufigen Partys. Wir wollten Spaß haben und uns nicht mit Alltagssorgen herumschlagen.

Ich lebte von Augenblick zu Augenblick, wie es sich eben so ergab. Auch wenn wir durch 8 Stunden Höllenfahrt voneinander getrennt waren.

Sofortige Kommunikation existierte nicht. Es gab keine Telefonverbindung mit Kang. Wir konnten deshalb nur Briefe schreiben, die andere Entwicklungshelfer für uns mitnahmen. Mein Leben begann sich nur noch darum zu drehen, entweder Fahrten nach Kang zu erhaschen und Briefe an Benjamin zu schreiben.

Manchmal trampte ich auch einfach nördlich von der Diamantenstadt Jwaneng los, wo die raue Kiesbahn von der Trans-Kalahari-Sandstraße abgelöst wurde. Was man nicht alles so auf sich nimmt...

Dann war Ben auf einmal weg. Er war für sechs Wochen auf Heimaturlaub gegangen und ich vermisste ihn ganz schrecklich. Ihn und die Kalahari. Wer hätte gedacht, dass ich mich so sehr nach etwas sehnen konnte - nach einem Mann und etwas Sand.

"So, auf einmal bin ich wieder gut genug für dich," zog mich Gaby auf, als ich sie anflehte mit mir zu einem Konzert in der Maitisong Halle zu gehen.

Ich wollte an meinem Geburtstag nicht alleine sein. Der Gaborone Chor trat mit 'Carmina Burana' von Carl Orff auf, einer Sammlung mittelalterlicher Lieder. Das klang vielversprechend. Etwas, das nicht im geringsten was mit Afrika zu tun hatte und wohl besser in eine Cambridger Konzerthalle passte als nach Gaborone. Ich konnte es aber kaum erwarten.

"Wie oft soll ich mich noch dafür entschuldigen, dass ich dich vernachlässigt habe, aber du weißt ja, wie das ist..."

"Weiß ich eben nicht. Männer finden mich anscheinend nicht attraktiv genug, um mit mir auszugehen."

"Oder...sie sind eingeschüchtert, weil du so selbstbewusst bist," widersprach ich. "Die wagen sich nicht an dich ran."

"Ja sicher, aber dafür kann ich schließlich nichts."

"Werd' mir bloß nicht eifersüchtig, Gaby. Ich schmeiße mich den Männern ja nun nicht gerade an den Hals. Das mit Ben war einfach so passiert." Warum entschuldigte ich mich eigentlich immer noch?

"Ich bin nicht eifersüchtig. Nur einfach 'ne Tatsache. Meinst du's eigentlich ernst mit Ben? Mittlerweile scheint ja mehr zu laufen zwischen euch."

"Weiß' nicht so recht, aber...ich glaube, er könnte der Richtige sein," stotterte ich.

"Hast du da Zweifel?"

"Weiß ich nicht so recht," wiederholte ich. "Habe keine Zeit darüber nachzudenken. Aber ich vermisse ihn so sehr, dass ich nicht richtig nachdenken kann," seufzte ich, "Was soll man da machen?"

Gaby kam natürlich mit zum Maitisong Konzert. Wir waren früh dran und setzten uns in die erste Reihe.

"Ich wünschte, ich könnte dir mit so was einen Rat geben," sagte Gaby auf einmal.

"Meine Schwester Claire hätte Rat gewusst. Boy Magnet." Au weia!

"Deine Schwester? Du hast noch nie was von ihr erzählt." Gaby war verständlicherweise überrascht.

Und so erzählte ich Gaby von Claire. Was passiert war und warum ich nach Botswana gekommen war. Alles in einem Schwung, bis sich die Leute um uns herum setzten und es mit der Privatsphäre vorbei war. Gaby hörte mit offenem Mund zu. Sie stellte keine Fragen und mir wurde bewusst, dass ich vielleicht zuviel gesagt hatte. Vielleicht glaubte sie mir nicht mal. Ich hatte ja noch nicht 'mal Benjamin, meinem Freund, etwas davon erzählt.

SIEBTES KAPITEL

"Koko, koko!"

Ich berührte die Milchglastür ganz sachte mit der Hand. "Nicht fortgehen, Claire, ich bin gleich wieder zurück," sagte ich. Oder vielleicht dachte ich es auch nur. Ich traute mich kaum, mich abzuwenden und sie zurückzulassen. "Nicht weggehen."

"Koko, koko! Madam!" Hilda klopfte ein wenig lauter an die Vordertür.

Ich wollte meine Augen nicht öffnen, wollte Claire nicht verlassen, aber die Sonne schien durch die hellen Vorhänge und vertrieb die letzten Überreste meines Traums.

Hilda war jetzt an der Hintertür. "Madam, Madam, schlafen Sie noch?"

Ich warf einen Blick auf den Wecker. Es war 8:31 Uhr. Und es war Samstagmorgen. Hilda musste schon eine halbe Stunde draußen gewartet haben.

Diesmal war ich so nahe dran gewesen - so nahe. Claire wollte mir gerade etwas sagen, aber ich konnte sie nicht deutlich hören. Wegen der Glastür zwischen uns und dann wegen dem Lärm, den Hilda machte. Jetzt war es zu spät.

"Ich komme!" krächzte ich mühsam und schluckte die Tränen hinunter.

"Sie sind sehr müde, Madam. Sorry," entschuldigte sich Hilda, als ich gähnend die Tür aufschloss.

"Schon gut, Hilda. Komm' herein. Tut mir leid, dass du so lange warten musstest."

"Madam arbeitet zu viel. Viel zu viel!" Hilda öffnete den Küchenschrank. "Ah Madam hat vergessen das Spülmittel zu kaufen, und Bleiche. Ich brauche Bleiche, um das

Badezimmer zu putzen." Spätestens da hatte mich die Realität wieder. Warum kamen ausgerechnet jetzt die Albträume zurück? Und Ben war immer noch nicht aus Deutschland wieder gekommen.

Wochenlang passierte dann nichts Bemerkenswertes mehr. Die Träume kamen und gingen, aber sie waren nie wieder so deutlich wie an diesem Samstagmorgen.

Und dann passierte die Sache mit Ronnie Immelman.

Ronnie war ein junger, hellhaariger Südafrikaner, der gerade sein Studium der Entomologie an der Oxford Universität abgeschlossen hatte. Entomologie - ja genau, Insekten!

Ich hatte nie zuvor etwas von Ronnie Immelmann gehört. Aber Emilys Mutter kannte seine Eltern in Johannesburg. Sie hatte ihnen meine Adresse in Gaborone gegeben.

Wir kannten uns zwar noch nicht gut, aber sie meinte, ich könne Ronnie vielleicht helfen. Ronnie Immelman durfte nämlich nicht nach Südafrika einreisen und brauchte eine Unterkunft. Nur für ein paar Tage. Und bei Emily im Firmenhaus war kein Platz. Das sagte sie mir hinterher.

Deshalb klopfte er eines Abends im April an meine Tür. Als früheres ANC Mitglied war Ronnies Name auf irgendeiner Hitliste der Sicherheitspolizei gelandet als er gerade siebzehn Jahre alt war und die Welt verändern wollte. Das war vor fünf Jahren gewesen.

Emily erzählte mir später, dass es eher was mit pubertärer Rebellion zu tun hatte als mit politischer Überzeugung. Trotzdem war Ronnie damals plötzlich in Schwierigkeiten und musste Südafrika so schnell wie möglich verlassen.

Nachdem er für ein paar Monate bei Sympathisanten in Botswana gewohnt hatte, bekam er ein britisches Studentenvisum und ging nach Oxford - um die Welt der Insekten zu erforschen. Ronnie sah unschuldig aus wie ein Waisenknabe und die Verbindung zu Emilys Mutter war für mich eine ausreichende Referenz. Ein großer Fehler!

Ich hätte die eine Frage stellen sollen - warum nämlich keiner seiner früheren Freunde ihn aufnehmen wollte. Stattdessen bot ich Ronnie spontan für ein paar Tage mein

Gästezimmer an, das sowieso leer stand. In dieser großzügigen Stimmung kam es mir auch nicht in den Sinn, dass Ben es vielleicht was ausmachen könnte, einen anderen Mann bei mir vorzufinden, wenn er aus dem Urlaub zurückkam. Oder, dass ich rein gar nichts über Ronnie wusste.

Am nächsten Tag fand ich erstmal heraus, dass mein neuer Mitbewohner gerne las. Ich sah unglücklich dabei zu, wie ein Kleinlaster mit einer Reisetasche und hunderten von Büchern eintraf, die Ronnie irgendwo in einer Garage untergestellt hatte. Die Bücher wurden ordentlich gegen die Wände des Gästezimmers gestapelt, das nun um einiges kleiner war als vorher. Ich fand auch heraus, dass Ronnie so einiges andere gerne tat.

Abends kam ich hungrig von der Arbeit nach Hause und suchte nach etwas Essbarem im Kühlschrank. Reis und Eintopf vom Vortag waren verschwunden. Der Kühlschrank war ratzekahl leer. Nicht mal mehr eine Scheibe Brot. Deshalb blieb mir nichts anderes übrig, als das letzte, einsame Ei zu braten. Ronnie saß auf dem Boden neben dem Couchtisch und sah verträumt zur Verandatür hinaus. Das hätte mich eigentlich stutzig machen müssen. Der Boden war mit leeren Bierdosen und schmutzigen Teller übersät. Hmm. Ich stand in der Küchentür, aß das Spiegelei hungrig von einer Untertasse und war irritiert.

"Ronnie, du hattest doch versprochen einzukaufen."

"Ah Mann, hatte keine Zeit. Hab' nach Arbeit gesucht und mich dann ausgeruht," sagte er gelassen, ohne mich auch nur eines Blickes zu würdigen. Da war dieser komische Geruch. Er nahm einen langen Zug aus einer kleinen Pfeife und blies süßlichen Rauch in die Luft. Na großartig, mein neuer Mitbewohner war nicht nur ein unordentlicher und unzuverlässiger Schmarotzer - er nahm auch noch Drogen!

"Ich will nicht, dass du hier drinnen Dagga rauchst," sagte ich und sah zu, wie er seine Pfeife zum dritten Mal anzündete. Ich hatte mittlerweile gelernt, dass Marihuana in Botswana Dagga hieß

"Ach sei nicht so zugeknöpft. Ist doch völlig harmlos. Willst 'n Bier?" sagte er fast normal.

"Nein ich mag kein Bier." Ich schluckte den letzten Bissen hinunter.

"Wieso nicht?"

"Ich mag einfach kein Bier. Und Dagga schon mal gar nicht. Also rauch' das Zeug gefälligst woanders - wenn's unbedingt sein muss."

Ronnie dachte eine Weile über diese ungeheure Äußerung nach, während er weiterhin die Verandatür anstarrte. Dann drehte er sich um und sah mich an.

"Kein Bier und kein Dagga, he?" Seine Augen waren rot umrandet.

"Kein Dagga in der Wohnung und Bier in akzeptablen Mengen. Und räume hier freundlicherweise diesen Müll auf." Ich versuchte überzeugend zu klingen.

Ronnie überlegte.

Ich ging in die Küche zurück und stellte die Untertasse ins Spülbecken. Da war bestimmt noch etwas Schokolade in meinem Schrank. Ich würde wohl einen Essensvorrat anlegen müssen solange Ronnie bei mir wohnte. Ich war enttäuscht. Er war so ziemlich das Gegenteil von dem schneidigen Gelehrten, der erst gestern an meine Tür geklopft hatte.

Dann fiel endlich der Groschen. Also deshalb wollte ihn keiner aufnehmen! Das war aber nur die halbe Geschichte.

"Ich bin eben gerne stoned." Ich fuhr herum. Ronnie lehnte sich gegen den Türrahmen. "Kaffee hätte mich nicht die ganze Nacht beim Studieren wachgehalten. Speed ist zwar noch besser dafür, aber Dagga ist doch harmlos wie Kaffee."

"Das ist deine Sache. Aber hier drin wird das Zeug nicht geraucht," sagte ich.

Das gefiel ihm nicht. "F***! Was denkst du eigentlich wer du bist? Die Königin der Wohnung oder was?" schnappte er plötzlich über.

"Was?"

"Du hast mich genau verstanden! Lass' mich gefälligst in Ruhe. Ich kann machen, was ich will. Und deine Putze kommt doch sowieso morgen. Wieso soll ich dann noch aufräumen?" Ronnie warf sich in einen Wutanfall, der Rumpelstilzchen alle Ehre gemacht hätte.

"F*** die Sch*****! Ich mach' was ich will!" Er hämmerte mit seiner Faust gegen den Türrahmen und blies mir Rauch ins Gesicht. Es war nicht leicht da ruhig zu bleiben, aber irgendwie schaffte ich es doch.

"Tut mir leid, wenn ich so deutlich sein muss, aber das hier ist meine Wohnung, für die ich zahle. Du bist hier höchstens für ein paar Tage zu Gast. Also benimm' dich gefälligst und lass' es dir nicht wieder einfallen so mit mir zu reden." *Wieso hatte ich nochmal Mitleid mit ihm gehabt?*

"F***! Du bist doch nicht meine Mutter!" Er drehte sich im Türrahmen halb nach unten. Jetzt reichte es mir aber! War das nur Dagga in seiner Pfeife oder vielleicht doch etwas Stärkeres?

"F*** dich selbst! Das wäre ja richtig tragisch —" Hatte ich das wirklich gesagt?

"Aber du bist eine Hexe." Er glotzte mich drohend an. "Und weißt du was sie mit Hexen machen - in Afrika?"

Ich schnappte nach Luft. Das hörte sich so ganz nach einer Drohung an.

"Was hast du da gesagt?" fuhr ich ihn an. Ich konnte mir vorstellen, was man mit Hexen in Afrika machte.

"Was, ich?" Er kniff seine Augen zusammen und grinste blöde. Dann stand Ronnie abrupt auf und schritt zur Hintertür. Dort blies er seinen Rauch durch das Fliegengitter in die kühle Nachtluft hinaus. Immerhin war etwas zu seinem umnebelten Gehirn durch gedrungen, aber es war zu spät für eine Versöhnung!

"Hör' mal Ronnie, das geht zu weit. So kannst du nicht mit mir reden. Ich will, dass du morgen hier ausziehst." Meine Stimme zitterte vor Zorn.

"F*** you. Ich hab' das Recht hier zu bleiben," wetterte er. Sein Fluchen ging mir auf den letzten Nerv.

"Das glaube ich kaum." Ich war fest entschlossen unserer Wohngemeinschaft schleunigst ein Ende zu setzen.

"Hexe!" schrie Ronnie und stampfte mit dem Fuß auf. "Bis morgen bist du hier 'raus!"

Ich hatte genug von dieser bizarren Unterhaltung. Außerdem war ich noch hungrig und da war Schokolade in meinem Zimmer. Ich ließ ihn einfach im Wohnzimmer stehen und ging zu Bett. Ronnie murmelte noch eine Weile vor sich hin und ich schloss meine Tür zweimal ab. Zur Sicherheit.

Ronnie Immelman, der Insektenfreund, war scheinbar entschlossen Hexen aus dem Weg zu schaffen. Das konnte ich niemandem zuhause erzählen! Meine Mutter würde Zustände kriegen und mein Vater brachte es fertig sofort eine Rettungsaktion zu starten.

Hilda, meine treue Maid, stand am nächsten Morgen kopfschüttelnd vor mir. Das Wohnzimmer sah noch genauso zerwühlt aus wie am Abend zuvor. "Der Mann, der hier wohnt, Roanie. Sie ist schlecht, Madam," flüsterte Hilda mir ins Ohr. "Er ist schmutzig und redet Unsinn."

Ich konnte sehen, dass Hilda sich fürchtete. Wir lauschten vorsichtig an der Tür zum Gästezimmer, aber Ronnie war nicht da. Hoffentlich war er dabei einen Wagen für seine Sachen zu organisieren.

"Was hat er denn zu dir gesagt Hilda?" Ich schob ein paar Teller zur Seite und setzte mich auf die Couch. Hilda fing an, mit ernster Miene aufzuräumen.

"Er sagte Montag... ein kleiner Vogel hat ihm erzählt, dass Madam eine Hexe ist, und sie muss verschwinden." Sie hielt für einen Moment inne. "Madam war nicht zuhause, als ich ging. Aish Madam, sorry!"

Mir wurde ganz mulmig. Ging dieser Ronnie etwa herum und erzählte Leuten, dass ich eine Hexe war? Was sollte das bedeuten, dass ich verschwinden musste?

"Wieso hat er denn so mit dir geredet?" fragte ich Hilda.

"Ich weiß nicht, aber bitte er muss gehen, Madam. Sie ist ein schlechter Mann," flehte mich diese sonst so selbstbewusste Frau an.

"Tut mir leid, dass er dich erschreckt hat, Hilda. Er hat mir gestern das Gleiche gesagt und ich hab' ihn 'rausgeschmissen. Er ist wahrscheinlich - verrückt."

"Howe! Madam, es ist besser, wenn Sie das Schloss auswechseln!" Um ehrlich zu sein, bekam ich es auch so langsam mit der Angst. Was immer mit diesem Ronnie Immelman verkehrt sein mochte, ich wollte nichts damit zu tun haben.

"Gute Idee. Ich gehe mal schnell zur Mall 'rüber und frage beim Schlosser nach, ob der uns helfen kann. No matata."

"Ja, Madam, ich schließe die Tür ab. Sie müssen anklopfen. Bitte schnell machen."

Sie warf mir einen erleichterten Blick zu und begann den Boden zu schrubben. Sie war sicher überzeugt, dass die Madam schon eine Lösung finden würde, um das Problem mit dem verrückten Lekgoa-Mann in den Griff zu bekommen.

Ich ging zur Mall und besorgte ein inneres Türschloss. Dann rief ich bei Emily an, um ihr von Ronnies Verhalten zu berichten. Aber Emily war nach Johannesburg gefahren, um ihre Familie zu besuchen und ich konnte auch sonst niemanden erreichen. Also musste ich alleine mit der Sache fertig werden.

Als mein früherer Mitbewohner spät in der Nacht nach Hause kam, merkte er, dass sein Schlüssel nicht länger passte. Ich lauschte, wie er über den Kiesweg zur Hintertür stapfte. Offenbar hatte er noch nicht bemerkt, dass die sich nur von innen öffnen ließ. Ronnie stapfte wieder nach vorne und begann lauthals zu fluchen.

"Lass mich 'rein, du Hexe. F*** Mann, das ist meine Wohnung!" schrie er zornig und wahrscheinlich betrunken durch die geschlossene Vordertür.

"Das geht leider nicht. Du wohnst ja nicht mehr hier," rief ich und versuchte die Schläge gegen die Tür zu übertönen.

"Du willst ja bloß meine Bücher klauen." Er versuchte jetzt die zum Glück recht stabile Tür einzutreten. "Hey hört mal alle her, sie hat meine Bücher geklaut!"

"Wenn du nicht aufhörst, kommt noch die Polizei!" Der Lärm verstummte.

Meine Nachbarn hielten sich weise aus der Sache heraus, aber ich konnte mir vorstellen, wie alle lange Ohren machten. Vor allem die Frau von nebenan in Nr. 2.

"Ich hab' dir gestern gesagt, dass du ausziehen musst. Sag' deinem Freund, er soll morgen mit seinem Laster kommen und deine verdammten Bücher abholen."

"Winston mag' mich nicht mehr," beschwerte sich Ronnie mit weinerlicher Stimme. Auch das noch!

"Das hat nichts mit mir zu tun. Mach' gefälligst einen Plan," meinte ich grob. Erst später wurde mir bewusst, dass ich vielleicht einen noch unliebsameren Mitbewohner, wie zum Beispiel eine fette Tarantel, riskierte.

Der Kies knirschte. Dann wurde es still und ich merkte, wie ich am ganzen Leib zitterte. Wer war überhaupt dieser angebliche Freund, bei dem er vorher gewohnt hatte?

Ein paar Wochen später sollte ich es herausfinden. Ich war bei den Wincklers zu Besuch und traf dort Winston Mokoena, den ehemaligen guten Freund von Ronnie Immelmann. Bei der Gelegenheit erzählte mir der frühere ANC-Hintermann, dass Ronnie auch seine Frau bedroht hatte.

"Sie wollte, dass er seine Handtücher im Bad aufhebt. Er wurde ausfallend und wolle sie umbringen lassen, weil sie angeblich eine Hexe sei," erzählte er. Gaborone war anscheinend voller Hexen. Winston hatte Ronnie daraufhin kurzerhand vor die Tür gesetzt.

"Genau das hat er mir auch angedroht. So ein Psychopath! Warum hast du denn niemandem was davon gesagt?" fragte ich ihn.

"Tut mir wirklich leid, Bridget. Wenn ich gewusst hätte, dass er sich wieder so schlecht benehmen würde, hätte ich dich über Uli vorgewarnt. Ronnie meinte, dass er dich schon länger kennt und Emily eine gemeinsame Freundin ist. Ich hatte angenommen, du weißt Bescheid..."

Es hatte keinen Zweck auch noch auf Winston sauer zu sein. Seine früheren Kameraden hatten sich schon einige Zeit von Ronnie abgewandt wegen der psychischen Probleme und der Drogen. Sie waren wohl froh gewesen, ihn los zu sein und außerdem war Verschwiegenheit wichtig, wenn man sich in politischen Kreisen bewegte. Deswegen hatte keiner was gesagt und ich saß in der Tinte. Vielen Dank auch. Seine Eltern hatten wohl keinen Schimmer von seinem Ruf. Und Emily erst recht nicht.

Allerdings wusste ich von all dem noch nichts. Ich setzte mich erstmal. Ich hatte noch immer das Kies-Knirschen in den Ohren und schreckte bei jedem Geräusch auf. Vielleicht sollte ich mir erstmal eine Tasse Tee machen. Mit ein wenig Glück würde diese unangenehme Sache morgen vorbei sein.

Das Glück blieb aus.

Ronnie kam den ganzen Sonntag nicht, um seine Bücher abzuholen. Dafür kam er am Montagmorgen in unser Büro.

Kurt Köhler kannte Ronnie noch von früher und war offenbar nicht im Bilde. Er streichelte den gutaussehenden jungen Mann mit den Augen, während er angeregt seiner unsinnigen Geschichte von Hexenkunst, Diebstahl und Betrug lauschte.

Ich war mir sicher, dass mein Chef nicht ein Wort von dem Unsinn glauben würde, und versuchte mich auf meine Arbeit zu konzentrieren. Aber ich hatte mich geirrt.

Nach einer Weile wurde ich in sein Büro zitiert. Hansie, Kurts Freund stand ernst auf der linken Seite des Schreibtisches, während Ronnie spöttisch lächelnd davor saß. Und plötzlich stand ich vor Gericht!!

"Frau Reinhold, wie ich höre, haben Sie sich schlecht benommen," schimpfte Kurt Köhler. Er fuchtelte mit dem Zeigefinger herum und blickte mich über seinen Brillenrand hinweg strafend an. "Sie müssen diesem armen Mann doch seine Bücher wiedergeben," befahl er mir gestreng.

Wenn ich nicht so ärgerlich gewesen wäre, hätte ich sicher gelacht. "Herr Köhler, ich habe keinerlei Interesse an Ronnies Büchern. Je eher er seine Bücher abholt, desto besser."

"Ich hab' aber kein Auto," klagte Ronnie.

"Dann besorge dir gefälligst eins," fauchte ich.

"Tztztz, Frau Reinhold. Ich bin sehr von Ihnen enttäuscht." Kurt sah Ronnie schmachtend an. "Dieser junge

Mann hier braucht dringend eine Unterkunft. Sie können ihn nicht so einfach auf die Straße setzen."

"Ach nein? Er nennt mich Hexe und bedroht mich, wenn er Drogen genommen hat. Mit so einem Menschen teile ich doch nicht meine Wohnung."

"Ronnie würde so etwas doch nie tun," protestierte Kurt übertrieben.

"Genau das hat er aber getan."

"Ich kann das keinen Moment lang glauben!"

Kurts vehemente Antwort gab Ronnie noch mehr Grund zu grinsen. Nein, ich würde nicht vorschlagen, dass Kurt ihn bei sich aufnahm. Das war wahrscheinlich genau das, was Ronnie wollte.

"Tja, das ist ihre Sache," sagte ich stattdessen. "Er muss mir nur sagen, wann er seine Bücher abholen will. Je eher, je lieber."

Was war bloß mit Kurt los? Sprach ich auf einmal Chinesisch? Er streichelte Ronnies Hand mit einem ermunternden Blick. Hansie gefiel das offenbar gar nicht. Ich hätte laut auflachen mögen. Das war einfach zu viel, eine pure Komödie. Aber dann war mir nicht mehr zum Lachen zumute.

"Mal sehen was wir da machen können," beruhigte Kurt den Insekten-Freund. Kurt musste selbst ziemlich verrückt sein, um diesen ganzen Unsinn zu glauben. "Sie können jetzt gehen," forderte Kurt mich währenddessen rüde auf und ich ging niedergeschlagen in mein Büro zurück. Wer weiß, welchen Unfug Ronnie ihm sonst noch auftischte, während er sich trösten ließ? Um die Mittagszeit informierte mich Hansie, dass ein Bakkie um 7 Uhr abends bei meiner Wohnung eintreffen würde. Ich jubilierte innerlich!

Der Kleinlaster kam zwar drei Stunden zu spät, aber ich beschwerte mich nicht. Hurra, ich war Ronnie Immelman los! Besser noch, ich hörte nie wieder etwas von ihm. Vielleicht war er ja nach England zurückgegangen oder sogar nach Südafrika. Es war mir egal.

Kurt Köhler verzieh' mir allerdings nie die Tatsache, dass ich die Bücher dieses netten jungen Mannes, wenn auch nur zeitweilig, beschlagnahmt hatte. Eine wahre Untat - und noch dazu noch mein zweites Vergehen. Das erste war meine unangemessene Popularität bei den Entwicklungshelfern gewesen. Ein Skorpion hätte kein wirksameres Gift injizieren können wie dieser verrückte Entomologe, denn Kurt hatte nun immer häufiger üble Laune. Nichts was ich tat, konnte etwas daran ändern. Mein drittes Vergehen war da wohl schon vorprogrammiert.

'Bridget, ich hatte Ihnen doch gesagt, dass das alphabetisch geordnet wird. Muss ich denn alles zehnmal wiederholen?' Oder 'Warum reden Sie schon wieder am Telefon? Haben Sie zu wenig zu tun?' Oder 'Sie sind ganze fünf Minuten zu spät, haben sie etwa ein Pferd zum Mittagessen verschlungen?'

Dann passierte es. Unser neuer Mitarbeiter, Manfred Raab, hatte vergessen, eine Nachricht an Kurt weiterzuleiten. Nämlich, dass ich morgens vor der Arbeit zur Bank musste. Als ich ins Büro kam, wurde ich eisig empfangen. Ich musste mir eine Standpredigt anhören und Kurts versteinerter Gesichtsausdruck verriet, dass er nicht geneigt war mir zu verzeihen. Die Zeit war gekommen, sich seine lästige Arbeitsbiene vom Hals zu schaffen. Manfred Raab wurde als Zeuge hereingerufen. Wieder stand ich vor Gericht.

"Nein, tut mir leid, Bridget hat mir am Freitag nichts davon gesagt, dass sie heute Morgen vor der Arbeit zur Bank muss." Manfred rutschte nervös auf seinem Stuhl herum. Am Freitag hatte ich mir noch geduldig angehört, wie Manfred sich über seine Tswana-Freundin Sophie beschwert hatte, die aus lauter Eifersucht sein Auto in Brand gesetzt hatte!

"Manfred, das stimmt doch nicht!" rief ich enttäuscht.

"Frau Reinhold, ich habe genug gehört. Sie sind hiermit entlassen," sagte Kurt auf einmal. "Dafür, dass Sie unentschuldigt der Arbeit fernblieben und sich einfach nicht unterordnen können. Natürlich erhalten Sie einen Monat Kündigungsfrist... die Sie abarbeiten werden, bis wir eine Nachfolgerin für Sie gefunden haben..."

Ich hörte nicht mehr zu und stand nur wie begossen da. Dann fing ich mich langsam wieder.

"Sie werden morgen eine Anzeige in die Zeitung setzen..."
Ich drehte mich auf dem Absatz um und ging wortlos hinaus, packte meine wenigen Habseligkeiten in einen Karton und verließ die DFO. Aus dem Augenwinkel heraus sah ich ein ungewöhnliches Beutelchen aus Fell in der Hecke hängen. Ach, was ging mich das noch an? Ich holte tief Luft und schritt tapfer auf die Straße hinaus.

Mit meiner gesicherten Existenz in Botswana war es jetzt vorbei. Abends kam Manfred vorbei und entschuldigte sich dafür, dass er meine Nachricht vergessen hatte. Er hatte aus Angst vor Kurts Zornausbrüchen gelogen. Es machte keinen Unterschied mehr.

"Komm doch wieder zur Arbeit, bis wir eine andere Sekretärin gefunden haben. Kurt will dich nicht direkt fragen. Du weißt doch, wie stolz er ist."

"Vielleicht wenn's morgen anfängt zu schneien, Manfred." Ich konnte mir den triumphierenden Ton nicht verkneifen. "Geh' und sag' ihm die Wahrheit, dann werden wir weitersehen." Das tat Manfred natürlich nicht und ich blieb dem DFO-Büro fern.

Ein Arzt bescheinigte mir, dass ich unter hohem Blutdruck litt, den der Stress ausgelöst hatte (was der Wahrheit entsprach) und Beate Belseck, eine befreundete Entwicklungshelferin, sah regelmäßig nach meiner Post im Hinterzimmer. Nur keine Briefe aus England verpassen. Oder die von Benjamin.

Er war ja immer noch auf Heimaturlaub und hatte keine Ahnung was hier in der Zwischenzeit passiert war. Ich schlief viel, aber die Träume, die mich so geplagt hatten ließen mich in Ruhe.

Zwei Tage später brachte mir Beate unerwartete Post. Einen Brief aus Palapye. Tony schrieb, dass die Bouchers uns für ein Wochenende nach Francistown eingeladen hatten! Warum ausgerechnet jetzt?

Bisher war ihm ja anscheinend alles, was mit Claire zu tun hatte, egal gewesen. Was Neues würde ich von denen sowieso nicht erfahren und ich war nicht gerade in geselliger

Stimmung.

Ich schrieb zurück, dass ich keinen Grund hätte die Bouchers zu besuchen, aber er könne gern hinfahren, wenn ihm danach wäre. Im Moment hatte ich andere Probleme.

Durch Rita erfuhr ich, was für ein Skandal die Sache mit meiner Kündigung in Gaborone verursacht hatte. Was für ein Drama! Egal, ich hatte sowieso keine Lust unter Leute zu gehen.

Da war nur diese klitzekleine Sache mit der Aufenthaltsgenehmigung.

Was sollte ich denn jetzt um Himmels willen tun?

ACHTES KAPITEL

Es kam ein Päckchen aus Stuttgart an. Benjamin besuchte dort gerade seine Eltern, also konnte das Päckchen nur von ihm sein. Ich öffnete den Klebeverschluss mit zitternden Fingern. Es war eine Musikkassette - sonst nichts.

Gaby lieh mir einen Kassettenrecorder, damit ich mir anhören konnte, was darauf war. Ich hatte Schmetterlinge im Bauch, als ich auf die 'Play'-Taste drückte. Es gab keine Musik, nur Bens Stimme. Ein 'Hörbrief' also. Cool.

'Ich sitze hier zuhause bei meinen Eltern im Esszimmer und schaue aus dem Fenster...' sagte die bekannte Stimme und mir schmolz das Herz. 'Ich bin jetzt seit zwei Wochen hier und zähle die Tage, bis...'

Im 'Hörbrief' ging es eintönig so weiter, aber Ben hätte das Telefonbuch herunterleiern können und ich wäre im siebten Himmel gewesen. Er sagte noch wie sehr er mich vermisste und dass er wahrscheinlich auf dem Weg zum Flughafen sei, wenn das Päckchen bei mir eintraf. *Sehr witzig, Herr Glasberger,* dachte ich.

Klopfen an der Eingangstür.

Seufzend schaltete ich den Recorder aus und schaute auf die Uhr. Gaby wollte eigentlich erst während ihrer Mittagspause hereinschauen. Ich drückte nur ungern die Pausentaste. *Vielleicht wieder jemand, der einen Job sucht,* ging es mir durch den Kopf, als ich mich anschickte die Tür zu öffnen. Aber es war Ben, der da grinsend vor mir stand!

Ich starrte ihn verdutzt an. Gerade noch hatte er gesagt, dass er wahrscheinlich auf dem Weg zum Flughafen sei und ich dachte, es sei ein Scherz. Er sollte erst nächste Woche wieder hier sein, aber die Post brauchte ja so schrecklich lange. Jetzt stand er plötzlich vor mir — um einiges blasser als noch vor einem Monat.

"Wie bist du denn so schnell hierhergekommen?"

"Was?" Jetzt war er dran mit dem verdutzt dreinschauen.

"Ach nichts. Du bist wieder da!" freute ich mich und versuchte die Gittertür aufzukriegen.

"Bist du nicht glücklich mich zu sehen?"

"Doch, natürlich bin ich das. Komm' rein." Endlich schnappte die Gittertür auf und Ben nahm mich sofort in die Arme. Die angestaute Spannung fiel von mir ab und ich konnte die Tränen nicht zurückhalten.

"Ich dachte, du wärst glücklich mich zu sehen…" lachte mein wiedergekehrter Freund.

"Bin ich doch auch!" schluchzte ich.

Er schob seine Reisetasche mit dem Fuß vor sich her und schloss die Tür hinter sich. Ich heulte seine Schulter nass während Ben mich beruhigte. Er lud mich auf der Couch ab und machte Tee. Dann setzte er sich zu mir.

"Also was ist passiert? Das sind doch keine reinen Freudentränen."

"Nein," heulte ich. Wie sollte ich alles, was vorgefallen war, in Worte fassen? Wo anfangen?

"Wie geht es denn bei der Arbeit?" fragte er vorsichtig.

Ich schneuzte mich und rieb meine, vom vielen Heulen vermutlich rot-geschwollenen Augen. "Ich arbeite nicht mehr für Kurt," gestand ich.

"Weiß ich schon. Ich war beim Büro, um meinen Nissan Bakkie abzuholen, und um dich zu überraschen. Kurt und Hansie haben mir da 'ne ziemliche Story aufgetischt."

"Was denn für eine Story?"

"Dass du nicht rechtzeitig zur Arbeit erschienen warst und sie dann einfach im Stich gelassen hast…" er blickte mich fragend an.

"Du solltest eigentlich wissen, dass das so nicht stimmt!" erwiderte ich hitzig und wischte mir die Tränen ab.

"He, ich bin gerade erst wiedergekommen. Gib' mir

gefälligst 'ne Chance das zu verstehen."

"OK, ich erzähl's dir später."

"Nein, erzähl's mir jetzt."

"Also gut." Die Geschichte kam in einem Schwall heraus - nur von ein paar Schneuzern unterbrochen. Das mit Ronnie Immelman und mit Kurt und Manfred. Ben schaute mich die ganze Zeit zweifelnd von der Seite an.

"Kurts Story hörte sich auch überzeugend an," sagte er trocken und sah weg.

"Wie bitte? Ich kann nicht glauben, dass du das gerade gesagt hast. Glaubst du Kurt etwa eher als mir?"

"Ich weiß nicht was ich glauben soll." Ben schaute aus dem Fenster, als ob die Antwort sich draußen in den Büschen und Bäumen versteckt hielt. Ich rückte ein wenig von ihm ab.

"Du glaubst besser meine Version, wenn du weißt, was gut für dich ist," sagte ich halb im Spaß. "Außerdem gibt's jetzt Probleme mit meiner Aufenthaltsgenehmigung."

"Du meinst wir sollten heiraten, damit du hierbleiben kannst?" fiel er gleich mit der Tür ins Haus.

"Das wäre eine Möglichkeit."

Ben verzog das Gesicht. "OK, dann ist das wohl keine gute Idee," meinte ich. Zugegeben, ich war ein wenig enttäuscht.

"Weißt du was?" sagte Ben auf einmal spontan, "Wenn du nichts Besseres vorhast, komm' doch einfach mit nach Kang. Nur für ein langes Wochenende, um ein paar Tage aus Gabs 'rauszukommen."

Das hieß doch, dass Ben mir glaubte und dass er nicht eifersüchtig auf Ronnie Immelman war, oder? Ich hatte im Moment nicht viel zu tun, also war es wohl eine gute Idee wegzufahren. In der Kalahari würde ich schon wieder auf andere Gedanken kommen. Plötzlich sehnte ich mich nach Ruhe. Ben ging aus, um ein paar Sachen zu erledigen und ich fing zu packen an. Gaby kam kurz darauf vorbei, aber sie teilte meine Begeisterung nicht.

"Wenn Ben eher Kurt Köhler glaubt als dir, ist das im Moment vielleicht keine so gute Idee, Bridsch," meinte sie.

"Was ist, wenn ihr euch dort streitet? Dann sitzt du ganz alleine in Kang herum."

"Ich werde ihn schon überzeugen. Ben ist nicht wie andere Männer."

"Ich weiß nicht so recht..."

Aber sie war ein gute Freundin und meinte ermunternd, ich solle mich ruhig für ein paar Tage erholen. An die Fahrt kann ich mich nicht mehr erinnern, aber die Stille in der Wüste war einfach wunderbar. Ich fühlte mich sofort wieder zuhause. Hier in der großen Weite hielten sich pessimistische Gedanken nie sehr lange.

Die Morgenstimmung im Kalahariland war aber alles andere als still. Esel iaahten und Hähne kickerikieten um die Wette. Die normale morgendliche Geräuschkulisse.

Ich kannte das kleine Schlafzimmer mit den orangeroten Vorhängen nur zu gut und streckte mich wohlig unter der Decke aus.

Es war jetzt April und nachts wurde es schon kühler. Die Farmtiere übernahmen die Schicht von der nächtlichen Dorfdisco, zu deren Tam Tam Tam ich eingeschlafen war. Männlicher Vorsänger mit monotonem weiblichen Chor zu stampfendem Rhythmus. Immer der gleiche Rhythmus. Alles war mir vertraut: die Geräusche, der sandige Wind, der Geruch des Strohdachs, der sich mit dem Kreosot der Holzbalken vermischte - einfach herrlich.

Man konnte sie nicht hören, aber außerhalb der Siedlung sangen mit Sicherheit die Eidechsen und Meerkatzen schauten aus ihren Erdlöchern dem Sonnenaufgang zu. Die Sonne spähte schon durch die geschlossenen Vorhänge. Ich berührte Bens blonde Nackenhärchen leicht mit den Lippen. Er war halbwach und drehte sich zufrieden grinsend mit geschlossenen Augen zu mir um.

Wir hatten gestern gefaulenzt. Ben bereitete einen Kudubraten in seiner offenen Küche zu, während Tanita Tikkaram und Joe Cocker im Hintergrund sangen. Nur für uns beide. Da waren immer noch Überbleibsel von früheren Freundinnen im Haus. Der türkise Nagellack zwischen

Toaster und Fenstersims und die rosa Rasierklinge hinter der Toilettenschüssel. Ich hatte schon lange beschlossen, sie zu ignorieren. Während die Kudukeule im Ofen vor sich hin schmorte, schnitt Ben meine Haare. Ben konnte geschickt Haare schneiden. Er konnte auch gut kochen und so einiges mehr.

Mette schaute herein und gab mir das bemalte Straußenei und eine Kette, die ich bei ihr vor Monaten bestellt hatte. Sie kaufte den Buschmännern, für die sie sorgte, öfter mal Sachen ab. In die glatte Oberfläche des Straußeneis war eine Khoi San-Jadgszene gekratzt und mit blauer Schuhwichse eingefärbt. Hübsch.

Damit ich mich nicht langweilte, hatte mir Ben sein Lieblingsbuch geliehen und ich begann 'Die Liebe in den Zeiten der Cholera' von Gabriel Garcia Marques zu lesen. Er war recht belesen, mein Freund. Tagsüber brachte er seinen Studenten bei, wie man Autos repariert und in seiner Freizeit las er Romane. Beim Umdrehen der Seiten, stellte ich mir vor, wie Ben und ich uns - statt der Hauptfiguren - unsterblich liebten und wie diese Liebe mit der Zeit wuchs. Wie romantisch!

"Du willst mich wohl verführen, mit deinen hübschen, langen Beinen?" grinste Ben und zwinkerte mir zu. Er hatte sein T-Shirt ausgezogen und sah ziemlich sexy aus.

Ich stellte mein Weinglas ab und sah an mir herab. Meine Füße waren am Tisch abgestützt und ich fand absolut nichts Verlockendes an meinen Beinen, die in grauen Shorts steckten.

"Was findest du denn daran so anziehend?" kicherte ich.

"Soll ich's dir zeigen?"

"Das muss leider bis heute Abend warten."

Ben zog eine Grimasse und ich musste lachen. Er sah gut aus so ohne Hemd, muskulös und braungebrannt. Er schüttelte seine Haare, die nach dem Duschen noch ganz feucht und zerzaust waren. Ich blätterte gerade in einer alten Frauenzeitschrift herum, die auf dem Tisch lag.

"Wann bist du eigentlich geboren?" fragte ich Ben. Ich

wusste nur, dass er 27 war.

"Am 2. Dezember '62."

"Dann bist du, warte..."

"Schütze!" sagten wir gemeinsam. Hmm, Schütze...
Ben sah nach dem Braten und goss etwas von dem
Rotwein darüber, den er in Gaborone gekauft hatte.

"Mal sehen. Hier. Widder und Schütze: In diesem Sommer
ist der Schütze-Mann zu kompliziert für die lebenslustige
Widder-Frau und eher etwas für Stubenhocker wie...' Klingt
ja nicht vielversprechend." Ich sah das Datum auf dem
Umschlag. "Aha, das Horoskop stammt vom letzten Jahr.
Außerdem bin ich am 22. März geboren. Also gerade mal
Widder. Ich schaue immer auch bei Fische nach," plapperte
ich unbeschwert drauflos. "Das passt besser zu mir. Claire ist
aber ein richtiger Widder." Ich hörte zu reden auf und
schluckte. Zu spät.

"Wer ist denn Claire?" Die Frage war unvermeidlich.

"Ach, nur 'ne Freundin aus England. Hat am gleichen Tag
Geburtstag wie ich."

"Ach so."

Ich ignorierte den plötzlichen Stich in der Brust. Sorry
Fumpy, sorry Ben! Ich konnte es ihm einfach noch nicht
sagen... warum ich wirklich in Botswana war. Wusste es selbst
schon nicht mehr richtig. Claires Briefe waren weggepackt
und ich schaute mir nur noch selten die Fotos an. Ich hatte es
satt immer traurig sein.

Der Kudubraten schmeckte wunderbar nach Knoblauch
und Rotwein und frischem Thymian – und der Kalahari. Und
ich meine nicht nur den knirschenden Wüstensand zwischen
den Zähnen.

Später kam noch Roz Williams, die Peace-Corps Dame,
vorbei und fragte ob wir nicht Lust hätten in der Kalahari
Pferde zu reiten. Das musste man sich mal vorstellen:
Pferdereiten in der Kalahari! Ihr nigerianischer Freund
Wilfried arbeitete auch als Lehrer an der Schule in Kang und
hatte sich mit einem Tswana-Rinderfarmer angefreundet, der
einen Pferdekraal außerhalb des Dorfes besaß. Ich kannte

Wilfried nur flüchtig. Ein großer, bulliger Mann mit einer sanften Frohnatur.

Der Farmer hatte Wilfried mal seinem Khoi-san Pferdeburschen mit dem Namen Andries vorgestellt. Andries kümmerte sich um fünf schöne Pferde mitten in der Kalahari und Wilfried durfte reiten, wann immer er Lust dazu hatte. Er fuhr ständig auf die Rinderfarm hinaus und Roz kam an Wochenenden mit.

Wir holten noch Priya ab, eine indische Entwicklungshelferin aus Bangalore, die eine starke Persönlichkeit besaß und eine streng zurückgekämmte Frisur.

Dann ging es zum 'Cattle Post' weiter. Priya kam aus einer wohlhabenden Familie, die mit ihrer Wahl in Afrika zu unterrichten, ganz und gar nicht einverstanden war. Wir saßen auf der Ladefläche des Bakkies, den Wilfried einen holprigen Feldweg entlang steuerte, und Priya erzählte mir, dass ihr Vertrag in zwei Wochen auslief.

"Was willst du machen, wenn du wieder zu Hause bist?" fragte ich.

"Mein Vater möchte, dass ich heirate. Er meint, ich sei sowieso schon zu klug und bald auch zu alt für eine gute Heirat. Ich habe ein Bild von dem Mann, den er als Schwiegersohn ausgesucht hat."

"Was willst du da machen?"

"Weiß ich noch nicht. Heiraten kommt aber nicht infrage. Ich könnte mir einen Job in einem anderen Land suchen. Australien vielleicht." Wir schwiegen.

"Ist es denn nicht gefährlich mitten in der Wüste zu reiten?" fragte ich in die Stille hinein. "Ich hab' schon die Bekanntschaft von Eidechsen und Meerkatzen gemacht, aber was ist mit Raubtieren?" Die anderen lachten.

"Keine Angst, wir werden hier draußen keinen Löwen oder Hyänen begegnen," versicherte mir Benjamin. "Nicht mal Giraffen oder Zebras. Hier in Kang findet man eher kleinere Tiere wie Gazellen und Straußenvögel und ein paar Wildschweine. Und die sind ziemlich scheu."

Der Wagen hielt neben einer Einzäunung, die mit kurzen

Pfählen und einer Dornenhecke markiert war. Man konnte dahinter eine primitive Hütte ausmachen, die kunstlos aus Zweigen gefertigt war. Davor faulten große Abfallhaufen vor sich hin.

Der eine Haufen bestand aus den leer gekratzten Hälften von Wüstenmelonen, in denen sich tausende von Fliegen zuhause fühlten. Diese bitteren, kleinen Melonen fand man überall im Sand zwischen den Dornenbüschen. Ein Hauptnahrungsmittel der Khoi-san. Der andere Haufen bestand aus leeren Chibuku Bierkartons. Wilfried sagte uns, dass Andries von dem Tswana-Bauern mit Essen bezahlt wurde. Ein noch weitverbreiteter Brauch in Afrika.

Andries, der Khoi-san, kam bald zum Vorschein. Er war ziemlich schmutzig, konnte aber bei weitem nicht so alt sein, wie sein faltiges Gesicht vermuten ließ. Er sprach kein Wort Englisch und kommunizierte mit Gesten, etwas Setswana und vielen Klicklauten.

Er nahm die zwei Pula, die Wilfried ihm anbot, grinste zahnlos und band die Vorderbeine der gefesselten Pferde vorsichtig auseinander. Als ich die Rösser so dicht vor mir stehen sah, sank mir das Herz in die Hose. Die waren ja unglaublich groß!

Aber dann saß ich auch schon auf dem Rücken einer kastanienbraunen Stute und wir trotteten hintereinander den schattigen Pfad entlang, den Wilfried so oft benutzte. Ich brauchte einen schwindeligen Moment, bis ich mich an die Höhe gewöhnt hatte.

Als ich es fertigbrachte vom Nacken der Stute aufzusehen, war ich von der Schönheit der uns umgebenden Landschaft beeindruckt. Von hier oben aus zeigte sich die Kalahari von einer ganz anderen Perspektive. Andries hatte keine Schuhe an und führte Wilfrieds Pferd an einer Leine voran. Unsere zahmen Reittiere zuckelten friedlich hinterher. Er musste ungeheuer harte Fußsohlen besitzen.

Die Nachmittagssonne verzauberte alles mit ihrem goldenen Licht. Treibende Wolken am Himmel warfen wechselnde Schatten und die Farben veränderten sich ständig.

Wir verließen den schattigen Pfad unter den Dornenbäumen und unsere Rösser trotteten an einem kleinen Salzsee, einer Pan entlang.

Was für ein Erlebnis!

Auf einem Hügel sah ich wie Meerkatzen um ihrem Bau herum wieselten. Sie standen auf ihren Hinterbeinchen, schnüffelten nervös die Luft und ich war sicher, dass sie uns beobachteten. Es war friedlich und die Sonne sank langsam tiefer. Andries führte die Pferde in einer ausgedehnten Schleife wieder nach Norden zurück, während wir dabei zusahen, wie andere Buschmänner die Rinder für die Nacht in einen großen Kraal trieben. Die Hitze machte schon der kühlen Abendluft Platz, als uns die braven Reittiere wieder bei den unappetitlichen Abfallhaufen ablieferten.

Roz, Priya und Wilfried mussten danach zu irgendeiner Party. Ben und ich waren nach Hause gegangen.

Jetzt wurde es Morgen in dem Zimmer mit den orangeroten Vorhängen.

"Hast du gut geschlafen Schatz?" fragte Ben träge und sah mich zärtlich an. Er hatte ,Schatz' gesagt und mir wurde ganz warm ums Herz. Wenn das mal keine wahre Liebe war! Er fuhr mit seinen Lippen an meiner Wange entlang, bevor er sie auf meinen Mund presste. Seine streichelnden Hände wanderten meinen Nacken abwärts und legten sich auf meine Brüste. Ich hörte auf zu denken und gab mich dem magischen Moment hin.

Da war wieder die winzige Stimme, die mich hartnäckig warnte: *verlieb' dich nicht in ihn; ein Mann fürs Bett ist nicht ein Mann fürs Leben.* Ich wollte aber glücklich sein, jetzt wo Ben wieder bei mir war. So glücklich wie schon seit langem nicht mehr. Ich weigerte mich einfach auf die Stimme zu hören. Niemand konnte mir Liebe derart vorspielen. Wir waren für einander geschaffen.

Als ich Kang verließ, war ich wieder imstande, mich der Welt zu stellen. Die Kalahari hatte ihr übliches Wunder vollbracht. In Gaborone begann ich mich bei Firmen vorzustellen. Meine Mutter sagte immer: wenn sich eine Tür schließt tun sich zehn andere auf - und bald klopfte eine Gelegenheit an.

Der unvergleichliche Uli Winckler hatte erfahren, dass Rockhill Primary, die Privatschule auf die seine Töchter gingen, einen Französischlehrer suchten. Ich dachte nicht lange nach und meldete mich bei der Direktorin zu einem Interview an.

Mrs. Mulholland war eine mütterliche Frau im mittleren Alter und hätte mich vor Freude fast umarmt. Der zweite Französischlehrer an der Schule war plötzlich abgereist und Mrs. Laville hatte Schwierigkeiten alle Klassen selbst unter einen Hut zu bekommen.

Rockhill Primary war so völlig anders als die englischen Schulen, die ich besucht hatte. Die Klassenräume befanden sich entlang breiter, schattiger Veranden und waren von Blumenbeeten gesäumt. Es gab ein großes Sportfeld, einen Spielplatz und sogar Tennisplätze.

"Ich sehe, Sie haben schon Erfahrung im Unterrichten, Miss Reinhold. Sie waren am - Berufszentrum in Palapye - Lehrerin." Wir saßen im Büro der Rektorin und Mrs. Mulholland hatte meinen Lebenslauf vor sich.

"Ja, ich habe dort Englisch unterrichtet und es hat mir viel Spaß gemacht."

"Ausgezeichnet, ausgezeichnet. Haben Sie denn auch Erfahrung mit Kindern?"

"Nein, nicht wirklich, aber ich bin sehr gerne mit Kindern zusammen. Manchmal spiele ich Babysitter für Adrienne und Jasmin Winckler. Ich könnte ihre Eltern sicher um eine Referenz bitten."

Das Interview dauerte nicht lange und dann war ich die neue Französischlehrerin an der Rockhill Primary School. Die Bezahlung war zwar lausig, aber wenigstens hatte ich einen Job und brauchte mich nicht mehr um eine Aufenthalts- genehmigung zu sorgen.

"Nett dich kennenzulernen, Bridget. Ich heiße Vanessa. Setz' dich am besten in die hinterste Reihe und sieh mir zu, was ich so mache," befahl mir Mrs. Laville, als ich mich am ersten Tag zur Arbeit meldete.

Sie war zierlich und energisch und kam aus Yorkshire. Mit ihrem dunklen Bubikopf und ernsten Gesicht sah Vanessa älter als 32 Jahre aus und jeder schien ein wenig Angst vor ihr zu haben. Ihr Mann war ein charmanter Franzose, der in England aufgewachsen war.

"Gut, das mache ich," sagte ich und folgte ihr die Verandastufen hinauf.

Die Kinder kicherten beim Anblick eines Erwachsenen auf der hintersten Schulbank, aber Mrs. Laville duldete keine Albernheiten. "Ruhe, bitte. Das ist Miss Reinhold. Sie wird von jetzt ab auch Französisch unterrichten. Douglas setz' dich sofort hin!"

Die Klasse verstummte. Mrs. Laville ließ nicht mit sich spaßen. "Gut, das ist schon besser. Zeigt mal Miss Reinhold was wir gestern gelernt haben." Sie hielt eine Bildkarte hoch, die Regentropfen zeigte.

"La pluie."

"La pluie." Die Klasse wiederholte das Wort im Chor.

"Les nuages."

"Les nuages."

Ich gewöhnte mich zunehmend an meine Rolle als geachtete Französischlehrerin. Zuerst war es ungewohnt, immer so respektvoll von Schulkindern mit 'Guten Morgen Madam' oder 'Auf Wiedersehen Madam' angeredet zu werden. Ich saß neben den anderen Lehrern in der Aula, aber es dauerte eine Weile, bis ich mich wie eine richtige Französischlehrerin fühlte. Ich bewunderte meine Kollegen. Sie waren so gelehrt und gesellig. Außerdem redete mir keiner in die Arbeit 'rein.

In der ersten Woche wollte Jasmin noch während der Pausen mit mir reden und meine Hand halten. Adrienne dachte aber, es sei total uncool, wenn sie die neue Lehrerin mehr als die anderen beachtete, und grüßte mich nur höflich, wie alle anderen Kinder es auch taten. Da war nur immer ein geheimes Zwinkern in ihren Augen. Während der Mittagspause gab es im Lehrerzimmer immer angeregte

Unterhaltungen zu Sandwichen und Filterkaffee.

Es regnete jetzt fast jeden Nachmittag und ich verbrachte die Zeit oft in meinem Klassenzimmer mit Unterrichtsvorbereitungen, um nicht im Regen zu meiner Wohnung im Acacia Court laufen zu müssen.

"Hast du denn irgendwelche Geschwister, Bridget?" Ich blickte Vanessa erschrocken an. Die Unterhaltung der Lehrerkollegen war nur angenehme Hintergrundmusik gewesen. Ich war zu sehr mit den Arbeitsbogen beschäftigt, die vor mir auf dem Tisch lagen, und hatte keine Ahnung, worum es ging. Alle starrten mich erwartungsvoll an.

"Ehem, nein. Nur eine Schwester, die schon lange gestorben ist," stotterte ich. Warum hatte ich das denn gesagt?

"Oh das tut mir so leid. Ich hatte keine Ahnung... war es ein Unfall?"

"Ehm, ja. Ich möchte lieber nicht darüber reden," murmelte ich. Das wäre beinahe schiefgegangen.

Ich zitterte trotz meines Rollkragenpullovers und der Heizung im Lehrerzimmer. *Bridget, wie konntest du nur, du weißt genau, dass das nicht stimmt!* protestierte die kleine Stimme in mir.

Die Unterhaltung wandte sich Rosemary Bennetts Reiseverrücktem Bruder zu. Ich stand auf und verließ das Lehrerzimmer. Hinter mir wandelte sich das Gespräch zu einem eindringlichen Geflüster. Die frische Luft half mir das Gleichgewicht wiederzufinden. Nur drei Menschen in Gaborone kannten mein Geheimnis.

Emily hatte ich seit der Sache mit Ronnie Immelman kaum gesehen. Gaby nahm mich manchmal zum Tennisspielen in den Club mit und Rita traf ich noch immer um die Mittagszeit im President Hotel. Aber Claire war dabei nie ein Gesprächsthema. Je weniger ich an sie dachte, desto besser. Ich wollte sie am liebsten vergessen. Wenn da nur nicht diese lästigen Träume wären - und diese lästige kleine Stimme.

Als ich meine Sachen für die nächste Unterrichtsstunde holen ging, läutete es schon und die Lehrer hatten es eilig in ihre Klassen zu kommen.

Der Sommer war auf dem Rückzug und Ben hatte seit

meinem Besuch nur einen einzigen Brief geschickt. Ich dagegen vier. Rita erwähnte nebenbei, wie beliebt Setswana-Stunden bei einer Privatlehrerin waren, die Agnes Müller hieß Sie hielt es für eine gute Idee, wenn ich am Samstagmorgen-Unterricht teilnahm.

Wahrscheinlich wollte sie mich ablenken. Ich hatte nichts dagegen. Agnes war eine lebhafte, beleibte Tswanafrau, der es nichts ausmachte mit uns Studenten über Einzelheiten aus ihrem Privatleben zu plaudern. Sie hatte mit ihrem deutschen Ehemann und zwei Kindern 9 Jahre lang in Wuppertal gelebt, bevor sie mit Robert, einem Dreher aus Leeds nach Botswana durchgebrannt war.

Robert hatte versprochen, sie nach ihrer Scheidung zu heiraten und dass sie im Land ihrer Vorväter leben würden. Bald bereute sie diesen gewagten Schritt.

Robert hatte anscheinend nicht die Absicht sie zu heiraten, trank wie ein Fisch und hatte begonnen, seine Freundin nach heftigen Streits im gemeinsamen Haus einzuschließen.

Der leidgeprüfte Ehemann in Deutschland war nicht mehr an einer Versöhnung interessiert, also hatte Agnes keine andere Wahl als bei ihrem neuen Freund zu bleiben. Trotz ihrer privaten Probleme war sie eine ausgezeichnete Lehrerin.

"Hört mal alle her," rief sie fröhlich am Ende der ersten Stunde, "Falls ihr irgendetwas braucht, ihr wisst ja, wo ich wohne. Leider habe ich kein Telefon hier..."

Ich freundete mich mit zwei deutschen Studenten an. Dieter Stoeckl, der darauf bestand nur Stoeckl genannt zu werden, und seinem besten Freund Herbert Schmitt.

Die beiden hatten kurzfristige Verträge und waren neu im Land. Stoeckl arbeitete als Lehrer am Automotive College. Er war ein netter Mensch, der sofort anbot alles von undichten Rohren bis zu platten Reifen zu reparieren.

Stoeckl war nicht sehr attraktiv, lang und dünn mit einer großen Nase und traurigen Augen, aber er kam bei Tswanafrauen überraschend gut an. Andererseits sah Herbert Schmitt gut aus, zumindest nach westlichem Befinden.

Er war blond und kräftig gebaut, aber Frauen schienen ihn

nicht besonders zu mögen. Er war Rechnungsprüfer und nur für sechs Monate in Botswana.

Herbert mochte Meeresfrüchte und lud uns nach dem samstäglichen Unterricht öfter mal nach Ramotswa zum Essen im besten Fischrestaurant der Gegend ein. Dort gab es die frischesten Hummer und Langusten aus Mosambik. Benjamin vermied diese Treffen mit meinen neuen Freunden, wenn er in der Stadt war, aber er versicherte mir, dass er durchaus nichts dagegen habe. Na gut.

Ich mochte meine Arbeit an der Schule. Die lebendige Atmosphäre war genau das, was ich brauchte. Ich war die einzige 'Miss' unter den Lehrerinnen und Mr. Green war der einzige männliche Lehrer. Für Sport natürlich. Es schien eine unbestrittene Tatsache zu sein, dass alle weiblichen Lehrer verheiratet sein mussten. Die Kinder nannten mich Mrs. Reinhold und ich gewöhnte mich daran.

Die einzige unerfreuliche Lehrerin war Mrs. Pienaar. Sie hatte ihr Klassenzimmer direkt neben meinem und mir taten die Kinder leid, die sich tagaus tagein ihr Gekreische anhören mussten.

Alles an Mrs. Pienaar sah verkniffen aus. Ihr Mund war zu einem permanenten Schlitz zusammengepresst, ihre grauen Augen standen zu nahe beisammen und sie hatte eng gerollte Pudellocken. Ich versuchte sie meist zu ignorieren, aber es gelang mir nicht, ihrem 13-jährigen Sohn aus dem Weg zu gehen. Jan-Hendrik, stammte aus ihrer ersten Ehe und war unausstehlich. Der einzige Schüler der 7. Klasse, der es wagte mich offen zu beschimpfen.

'Voetsek!' Die Afrikaans Version von 'f*** off' war sein Lieblingsausdruck und brachte die anderen Teenager zum Lachen.

Da ich kein Afrikaans verstand, fragte ich die peinlich berührte Mrs. Pienaar, was ihr Sohn damit meinte. Sie vermied es das F-Wort zu benutzen und gab mir eine lange Umschreibung. Inzwischen überredete Jan-Hendrik ein paar Mädchen in der letzten Reihe mir ein Stück Papier mit 'Mis Rynhault ist ein Motherf******' zu überreichen.

Angeblich hatten sie das Blatt unter dem Tisch gefunden. Die darauffolgende Untersuchung, die Mrs. Mulholland durchgeführte, führte zu nichts. Die Sache wurde unter Androhung von Strafen bei einer etwaigen Wiederholung, fallengelassen.

"Jan-Hendrik ist seit der Scheidung so schwierig. Bitte verstehen Sie das," flehte Mrs. Pienaar mich an. "Ich habe mit ihm zuhause alle Hände voll."

Es schien ihr gar nicht in den Sinn zu kommen, wie unfair es war, dass andere Lehrer mit ihm auch alle Hände voll hatten. So verbrachte Jan-Hendrik seine Französischstunden meist auf den Verandastufen vor meinem Klassenzimmer.

Im Juni wurde es ernsthaft Winter. Das hieß trockene Luft, Sonne und einen Temperaturunterschied von bis zu 30 Grad zwischen Tag und Nacht.

Ich konnte jetzt verstehen was Claire mit warmen Tagen und kalten Nächten gemeint hatte. Aber 'warm' war auch nicht gerade angenehm. Die Luft war zu trocken und die Häuser blieben auch tagsüber frostig. Man empfahl mir, einen Luftbefeuchter anzuschaffen, der anscheinend genauso wichtig war wie eine Heizung. Ein guter Tipp.

Vanessa Laville meinte irgendwann, mein Sozialleben könnte nur davon profitieren, wenn ich bei ihrem Lauf-Club mitmachte, und nahm mich gleich nach der Schule zu einem Treffen mit. Es gefiel mir und ich ging wenigstens einmal die Woche mit Vanessa laufen.

Die Gaborone Hash Harriers waren eine bunt zusammengewürfelte Gruppe von Leuten, die sich regelmäßig draußen in der Natur zum Laufen trafen. So hatte ich nicht nur den Vorteil endlich etwas Bewegung zu bekommen, sondern sah auch noch einiges von Gaborone. Die ausladenden Marulabäume im Geschäftsbezirk, Wiesen, Felder und Hügel. Einmal wurden wir in den Hügeln von einem Trupp Paviane angegriffen.

Die Affen gruppierten sich in einem Halbkreis um vier Läufer und jagten uns den steinigen Pfad hinunter. Wir mieden danach die Hügel für eine Weile.

Dann kam alles ganz anders. Als ich gerade begonnen hatte mich in Gaborone wohlzufühlen, gerieten die Dinge aus den Fugen. Unmerklich zunächst.

Aber dann konnte ich es nicht mehr ignorieren, dass die Sache mit Benjamin schwierig wurde. Als die Reihe an mir war ihn zu besuchen, unternahm ich die 8-stündige Reise nach Kang mit gemischten Gefühlen.

Wie seit Wochen vereinbart, holten Thorsten und Mette mich in der Mall ab. Kurz hinter Jwaneng nahm mich die Kalahari wieder gefangen. Ich konnte gar nicht mehr verstehen, warum mich der Gedanke an Kang beunruhigt hatte.

Wir kamen bei Dunkelheit an und wie so oft ging ich zu Fuß zu Bens Häuschen. Auf dem Weg dorthin sah ich zwei Arbeiter, die sich trotz der Kälte in Schubkarren schlafen gelegt hatten. Ich konnte es aber kaum abwarten Ben zu sehen und lief schnell an ihnen vorbei.

Es dauerte nicht lange, bis mir klar wurde, dass Ben lieber allein sein wollte. Er machte während des Abendessens ständig sarkastische Bemerkungen und befahl mir geradezu das Geschirr abzuwaschen. Und das, nachdem ich so weit gefahren war, um mit ihm zusammen zu sein.

"Was ist eigentlich los mit dir?" stellte ich ihn zur Rede.

"Ich will lieber allein sein."

"Das ist ja nicht schwer zu erraten."

"Kann ich auch nichts dafür wie ich mich fühle. Ich wohne hier und hab' schließlich das Recht mich abends auszuruhen. Ohne, dass mir jemand auf den Geist geht."

"Das ist gemein. Als ob ich von Gaborone aus deine Gedanken lesen könnte," schmollte ich.

Was sollte ich jetzt um Himmels willen tun? Wieso hatte ich nicht auf meine Intuition gehört? Genau davor hatte Gaby mich gewarnt. Ich konnte nicht einfach nachts durch den hohen Sand waten und irgendwelche Leute nach einer Unterkunft fragen.

Dazu kannte ich hier niemanden gut genug. Mette und Thorsten waren zu weit weg und außerdem, was sollte ich woanders?

Mein Freund saß gleichgültig am Tisch und las Briefe. Auf einmal wurde mir klaustrophobisch zumute und ich stand auf.

"Wo willst du denn hin?" wollte Ben wissen.

"Ich muss - an die frische Luft. Für 'ne halbe Stunde oder so," erwiderte ich so gelassen wie möglich. Eigentlich wollte ich alles andere als einen nächtlichen Spaziergang in der frostigen Kalahari-Nacht zu machen, aber neben dem unfreundlichen Ben sitzen wollte ich noch weniger.

"Sei vorsichtig." Er sah kurz auf und wandte sich dann wieder dem Stoß Briefe zu, den ich aus der Stadt mitgebracht hatte.

"Klar." Ich zog meine Jacke über, öffnete die Tür und stählte mich gegen die Kälte, die mir entgegenschlug.

Die Luft war überraschend frisch und der Mond fast voll. Ich bewunderte den mit Sternen übersäten Himmel und plagte mich durch den Sand zur Trans-Kalahari 'Highway'.

Die Arbeiter in den Schubkarren waren wohl inzwischen aufgewacht und nach Hause gestolpert. Ich begegnete auch sonst niemandem, aber wer weiß, was da noch so alles durch die Nacht schlich.

Schließlich erreichte ich die Trans-Kalahari und auf der frisch-planierten Hauptstraße ließ es sich besser laufen. *Nichts wie weg von Ben, je weiter je lieber,* dachte ich.

Die Sterne am dunkelblauen Himmel waren zum Greifen nahe. Das Blau war irgendwie durchsichtig und das Mondlicht spiegelte sich im glitzernden Sand. Insekten zirpten verträumt und im Dorf konkurrierte das Tam Tam Tam der Disco mit verschlafenem Eselsgeschrei.

Ich lief immer weiter durch die Nacht und weiter die Stadt hinaus. Die Kalahari meinte es gut mit mir. Es gab nur noch mich und die unendliche Weite des dunkelblauen Himmels. Genau das, was ich brauchte.

Die friedliche Stimmung war Balsam auf meine verwundete Seele. Die dunklen Gedanken schwebten irgendwo über mir und konnten mich nicht erreichen. Auf einmal machte mir die Kälte nichts mehr aus. Ich war nur eine winzige Ameise in einem gigantischen, dunkelblauen Ballon, auf dem Millionen leuchtender Punkte klebten. Träumte ich?

Warum gehen die Leute nicht öfter nachts spazieren, um sich die Sterne anzuschauen, grübelte ich.

Dann schlich sich mein Problem wieder hinterrücks an mich heran und eine einsame Träne rollte über meine Wange. Verglichen mit dieser glorreichen Natur war es zwar nur ein winziges Problem, aber ziemlich groß für mich, die kleine Ameise. Ich wagte es nachzudenken. Einen Moment lang tat Ben ganz verliebt und romantisch und im nächsten wünschte er mich weit weg. Konnte man Liebe einfach so abstellen? Vielleicht liebte er mich gar nicht?

Zwei Lichtkegel näherten sich und schlossen bald alles um mich herum ein. Strahlende Scheinwerfer durchschnitten die Dunkelheit und eilten dem Schalleffekt um Minuten voraus. Die Lastwagen fuhren im Konvoi und noch dazu sehr schnell, um nicht im Sand einzusinken. Ich musste einfach nur von der Piste auf den Schotter springen und nicht die Balance dabei verlieren.

Die Lastwagen brausten an mir vorbei. Die Lichtkegel wurden kleiner und verloren sich in der Dunkelheit. Die Straße gehörte wieder mir allein.

Es ist bestimmt schon spät, dachte ich und riss mich nur ungern aus meiner träumerischen Stimmung. Es half nichts, ich musste den hypnotischen Himmel und die schimmernde Straße zurücklassen. Wenigstens wusste ich jetzt, was ich zu tun hatte. Ich wollte noch etwas ausruhen und mich morgen ganz früh wieder auf den Weg nach Gaborone machen.

Benjamin hatte auf mich gewartet. "Wo zum Teufel bist du gewesen?" fuhr er mich an. "Ich habe mir Sorgen gemacht."

"Wirklich? Muss wohl die Zeit vergessen haben. Ist ja nichts passiert."

Ich wollte meinen fantastischen Wachtraum nicht mit ihm teilen. Stattdessen sagte ich einfach, "Ben, ich habe das Gefühl, dass du mich gar nicht hier haben willst. Ich werde morgen früh wieder abfahren."

Ben protestierte nicht und ich fand seine Erleichterung irritierend. Warum entschuldigte er sich nicht einfach und bat mich zu bleiben? "Ich bring' dich morgen vor der Arbeit zur Trampstelle. Du wirst sicher schnell irgendwo mitfahren können."

"Danke," seufzte ich traurig. "Kann ich auf der Plattform unterm Dach schlafen? Es macht mir nichts aus —" Ich konnte nicht den Rest der Nacht neben ihm verbringen.

"Schon recht, du kannst das Bett haben."

"OK dann, gute Nacht."

"Nacht." Es gab nichts weiter zu sagen.

Ich wartete auf die kleine Stimme in mir, die mir Vorwürfe machte *'Ich hab' dir's ja gleich gesagt'*. Aber die blieb aus.

Im Morgengrauen verließ ich Kang auf der Ladefläche eines offenen Lastwagens in der Gesellschaft von 20 Tswana-Arbeitern und sah Benjamin erst Mitte Juli am President's Day in Gaborone wieder. Bis dahin hatten wir uns noch weiter voneinander entfernt.

Außerdem gab es da jetzt noch jemand in Bens Leben, der nach seiner Aufmerksamkeit verlangte.

Jörg Walter war ein 53-jähriger wohlhabender Geschäftsmann aus Flensburg und ein neuer Entwicklungshelfer in Kang. Er wollte seinem Leben Sinn geben, indem er zwei Jahre in Afrika arbeitete – und um von seiner Lebensgefährtin Karin wegzukommen. Das erzählte er ganz ungeniert.

Jörg hatte genug Geld, um sich eine Wohnung in der Stadt zu leisten - was, wie ich hörte, zu einigen Unstimmigkeiten mit dem DFO führte. Ben hielt sich dort auch auf, wenn er in der Stadt war.

Wir kannten uns kaum, aber Jörg schien davon überzeugt zu sein, dass ich wie ein Mühlstein um Benjamins Hals hing. Und sich an eine einzige Frau zu binden war unakzeptabel für ihn. Ben hatte mir mal mit leuchtenden Augen von Jörgs Ansichten über die Ehe erzählt und ich hatte es nicht sehr ernst genommen.

Was ging mich das an?

Mette hatte mir schon gesagt, dass Ben am President's Day nicht nach Gabs kommen würde. Als aber Jörg Walter kurzfristig beschloss, dass ihm das lange Wochenende in Kang zu langweilig war, fuhren die beiden gemeinsam in die Stadt.

Ben kam vorbei und lud mich zum Abendessen bei Freunden ein. Ich freute mich ihn so unerwartet zu sehen und war guter Dinge. Schließlich hatten wir ja nicht Schluss gemacht. Vielleicht tat es ihm leid, wie er sich benommen hatte. Außerdem hatte ich nichts Besseres vor.

Jörg Walter saß schon am Tisch auf der schmalen Terrasse des Reihenhauses. Ich sah ihn mir genauer an. Er hatte ein massives Kinn und eine unschöne Halbglatze, aber vielleicht war er ja ein netter Mensch.

Wenn Ben ihn so gern mochte, konnte er nicht so übel sein. Ein sanfter Regen durchnässte den Garten, höchst ungewöhnlich für die kühle Jahreszeit.

Zuerst tauschten wir ein wenig Smalltalk aus. Aus irgendeinem Grund machte Jörg aber ständig zynische Bemerkungen, was Frauen betraf. Nicht sehr nett.

"Du ziehst also die Ehe einem Zusammenleben vor?" forderte er mich heraus. Gerade als Doris Radovic, unsere Gastgeberin, uns trockene Wurströllchen servierte.

"Hier ist was zum Knabbern, das Hähnchen ist noch nicht ganz fertig," sagte Doris kurz angebunden und verschwand wieder in der Küche. Sie lehnte meine Hilfe bei der Essenszubereitung ab. So'n Pech auch.

"Alles was ich sagte war, dass man das jedem selbst überlassen muss. Du stellst mich so hin, als ob ich einen unschuldigen Mann die Ehe aufzwingen will. Wie 'ne Spinne ihre Beute im Netz fängt," erwiderte ich und grinste.

Zur Ablenkung biss ich in ein Wurströllchen. Die Häppchen waren so trocken wie die Konversation.

Er fand das aber keineswegs witzig. "Aha, ich hab's doch gewusst! Ihr Frauen wollt doch alle nur das gleiche. Sobald ihr einen armen Kerl in den Krallen habt, gebt ihr keine Ruhe, bis ihr ihn vor dem Traualtar habt," griff er mich an.

Das wurde langsam unangenehm. Warum wollte dieser Jörg sich eigentlich mit mir messen? Ich blickte zu Ben hinüber, sicher dass er mich unterstützen würde, aber der lächelte nur seine halbleere Bierflasche an.

"Moment mal, das habe ich weder gesagt noch gemeint," brachte ich hervor.

Doris wollte sich gerade zu uns setzen, während der Ofen sich um das Hühnchen kümmerte. Sie nahm sofort wieder Reißaus und ich konnte es ihr nicht verdenken. Es war allgemein bekannt, dass sie ihren Mann letztes Jahr verlassen hatte, um Dragan Radovic zu heiraten. In Jörgs Augen war sie also eine Spinne im Netz.

Ben hat einfach kein Rückgrat, dachte ich verärgert. Ich hätte aufstehen und gehen sollen. Dummerweise versuchte ich die Diskussion zu retten.

Bald flogen spitze Bemerkungen nur so hin und her. Dragan versuchte heldenhaft das Thema zu wechseln. Erfolglos. Wir warfen uns verzweifelte Blicke zu.

"Es scheint dir wohl Spaß zu machen mir jedes Wort im Mund umzudrehen. Warum klärst du uns nicht über die ideale Partnerschaft zwischen zwei Menschen auf?" fauchte ich.

Jörgs Riesenkinn zitterte, als er sich in einen neuen Vortrag stürzte. Ben nickte einfach nur seine Zustimmung. Ich warf ihm einen tödlichen Blick zu und hoffte, dass er endlich begriff. Leider nicht.

"So ist das also." Ich verlor so langsam die Geduld.

"Natürlich ist das so. Ich habe schließlich eine Menge Erfahrung damit," sagte Jörg gelassen.

"Ach ja? Du bist doch bloß ein alter Zyniker, der Frauen hasst." Und der ab jetzt am wenigsten gefragte Hausgast in Gaborone, fügte ich im Stillen hinzu.

Wir duellierte uns weiter. Das sah mir überhaupt nicht ähnlich, aber ich konnte einfach nicht aufgeben!

Als ich dann obendrein noch meine Stimme verlor und kein Wort mehr herausbrachte, wurde mir klar, dass ich den Streit beenden musste, um einen letzten Rest meiner Würde zu behalten. Ich schob meinen Stuhl zurück und lehnte

Benjamins Angebot, mich nach Hause zu bringen, wortlos ab. Ich hatte genug!

Kurzentschlossen marschierte ich die dunkle Straße entlang zum Acacia Court. Allein. Diesmal leisteten mir weder das Mondlicht noch die Sterne Gesellschaft. Mir fiel ein, wie ich David in der Kneipe zurückgelassen hatte. Wie lange das her war!

Ich hatte mal wieder eine Beziehung beendet. Es war aber noch nicht zu Ende.

Ben stand eine Stunde später vor der Tür. Betrunken. Ich hatte meine etwas zittrige Stimme wiedergefunden und ließ meinem Ärger freien Lauf.

"Wie konntest du mir nur so in den Rücken fallen, Ben? Es ist ja egal, was dieser alte Knacker denkt, aber du...du..."

"Wieso, er hat doch recht. Ich lass' mich immer wieder von Frauen einwickeln..."

Ben roch stark nach Alkohol und hatte noch eine andere unangenehme Überraschung für mich parat.

"Eigentlich wollte ich dir noch was sagen. Jörg meint, man sollte immer ehrlich sein in einer Beziehung."

"Jörg? Ja und - was denn?"

"Ich bin nicht stolz drauf, das musst du wissen... aber ich habe mit einer Prostituierten geschlafen, bevor wir uns kennenlernten," platzte er heraus.

Was? Wieso kam er ausgerechnet jetzt damit an? "Aha?" testete ich meine Stimme. "Ich dachte, du hättest eine Freundin."

"Eigentlich war ich zwischen Freundinnen. Ich wusste auch nicht, dass sie eine Hure war bis sie Geld haben wollte," lallte Ben und machte ein schuldiges Gesicht dabei.

"Oh, das macht ja einen Riesenunterschied! Solange du aufgepasst hast," sagte ich in einem frostig-angeekelten Ton. Damals wusste man noch nicht viel über AIDS, aber es schwirrten da noch andere STDs herum, die man sich einfangen konnte.

"Eh, reiß' mir nicht gleich den Kopf ab," kicherte er. An diesem Punkt verlor ich die Beherrschung.

"Was, du hast dich nicht geschützt? Das kann doch nicht dein Ernst sein!"

"Ich hatte nichts dabei," kicherte Ben wieder. Er schien die Erinnerung daran urkomisch zu finden. Ich empfand nur kalte Wut. "Bist du wahnsinnig?"

Patsch! Ich knallte ihm eine Ohrfeige. Das konnte doch nicht derselbe Mann sein, mit dem ich solch glückliche Tage verbracht hatte! Vorbei, vorbei, vorbei...

"Wow. Ich wusste ja nicht, dass sie eine Nutte war." Er tat die Ohrfeige lachend ab. "Und überhaupt, wer weiß was du alles mit diesem Ronnie Immelman angestellt hast —" In meiner Hand juckte schon die nächste Ohrfeige, aber ich konnte sie mir gerade noch verkneifen.

"Wie kannst du mir das vorwerfen? Du weißt doch genau, dass das nicht stimmt! Ich hatte keine Ahnung, was mit ihm verkehrt war. Wie hätte ich ihn nicht aufnehmen..."

"Wie denn? Hat er dir etwa Prügel angedroht? Du hättest dich ja weigern können! Und was ist mit all den anderen?" tobte Ben.

"Was für andere denn? Wieso bist du auf einmal so eifersüchtig?"

"Ich bin nicht eifersüchtig, du ekelst mich an, du Nutte!"

"Jetzt reicht's aber. So leicht kannst du den Spieß nicht herumdrehen. Du bist unausstehlich und total besoffen." Ich drückte ihm seine Tasche in die Brust und er stolperte nach hinten, "Raus mit dir!"

Ben glotzte mich an. "Also das kriege ich dafür, dass ich ehrlich bin."

"Das kriegst du dafür, dass du ein kompletter Idiot bist." Ich war mehr als wütend. Ich hätte ihn umbringen können.

"OK. Ich sehe, dass ich hier nicht mehr erwünscht bin," murrte er. "Ich werde heute Nacht dann eben bei Jörg übernachten."

"Das ist mir völlig egal, wo du schläfst. Übrigens vielen Dank für den netten Abend!" rief ich ihm hinterher. Er wollte die Tür hinter sich zuknallen, aber der Henkel seiner Reisetasche verhedderte sich in der Klinge.

Sobald das Motorengeräusch verklungen war, begann ich zu heulen.

Was ist nur los mit dir? Wie kannst du jemanden vermissen, der so gegen dich wettert, dachte ich verzweifelt. Und der dir gerade gesagt hat, dass er dir womöglich eine Geschlechtskrankheit verpasst hat? Du hast wohl 'nen Vogel, Bridget!

Aber plötzlich fühlte ich mich so allein.

"Du denkst wohl, das ist lustig?!" schimpfte ich mit dem hölzernen Nilpferd. "Du wirst schon sehen. Niemals wieder lasse ich mir sowas gefallen. Niemals!"

Das Nilpferd grinste bloß. Oh nein, jetzt redete ich schon wieder mit leblosen Gegenständen! 'He, was willst du eigentlich?' schien es zu sagen. "Das hättest du dir ja denken können." Es hatte natürlich recht, das Nilpferd.

Ich beschloss tapfer zu sein und Ben nicht mehr zu kontaktieren. Sollte er doch mit seinem doofen Jörg glücklich werden. Für den Rest des langen Wochenendes war ich aber zwischen Wut und Schuldgefühlen und Sehnsucht hin- und hergerissen.

Ich hasse ihn, hasse ihn, hasse ihn... Ich vermisse ihn... Es war alles meine Schuld... Warum hatte ich das Dinner nicht früher verlassen... So ein Feigling!

Die Gedanken drehten sich in meinem Kopf im Kreis herum. Warum überreagierte ich nur so? Mit David was es irgendwie von alleine auseinandergegangen. Hier ging es aber um Liebe und Leidenschaft und damit kannte ich mich nicht aus. Verdammte Liebe aber auch.

Musik half. Ich sang mit Linda Ronstad, Cat Stevens und Janis Joplin von deren Herzschmerz, während das Nilpferd mir kopfschüttelnd dabei zusah. Nichts war so schlimm gewesen seit Claires Verschwinden. Oh nein, das nicht auch noch! Ich schob den Gedanken an Claire wieder beiseite.

Dr. Murfin informierte mich, dass die Bluttests negativ waren. Wenigstens stand meine Gesundheit nicht mehr auf dem Spiel. Sollte sich doch Bens nächste Freundin damit herumschlagen. Mein guter Arzt gab mir noch etwas für die Nerven und schrieb mich ein paar Tage krank.

"Madam, sie ist schlecht, Mr. Ben. Sie müssen neuen Freund finden. Der ihnen hilft und nicht sie nicht immer traurig macht!" Hilda schüttelte heftig den Kopf. Ihr rotes Kopftuch löste sich und sie steckte die Enden wieder resolut fest.

"Du hast ja recht Hilda, aber das geht nicht so einfach," murmelte ich ergeben.

"Wieso schwierig? Madam ist hübsch. Es ist leicht einen Freund zu finden."

"Hilda, das ist eben nicht so einfach," wiederholte ich schwach. Sie schüttelte nur ihren Kopf und machte weiter sauber. Verstehe mal einer diese Weißen! Sie brauchte es nicht zu sagen. Europäer waren so kompliziert: etwas Unveränderlichem hinterherzutrauern!

Die afrikanische Art war da besser: suche dir einfach einen anderen Freund, der dich nicht immer traurig macht.

Musste ich einfach lernen afrikanischer zu denken?

NEUNTES KAPITEL

Ich war fassungslos. Erst mein Job bei der DFO im Eimer, dann die Beziehung zu Ben. Was war bloß los mit mir? Allein in einem fremden Land saß ich ganz schön in der Patsche - und es war um einiges schwieriger mich zu entlieben als ich es mir vorgestellt hatte.

"Ben hat dich nicht verdient. Man kann Menschen eben nicht ändern." Rita tat ihr Bestes, mich zu trösten. "Anscheinend ist das seine Masche bei Frauen. Schreib' den Kerl am besten ab." Sie zündete eine neue Zigarette an. "Was geht eigentlich mit diesem Jörg an?"

Die Brise spielte mit ihren langen Haaren. Wir saßen auf der hohen Mauer des Gaborone Damms. Einer meiner Lieblingsplätze.

"Was meinst du damit? Ist doch offensichtlich, dass er ein Arschloch ist...?" regte sich Gaby auf.

"Na, er scheint's darauf angelegt zu haben, die beiden auseinander zu bringen. Vielleicht ist er ja eifersüchtig."

"Meine Güte, das hab' ich mir noch gar nicht überlegt. Wundern würde's mich aber nicht. Er ist schon ein komischer Kauz," meinte ich.

Rita nahm einen tiefen Zug aus der Zigarette und blies Kringel in die Luft. "Hmm, vielleicht sollte ich mich da mal erkundigen..."

"So'n Hund, dieser Ben. Ich hoffe, er kriegt 'nen wüsten Ausschlag und eine Geschlechtskrankeit obendrein!" grollte Gaby. Sie wedelte den Zigarettenrauch mit der Hand weg. "Warum sieht der nur so gut aus?"

"Animalische Anziehungskraft," sagte Rita und Gaby kicherte.

"Oh verdammt auch! Ich glaube, ich steh' unter einem Fluch," stöhnte ich.

"Ach Unsinn! Wie soll das denn funktionieren?" Rita nahm einen letzten langen Zug aus ihrer Zigarette.

"Kurt vielleicht." Ich blickte auf die flachen Wellen, die in der Nachmittagssonne glitzerten. Rita drückte ihren Zigarettenstummel auf den Steinen aus.

"Kurt kann sich wahrscheinlich kaum mehr an deinen Namen erinnern. Ich traue ihm das nicht zu - dass er weiß, wie man jemand mit einem Fluch belegt und solche Sachen."

"Du hast diesen Kerl einfach zu nahe herangelassen. Und der hat das ausgenutzt," meinte Gaby.

"Du hast ja recht. Wie konnte ich nur so blöd sein?"

Gaby dachte einen Moment nach. "Das Ganze ist eigentlich wie ein Frühstück mit Rührei und Schinkenspeck."

"Was?" fragte ich verständnislos.

"Na ja, das Huhn trägt dazu bei, aber das Schwein ist direkt daran beteiligt," sagte sie mit ernsthafter Miene.

Ich musste kichern. "Nette Metapher Das heißt dann - ich bin das Schwein. Vielen Dank auch." Rita lachte auch ihr gutturales Lachen und hüstelte ein wenig dabei.

"Ja das heißt wohl, du bist das Schwein," seufzte Gaby. "Wieso sprichst du nicht mit dem Knilch und machst klar Tisch?" Es wurde langsam kühl und wir machten uns auf den Weg zum Auto.

"Er ist wieder in Kang. Außerdem fang' ich an zu heulen, wenn ich nur an ihn denke."

"Nein, nicht so. Ich meine, sprich' auf 'ne Kassette... um deine Frustrationen herauszulassen. Dann änderst du die Aufnahme solange, bis du damit zufrieden bist," sagte Gaby. "Hab' das mal in einer Zeitschrift gelesen, dass man das so machen soll."

"Hmm, OK, ich versuch's mal." Ich hätte das auch mit Claire machen sollen - mit ihr reden. Aber das kam mir damals nicht in den Sinn.

Ich verbrachte danach Stunden mit Gabys Kassettenrecorder, um Ben die Meinung zu geigen. Meist im

Klassenzimmer so still wie möglich nach dem Unterricht, sonst hätte ich mir den Ruf eingehandelt, Selbstgespräche zu führen. Nach einer Woche war alles gesagt, was es zu sagen gab und ich fühlte mich tatsächlich besser.

"Das war 'ne richtig gute Idee, das mit dem Kassettenrecorder," lobte ich Gaby am Samstagmorgen beim Kaffeetrinken. Sie war frühmorgens bei einem Tennismatch gewesen und hatte noch ihre weißen Sachen an.

"Ich hab's ihm gleich angesehen, dass der ein Sauhund ist. Saupreiss'n!" sagte sie mit bayerischer Vehemenz. Gaby war der wahre Inbegriff von Vitalität. Ich fühlte mich dagegen kein bisschen energiegeladen.

"Wie war das noch mit der animalischen Anziehungskraft? Du warst doch ganz hingerissen von ihm," meinte ich.

Gaby nahm einen Schluck Tee und zog das Haargummi aus ihren Struwelhaaren. "Na ja, stimmt. Aber der schaute immer schon so komisch drein."

"Wovon redest du? Wie schaute er denn?"

"Du weißt schon, irgendwie… so lüstern." Sie starrte aus dem Fenster und ihre Hände spielten mit dem weißen Gummiband.

"Ach wirklich?" meinte ich.

"Genug mit der Trübsal," bestimmte sie plötzlich. "Ich würde ja mit dir ausgehen heut' Abend, dass du mal auf andere Gedanken kommst. Aber um sieben muss ich zur Geburtstagsfeier vom Botschafter. Da kann ich mich nicht einfach früher aus dem Staub machen."

Ich gehörte jetzt nicht mehr zu den diplomatischen Kreisen und war deshalb nicht eingeladen.

"Mir ist sowieso nicht danach zumute auszugehen. Einfach keine Energie…" seufzte ich.

Hilda war dabei das Wohnzimmer sauberzumachen und sah mich besorgt an.

"Die Energie wird schon zurückkommen wenn du erst mal anfängst wieder auszugehen. Du musst unter Menschen und dich über andere Dinge unterhalten," meinte Gaby. "Dauernd zuhause herumhängen ist Gift für dich."

"Du hast ja recht, aber ich bin zur Zeit nicht gerade 'ne Tüte gute Laune. Wer will mich schon um sich haben?"

"Wir werden schon jemanden finden, der sich deiner annimmt," sagte Gaby entschlossen. "Lass' mal sehen was Emily heute Abend vorhat."

Letztes Mal hatte ich mit Emily van Heerden über Ronnie Immelman gesprochen. Das könnte ein bisschen unangenehm werden, aber Gaby ließ nicht locker. Sie rief Emily von meinem Telefon aus an und redete eine Weile mit ihr. Woher kannte sie die Ex-Kollegin meiner Schwester eigentlich so gut? Aber wir waren schließlich in einer Kleinstadt und Gaby kannte jede Menge Leute. Ich trug unsere Tassen in die Küche.

"Alles klar. Sie will dich um 8 Uhr heute Abend abholen. Party bei den Simmons. Sache geregelt," informierte mich Gaby und ging kurz darauf.

Um 8 Uhr wartete ich draußen auf dem dunklen Parkplatz bei klirrender Kälte und fror selbst noch in meinem wärmsten Pullover. Wie erwartet war das Ganze zunächst etwas peinlich. Emily entschuldigte sich mal wieder dafür, dass sie mich unabsichtlich mit einem Soziopathen wie Ronnie zusammen gebracht hatte. "Als niemand ihn aufnehmen wollte, hätte ich Lunte riechen müssen," sagte sie.

"Ach, ist doch Schnee von gestern. Ich mag meinen neuen Job." Ich wechselte das Thema und erzählte Emily von der Rockhill Primary und warum ich dort so gerne unterrichtete. Bald waren wir beim Thema Ben angelangt und warum Gaby mir etwas Unterhaltung verordnet hatte.

"Beziehungskisten sind 'ne heikle Sache. Gaby hat vollkommen recht, ab und zu eine Party wird dir ganz guttun."

"Nicht so einfach drüber wegzukommen. Ich fürchte Liebeskummer und diese ganzen Gefühle, das ist Neuland für mich," sagte ich.

"Weißt du was Bridget, das Leben muss manchmal einfach schwierig sein, sonst lernen wir ja nichts. Wenn immer alles wunderbar läuft, gibt es keinen Grund was zu lernen. Hör' auf darüber nachzugrübeln, was du alles falsch gemacht hast und wie es hätte sein können. Den Fehler hab' ich auch immer gemacht. Nächstes Mal —"

"Nein Danke, keine Männer für mindestens die nächsten zweihundert Jahre! So schnell gibt's kein nächstes Mal," sagte ich fest überzeugt.

"Klar wird es wieder ein nächstes Mal geben," sagte Emily einfach und drehte die Crosby Stills & Nash Musikkassette um. "Vielleicht schneller als du denkst."

Während mir das durch den Kopf ging, liefen unsere Partypläne erstmal auf Grund. Emily hatte sich verfahren. Die Molepolole Road hatte auf einmal schrecklich viele Schlaglöcher bekommen und von Straßenlampen gab es keine Spur mehr.

"Verdammt, ich dachte ich kenne mich hier aus." Emily versuchte sich zu ori,ntieren und gleichzeitig den Schlaglöchern auszuweichen.

"Sieh' mal dort drüben. Da können wir bestimmt nach dem Weg fragen." Ich zeigte auf einen Lichtfleck, der immer größer wurde.

Wir hielten an einer hell erleuchteten Kneipe, die sich als Club der gehobenen Tswana-Szene herausstellte. Die Bäume am Eingang zum Parkplatz waren mit Weihnachtslichtern umwickelt, die ihr sanftes Licht auf Leute in Cowboy-Klamotten warfen. Zu meiner Überraschung erfuhr ich, dass Gaboroner Country & Western Musik liebten.

Irgendwie verständlich, wenn man der Wichtigkeit der Rindviecher im Lande gedachte.

Ein wahrer Gentleman, natürlich mit weißem Cowboyhut auf dem Kopf, erklärte uns den Weg. Emily drehte den Wagen um und wir fanden sofort die gesuchte Seitenstraße.

Fünf Minuten später standen wir vor einem großen, altmodischen Haus. Wegen der Kälte draußen, stapelte sich alles in der geräumigen Küche und im Wohnraum, wo aus dem Hi-fi 'Crimson and Clover' dröhnte. Das Haus hatte eine riesige Veranda mit bunten Tiffanyglas-Türen. Meine Mutter wäre von dem Kunstwerk begeistert gewesen.

Kirsten und Peter Simmons aus West-Australien waren

neu in Gaborone. Sie hatten zwar keine Kinder, aber anscheinend einen Haufen Probleme.

Kirsten ließ keine Gelegenheit aus, unsere Aufmerksamkeit darauf zu lenken, dass sie keine Kinder haben konnte - und dass es ihr egal war. Auf ihrem knallroten T-Shirt stand 'Auweia, Ich habe vergessen Kinder zu bekommen!' aufgedruckt.

Je mehr sie trank, desto unberechenbarer wurde ihr Verhalten. Alle tolerierten es aus Mitleid und weil die beiden mittlerweile zur inneren Partyszene gehörten. Ich lernte schnell, nicht auf ihr T-Shirt zu starren, das Kirsten bei jeder Gelegenheit trug. Die meisten von uns waren sowieso Single und hatten keine Kinder. Aber in Kirstens Vorstellung warf jeder Mensch auf der Welt ihr vorwurfsvolle Blicke zu.

"Weißt du warum ich keine Kinder habe?" fragte sie mich nicht mehr ganz nüchtern.

"Nein, Kirsten. Dafür ist ja sicher noch 'ne Menge Zeit." Was sollte ich auf so eine Frage erwidern?

"Nein... Wie war dein Name nochmal?"

"Bridget."

"Bridget. Nein, Bridget, weißt du ich bin nämlich unfruchtbar."

"Das tut mir wirklich leid."

Emily hatte mich vorgewarnt, aber vielleicht konnte Kirsten ein offenes Ohr gebrauchen. Nur Kirsten wollte nicht reden. Kirsten wollte Spaß haben.

"Nein, nein, nein, nein! Ich will kein Mitleid. Wir wollen feiern!" rief sie mit durchdringender Stimme. Kirsten akzeptierte keinen Widerstand und zerrte mich auf die Tanzfläche.

"Das da drüben ist mein Mann," schrie sie mir ins Ohr. "Er sieht doch toll aus, oder? Ist er nicht einfach toll?"

Peter, ihr Mann, stand verlegen herum und tat so, als hätte er nichts gehört. Es musste ihm peinlich sein, dass Kirsten völlig fremden Menschen vorschwärmte, wie toll er aussah.

"Genau wie PI Magnum - Tom Selleck - weißt du," fuhr sie fort.

Peter sah kein bisschen wie Tom Selleck aus, außer seiner

Größe vielleicht. Aber Kirsten wusste, dass alle Frauen es auf ihren herzigen Gatten abgesehen hatten. Sie war davon überzeugt, dass niemand einem Frauen-Magneten wie ihm widerstehen könnte. Deshalb passte sie wie ein Schießhund auf ihn auf.

"Hey, warum glotzt du meinen Mann so an?" fuhr sie eine unschuldige Partygängerin in einem rosa T-Shirt an. Die starrte sprachlos auf Kirsten und wurde ganz rot.

"Yeah, er gefällt dir, nicht wahr? Er ist ja auch zum Anbeißen" Sie drehte sich abrupt um, um andere Gäste mit ihren Unterhaltungskünsten zu begeistern. Das schockierte Mädchen nahm Reißaus

Wenn Gaby mich ablenken wollte, war das hier ein voller Erfolg. Ich ging in die Küche und häufte Salate auf einen Teller. Emily war schon dort und stellte mich ihrer Freundin Kgomotso vor. Sie war klein und schlank und trug eine modische Bluse. Ihre Haare waren zu einem kurzen Pferdeschwanz hochgebunden und sie hatte ein bezauberndes Lächeln.

"Gefällt es dir hier?" fragte sie und lächelte strahlend.

"Ja, nur Kirsten ist so, so…"

"Ach, mach' dir nichts draus. Das kennen wir schon. Ziemlich neurotisch, unsere Kirsten," sagte Kgomotso achselzuckend. Ich mochte ihre offene Art.

"Ja, ziemlich. Der arme Mann. Ich bin dankbar, dass sie mich zufrieden gelassen hat."

"Jeder kommt mal dran," seufzte Emily.

Dieselbe Szene spielte sich dann so ähnlich auf anderen Partys ab. Während Peter Männergespräche über Rugby und seinen neuen Geländewagen bevorzugte, informierte Kirsten die weiblichen Gäste darüber, dass ihr Mann einfach unwiderstehlich sei und ihr ganz allein gehöre.

Die beiden wollten sich sogar bald wieder das Ja-Wort geben. Zehn Jahre Ehe! Die Frauen blickten entsetzt drein, aber Kirsten schien es nicht zu bemerken. Jörg Walter hätte seine wahre Freude gehabt!

"Was schaust du ihn so lüstern an?" fauchte mich Kirsten

eine Woche später an, als wir alle bei einer anderen Party um den glühenden Grill herumstanden und auf gegrillte Hühnerschlegel warteten. Ich grinste nur und ignorierte sie.

"Hör' auf dich so an meinen Mann anzulehnen!" Sie hatte sich an Mette, die dänische Entwicklungshelferin, herangeschlichen. Mette sah verdutzt drein.

"Wo lehne ich mich an?" fragte sie.

Eines der Mädchen flüsterte ihr etwas ins Ohr. Mette begriff nicht gleich, welcher der Männer vor ihr denn nun 'der Mann' sein sollte, und sprang weg, als hätten sie sich alle zusammen in Schlangen verwandelt. Alle lachten und Kirsten stampfte beleidigt von dannen.

Mette hatte mir wenige Augenblicke zuvor erzählt, dass Rudolph Haase, der deutsche Entwicklungshelfer, dem ich im chinesischen Restaurant begegnet war, großen Ärger hatte. Ihm war mitgeteilt worden, dass er das Land innerhalb von zwei Wochen verlassen musste.

Niemand schien zu wissen, warum die Behörden so sauer auf ihn waren. Ben war anscheinend auch nicht sehr glücklich und ständig mit Jörg zusammen. Zum Glück begegnete ich den beiden nie.

Partys waren mal wieder die beste Ablenkung und ich ging jetzt fast jedes Wochenende aus. Außerdem ging ich noch mit Vanessa laufen und Andrea Fry, eine Geschichtslehrerin an der Rockhill Primary, nahm mich zu ihrem Theaterclub mit.

Von ein paar Tswana-Enthusiasten mal abgesehen, waren die Mitglieder der Theatergruppe in erster Linie britisch. POMEs - Prisoners of Mother England - wie James Skinner, ein schlaksiger Jüngling von Ende zwanzig, uns Briten immer nannte. Es wurde gerade ein lustiges Satirestück für die Weihnachtszeit geprobt und ich war der Requisitenabteilung zugeteilt. Die Truppe traf sich an Wochenenden zum Proben in der MOTH-Freizeithalle und hinterher noch an der Bar. Mein Setswana-Kurs war schon seit Wochen beendet und ich hatte jetzt an Wochenenden genug Zeit.

Das Satirestück basierte auf der Geschichte von Aschenputtel und einem wilden Gemisch aus anderen

Märchen, die Dialoge waren zum Kaputtlachen und in alter Tradition wurden die Frauenrollen mit Männern besetzt. James Skinner spielte die Hauptrolle. Ein ziemlich männliches Aschenputtel. Zwei ältere Herren waren die hässlichen Stiefschwestern. Am Ende des zweiten Aktes mussten die Zuschauer alle mitsingen:

'Tom, Tom the piper's son, stole a pig and away he ran.
The pig was eat and Tom was beat.
Tom ran howling down the street.'

Die Melodie war ein richtiger Ohrwurm, der mir nicht mehr aus dem Kopf wollte. Dauernd ertappte mich dabei wie ich das Lied vor mich hinsummte. Ich war zu sehr mit Arbeit, Freunden, Laufen und Proben in der MOTH Hall beschäftigt, um mich noch um andere Dinge zu kümmern. Alles Unangenehme wurde kurzerhand unter den Teppich gekehrt.

Benjamin zum Beispiel. Er war seit drei Wochen nicht mehr in Gaborone gewesen. Dann aus dem Blauen heraus, kontaktierte er mich. Ich war verwirrt. Sollte ich ihn abblitzen lassen, wie Gaby und Rita es mir geraten hatten? Aber er war wieder sein altes charmantes Selbst, als er vorschlug, dass wir im Oktober in Urlaub fahren sollten. Nach Namibia. Ich sagte, ich wolle es mir überlegen.

"Du willst es dir überlegen? Hast du 'ne Schraube locker?" platzte Gaby heraus, "Wie kannst du ihn zurücknehmen, nach allem was passiert ist?"

"Weiß ich auch nicht so recht," meinte ich. "Wir sind doch nur Freunde jetzt, nichts weiter."

"Sicher, das ist alles, was er von dir will. Freundschaft." Gaby schnaubte verächtlich.

"Du bist allergisch gegen den Mann, Bridget, bitte halt' dich von ihm fern!" bat Emily mich eindringlich.

"Ich brauch' mehr Zeit zum Nachdenken."

"Ja, aber ohne Ben. Hast du schon wieder Jörg Walter und die Sache mit der Prostituierten vergessen?"

"Gaby hat recht. Du willst es nur nicht wahrhaben," sagte Emily.

Sie hatten beide recht, das ließ sich nicht leugnen. Ich konnte Benjamin immer noch nicht so richtig durchschauen. Mal war er heiß, dann wieder kalt. Also warum wollte ich mir das mit Namibia dann erst noch überlegen? Eine Erinnerung - von warmer Haut gegen meine - drängte sich mir blitzschnell auf. Das kann doch nicht dein Ernst sein, schalt ich mich. Hast du denn gar kein Selbstwertgefühl? Die Vision verschwand. Aber es war ja erst August. Bis Oktober war noch eine Menge Zeit.

Partyeinladungen flatterten stoßweise ins Haus, vor allem von meinen britischen Bekannten. Jede Gelegenheit war recht, zum Braaien oder ins Kino zu gehen oder zum Essen ins Restaurant. Meine sozialen Kontakte blühten auf. Es fiel mir gar nicht auf wie selten ich an Kang oder Palapye zurückdachte. Oder an Claire.

Kein Problem... solange ich nur nicht mehr traurig war.

Ich ging entweder mit Gaby und Rita oder Emily aus. Stoeckl und Herbert Schmitt waren noch immer im Lande und kamen gern zu den Partys mit, ohne ihre jeweiligen Freundinnen. Nur Benjamin ließ sich nie blicken.

Auf einmal war es September und die Wincklers bereiteten sich auf ihre Heimreise nach Deutschland vor. Rita hatte mich zu einem letzten gemeinsamen Abendessen mit Brathuhn und Gemüse auf der Veranda eingeladen. Sogar nach Sonnenuntergang war es noch zu heiß im Haus.

Die Mädchen hingen den ganzen Abend an mir. Jasmin war stolz darauf, dass ihre Zahnspange endlich entfernt worden war.

"Oh, Jasmin, deine Zähne sehen so schön aus! Komm' gib' mir ein Küsschen." Die Kleine kicherte und drückte mir den Mund auf die Wange.

"Tante Bridget, ich weiß nicht warum, aber Cherise und Jessica sind immer so gemein zu mir," beschwerte sich Adrienne. "Alles was die im Kopf haben sind Jungs." Sie nannte die populären Mädchen in ihrer Klassenstufe immer

'Possies'.

"Weißt du, ich glaube die Possies sind einfach nur eifersüchtig auf dich. Du bist so hübsch und die Jungs könnten sich ja mehr für dich interessieren," erklärte ich dem errötenden Teenager. Bridget, die große Expertin in Sachen Jungs! Oh wie ich die Wincklers vermissen würde! Ich konnte es mir einfach nicht vorstellen, die Familie bald nie wiederzusehen.

Es machte mich traurig, eine meiner besten Freundinnen so bald zu verlieren, aber so war das eben für Ausländer in Botswana. Rita wollte noch einen Flohmarkt veranstalten und eine Woche danach eine Abschiedsparty für alle ihre Bekannten.

Ich versprach Rita, sie bei ihrem Flohmarkt zu unterstützen und kaufte einen Tennisschläger für 25 Pula, den ich nicht brauchte. Carol Jenkins, Henriette Milton and Lorato Sepeng, deren Kindermädchen ihr das Baby hinterhertrug, ließen sich auch blicken. Wir unterhielten uns zwar, aber im Vergleich zu Rita waren sie oberflächlich.

Als Gaby hörte, dass ich einen Wilson Tennisschläger gekauft hatte, dachte sie ich hätte endlich meine Leidenschaft für den Sport entdeckt. Sie bestand darauf, mir um jeden Preis das Tennisspielen beizubringen. Es war mir vollkommen schleierhaft wie man einen Tennisschläger hielt oder wie die Regeln funktionierten, aber Gaby schien das wenig auszumachen. Dank Gabys Hartnäckigkeit, begann ich ab und zu Tennis im Gaborone Club zu spielen.

Die Abschiedsparty bei den Wincklers wurde ein durchschlagender Erfolg. Die meisten Habseligkeiten waren verkauft oder bereits auf dem Weg nach Deutschland. Das hielt uns aber nicht davon ab, eine tolle Party zu feiern. Alle hatten essbares mitgebracht und wir aßen von Papptellern. Dann wurde getanzt. Princess, die Maid, ließ die ganze Nacht ihre Töchter springen. Sie mussten Getränke ausschenken und aufräumen, während Princess eindrucksvoll gekleidet, auf einem Ehrenplatz thronte.

Die Wincklers hatten drei Jahre lang in Gaborone gelebt

und Princess war ebenso lange die Herrin des Hauses gewesen.

Pauli saß mir die ganze Zeit zu Füssen. Pauli der Hund. Rita Winckler fragte mich während der Party, ob ich ihn nicht übernehmen wolle. "Er ist so treu und ein hervorragender Beschützer," überredete sie mich, das große Tier zu adoptieren."Chunky hat ein gutes Zuhause gefunden, aber niemand will Pauli haben. Bitte, Bridget. Du kannst ihn morgen abholen, wenn du willst."

Wie konnte ich da Nein sagen, nach all dem was die Wincklers für mich getan hatten? Der schwarze Hund mit dem weißen Streifen auf der Brust, legte den Kopf schief und warf mir einen flehenden Blick zu. "Bitte nimm mich!" Ganz so als wüsste er, was Sache war.

Ich vermisste jetzt schon die gemütlichen Mittagessen mit Rita im President Hotel und ihre mütterliche Art, aber wenigstens würde mir Pauli bleiben. Ich dachte nicht lange darüber nach, wie das funktionieren sollte mit einem Hund.

"Immerhin ist es diesmal kein menschlicher Hund!" witzelte Gaby am nächsten Tag, als wir Pauli abholten..

"Ha ha, sehr witzig." Ich erinnerte mich nicht gern an die Episode mit Benjamin.

Eine Woche später war Pauli von der hinteren Veranda verschwunden. Ich rief nach ihm, ich suchte in den Büschen und in der Nachbarschaft, aber Pauli blieb verschwunden. Ich war verzweifelt. Pauli war ein Teil der Winckler Familie und ich wollte ihn nicht auch noch verlieren! Gaby und ich fuhren in ihrem kleinen Suzuki 4x4 durch die Stadt, aber von Pauli keine Spur. Dann hatte Gaby einen Geistesblitz.

"Wir sollten in seiner alten Umgebung nach ihm suchen. Hunde und Katzen laufen manchmal zu ihrem früheren Zuhause zurück," sagte sie.

"Aber das ist ja auf der anderen Seite der Stadt."

"Wir können's ja wenigstens versuchen. Oder hast du eine bessere Idee?"

Die hatte ich nicht. Also fuhren wir quer durch das große Dorf, das Gaborone damals war. Als wir um die Ecke fuhren, sahen wir Pauli in der alten Auffahrt vor dem geschlossenen Tor liegen. Ich war so erleichtert, dass mir die Tränen herunterliefen.

"Pauli, was machst du denn hier?" Ich nahm ihn in die Arme. Mein Hund wedelte mit dem Schwanz und sprang sofort brav in den Suzuki.

"Schau die den an! Er ist froh dich wiederzusehen," meinte Gaby.

"So ein Bengel. Du hast mir Angst eingejagt, du!" sagte ich liebevoll und kraulte ihn hinter den Ohren.

"Er hat wahrscheinlich kapiert, dass jetzt andere Leute in dem Haus wohnen und er nicht mehr dazugehört."

"Solange ich ihn wiederhabe." Auf der Rückfahrt presste Pauli seinen Kopf an meine Schulter, so als wolle er sich bei mir entschuldigen.

Ich hatte gehofft, mein Leben wieder unter Kontrolle zu haben, aber dann änderte sich alles wieder - und selbst die Ereignisse im Rest der Welt holten uns ein. Die Berliner Mauer fiel und die DDR war frei. Ich sah mir die Aufnahmen an, die immer wieder in den Nachrichten gezeigt wurden. Dieses neue Berlin war so ganz anders als die Stadt, in der ich mal ein Jahr zugebracht hatte. Der eiserne Vorhang war gefallen!

Mein Vater rief mich an und berichtete, dass die Familie in Berlin alles bestätigt hatte und sich eine Welle der Hoffnung im ganzen Land ausbreitete. In unserem verschlafenen Teil der Welt bekam man davon allerdings wenig zu spüren. Europa hätte genauso gut auf einem anderen Planeten sein können. Ich sagte ihm, bei mir sei alles in Ordnung.

Die Wiedervereinigung wurde gefeiert. Gaby und ihre deutschen Freunde waren in Hochstimmung. Andere Leute freuten sich weniger, wie sich bald herausstellen sollte.

Am Freitagabend beschlossen Kgomotso, Emily und ich auszugehen. Die Wahl fiel auf Bull 'n Bush, eine Kneipe nahe beim Stadtzentrum.

Die Kneipe war voller Menschen und Zigarettendunst und eine Gruppe betrunkener Männer fielen über irgendeinen dummen Witz fast um vor Lachen. Als sie sich beruhigt hatten, warfen sie uns komische Blicke zu. Das war nicht gerade ungewöhnlich. Drei weibliche Singles erregten immer noch Aufsehen. Sie schrien sich etwas zu und brachen wieder in Gelächter aus.

"Reizend." Emily fühlte sich sichtbar unbehaglich und wollte schnell an der Gruppe vorbei.

"Oh, hier kommt Hitlers Tochter!" Schallendes Gelächter. Finger zeigten auf mich. Es war allgemein bekannt, dass ich einen deutschen Vater hatte.

"Wie bitte? Was hast du da gesagt?" Kgomotso drehte sich um und fauchte den Trunkenbold an. Es war Bokkie Wilkinson, ein allgemein bekannter Mineningenieur aus Johannesburg und nicht unbedingt ein Gentleman.

"Komm' schon Baby, sie ist doch nich' richtig englisch. Du bist aber genau richtig für mich. Oder magst du sie vielleicht lieber?" Seine Kumpel lachten jetzt nicht mehr ganz so laut.

"Du bist ein Vollidiot," sagte Kgomotso langsam."Und ich bin nicht dein Baby." Sie stand herausfordernd da, wie eine zum Sprung bereite Wildkatze.

Emily rollte nur mit den Augen. "Ihr wisst anscheinend nicht, dass Bridgets Vater im Krieg ein kleines Kind war. Sein eigener Vater war im Konzentrationslager, weil er was gegen die Nazis hatte." Ich hatte ihr die Geschichte von meinem Vater im Vertrauen erzählt. Jetzt wurde es zu einem gefundenen Fressen für die Gaboroner Gerüchteküche. Aber Emily war nicht zu stoppen.

"Oh, und außerdem war Hitler Österreicher und nicht Deutscher. Und die Briten hatten Konzentrationslager in Südafrika, lange bevor die Nazis damit anfingen," drehte sie den Spieß um. "Und zwar für Afrikaaner. Ihr habt wohl nicht in der Schule aufgepasst."

Emilys Urgroßmutter war zusammen mit Tausenden anderer Afrikaaner-Frauen und Kindern während der Burenkriege von den Engländern interniert worden. Das war aber zu kompliziert für den besoffenen Bokkie. Ein ruhigeres

Lied begann im Hintergrund zu spielen.

"Oh ja?! Ha, ha!" das klang nicht mehr so selbstbewusst.

"Sei nicht böse, Baby!"

"Wir sind nicht eure blöden Babys!" rief Kgomotso über die Musik hinweg.

Einige Kneipenbesucher drehten sich nach uns um. Jemand hinter mir hatte auch etwas zu sagen. Es war Andrea Fry, meine sonst so umgängliche und hilfsbereite Kollegin. Ihr verlegener Mann stand dicht hinter ihr.

"Mein Vater ist ein britischer Gentleman und war Soldat im Zweiten Weltkrieg," sagte sie stolz. "Er hat mir gesagt, dass eine Vereinigung von Ost- und Westdeutschland zum dritten Weltkrieg führen wird."

"Deinen Vater in allen Ehren Andrea, aber wie kommt er denn auf so etwas?" forderte ich sie heraus. "Ist das nicht ein wenig heuchlerisch, wenn man bedenkt, dass Großbritannien vor drei Jahren einen Krieg mit Argentinien angefangen hat - wegen der Falkland Inseln?"

"Mein Vater weiß, wovon er redet," erwiderte sie. "Und das mit den Falkland Inseln ist ganz was anderes."

"Ach wirklich? Menschen ändern sich aber und Länder ändern sich auch," fuhr ich fort. "Die Deutschen sind schon lange keine Militärmacht mehr. Als ich in Berlin wohnte, war die Friedensbewegung auf beiden Seiten der Mauer sehr stark und..."

"Du hast in Deutschland gelebt? Woher sollen wir wissen, dass du nicht eine Spionin bist?"

Andrea blickte sich nach Unterstützung um. Als ob sich jemand gleich zum Doppelagenten qualifiziert, nur weil er mal in einem anderen Land gelebt hat. Ein paar Leute nickten zustimmend. Es war unglaublich.

"Recht hast du, Andrea," grölte einer.

"Das ist doch totaler Quatsch," sagte ich hilflos. "Außerdem bin ich genauso britisch wie ihr."

"Ach wirklich?" meinte Andrea.

"Ja, dein Vater ist doch Ire, oder? Wo ist denn da der Unterschied?"

"Kommt, lasst uns gehen," warf Emily ein. "Das bringt doch eh' nichts hier."

Wir begannen uns einen Weg durch die feindselige Gruppe zu bahnen. Den Kerlen, die mit dem ganzen Ärger angefangen hatten, fiel nichts mehr ein und sie lachten nur betrunken. Cyndi Lauper sang aus Leibeskräften '...True colours, true colours...', als wir zum Parkplatz gingen.

Zum Glück hatten sich nicht zu viele Kneipengänger um die Szene gekümmert. '...True colours, true colours...are beautiful like a rainbow...' Das Lied folgte uns bis zu Emilys Auto hinaus. Sonst niemand.

"Diese Idioten!" regte sich Kgomotso auf. "Verdammte Heuchler."

Emily suchte ihre Schlüssel. "Ja, die mense praat kack," meinte sie lakonisch. Die Leute reden Mist.

"Nicht richtig englisch! 'Komm' schon Baby' ... du liebe Güte, als was würden die mich dann bezeichnen - 'ne Ente?" sagte Kgomotso so empört, dass wir lachen mussten. Und unsere Spannung löste sich einfach so in Gelächter auf.

"Kommt, wir gehen zum Koreaner nach Ramotswa. Ihr seid eingeladen," sagte Kgomotso munter.

Das neue Koreanische Restaurant befand sich gleich neben dem besten Fischrestaurant der Stadt und war im Moment der letzte Schrei.

"Gute Idee," stimmte Emily zu. "Hoffentlich gibt's da nicht so viele Idioten wie hier. Außerdem haben wir noch gar nicht gefeiert, dass Bridget Benjamin den Laufpass gegeben hat. Das müssen wir nachholen —"

Ich fühlte, wie mir ein Stich durchs Herz ging. Das war noch Grauzone bei mir...

"Also gut, dann gehen wir Koreanisch essen," sagte ich lebhafter, als mir eigentlich zumute war.

Wir verließen den Parkplatz und fuhren auf die Stadtautobahn. Auf Plakaten entlang der Hauptstraße wurde gegen diese neue Krankheit AIDS gewarnt und zur Benutzung von Kondomen aufgerufen. Kein sehr beliebtes Thema unter Tswanas. Hilda hatte mir gesagt, dass manche

Leute Aids für eine Übertreibung hielten und dass es wichtiger sei, Babys zeugen zu können. Im Restaurant brutzelten wir dünne, marinierte Fleischstückchen auf dem kleinen kegelförmigen Metallofen in der Tischmitte und das Gespräch plätscherte mühelos dahin.

"Mir gefällt dein Lippengloss, Motso," sagte Emily.

Kgomotso nahm eine Tube mit pinkem Lippengloss aus ihrer Tasche. "Die neueste Farbe. Hab' ich erst letzte Woche in Joburg gekauft."

"Mhm, der Thai Salat ist wirklich gut. Warum heißt das eigentlich Thai Salat, in einem Koreanischen Restaurant?" fragte ich.

"Ja, komisch..."

Wir sprachen weder über den Vorfall im Bull 'n Bush, noch wurde Benjamin erwähnt. *Auch recht*, dachte ich. Wieso sollte man sich auch unnötigerweise mit solchen Dingen belasten?

Ein paar Tage später kam ein Brief von Rita Winckler an.

Er brachte Erinnerungen mit sich. An Ritas elegante Bewegungen, die langen, grauen Haaren und wie sie sich eine Zigarette anzündete.

Hi Bridget,   Husum, 13. November

Husum ist ja sooo langweilig. Die Kinder sind wieder in der Schule und Uli auch. Ich hoffe wir gehen bald wieder fort. Bald heißt in 6 Monaten oder so. Wir können diesmal zwischen Bolivien und Indonesien wählen. Ich hab' aber das Gefühl, dass Uli am liebsten eine Weile hier bleiben würde. Wegen der Kinder.

So, Pauli ist also weggelaufen? So was. Bevor wir abreisten, hatte ich versucht ihm zu erklären, dass er sich um dich kümmern soll. Aber vermutlich hat er mal wieder nicht zugehört. Jetzt wo er weiß, dass wir nicht mehr in Gabs sind, wird er so was bestimmt nicht wieder machen. Du bist sicher eine großartige Hundemutter.

Wie geht's allen? Gaby spielt doch bestimmt noch

Tennis im Club. Klar macht sie das. Irgendwelche interessanten Neuankömmlinge? Männlich und gutaussehend? Geh' und spiel Tennis im Club. Die Neuen treten immer gleich dem Club bei! Muss jetzt gehen und was zum Abendessen kaufen. Sei vorsichtig mit den Klatschmäulern. Von hier aus kann ich mich leider nicht um dich kümmern...
Alles Liebe und Gute
Rita, Uli, Adrienne und Jasmin.

Es war der einzige Brief, den Rita mir je schicken sollte. Angeblich hatte sie nie Zeit zum Schreiben.

Die Tage wurden wieder länger. Wäre mein neunmonatiger Mietvertrag für die Wohnung jetzt nicht ausgelaufen, wäre alles sicher ganz anders gekommen.

Mir blieb nichts anderes übrig, als mich auf die Suche nach einer neuen Bleibe zu machen. Es war sowieso besser in einem Haus mit Garten zu wohnen, wo Pauli Auslauf hatte.

Ich setzte eine Anzeige in die Zeitung und es meldete sich auch gleich jemand. John Whitaker, ein britischer Bauunternehmer, der seit der Scheidung mit seiner Freundin Khetumile zusammenlebte. Er bestand darauf, dass das Haus viel zu groß sei - vor allem seit dem Auszug seiner beiden erwachsenen Kinder.

Khetumile war eine Tswana-Schönheit mit jeder Menge Haarverlängerungen, die sie meist zu einem Pferdeschwanz aufgesteckte. Sie drückte sich sehr gewählt aus und arbeitete für irgendeine Regierungsstelle. John Whitaker sah eher gedrungen aus, mit einem blonden Schnurrbart und unmodisch langen Nackenhaaren. Ich konnte sehen, dass er sich für cool und umgänglich hielt. Na denn.

Mein Zimmer befand sich am Ende des Flurs. Es war nicht groß, nur Platz für ein paar Sachen, aber das war schließlich alles, was ich brauchte. Für Pauli gab es mehr als genug Platz im Garten draußen. Meine neuen Mitbewohner fanden einen Hund sogar ganz praktisch, um das Haus zu beschützen. No matata.

Es tat mir leid Hilda gehen zu lassen, aber John hatte schon ein anderes - ängstlich wirkendes - Hausmädchen. Zunächst lief alles wunderbar. John, Khetumile und ich aßen sogar manchmal zusammen. Es war meine erste Erfahrung in Sachen Wohngemeinschaft und Pauli fühlte sich im Garten sichtlich wohl. Ich hatte ansonsten nicht viel mit meinen Mitbewohnern zu tun. Sie gingen ihrer Arbeit nach und ich meiner.

Laut Gerüchteküche waren Peter und Kirsten Simmons nach Perth zurückgekehrt und ließen sich scheiden. Das traurige Ende einer traurigen Ehe. Meine eigene leidgeprüfte Beziehung zu Benjamin endete abrupt, als ich mich weigerte mit ihm nach Namibia zu reisen.

Er war schlechtgelaunt aus Kang angekommen. Ich stellte ihn meinem Hund vor, nur das klappte nicht so recht. Pauli knurrte und schien Ben nicht besonders zu mögen. Der fühlte sich erkältet und beschwerte sich einfach über alles.

Er erzählte mir den lieben langen Tag, dass eine Reise mit seiner letzten Freundin schiefgegangen war - und uns wahrscheinlich das Gleiche bevorstand. Da hatte ich auf einmal genug. Soweit ich informiert war, war er aber nicht mein Freund und ich war schon mal gar nicht seine FREUNDIN.

Statt auf der Wohnzimmercouch schlief er lieber in seinem Nissan und beeilte sich am nächsten Morgen wegzukommen. Pauli legte seinen Kopf auf meinen Schoss und sah mich aus mitfühlenden, schwarzen Augen an. Er schaffte es immer mich aufzuheitern. Und so sahen wir gemeinsam Bens Auto hinterher, wie es die Straße hinauf rumpelte.

Ich war überrascht, wie schnell ich diesmal über Ben wegkam. Mir blieb auch keine Zeit mich zu grämen. Es hatte sich herumgesprochen, dass ich auf technische Übersetzungen spezialisiert war.

Die Deutsche Wirtschaftsagentur hatte mich deshalb gebeten, über die Winterferien eine Studie über Mopani Raupen ins Deutsche zu übersetzen. 'Wirtschaftliche

Rentabilitätsstudie über die Seidenproduktion mithilfe von Mopani Raupen' um genau zu sein.

In Botswana wurden Mopani Raupen nicht unbedingt für ihre Seidenproduktion geschätzt. Sie waren aus der Tswana-Kochkunst nicht wegzudenken. Die Raupen wurden gesalzen und getrocknet oder kamen in den Eintopf.

Die Bezahlung lohnte sich. Wir waren damals noch weit vom Computerzeitalter entfernt und so hämmerte ich auf Johns Schreibmaschine herum, während Pauli auf meinen Füßen schlief.

Dann fing auch schon wieder die Schule an. Es machte mir Spaß Französisch zu unterrichten und die Kinder waren mir ans Herz gewachsen. Ich erhielt manchmal kleine Geschenke. Farbige Zeichnungen, einen Apfel und einmal sogar eine blaue Schlumpf-Figur.

Mein neues Zuhause hatte einen entscheidenden Nachteil. Es lag im Reich der Streuner. Nebenan wohnte ein wichtiger Polizeibeamter, dem fünf halbverhungerte Hunde gehörten. Wären da nur keine großen Löcher im Zaun und das Tor geschlossen gewesen! Niemand beschwerte sich über die Hunde, aus Angst vor dem Polizeibeamten.

Die Hunde waren halbwild und hatten es auf die Fußgänger abgesehen, die am Zaun vorbeigingen. Die Tswanas mussten nur Steine aufheben und die Köter rannten. Also tat ich das auch. Die Bewegung allein reichte aus, um sie in die Flucht zu schlagen. Nach Einbruch der Dunkelheit war es unheimlich, aber ich hatte keine andere Wahl. Ich musste ja von der Arbeit nach Hause und an dem Haus des Polizisten vorbei.

Auf der anderen Seite grenzte unser Haus an ein offenes Feld und die Pfade wurden tagsüber von Fußgängern benutzt - und bei Nacht von streunenden Hunden. Es dauerte nicht lange, bis etwas passierte.

Als Pauli wie so oft friedlich beim Tor lag und die Straße beobachtete, wurde er eines Abends von einer Meute von Streunern 'entführt'. Auf einmal hörte ich erbärmliches Jaulen und sah gerade noch, wie Pauli den Streunern durch ein Loch unter der Grundstückmauer gegenüber folgte.

"Pauli, komm' her Junge. Komm' doch," rief ich ihn und pfiff auf eine bestimmte Art, auf die er sonst immer reagierte. Nur diesmal nicht. Es war bizarr. Pauli befand sich in den Pfoten einer Hundemafia.

"Pauli, komm' jetzt bitte, komm!" Ich rief und pfiff, aber es half alles nichts.

Ich wusste, dass die Nachbarn von gegenüber fort waren, also blieb mir nichts anderes übrig, als abzuwarten. Ich hörte Jaulen und Bellen. Dann nur noch Jaulen. Ich wagte mich hinaus und suchte ängstlich die Straße ab. Ein übel zugerichteter Pauli lag draußen vor unserer Hecke. Er hatte eine klaffende Wunde am Nacken, so als wäre das ganze Fell weg gekaut.

"Oh Pauli, was haben die bloß mit dir gemacht?" Ich hob meinen unbeweglichen Labrador-Mischling hoch und trug ihn ins Haus. Er lag tagelang auf einer Decke unter dem Küchentisch, während ich ihn gesundpflegte. Ich sammelte große Steine und stopfte damit so gut es ging die Löcher unter den Zäunen und der Mauer. Kleinere Steine dienten als Munition. Es war wie Krieg. Als sich einer der Streuner dennoch auf unser Grundstück schlich, trafen ihn die Geschosse und er rannte heulend davon.

John Whitaker erbarmte sich eines Tages und ließ mich den uralten grasgrünen Mini Cooper seiner Tochter fahren. Sie war zu ihrem Freund nach Johannesburg gezogen und John dachte, es sei besser, die Klapperkiste herumzufahren, als sie in der Garage verrotten zu lassen.

Das Mr. Bean-Gefährt sah zwar komisch aus, aber es gab mir eine gewisse Bewegungsfreiheit. Ich musste nicht mehr frühmorgens zur Rockhill Primary laufen, egal wie das Wetter war, oder mich von bösartigen Kötern anknurren lassen. Ab jetzt fuhr ich zur Arbeit.

Es musste ein Anblick für die Götter gewesen sein, wie ich den Winzling so durch den Morgenverkehr zwischen riesigen Autos mit Vierradantrieb steuerte. Die 4x4s hatten hinten und vorne enorme Chromstangen aufmontiert - zum Schutz gegen streunendes Wild.

"Dein Mini Cooper braucht unbedingt noch Chromstangen zum Schutz gegen Mäuse. Dann kannst du es mit den Großen aufnehmen," witzelten meine Lehrerkollegen und lachten sich kringelig. *Spaßvögel,* dachte ich triumphierend. Ich hatte jetzt immerhin einen fahrbaren Untersatz!

Alles lief wunderbar, bis eines Tages auf dem Parkplatz des Gaborone Sun Hotels die Gangschaltung ihren Geist aufgab. Einfach so. Ich trauerte um meine neu gefundene Unabhängigkeit. Gaby borgte mir danach ein wackeliges Fahrrad, das sie für eine Freundin in der Garage aufbewahrte. Es war um einiges besser als wieder laufen zu müssen.

John verbrachte jetzt jede freie Minute damit das Mr.Bean-Auto zu reparieren. Es war eine willkommene Ausrede für ihn, sich nicht so oft im Haus aufhalten zu müssen. Es gab nämlich Probleme zwischen John und Khetumile und sie stritten sich immer öfter lautstark. Der Grund dafür schien zu sein, dass John ein ausgemachter Schwerenöter gewesen war, bevor er die schöne Khetumile kennenlernte.

Khetumile war wütend. Und Tswanafrauen konnten ganz besonders wütend werden. Auf einmal passte ihr meine Anwesenheit in der Küche oder im Wohnzimmer nicht mehr. Ich versuchte ihr mit Pauli aus dem Weg zu gehen und verbrachte die meiste Zeit entweder auf meinem Zimmer oder ging mit Freunden aus. Aber das war noch lange nicht das Schlimmste. Eine von Johns ehemaligen Geliebten begann ihm nachzustellen.

Es gab häufige Anrufe, die Khetumile in wahre Eifersuchtsanfälle stürzten. Es war immer dasselbe Mädchen, das anrief. Unglücklicherweise beantwortete ich einmal das Telefon. Eine betrunkene Frauenstimme verlangte ungehalten, mit John zu sprechen.

"Sie sind beim Eric Clapton Konzert und kommen erst spät wieder," sagte ich.

"Du lügst! Ich weiß genau, dass die beiden zuhause sind. Ich hab' sein Auto in der Auffahrt stehen sehen."

"Freunde haben sie in ihrem Wagen abgeholt."

Das war wohl die falsche Antwort gewesen und sie

bedachte mich mit einer Reihe unflätiger Schimpfworte, bevor ich aufhängen konnte.

Zehn Minuten später krachte der erste Stein durchs große Wohnzimmerfenster. Dann fuhr die erboste Ex-Geliebte fort, jedes einzelne Fenster im Haus zu zerschmettern. Ich rief die Polizei, aber die trafen erst ein, als die Übeltäterin schon längst wieder verschwunden war. John kannte die Frau und warf mir vor, die Polizei unnötigerweise gerufen zu haben.

Die Sache war ihm peinlich und wie ich später erfuhr, hätte ihn der Vorfall seine Aufenthaltsgenehmigung kosten können. Er lehnte es ab Anzeige zu erstatten und Khetumile gab sich einem ausgiebigen Wutanfall hin.

Die Polizisten gingen verstört von dannen und ich verdrückte mich auf mein nun besser belüftetes Zimmer.

"Du liebst mich nicht richtig! Ich hasse dich!" hörte ich Khetumile hinter verschlossenen Türen kreischen. Dann gab es einen dumpfen Schlag und noch mehr Geschrei.

"Du Miststück. Nach allem was ich für dich getan habe!"

Es stellte sich heraus, dass die ehemalige Geliebte noch nicht volljährig war, und zudem die Tochter eines Staatsbeamten. Ich erinnerte mich an Manfred Raabs Freundin Sophie, die sein Auto in Brand gesteckt hatte und beschloss, dass die Situation heikel werden konnte. Es war an der Zeit umzuziehen.

Gar nicht so einfach diesmal mit einem afrikanischen Spezialhund im Schlepptau. Schließlich zog ich bei Andrew Wolpert ein. Er war ein australischer Wasserprospektor aus Tasmanien, der Gesellschaft suchte.

Das neue Haus lag weiter von der Stadtmitte entfernt und ich musste mich auf langen Sandpfaden mit Gabys wackligen Fahrrad abstrampeln.

Andrew hatte nichts dagegen, dass ich Pauli mitbrachte, solange er an einer Kette hinten im Garten festgemacht war. Mein schmollender Vierbeiner konnte es kaum abwarten jeden Tag nach der Arbeit mit mir spazieren zu gehen. Die Tswanas, die uns begegneten flüchteten, sobald sie den furchterregenden, schwarzen Hund zu Gesicht bekamen.

Der Australier war um die fünfzig, welterfahren und raubeinig. Er rauchte ununterbrochen Peter Stuyvesant Zigaretten und saß manchmal mit einer Whiskyflasche auf dem Wohnzimmerboden und ließ sich volllaufen. Seine australische Freundin Karen würde in ein paar Wochen nachkommen, aber bis dahin wollte er Gesellschaft haben. Und wenn ich mit Hund kam, sollte es ihm recht sein.

Andrew Wolpert nannte sein verdrossenes Hausmädchen Maddie, obwohl sie in Wirklichkeit Gaikesitsi hieß. Er bestand darauf, dass er alle Hausmädchen Maddie nannte, ob er nun in Dubai war oder in Venezuela oder Botswana.

Wenn er betrunken war, ließ er durchblicken, dass Karen, seine angeblich dümmliche 25-jährige Sexbombe von einer Freundin, doch tatsächlich glaubte, ein afrikanischer Häuptling würde sie verheiraten. Der Gedanke versetzte ihn jedes Mal in einen Lachkrampf. Seltsam, aber schließlich hatte es nichts mit mir zu tun.

Ich hätte es besser wissen müssen.

Wir gingen unsere getrennten Wege und unterhielten uns nur beim Abendessen, das die Maid zubereitete. Andrew sprach über seine Arbeit, der Suche nach Grundwasser in der Kalahari, von seinem Leben in Australien, einen Aufenthalt in Dubai und über seine erbitterte Scheidung von der Mutter seiner drei Kinder.

Nach ein paar Wochen wurde mir klar, dass Andrews Vorstellung von einer Hausgenossin sich von meiner grundlegend unterschied. Seine eifersüchtige Freundin traf kurz darauf ein und sie ließ keinen Zweifel daran, dass sie weder Pauli noch mich duldete.

Karen sah wie mindestens 40 aus mit ihrer sonnengegerbten Haut und Wasserstoff-blonden Haaren und nichts war vor ihren Launen sicher. Endlose Streitgespräche, ob oder ob nicht afrikanische Häuptlinge Ausländer verheiraten durften, eskalierten schon manchmal. Karen wurde immer biestiger. Maddie fühlte sich von der neuen Madam terrorisiert und ging. Eine andere, ältere Maddie trat an ihre Stelle.

Neben Nägel lackieren und in der harschen afrikanischen

Sonne zu liegen, fand Karen noch genügend Zeit, sich Gemeinheiten auszudenken.

Sie warf mir vor, Andrews T-Shirt von der Wäscheleine gestohlen und in meinem Zimmer versteckt zu haben. Weil ich angeblich scharf auf ihn sei.

"Ich habe kein T-Shirt gestohlen," erwiderte ich. "Warum sollte ich denn so etwas tun?"

"Natürlich hast du das. Das mit der Bohrplattform drauf." Karen ließ nicht locker.

"Ich kann mich noch nicht mal an so ein T-Shirt erinnern. Was soll ich denn damit? Ich hab' genug eigene Klamotten."

"Als Andenken an meinen Mann natürlich, was denn sonst?"

"Du machst wohl Witze? Ich habe meinen eigenen Freund." Eigentlich schon nicht mehr... Aber zu Argumentzwecken war Ben noch gut genug.

"Ach wirklich? Und wo ist der bitte? Du bist hinter meinem Mann her. Vergiss es, wir werden heiraten, du Miststück. Also wo ist das T-Shirt?"

Ich verkniff' mir eine Bemerkung, die Karen nicht sehr schmeichelhaft gefunden hätte. Sie durchsuchte meinen Kleiderschrank, mein Bett und meinen Nachttisch - und fand nichts. Wie peinlich! Aber Andrew Wolpert schien es egal zu sein, was seine Gefährtin tat. Ich war in seinen Augen zum erwünschten Hausgast avanciert, der nicht mehr gebraucht wurde. Warum ließ ich mich bloß auf diese riskanten Wohngemeinschaften ein? Ich bereute es, aus meiner Wohnung im Acacia Court ausgezogen zu sein. Aber das ließ sich jetzt nicht mehr ändern. Wieder musste ich die Energie aufbringen und umziehen.

Immerhin gab mir meine Stelle als Lehrerin ein wenig Stabilität. Alles Weitere würde sich schon ergeben. Oder?

ZEHNTES KAPITEL

Als ob mein Leben nicht schon kompliziert genug wäre!

Noch bevor ich uns ein neues Zuhause finden konnte, informierte mich Mrs. Mulholland, dass die Schulverwaltung meinen Vertrag nicht verlängern würde. Jemand hatte ein Problem damit, dass ich keine formelle Lehrausbildung besaß. Es gab nichts, was die Schuldirektorin dagegen tun konnte. Mein Traum von ein wenig Sicherheit war dahin. Ich war mal wieder arbeitslos und dazu noch am Jahresende.

Was jetzt?

Wie weit ich doch von dem Plan abgewichen war, meine Schwester zu finden! Mir gelang es nicht mal mehr von ihr zu träumen. Die ständige Suche nach einem neuen Zuhause oder einem neuen Job hielt mich auf Trab. Es war ganz, wie eine rasante Karussellfahrt. Wie kam ich da nur wieder runter?

Die Regenzeit begann spät dieses Jahr, war dann aber umso heftiger als sie endlich begann. Im November waren die Abschlussprüfungen der siebten Klasse in vollem Gange, zum Trommeln des Regens auf dem Blechdach.

Fast alle Blumen in Andrews Garten waren in einem Hagelsturm vernichtet worden und der schwere Geruch von zerquetschten Blüten und Blättern hing in der Luft.

Ich ließ Pauli ungern allein beim Haus zurück, aber was sollte ich tun? Es war nur gut, dass meine schwierigen Mitbewohner so oft außer Haus waren. Vielleicht hatten sie ja doch geheiratet.

Ich bat Maddie, auch ja auf mein Hündchen aufzupassen, wenn ich bei der Arbeit war. Die Maid versprach es. Sie konnte Karen nicht ausstehen.

Als das sonnige Wetter sich mal ein paar Tage hielt, kamen

Hüte und Sonnenbrillen wieder zum Einsatz. Ich traf mich mit Carol Jenkins beim Sportfeld, wo wir uns ein Kricket-Freundschaftsspiel zwischen der Firma ihres Mannes und der TAC Versicherung ansahen. Mein Fahrrad war vollkommen ungeeignet für die schlammigen Fußwege und Carol wollte mich später zum Haus zurückfahren.

"Hast du das gesehen? Len ist auf Schlag. Das ist mein Mann!" rief Carol. "Sechs Läufe. Oh nein, nur vier... vier reicht auch. Gut gemacht Len!"

Wir klatschten und machten die typische Handbewegung, wie man eine Bettdecke glattstreicht. Ich sah den weißen Figuren auf dem Feld mit weit weniger Begeisterung zu, da ich über meine Umstände nachdenken musste. Meine Kollegin, Rosemary Bennett, ging für drei Wochen mit ihrem Mann und zwei kleinen Kindern auf Weihnachtsurlaub. Sie hatte mich beiläufig gefragt, ob ich nicht Lust hätte, auf ihr Haus aufzupassen.

"Alles was du tun musst, ist das Plantschbecken sauber halten und unsere Katze Napoleon füttern. Außerdem kannst du den alten VW Golf fahren, wenn du willst."

Ich hatte sofort zugestimmt. Es würde nur ein Monat dauern, bis die Bennetts sich auf den Weg nach Kapstadt machten. Bis dahin musste ich es eben noch bei Andrew und Karen aushalten.

Gaby hatte gerade eine Freundin aus München zu Besuch und konnte mich nicht unterbringen.

Mitte Dezember ging sie dann für zwei Wochen nach Mauritius. Mit einem Auto war es auch leichter im Dezember zu den Aschenputtel-Aufführungen in die MOTH Halle zu kommen. Ich musste jeden Tag hin und an Wochenenden zweimal am Tag. Heiligabend war die letzte Aufführung und danach gab es eine Party. Gebongt!

Jetzt musste ich mich auch um Formalitäten kümmern.

Es war wieder Zeit für einen Besuch bei der Einwanderungsbehörde. Man stand endlos in der Schlange in einem heißen, stickigen Raum herum. Jeder, der gerade kam oder ging, wurde angestarrt. Man durfte auch zusehen, wie

Beamten aus öligen Päckchen aßen, die auf den Papierstapeln thronten.

Nicht nur wurde man ohne logische Reihenfolge aufgerufen, was den ein oder anderen Ausländer schon mal in einen Wutanfall treiben konnte. Man musste auch unweigerlich persönliche Fragen über sich ergehen lassen. Hier konnte man Geduld lernen.

Als das Cricketspiel zu einer Getränkepause unterbrochen wurde, riss ich mich aus meiner Grübelei.

"Oh Bridget, bevor ich es vergesse," sagte Carol in ihrem breiten Akzent. "Len hat mit einem Ingenieur in seiner Firma gesprochen. Über eine Unterkunft für dich. Der Kollege heißt William Konenga. Sein Vater ist ein hoher Richter in Ghana und William ist in London zur Schule gegangen. Er wohnt allein in einem kleinen Haus mit zwei Schlafzimmern und einer sehr großen Terrasse. William hat nichts dagegen dich und deinen Hund aufzunehmen bis Rosemary in Urlaub geht und du in ihr Haus umziehen kannst."

Ich musste die überraschte Carol einfach umarmen. "Das ist ja großartig. Bist du sicher? Ich meine, ich kenne ihn ja überhaupt nicht oder er mich…"

"Alles geregelt. Ich habe William zu meiner Weihnachtsparty nächste Woche eingeladen. Da kannst du mit ihm reden. Wir haben ja offenes Haus für alle diesmal. Du kannst auch eine Freundin mitbringen, wenn du willst."

Da es einen Überschuss an männlichen Singles gab, waren Frauen immer gerne gesehen. Ich sah Kgomotso Min am nächsten Tag in der Mall und fragte sie, ob sie nicht mit zu Carols Party kommen wolle.

"Klar komm' ich! Zehnmal besser als meine Tante besuchen zu gehen," grinste sie. "Emily ist weg, aber ich kann kommen. Endlich mal wieder feiern, oder?" Wir gehörten ja schließlich zur Partyszene.

Carol hatte sich mit dem Essen und den Dekorationen mal wieder selbst übertroffen. Im Hintergrund spielten Weihnachtslieder, wie '…Baby it's cold outside…' und '…Frosty the Snowman…', was nicht viel mit unserem afrikanischen Wetter zu tun hatte.

William Konenga stellte sich als perfekter Gentleman heraus. Nicht wie so mancher andere männliche Single in der Stadt. Er war kultiviert und ganz normal und hatte nichts dagegen, sein Haus für ein paar Wochen mit mir zu teilen.

"Oh vielen Dank, William, du bist ein Retter in der Not."

"Wo wohnst du denn im Moment? Len Jenkins meinte, du seist so gut wie heimatlos." Er runzelte die Stirn.

"Eher verzweifelt! Mein momentaner Hausgenosse hat eine eifersüchtige Freundin."

"Tja, das hört sich ziemlich unangenehm an."

"Unerträglich. Ich verspreche, wir sind ganz pflegeleicht. Mein Hund Pauli und ich."

Kgomotso mochte William auf Anhieb. Weil er so intelligent war und so gut aussah, vertraute sie mir später an. Im Grunde war sie ein schüchternes Tswana-Mädchen, aber es gelang ihr irgendwie William zu ihrer Party an Heiligabend einzuladen.

Ihre Eltern waren schon auf dem Weg nach Malaysia, um dort Familie zu besuchen, und das leere Stadthaus in Gaborone West eignete sich herrlich für eine Party.

Emily verbrachte Weihnachten in Johannesburg und einige unserer Freunde waren schon in Urlaub gefahren. Aber es kamen immerhin noch etwa 12 Gäste zusammen.

"Sturmfreie Bude. Wir werden kochen. Putenbraten, Süßkartoffeln und zum Dessert gibt es Trifle mit allem Drum und Dran. Es gibt sogar ein Fass mit Bojalwa."

Bojalwa war ein fermentiertes Getränk, das traditionell mit Rosinen und Ananasscheiben in großen Fässern zubereitet wurde. Es hieß auch Gemere und schmeckte so ähnlich wie starker Punsch.

Jetzt wo ich eine Bleibe hatte, kam mir der Besuch bei der Einwanderungsbehörde nicht mehr ganz so grässlich vor. Vielleicht hatte ich die Durststrecke ja hinter mir.

Alles was ich jetzt brauchte, war eine Verlängerung meiner Aufenthaltsgenehmigung und einen Job. No matata.

Ich stand geduldig in der Schlange und rief mir

Kgomotsos Worte ins Gedächtnis: 'Schwatze mit ihnen. Sei freundlich. Erzähle, dass du verlobt bist und verliere auf keinen Fall die Geduld.'

Ich wurde in ein enges Büro gerufen, mit Papierstapeln auf Tisch und unsauberem Fußboden. Ein Sachbearbeiter lehnte sich über sein Mittagessen.

"Sie sind zweiundzwanzig?" fragte er kauend. Die Antwort stand in meinem Pass, den ich ihm einen Moment zuvor überreicht hatte.

"Ja," lächelte ich.

"So Sie sind verheiratet?" Das stand doch alles in meinem Pass! Denk' an Kgomotso, ermahnte ich mich. Kann nicht mehr lange dauern...

"Nein, noch nicht."

"Haben Sie Kinder?" Er wischte sich die Hände ab.

"Nein. Erst nach der Heirat." Wie leicht mir doch das Lügen über die Lippen ging. Kgomotso konnte stolz auf mich sein.

"Wie gefällt Ihnen Botswana?"

"Ich liebe dieses Land, die Menschen sind so nett." Das war nicht gelogen.

"Mögen Sie Tswana-Männer?" Ich hatte die Frage schon viel zu oft gehört. Seufz.

"Tswana-Männer sind großartig, aber ich habe einen Freund zuhause." Ich schauderte. Genug mit der Fragerei!

"Werden Sie hier heiraten?"

"Vielleicht. Wir haben uns noch nicht entschlossen. Mein Verlobter ist ein Ingenieur in England." Das war hoffentlich eindrucksvoll genug, um die Dinge zu beschleunigen. Es funktionierte.

"Ehéy," kam der Beamte zur Sache. "Sie haben also keinen Job?"

"Nein, aber ich habe ständig Vorstellungsgespräche." Endlich kamen Fakten dran.

"Wo bitte?"

"Woodlake Primary, Dubois International, Hedgerow Consultants..."

"OK, OK. Kommen Sie wieder, wenn Sie eine Stellung

gefunden haben, dann können wir uns um die Arbeitserlaubnis kümmern."

"Danke, das werde ich bestimmt tun."

Er packte sein Essenspaket zusammen. Den Stempel bitte! Bitte meinen Pass abstempeln - da auf der Seite, gleich jetzt, bettelte ich leise. Eine kleine Verlängerung der Aufenthaltsgenehmigung...

Als er den Stempel vom Tisch nahm, wurde der Mann aus dem Büro gerufen und schwatzte lautstark draußen auf dem Gang. Ich starrte gebannt auf die tickende Wanduhr. Würde er sich daran erinnern meinen Pass abzustempeln, wenn er zurückkkam?

Kurz bevor ich mich in ein nervöses Wrack verwandelte, kam er zurück. Der Beamte hatte es nicht vergessen und ich bekam meinen Stempel. Die Menschen in der Schlange starrten mir neidisch hinterher, als ich den stickigen Warteraum verließ. Ich war gerettet - für ganze 30 Tage.

Und dann fand ich doch tatsächlich einen neuen Job!

Bevor sie auf Urlaub ging, bat Emily ihren Chef Wolfgang Klein, ein gutes Wort für mich beim Büromanager Herrn Feindlich einzulegen. Ich wurde zu einem Interview gebeten. Trotz aller Vorbehalte - wegen des ganzen Klatsches den er über mich gehört hatte - stellte mich Herr Feindlich als persönliche Assistentin von Herrn Klein ein.

Dem Büromanager war eine gewisse Ähnlichkeit meines Nachnamens mit dem einer früheren Angestellten nicht entgangen. Ich erzählte ihm, dass Reinhold in Berlin ein sehr üblicher Nachname sei und schrieb aufs Formular: Geburtsort: London. Zum Glück hielt er es nicht für nötig in Claires Akte nachzusehen.

Laut Emily und Kgomotso hatte Herr Feindlich keine andere Wahl, als mich einzustellen. Die Firma hatte ihren Sitz in Hamburg und dort wurden Projektberichte dringend auf Deutsch benötigt.

Liesl hatte sich als nutzlos erwiesen, was das Tippen einfacher Briefe und Übersetzungen anging. Deshalb waren wichtige Dokumente zu einem ansehnlichen Stapel angewachsen.

Wolfgang Klein hatte es geschafft einen Zeitvertrag ab ersten Januar mit einem fantastischen Stundenlohn für mich herauszuschinden. Er brauchte mich dringend für sein Team. Die Anstellung kam sogar mit Unterkunft: einem Zimmer im kleineren Firmenwohnhaus in Tsholofelo!

Mit Emily und Kgomotso zu wohnen war um so vieles besser, als eine neue 'John & Khetumile' oder 'Andrew & Karen' Wohngemeinschaft.

Ich bedankte mich bei Wolfgang Klein mit einem bescheidenen Weihnachtsgeschenk. Eine geschnitzte Zuckerdose aus Simbabwe. Wolfgang Klein witzelte, dass er keine Bestechungen annehmen dürfe. Seine Frau würde die Zuckerdose aber sicher mögen.

Die Girls zeigten mir sofort ihr Haus. Es war noch nicht mal annäherungsweise so groß wie das andere Firmenwohnhaus, in dem Claire gewohnt hatte. Nur vier Schlafzimmer und eine Einrichtung, die man als dürftig bezeichnen konnte. Es gab aber eine riesige Veranda vorne und einen großen Garten. Einfach himmlisch!

Das vierte Schlafzimmer wurde von einem portugiesischen technischen Zeichner bewohnt. Er hieß Ruí, war friedfertig und arbeitete gewöhnlich bis nachts im Büro und an Wochenenden flog er nach Johannesburg zu Frau und Kindern. Mit anderen Worten, wir Mädchen hatten das Haus meist für uns.

Nach der Tour des Hauses feierten wir ausgiebig mit Eistee und Rock Shandy auf der Terrasse des President Hotels.

Ich hätte eigentlich zufrieden sein müssen, wäre da nicht diese dumpfe Traurigkeit gewesen. *Vielleicht kann ich ja jetzt etwas über Claire herauszufinden...* Aber ich schob den Gedanken wieder beiseite. Es würde ja doch nichts bringen.

Wie schön es war Andrews Haus den Rücken zu kehren!

William Konenga war ein wahrer Gentleman und dazu eine 'Kokosnuss', wie man gebildete Afrikaner nannte. Pauli schien der Umzug ganz recht zu sein, solange ich weiterhin mit ihm spazieren ging. William war meist im Büro und ich genoss die Ruhe in dem kleinen Haus. Das Badezimmer lag zwischen den beiden Schlafzimmern, was uns eine gewisse Privatsphäre gönnte. Ich packte nur das Nötigste aus, da ich Rosemary Bennett ja versprochen hatte, über Weihnachten in ihr Haus zu ziehen.

Im Dezember herrschte in Gaborone wieder brütende Hitze und die Ventilatoren drehten sich tagein tagaus. Die heiße Luft fühlte sich richtig elektrisch an und es war schwer einen vernünftigen Gedanken zu fassen. Sogar die Vögel waren zu erschöpft zum Zwitschern.

An einem besonders heißen Nachmittag lag ich in der kühlen Badewanne und relaxte. William würde erst spät wiederkommen. Auf einmal klopfte jemand von außen an das lange Fenster oben unter der Decke. Ich erschrak. Bitte nicht wieder eine ehemalige Freundin, die Fenster einwarf! Es klopfte wieder.

"Koko. Koko." Eindeutig eine Frauenstimme.

Hatte ich William Konenga, den Gentleman, falsch eingeschätzt? Und woher wusste die Frau, dass ich in der Badewanne lag? Ich schützte Taubheit vor. Vielleicht war es ja nur eine Maid auf Arbeitssuche. Vielleicht würde sie von alleine fortgehen.

"Koko, koko!"

Mein Hund, der im Wohnzimmer schlummerte, wachte auf und knurrte. Stille.

Ich beendete mein Bad und sah mir einen von Williams drei Videos an. Es klopfte an die Tür. Erst sachte, dann fordernd, dann folgte wildes Hämmern.

Pauli fing an zu bellen. Was zum Teufel? Ich machte auf. Eine junge Tswanafrau in Jeans und T-Shirt stand vor mir und schnaufte verärgert.

"Warum wohnst du hier? Das ist das Haus von meinem Freund!" meinte sie bissig. Pauli bellte und bellte. Die Frau trat ängstlich einen Schritt zurück. Ich wusste, dass William keine Freundin hatte. Er hatte es mir selbst gesagt und es gab keinen Grund, warum ich ihm nicht glauben sollte.

"Nein, das bist du nicht!" sagte ich. "Und ich auch nicht.

Alles OK Pauli. Alles in Ordnung."

Mein Hund war von ihrer aggressiven Art alarmiert. Er stand knurrend zwischen uns und beobachtete sie misstrauisch.

"Howe! Er hat dir das nicht erzählt?" fragte sie hitzköpfig.

"Nein, weil es da nichts zu erzählen gibt. Er hat keine Freundin und ich bin nur zu Besuch, was dich eigentlich überhaupt nichts angeht," sagte ich in meiner besten Lehrerinnenstimme.

Die junge Frau drehte sich daraufhin um und ging ohne ein weiteres Wort davon. Am Abend stellte ich William zur Rede.

"Das tut mir wirklich leid," entschuldigte er sich. "Sie muss das Mädchen von der anderen Straßenseite sein. Ich kenne noch nicht mal ihren Namen. Als ich hier einzog, wartete sie morgens mal draußen auf mich und sagte frech, sie wolle mit mir ausgehen. Ich hab' ihr dann erklärt, dass ich mit ihren Eltern reden würde, wenn sie das nochmal macht. Hab' sie schon eine ganze Weile nicht mehr gesehen."

"Vielleicht solltest du ja mal mit ihren Eltern sprechen, bevor sie Ärger macht," sagte ich und erzählte ihm die Sache mit Johns Ex-Freundin, die im Zorn alle Fenster bei uns eingeworfen hatte. William war erschrocken.

"Au weia! In Ghana würden Frauen so was nicht machen. Vielleicht sollte ich jetzt gleich mal rübergehen."

Ich sah ihm durchs Fenster nach. William hatte eine kurze, höfliche Unterhaltung mit einem älteren Herrn, schüttelte seine Hand und kam zurück.

"Alles in Ordnung. Ihr Großvater will sich ernsthaft mit ihr unterhalten. Anscheinend bin ich nicht ihr erster Schwarm. Er will keinen Ärger mit der Polizei."

"Gut zu hören. Warum dachte sie denn, sie sei deine Freundin?" fragte ich.

"Du musst nicht vergessen, dass in unserer Kultur eine junge Frau - wie du - nicht so einfach einen jungen Mann besucht. Entweder ist sie seine Schwester oder seine Freundin," sagte William.

"Ganz offensichtlich bin ich nicht deine Schwester."

"Nein, ganz offensichtlich nicht," lachte er. "Als sie dich gesehen hat, kam die Schwärmerei bei ihr wohl wieder in Gang. Aber ich bin sicher, sie wird uns keine Schwierigkeiten mehr machen."

"Man lebt und lernt. Ich dachte schon, dass mich schlechtes Karma verfolgt," stöhnte ich. "Übrigens, ich gehe später mit Gaby aus. Zur MOTH Hall Sixties Party. Willst du mitkommen?"

"Nein, ich treff' mich später mit einem Freund bei Giovannis Pizza. Viel Spaß."

Was ich damals noch nicht wusste war, dass dieser Freund meine Freundin Kgomotso war. Die beiden hielten ihre Treffen geheim, um die Klatschtanten in Gaborone auszutricksen.

Für die MOTH Hall Party sollte man sich im sechziger Jahre Stil anziehen. Also trug ich die buntesten Klamotten, die ich finden konnte. Gaby kam wie ein richtiges Blumenkind im Maxikleid mit Stirnband an. Sie würde mir übermorgen beim Umzug helfen und dann gleich nach Mauritius fliegen. Es war unsere letzte Gelegenheit vorher noch zu feiern.

Viele Mitglieder des Theaterclubs waren schon in den Ferien, aber es kam dann doch noch eine ansehnliche Menge zusammen. Erfreulicherweise belästigte mich niemand wegen meines deutschen Vaters und wir tanzten bis in die frühen Morgenstunden.

"Ich bin völlig fertig. Brauche dringend Schlaf," gähnte ich.

"Ach, komm' schon Bridget. Was du brauchst ist mehr Durchhaltevermögen, wenn du die Partysaison durchhalten willst. Du musst noch zur Feier morgen und vergiss nicht, dass du danach in das Haus von Rosemary umziehst."

"Genau deswegen brauche ich ja meinen Schlaf."

Mein Umzug war am Tag nach der Weihnachtsfeier mit den 'Hash Harriers' im Oasis Hotel geplant. Am Abend ging ich gleich mit Herbert und Stoeckl bei Giovannis essen. Danach gab es ein paar Privatfeiern und am Heiligabend dann die Party bei Kgomotso. Das Lebens-Karussell drehte sich unaufhaltsam und immer schneller.

Zuverlässig wie immer stand Gaby am Morgen nach der Hash Harrier Party wie abgemacht genau um 9:00 Uhr vor der Tür. Mein Kopf schmerzte und ich konnte nicht aufhören zu gähnen. "Was ist los?" fragte sie misstrauisch. "Hast du etwa 'nen Kater?"

"Weiß nicht. Gähn. Mein Kopf tut weh." Ich setzte meine dunkelste Sonnenbrille auf.

"Du betrinkst dich doch sonst nicht."

"Ich weiß. Warte, ich erzähl's dir. Das Aspirin muss gleich wirken."

"OK, also dann erzähl mal," verlangte Gaby und ich berichtete im Telegrammstil bei einer Tasse starken Kaffees, was bei der Weihnachtsfeier der 'Hash Harriers' vorgefallen war.

"Nach dem Laufen gingen wir gleich in den großen Saal. Konnte mich nicht mal mehr umziehen. Kgomotso war natürlich auch da. Susan Lewis von Ridge & Perkmans und Hans Schiffer von der deutschen Umzugsfirma saßen an unserem Tisch. Gähn. Und irgend so ein Pärchen. Die haben sich dauernd gestritten. Gähn. Sie ist anscheinend aus Indonesien und er ist Amerikaner."

"Komm' zur Sache, Bridget."

Ich schilderte Gaby den Rest in ihrem kleinen Suzuki, auf dem Weg durch die Stadt, als wir die erste Ladung wegschafften. Sie unterbrach mich nur, wenn sie etwas nicht verstanden hatte oder um irritierend zu pfeifen.

Die Party war ganz informell gewesen. Keiner von uns hatte sich nach einer Stunde über Stock und Stein besonders hübsch gemacht, aber wir hatten Spaß und tanzten ununterbrochen. Der Alkohol floss und Hans Schiffer sorgte dafür, dass unser Tisch immer genug Rotwein hatte. Es war nicht wichtig, dass das Essen nicht besonders gut war. Dann lernte ich Cliff Bailey kennen.

Einer der Jungs von einem Tisch auf der anderen Seite des Saals wollte dauernd mit mir tanzen. Ich hatte ihn schon bei der Moth Hall Party gesehen. Er sah nicht schlecht aus und ich fühlte mich ein wenig geschmeichelt. Einmal ging ich nach draußen, um frische Luft zu schnappen und meine Füße in den Pool zu hängen.

"Hi," sagte jemand und setzte sich neben mich. Es war mein eifriger Tanzpartner.

"Hi." Mir fiel auf, dass er blonde Locken und sehr blaue Augen hatte. Ein Lächeln spielte um seine Mundwinkel, was seinem Gesicht einen interessanten Ausdruck gab.

"Möchtest wohl ein bisschen Ruhe. Ich heiße übrigens Cliff, Cliff Bailey." Er schien ganz nett zu sein, aber eigentlich störte er mich ja beim Alleinsein.

"Ja ich glaube, ich gehe bald. Warte nur auf meine Freundin Kgomotso. Sie fährt mich nach Hause."

"Wieso kommst du nicht mit uns mit? Zu Millicents Apartment? Millicent Feather, du kennst sie vielleicht. Wir wollen dort weiterfeiern. Es gibt Kaviar und Blinis. Ich kann dich jederzeit nach Hause bringen, wenn du willst."

Ich hatte Millicent Feather mal kurz bei einer offiziellen Veranstaltung kennengelernt. Sie war eine der Sekretärinnen bei der britischen High Commission und zwei Jahre lang in St. Petersburg gewesen, bevor sie nach Botswana versetzt wurde. Millicent schien ziemlich etepetete zu sein.

"Kaviar – hört sich ja edel an. Aber lieber nicht, ich bin zu müde," meinte ich.

"Es würde dir bestimmt gefallen. Wir sind alle respektable Leute. Hier, ich gebe dir die nötige Energie." Er brachte mich mit seiner Magier-Handbewegung zum Lachen.

"Also gut, ich komme kurz mit zu Millicent, aber nur ganz kurz," sagte ich spontan.

Cliff Bailey schien nüchtern genug zu sein, um Auto zu fahren.

"Siehst du, meine magischen Kräfte klappen immer. Milicent wohnt in einem Komplex nicht weit von der Mall entfernt."

"OK, ich muss nur schnell meiner Freundin Bescheid sagen. Bis gleich."

Das wirst du bereuen Bridget. Du solltest lieber schlafen gehen, mahnte mich die schwache Stimme der Vernunft. Ich tat so, als hörte ich sie nicht.

Kgomotso wollte nicht noch zu einer anderen Party

gehen. Die meisten Hash Harriers waren schon betrunken und die Party machte ihr keinen Spaß mehr. Sie wollte nach Hause und sah mich an, als ließe ich sie im Stich.

"Sorry Motso. Ich ruf' dich während der Woche an," versprach ich.

"OK Bridsch, bis dann," sagte sie versöhnlich und umarmte mich kurz.

Cliff winkte mir von der anderen Seite des Parkplatzes zu und es ging los. Wir waren zu sechst: Ich, Millicent und Cliff, Brian Jones aus Barry in Südwales (nicht mit Alfred Jones aus Palapye verwandt), Harry Mooney und Jennifer Draycott, Millicents beste Freundin.

Der pummelige Harry kam aus Liverpool, nannte Essen 'scran' und redete dauernd Liverpudlischen Dialekt, was keiner von uns so richtig verstand. Harry und Brian arbeiteten für eine der vielen Ingenieursfirmen in der Stadt. Das war alles was ich über die beiden erfuhr. Die farblose Millicent war das genaue Gegenteil von Jennifer, die lange schwarze Haare hatte und ein enges Minikleid trug. Aber was ihr an Aussehen fehlte, machte Millicent als Partylöwin wieder wett.

Ihre Wohnung glich meiner im Acacia Court aufs Haar. In einer Ecke des Wohnzimmers stand ein afrikanischer Tontopf mit langen Stachelschwein Stacheln. In einer anderen stand eine bemalte Giraffe aus Simbabwe, die fast bis zur Decke reichte.

Millicent demonstrierte wie man Blinis, winzige russische Pfannkuchen, aß. Mit einem Teelöffel saure Sahne und Kaviar drauf. "Nein, der Kaviar gehört obendrauf!" Sie nahm Harry den Löffel weg und gab ihm einen Klaps. "Das hier ist importierter Kaviar aus Russland! Du musst das richtig machen."

Die Blinis wurden mit Sekt und Wodka heruntergespült und dann gab es Slammers. Shooters mit etwas Limonade gemischt, dass es schäumte. Ich hatte zwar nur einen Slammer, aber meinem Kater nach zu urteilen, war es einer zu viel gewesen.

"Ich habe 'ne Idee. Ein Wettkampf im Pool," schlug

Millicent vor. Das Ganze wurde mehr so etwas wie ein Wettkampf der nassen T-Shirts, bei dem die Mädchen abwechselnd auf den Schultern der Jungs saßen und sich gegenseitig in den Pool zogen. Ich kam mir albern vor, machte aber trotzdem mit. Das laute Geplansche und Gelächter hätte Tote wieder zum Leben erweckt. Sehr respektabel!

"Werden sich deine Nachbarn denn nicht beschweren, Millicent?" fragte ich, als wir uns die trockenen Sachen anzogen, die Millicents anbrachte.

Sie musste kichern und sagte einfach "Ist doch Weihnachten, Bridshid. Sei nich' so langweilig. Sind doch ssowiesso nisch' da. In England. Mach' dir keine Ssorgen."

Millicent erinnerte mich nicht mehr an eine wohlerzogene, viktorianische Debütantin. Kein Wunder nach all den Slammers, die sie hatte...

Gaby und ich parkten auf Rosemarys Einfahrt.

"So, und dann bist du gegangen?" fragte Gaby und half mir den letzten der Müllsäcke voller Kleidung ins Haus zu tragen.

"Nein. Ich weiß ja ich hätte das tun sollen," gab ich schuldbewusst zu.

"Ach wirklich?" meinte Gaby.

Die Party ging ins Alberne über. Es wurden Witze erzählt, egal wie schlecht und unlustig sie sein mochten. Wir spielten Scharaden und es wurde noch mehr gelacht. Natürlich gab es auch mehr zu trinken.

"F*** the duck!" grölte Brian Jones, "Du bringst mich um. Affengeil!"

Millicent befahl Brian 50 Thebe in ein Glasgefäß zu zahlen. Auf jedes unflätige Schimpfwort stand eine Strafe von 50 Thebe und Brian hatte einige davon auf Lager. Harry machte während seiner Scharade jetzt immer wildere Verrenkungen.

"Das ist Michael Jackson, Michael Jackson!" krähte Cliff und Harry ließ sich übermütig auf die Couch fallen.

"Idioten! Schaut, was ihr gemacht habt!" kreischte Jennifer Draycott als Gin and Tonic über ihr modisches Kleid spritzte.

Als sie sich dann neben der Toilette übergeben musste, war es Zeit für mich zu gehen. Um etwa 3 Uhr.

Cliff war nicht mehr nüchtern, bot mir aber galant an, mich zu fahren. Es waren kaum noch Autos unterwegs, sonst hätte ich Todesängste ausgestanden. Als wir vor Williams Haus ankamen, sah mir Cliff noch tief in die Augen.

Ich bedankte mich und beeilte mich ins Haus zu kommen. William war nicht da. Ich streichelte Pauli, der sich verschlafen ausstreckte und ging sofort zu Bett. End of Story!

"Au weia," sagte Gaby, als wir uns wieder auf den Weg machten, um die letzte Ladung zu holen. "Lass' dich da bloß auf nichts ein."

"Was meinst du bitteschön damit?"

"Oh Bridget, sei nicht so naiv. Dieser Cliff scheint sich ja sehr für dich zu interessieren." Gaby pfiff durch die Zähne. Reichlich irritierend.

"Ach Blödsinn. Er wollte nur nett sein – glaube ich zumindest. Und er war ziemlich betrunken."

"Ja sicher, er wollte nur nett sein."

"Das ist sowieso nichts für mich," meinte ich. "Er sagte mal, dass er sich scheiden lassen will. Also ist er noch verheiratet. Kommt nich' in die Tüte. Ich werde ihn wahrscheinlich vor dem nächsten Hash Harrier Treffen sowieso nicht wiedersehen."

"Hmm, verheiratet also," sagte Gaby langsam.

"Ja."

"Lass' bloß die Finger von ihm," riet mir Gaby. "Er will sich wahrscheinlich nur trösten."

"Ja, ich weiß. Bin ja nicht bekloppt."

"Gut. Ich will keine Klagen hören, wenn ich aus Mauritius zurückkomme."

Wir luden die Hundedecke, Näpfe und letztlich meinen treuen Hundefreund hinten auf die Ladefläche. Ich verabschiedete mich von William und versprach meinen Anteil an der Telefonrechnung so bald wie möglich zu zahlen.

"Ach übrigens, ein gewisser Cliff war gerade hier. Er hat mir einen Notizzettel mit seiner Telefonnummer gegeben," sagte William und gab mir ein gefaltetes Stück Papier.

"Danke Will. Tschüss denn."

"Tschüss."

"Was steht denn da drauf?" Gaby schielte auf den Zettel.

"Lass mal sehen." Ich öffnete die Notiz. "Ach, nur dass er mich wiedersehen will und ich ihn anrufen soll," sagte ich nicht sehr begeistert.

"Ich dachte, er sei verheiratet." Wir fuhren in ein Schlagloch. "Wupps."

"Getrennt. Zumindest hat er das gestern gesagt."

Pauli presste seinen Kopf unter meinen Arm und ich kratzte ihn hinter den Ohren.

"Freilich! Wieso erzählt er dir das überhaupt gleich am ersten Tag?" sagte Gaby aufgebracht. "Bleib' bloß weg von dem Knilch, Bridsch. Ernsthaft. Er hat dir das bestimmt nur erzählt, um bei dir 'ne Chance zu haben. Und dann taucht plötzlich seine Frau wieder auf. Von einer Englandreise oder so - und schon geht's los mit der spanischen Inquisition."

Wir bogen in die Auffahrt der Bennetts ein.

"Total."

"Jesses, was hast du denn hier drin? Das ist aber schwer!" Gaby half mir mit dem letzten Karton, während Pauli alles gründlich beschnüffelte.

"Bücher," sagte ich.

Es hatte sich so einiges angesammelt, seit ich am Flughafen mit zwei Taschen angekommen war. Ich hatte zum Beispiel zwei Korbstühle für jeweils 10 Pula angeschafft. Und Gaby hatte mir einen abgegriffenen Korbtisch dazu geschenkt, der dazu passte. Ich machte Tee und wir saßen im Garten auf meinen bescheidenen Korbstühlen, bevor Gaby gehen musste.

"Bis nächstes Jahr dann. Und benimm' dich, während ich weg bin," lachte sie als sie von dannen fuhr.

"Mach ich!" rief ich und sie winkte zurück.

Am Abend würde sie in Mauritius sein. Ich winkte ihr hinterher, bis sie um die Ecke verschwunden war, und wünschte ich könnte einfach mitfliegen.

Rosemarys Haus war wunderbar ruhig und das Plantschbecken ein wahrer Segen in dieser Hitze. Eine Maid kam einmal die Woche, um sauberzumachen, ansonsten hatte ich das Haus für mich und Pauli allein.

Endlich konnte ich schlafen, lesen, Rosemarys klassische Musik anhören und essen, wann und wie es mir gefiel. Ich hatte sogar Pläne, Claire einen langen detaillierten Brief zu schreiben.

Allerdings gab es einen Nachteil. Napoleon, der fette weiße Kater der draußen auf der Waschmaschine neben der Küchentür hauste, verabscheute Pauli. Im Gegensatz zu unserer Katze Hinny in Cambridge, war Napoleon ein unsympathischer Schurke.

Die Waschmaschine war exklusives Katzenrevier und Pauli schlief und fraß in der offenen Garage in der Gesellschaft des Autos. Aber mein kontaktfreudiger Hund konnte ein wenig Schnuppern nicht lassen und musste seine Neugier mit schlimmen Kratzern an Schnauze und Augen bezahlen.

Napoleons Krallen gruben sich bei jeder Gelegenheit in Paulis Gesicht und ich hatte bald kaum noch antiseptische Creme. Napoleon zog sich bald auf einen Baum bei der Wäscheleine zurück und sprang nur noch zum Fressen auf die Waschmaschine.

"Tja, wenn du das so haben willst..." sagte ich zu ihm, als ich gerade Paulis blutunterlaufenes Auge untersuchte. "Dann musst du eben da oben sitzen und schmollen."

Napoleon starrte mich beleidigt an. Ganz so, als ob ich seine Familie vertrieben und sein Revier gemeinsam mit einem hündischen Begleiter übernommen hätte. Also wirklich! Rosemary hätte ihm die vorübergehende Situation erklären sollen!

Meine Einsamkeit wurde nur selten durch Besucher gestört. Stoeckl schaute am Anfang zweimal vorbei, um mir mit dem Autoalarm zu helfen.

Ich bekam auch unerwarteten Besuch: Kakerlaken! Große. Sie begannen ihre Invasion von der Küche aus. Ich ließ fast meine Tasse fallen, als ich ein großes braunes Insekt mit langen zitternden Fühlern schmatzend auf dem Regal erblickte. Dann entdeckte ich noch eins zwischen den Töpfen, zwei auf dem Toilettenboden und eine Kakerlake auf meinem Kopfkissen.

Ich kaufte Insektenspray, aber die Viecher waren extrem schnell, sausten über den polierten Wohnzimmerboden und verschwanden immer wieder geschwind in den verschiedensten Verstecken. Ich sprühte, warf Schuhe und hatte zu diesem Zweck immer ein Buch bei mir. Aber egal wie viel Insektenspray ich versprühte, die Kakerlaken vermehrten sich weiter. Als ich auszog, hatte ich 43 Tierchen gezählt. Wie nett.

Kgomotso schneite einmal zu Besuch herein und wir verbrachten den Tag auf typische Mädchenart. Erst schauten wir uns einen Film mit Tom Cruise aus Rosemarys Filmkabinett an. Danach ging es zu einem der neuen Einkaufszentren, die in Gabs wie Pilze aus dem Boden schossen.

Auf dem Weg zum 'Kgotla Café', kamen wir an Frauen vorbei, die auf dem Pflaster saßen. Sie verkauften getrocknete Mopani Raupen, die in kleinen Haufen auf Matten vor ihnen prangten. Nachschub wurde in Metallschüsseln ausgequetscht.

Kgomotso kaufte ein Päckchen getrockneter Raupen und verlangte, dass ich eine davon kostete. Ich knabberte ein winziges Stückchen von einem Ende ab. Wie erwartet schmeckte die Raupe salzig und knusprig, aber da war noch ein anderer Geschmack dabei, der mir nicht gefiel. Ich gab die Mopani Raupe an Kgomotso zurück, die sie mit Genuss verspeiste.

"Wie kannst du bloß sowas essen?" Ich muss eine angeekelte Miene gemacht haben.

"Warte mal - ach ja, essen die feinen Franzosen nicht auch Schnecken und Frösche?" Sie hatte natürlich recht.

"Ja sicher, aber Raupen? Igitt!" Ich hatte noch immer den Geschmack im Mund und sehnte mich nach einem kühlen

Rock Shandy.

"Wo ist da der Unterschied? Wir sind eben damit aufgewachsen und du nicht. Da haben wir's." Sie steckte eine neue Mopani Raupe in ihren Mund. "Lecker!"

Mir schmeckte der griechische Salat im 'Kgotla Café' über der deutschen Bäckerei um einiges besser.

Viel später als ich schon im Firmenhaus wohnte, nahm mich Kgomotso eines nassen Abends nach draußen und zeigte mir tausende fliegender Termiten. Die fetten, weißen Termiten schwärmten manchmal nach einem milden Sommerregen aus dem Boden, aber ich hatte sie mir noch nie genauer angesehen.

Kgomotso hob eine zappelnde Termite von der Straße auf. Sie hatte einen großen, ziemlich langen weißen Körper und ließ sofort ihre Flügel fallen.

"Wir essen die Termiten," klärte mich Kgomotso auf. "In der Pfanne gebraten schmecken sie wie Butter."

"Wieso esst ihr denn sowas?" fragte ich verblüfft.

"So 'ne Art Spezialität. Genau wie Mopani Raupen. Vermutlich hatten die Leute nicht immer genug Fleisch zu essen und mussten auf was anderes umsteigen. Das ist reines Eiweiß und schmeckt gut. Komm' wir sammeln ein paar auf, ich zeig's dir." Kgomotso war es ernst.

Wir sammelten einige der krabbeligen Termiten und Kgomotso briet sie alle in der Pfanne. Ich muss zugeben, sie schmeckten ausgezeichnet. Meine Freunde in England hätten mich für verrückt erklärt, aber ich mochte fliegende Termiten...

Wir saßen noch eine Weile im 'Kgotla Café' und schwatzten. "Ich hätte nicht so viel Knoblauch essen sollen." Kgomotso roch ihren Atem in der hohlen Hand. Sie gestand, dass sie mit William Konenga um 8 Uhr verabredet war.

Das war streng geheim, weil sie eigentlich nicht ohne Zustimmung ihrer Eltern mit einem Mann ausgehen durfte. William war zudem kein Tswana. Sogar wenn er Tswana gewesen wäre, war es lästig ihn der Familie vorzustellen. Ein Mann musste dann nämlich alle seine Klan-Namen aufsagen.

Um sicherzugehen, dass das Paar nicht etwa um ein paar Ecken miteinander verwandt war.

Das verwirrte mich.

"Ist es nicht ziemlich unwahrscheinlich, dass ihr miteinander verwandt seid? Und überhaupt, was ist das Problem mit Ausländern? Deine Mutter ist doch mit einem chinesischen Bankier verheiratet - mit Zustimmung der Familie."

"Das ist was anderes. Martin, mein Stiefvater, ist reich. Und außerdem will meine Mutter keine Kinder mehr haben."

"Aber William ist doch ein ganz besonderer Mensch," meinte ich. "Wie kann' man ihn da nicht ins Herz schließen?" Meine Eltern wären begeistert, wenn ich ihnen einen wohlerzogenen Ingenieur vorstellte.

"Ich weiß, ich mag' ihn ja wahnsinnig gern." Sie lief rot an. "Aber es ist einfach zu kompliziert. Es wird quasi erwartet, dass man irgendwann heiratet, wenn man einen Freund hat. Die Vorfahren müssen konsultiert werden. Und dann wird gleich über Lobola verhandelt. Das ist mir einfach zu viel."

"Deine Familie muss ja ziemlich traditionell sein."

"Sicher, auf eine Art."

Das ließ sich mit meinem westlichen Denken nur schlecht vereinbaren. Das mit den Vorfahren und der Aussteuer.

Ich hatte Cliff Bailey nicht mehr gesehen und ihn schon gar nicht angerufen, nachdem ich in Rosemarys Haus eingezogen war. Dann sah ich ihn bei der MOTH Halle wieder. Einige Mitglieder der Theatergruppe hatten sich an der Bar dort verabredet und ich war spät dran.

Ich musste mal wieder zu Fuß laufen, weil Rosemarys schrottreifer Golf mich im Stich gelassen hatte. Stoeckl konnte erst am nächsten Morgen kommen, um sich den Vergaser anzusehen.

Es blieb mir nichts anderes übrig, als eine Abkürzung durch raues Gelände zu nehmen. Ich brauchte länger als erwartet und würde die Gruppe verpassen. *Egal, irgendwer wird mich schon wieder zurückfahren*, dachte ich. Was ich sah, war Cliff Bailey an der Bar - und er wartete auf mich! Ich setzte mich auf den Barstuhl neben ihn, um zu verschnaufen.

"Die anderen sind schon zum Chinesen gegangen," setzte Cliff mich ins Bild. "Wenn du willst, können wir hinfahren."

Ich hätte einfach ablehnen können, aber dann war da mein Transportproblem. Ich hätte herumfragen können oder in der Dunkelheit zurückmarschieren.

"OK, warum nicht?" sagte ich stattdessen.

Als wir uns gerade aufmachen wollten, kam ein kleiner Junge zu uns gelaufen. Er solle mir eine Botschaft von seinen Eltern geben. "Ich soll dir sagen, dass Cliff ein verheirateter Mann ist und er nicht mit netten Frauen wie dir spielen soll." Was sollte das heißen?

Cliff tat so als sei das alles nur ein Spaß und bat mich es nicht wichtig zu nehmen. Na ja, er hatte ja immerhin an der Bar auf mich gewartet. Wenn er Frauen, die er kaum kannte, soviel Aufmerksamkeit schenkte, dann konnte er ja kein allzu schlechter Kerl sein...

Wir fuhren zum chinesischen Restaurant. Wir fuhren auch zum Damm für romantische Spaziergänge und verbrachten viel Zeit miteinander. Wenn Cliff zu Besuch kam, setzte Pauli sich jedes Mal beschützend zwischen uns und behielt ihn im Auge.

Zwei Tage vor Silvester musste Cliff auf einmal geschäftlich nach Johannesburg und konnte nicht zu Janes Silvester-Party kommen. Ich ging mit William Konenga hin - mit Kgomotsos Zustimmung. Sie musste mit ihrer Familie zur Rinderfarm ihrer Tante fahren. Es wurde wie immer viel getanzt.

Dann um 11 Uhr kam Cliff hereinspaziert! Er nahm mich nach draußen auf die Terrasse und gestand, dass er seine Frau in Johannesburg besucht hatte.

"Wir wollen es noch einmal miteinander versuchen." Eine Ohrfeige hätte nicht schlimmer sein können. "Wir wollen an unseren Problemen arbeiten," sagte er.

"Oh gut - und was ist mit mir?" fragte ich zu Slades 'Far, far away, with my head up in the clouds...'. *Stimmt nur zu genau!* ging es mir durch den Sinn. Ich war mit meinem Kopf in den Wolken gewesen. Ein besorgter William gesellte sich zu uns. Ich sah wohl recht blass aus.

"Ist alles in Ordnung?" fragte er.

"Wir reden nur, William, aber ich glaube, ich mach' mich gleich auf die Socken..." Mein ehemaliger Mitbewohner ging wieder hinein, sah aber immer wieder 'rüber.

Mein ehemaliger Mitbewohner ging wieder hinein, sah aber immer wieder 'rüber.

"Tut mir leid, Bridget, ich wollte dir wirklich nicht wehtun..." Cliff suchte nach Worten. Ich hatte genug gehört.

"Tut dir leid? Was soll das denn heißen? Du hattest mir gesagt, dass du dich scheiden lässt. Oh, weißt du was, das ist jetzt auch egal. Du bist doch nur so ein Stück... so ein Stück... ach egal!"

"Bitte sei mir nicht böse. Wir können ja Freunde bleiben. Wir hatten doch was ganz besonderes..."

Ach ja? Mit dem kleinen Unterschied, dass man Freunden vertrauen kann," fauchte ich. "Zum Glück hab' ich da nicht mitgespielt."

"Aber ich werde nie vergessen wie..." stammelte er.

"Oh tu' mir einen Gefallen und vergiss das alles. Du kannst dich darauf verlassen, dass ich dich vergessen werde!"

Ich drehte dem verdatterten Cliff den Rücken zu. Er durfte auf keinen Fall meine Tränen sehen. Außerdem hatten wir Publikum. Morgen würde die Gerüchteküche dampfen.

William fand mich heulend auf einer Bank beim Pool und begleitete mich nach Hause. Wie konnte ich nur wieder so dumm sein. Hilfe, ich verwandelte mich in einen emotionalen Lemming! Anhalten, ich will 'runter vom Karussell...

Das war kein schöner Silvester gewesen. Vielleicht war der von damals, als Claire und ich uns aus dem Haus schleichen wollten, noch schlimmer gewesen. Wir waren erst 16 und hätten schon im Bett liegen sollen.

Dad erwischte uns, als wir durch ein Schlafzimmerfenster kletterten. Wir wurden in der ersten Januarwoche zu Stubenarrest verdonnert. Guter Vorsatz im neuen Jahr: schlechten Männern aus dem Weg gehen. Mit fünf fetten Ausrufezeichen! Ich fühlte mich wie ein Stück Holz und

Botswana war das Sandpapier, das mich langsam aber sicher zu einem anderen Menschen formte. Das war meistens kein angenehmes Gefühl.

Als ich traurig und schlaflos im Bett lag, schickte ich eine eindringliche Bitte an meine Schwester. Etwas an diesem Silvesterabend hatte mich innerlich berührt.

'Oh Fumpy wo immer du sein magst, ich lass' dich nicht im Stich. Ich brauche nur eine Ruhepause, sonst werde ich noch verrückt. Tut mir leid, dass ich den versprochenen Brief nicht geschrieben habe. Sowieso 'ne blöde Idee. Ich kann es ja spüren, dass du in Ordnung bist. Und falls nicht, gib' mir 'ne kleine Atempause bevor ich das 'rausfinden muss... würde so gern deine Bilder wieder anschauen, aber ich weiß nicht, wo ich sie hingepackt habe...'

Dann hatte ich einen Traum. Dass Claire neben mir saß, mit einem grün-goldenen Bienenfresser auf der Schulter, der mich beobachtete. Ich wollte etwas zu ihr sagen, konnte mich aber nicht bewegen. Als ich aufwachte, saß eine Gottesanbeterin auf meinem Nachttisch. Ich starrte das grüne Insekt an, wie es mit seinen Beinchen in Kung Fu Stellung hin- und her schaukelte.

Kgomotso hatte mir mal erzählt, dass grüne Gottesanbeterinnen den Segen der Vorahnen symbolisierten. Wie ironisch.

Ich schaute mir Videos in Rosemarys Sammlung an. Es gab da dieses Lied im Film The Cotton Club: 'Oh, ill wind go away, skies are all so grey...', das meine Stimmung so schön widerspiegelte.

Pauli tröstete mich mit seinen großen dunklen Augen und als Gaby aus dem Urlaub wiederkam, ersparte sie mir die 'Ich-hab's-dir-ja-gleich-gesagt' Predigt. Dann war ich auch schon über Cliff weg, mit der Hilfe Paulis, meiner Freundinnen und einer Schachtel meiner Lieblingsschokolade.

Ein Brief von Sahida erreichte mich mit Neuigkeiten aus Cambridge, so als hätte er nur darauf gewartet bis ich wieder ich selbst war:

"18. Dezember 1989
Hallo Bridget,

Glückwunsch zu deinem neuen Job und so weiter. Möchte
nicht an deiner Stelle sein, mit der ganzen Umzieherei. Wie
oft hast du jetzt schon die Wohnung gewechselt? Ich hab'
bei diesem Cliff, von dem du im letzten Brief geschrieben
hast, einfach kein gutes Gefühl. Der meint's doch bestimmt
nicht ernst. Pass bloß auf, hörst du?! Nach allem was du
mit diesem Benjamin und so weiter durchgemacht hast,
brauchst du bestimmt nicht noch mehr Herzschmerz....
Übrigens, falls sie's dir noch nicht erzählt hat, Diane zieht
nach London. Sie ist in diesen Felix Eklund verliebt... Er
macht einen ordentlichen Eindruck. Gibt's bei euch da
unten denn keine vernünftigen Männer? Große Güte, du
schreibst immer von totalen Trotteln. Krieg' das mal auf die
Reihe mit deinen Prioritäten, Kleines. Würde dir ja gern
persönlich den Kopf waschen. Wieso besuchst du uns nicht
mal oder kommst einfach zurück, wir vermissen dich hier
ganz fürchterlich..."

Sahida war immer so direkt, genau wie Rita. Sie würde sich
freuen, dass Cliff schon Schnee von gestern war. Und nein,
Diane hatte mir noch nichts davon erzählt, dass sie nach
London ziehen wollte.

Die Dinge änderten sich also auch in England! Wie lange
würde es wohl dauern, bis Diane merkte, was für ein Reinfall
das war mit der Liebe? Sahida fragte nicht nach Claire. Keiner
meiner Freunde fragte mehr. Was sollte ich ihnen auch
erzählen, außer von meinen Träumen?

Sahida schrieb, dass ihr Vater sie unbedingt an einen
entfernten Cousin in Pakistan verheiraten wollte. Das schien
mir nicht gerade ein Erfolgsrezept für romantische Liebe und
Lebensglück zu sein. Auf der anderen Seite hatte ich gut
Reden. Was wusste ich schon von Lebensglück? Stattdessen

gab es ein Fiasko nach dem anderen. Und vielleicht brauchten meine Freunde und Familie mich daheim ja mehr, als ich hier in Botswana gebraucht wurde.

Ich vermisste sie auch so sehr...

Nein, beschloss ich, sie kamen noch gut eine Weile ohne mich aus. Es gab zu viel was mich in diesem Land festhielt. Es war zu kompliziert das alles in einem Brief zu erklären - aber ich konnte jetzt einfach noch nicht weg hier.

Jetzt doch noch nicht!

ELFTES KAPITEL

Als sich der Wirbel der Feiertage gelegt hatte, ging der Alltag wieder los. Pauli und ich zogen Anfang Januar ins Firmenwohnhaus im Vorort Tsholofelo. Eine breite nach Westen ausgelegte Veranda bot ausreichend Platz für Pauli und meine Korbstühle.

Die schattige Veranda war ein herrlicher Bonus in einem sonnen-heißen Land wie Botswana und ich machte ausgiebig Gebrauch davon. Ein Stück wildes Buschfeld lag gleich über der Straße vor dem Haus. Hier konnten mein treuer Hund und ich auf ausgetretenen Fußpfaden spazieren gehen.

Zunächst aber bekamen wir alle erstmal eine ordentliche Lebensmittelvergiftung. Durchaus nichts Ungewöhnliches in Afrika.

"Es muss am Eiersalat von gestern Abend liegen. Verdammt!" klagte Emily.

Kgomotso ging es nicht zu schlecht, aber Emily und ich hüteten den ganzen Tag das Bett und wechselten uns mit dem Kopf über der Toilettenschüssel ab.

Am Montagmorgen fühlte ich mich immer noch krank. Mein erster Arbeitstag! Gleich zu Beginn war eine wichtige Sitzung in der Stadt angesetzt. Ich schleppte mich tapfer zum ersten Treppenabsatz des Bürogebäudes hinauf. Hier musste ich mich aus dem Fenster hinaus übergeben. Keiner hatte was gemerkt, außer vielleicht die Vögel draußen.

Die Lebensmittelvergiftung war ein paar Tage später überstanden und bald machte mir die Arbeit richtig Spaß. Der Teamgeist bei Packer Engineering war eine erfrischend neue Erfahrung für mich.

Ruí, unser portugiesischer Mitbewohner und

Computerexperte der Firma, nahm mich jeden Morgen in seinem Auto mit. Damit war das Thema Transport zunächst mal abgehakt. Ich versuchte nicht zu viel an Claire zu denken und es gelang mir auch beinahe.

Derweil tat sich im Nachbarland Südafrika etwas Weltbewegendes.

Im Februar verbreitete sich die Nachricht wie Lauffeuer rund um den Globus, dass Nelson Mandelas Entlassung aus dem Gefängnis nach 27 Jahren endlich bevorstand.

Optimismus lag in der Luft. Im Fernsehen wurden immer wieder die politischen Auswirkungen des Ereignisses erörtert.

Ein Chor aus Holland sang Xhosa Lieder und amerikanische Schulkinder sandten hunderte von Postkarten nach Südafrika. Bei dieser hoffnungsfrohen Stimmung wurde auch ich wieder zuversichtlicher.

Ich entdeckte Tony einmal zufällig beim Buchladen in der Mall und verlor ihn gleich wieder aus den Augen. Als ich mich umdrehte, sah ich Ben und Jörg Walter in ein eifriges Gespräch vertieft und schaffte es gerade noch, mich hinter einem Flohmarktstand zu verstecken.

Dann - zu allem Überfluss - stand auch noch Cliff Bailey mit irgendeinem Mädchen vor der Barclays Bank. An einem Tag? Das war einfach zu viel.

"Hilfe, ich werde verfolgt," beschwerte ich mich bei Kgomotso, die mir kopfschüttelnd zusah. Ich zeigte von meinem Versteck aus auf Cliff und seine Begleiterin.

"Das ist doch Emma. Ich war mit ihr im Internat in Harare," meinte sie nur. "Ich hab' gehört, dass sie einen neuen Freund hat."

"Typisch Cliff," sagte ich verächtlich und kam hinter dem Flohmarktstand hervor. "Vielleicht sollte ich aber doch mal Tony kontaktieren. Habe seit Ewigkeiten nicht mehr mit ihm gesprochen."

"Wer ist denn Tony?" Kgomotso kam verständlicherweise nicht mehr mit.

"Ach, nur jemand den ich noch aus Palapye kenne."

"Aha."

Ich hatte immer noch nicht die Zeit gefunden, Kgomotso von meiner Vergangenheit zu erzählen. Und Emily hatte, wie verabredet, dichtgehalten. Ich fand auch jetzt in der Mall nicht die richtigen Worte und Kgomotso belagerte mich nicht mit Fragen. Wir unterhielten uns bald nur noch über Kleider und Schuhe.

Dann beschlossen wir Mädchen das Firmenwohnhaus neu einzurichten. Mr. Feindlich hatte unser Nörgeln über die karge Einrichtung endlich satt und gab Kgomotso eine Geschäftskreditkarte mit strikten Anweisungen, einen Betrag von 3000 Pula nicht zu überschreiten.

Immerhin noch ein Haufen Geld für Vorhänge und Teppiche. Wir taten aber so, als müssten wir schrecklich sparen, nur um unseren unleidigen Büromanager ein wenig zu ärgern.

Also gingen wir einkaufen. Nach ein wenig Shopping in der Mall, traf ich mich mittags mit Gaby auf der Terrasse des President Hotels. Ich konnte es kaum abwarten ihr die dekorativen, afrikanischen Körbe zu zeigen, die ich im Souvenirladen gekauft hatte. Ich schlenderte die breite Treppe hinauf und - oh nein, vor mir standen zwei von Bens Freunden aus Kang, die gerade gehen wollten.

Stan und die rothaarige Suanne drehten sich gleichzeitig um und blickten mich vorwurfsvoll an, als ob ich sie angesprochen hätte. Genau das, was ich brauchte! Ich kannte die beiden kaum. Ben hatte uns aml in Kang vorgestellt. Wir waren unterm Sternenhimmel in einer kalten Wüstennacht um ein Lagerfeuer vor Bens Haus herumgesessen und hatten Würstchen und Marshmallows an Stöcken gegrillt.

"Ich hab' gehört, dass Benjamin dir den Laufpass gegeben hat," platzte Stan ohne weitere Begrüßung heraus. Seine schmalen Wangen schienen ein wenig vor Erregung zu zittern. Ich starrte ihn an. Na toll!

"Einen schönen guten Tag auch, Stan. Ja, das ist schon so lange her. Wir haben uns übrigens gegenseitig den Laufpass gegeben. Nicht, dass dich das irgendwas angeht."

Ich hätte ihm natürlich auch sagen können, dass ich es

war, die sich von Ben getrennt hatte. Aber in aller Öffentlichkeit schmutzige Wäsche zu waschen war nicht empfehlenswert.

"Ben hat's mir aber selbst gesagt," sagte Stanley beharrlich. Er schien den kleinen Wortwechsel zu genießen! Suanne weit weniger. Sie zog ihren Freund ungeduldig am Ärmel.

"Sieh mal einer an. Leider stimmt das nicht," behauptete ich so würdevoll wie möglich, "Ich muss es ja wissen, ich war schließlich dabei."

"Ich glaube eher Ben als dir," sagte Stan.

Hatten die beiden wirklich nichts Besseres zu tun?

"Weißt du was Stan, es ist mir total scheißegal, was du denkst oder oder was Ben sagt. Er kann mich mal. Kreuzweise."

Ich fühlte mich wie eine Eiskönigin. Wie eine nicht ganz so vornehme Eiskönigin.

"Komm Stan, lass uns gehen," bettelte Suanne und zog ihn noch heftiger am Hemdsärmel. Sie bezahlte den wartenden Kellner und zerrte ihren grinsenden Freund regelrecht die Treppe hinunter.

"Du liebe Güte, was war das denn?" fragte Gaby spöttisch als ich es endlich geschafft hatte mich zu ihrem Tisch vorzuarbeiten.

"Ach, das waren nur Bens Freunde aus Kang. Kenn' die beiden kaum. Haben versucht mich ein wenig zu schikanieren. Anscheinend erzählt der Kerl herum, dass er mich sitzengelassen hat."

"Wieso, du hattest doch damals Ben rausgeschmissen."

"Genau. Aber das hat er diesen Clowns und gottweißwem noch erzählt."

"Verdammte Schlange und den Landpflanzen ist einfach zu langweilig in Kang. So'n kleiner Skandal macht wohl zu viel Spaß. Keine Angst, der Staub wird sich schon wieder legen. Meine Güte, Bridget, du bist ja ganz rot im Gesicht. Erstmal tief durchatmen," befahl sie mir. Ich atmete brav ein und aus und beruhigte mich wieder.

"Hoffentlich haben das keine Klatschtanten mitgekriegt.

Kann man ausgediente Liebhaber denn nie wirklich loswerden?" fragte ich und rollte mit den Augen.

"Doch man kann. Komm', wir gehen 'n Weilchen bei mir Schwimmen," schlug Gaby vor. "Das wird dir guttun."

Wir verließen das Hotel, ohne etwas zu bestellen. An einem heißen Nachmittag in Gaborone gab es nichts Besseres als einen kühlen Swimmingpool.

Ein paar Tage später übersetzte ich gerade einen langen Brief an einen Lieferanten, als Kgomotso aufgeregt im Büro anrief. Sie war morgens zur Bank gegangen und hatte schnell nochmal bei unserem Haus vorbeigeschaut.

"Bridget, komm' sofort her! Emily auch. Einbruch. Alles durcheinander. Dein Zimmer. Hab' Polizei verständigt," stammelte sie, während sie versuchte Luft zu holen.

"OK, beruhige dich erst mal. Einbruch beim Haus. Verstehe. Setz' dich hin und trink was, Motso. Wir sind gleich da."

Kgomotso wollte eine Akte holen, die sie nicht im Büro finden konnte und war zufällig auf die Einbrecher gestoßen Die machten sich schleunigst aus dem Staub, aber Kgomotso hatte einen fürchterlichen Schreck bekommen. Anders als in Südafrika gab es in Botswana ja so gut wie keine Kriminalität.

Als Emily und ich eintrafen, standen zwei Polizisten schon wartend an der Auffahrt. Einer der beiden nahm seinen Finger aus der Nase und meinte, "Sie können da nicht 'reingehen. Wir untersuchen ein Verbrechen."

"Ja, ja, wir wissen Bescheid. Ein Einbruch. Wir wohnen hier," klärte Emily ihn kurz auf.

"Ehéy, Madam. Sorry. Sehen Sie bitte nach, ob etwas gestohlen wurde. Können Sie uns dann eine Liste geben?" fragte der andere Polizist höflich. "Wir warten."

"Machen wir," sagte ich. "Vielen Dank."

Die beiden setzten sich auf die Verandatreppe und Pauli behielt sie im Auge. Ich fragte mich wie die Einbrecher es geschafft hatten an dem großen Hund vorbeizukommen. Kgomotso ging uns im Flur entgegen. Sie war wieder in der Lage richtig zu sprechen.

"Die Diebe scheinen es besonders auf dein Zimmer

abgesehen zu haben. Jede Schublade ist herausgezogen und alles liegt auf dem Boden herum," warnte sie mich vor.

"Was um Himmels willen haben die gesucht?" fragte Emily verblüfft. "Du bist ja nicht gerade Miss Rockefeller oder sowas mit teurem Schmuck im Tresor."

Ich sah meine Sachen durch, die kunterbunt verstreut herumlagen und begann Kleidungsstücke auf dem Bett zusammenzulegen. Die wenigen Wertsachen, die ich besaß, waren noch da. Das machte doch einfach keinen Sinn.

"Die Briefe!" rief ich plötzlich.

"Was?" fragte Kgomotso verwirrt. "Was für Briefe?"

Ich starrte mit offenem Mund auf den Nachttisch.

"Das gibt's doch einfach nicht! Meine Briefe sind weg. Die von Claire und die aus England. Und die Fotos auch!"

Ein gerahmtes Foto von Claire stand auf meinem Schreibtisch im Büro und da waren noch zwei andere in meiner Schreibtischschublade unter Radiergummis und Kugelschreibern. Aber alle anderen Fotos waren zusammen mit den Briefen in meinem Nachttisch gewesen.

"Das kann doch nicht wahr sein," Emily begann unpassend zu kichern. "Die sind eingebrochen, um ein paar blöde Briefe und Bilder zu klauen?"

Ich warf ihr einen wütenden Blick zu und sie riss sich sofort zusammen. "Sorry, meine Nerven."

Für mich war das kein Scherz. "Das hat alles einen persönlichen Wert für mich."

"Ja klar."

"Was könnte jemand mit persönlichen Briefen und Fotos wollen, es sei denn sie haben was mit Drogengeschäften oder einer Liebesaffäre zu tun?"

Kgomotso setzte sich auf meinen knarrenden Malawistuhl.

"Keine Ahnung, ich hab' einfach keine Ahnung." Ich war völlig fertig und wischte mir die Tränen aus den Augen. Claires Briefe waren weg!

"Willst du der Polizei davon erzählen?" fragte Emily.

Ich dachte einen Moment lang nach. Die Polizisten würden mir bestimmt auch nur ins Gesicht lachen.

"Nein, das bringt nichts. Vielleicht haben die Diebe ja versucht was über Claire herauszufinden. Ich kann's mir nicht anders erklären. Wir wissen ja immer noch nicht was mit ihr passiert ist. Vielleicht sollte ich das doch erwähnen."

Mein Kopf begann zu schmerzen. Warum war alles bloß so kompliziert?

"Claire?" fragte Kgomotso.

"Später," sagte Emily. "Also dann geh' und sag' es den Polizisten draußen"

Die beiden falteten meine Kleider zusammen, während ich mich auf den Weg zu den Polizisten machte.

"Ah, hier hat sich meine Bluse die ganze Zeit versteckt," hörte ich Kgomotsos vorwurfsvolle Stimme, als ich schon im Flur war. "Aber wer ist diese Claire und was hat sie mit der ganzen Sache zu tun?"

"Nichts Wildes. Bridget wird dir das sicher bald erklären. Ich glaube, im Moment ist sie einfach noch zu aufgeregt."

Wie befürchtet nahmen mich die Polizisten nicht sehr ernst, als ich ihnen von den fehlenden Briefen und Bildern berichtete. Wir vermissten ja nichts Wertvolles. Nur eine Flasche Cola aus dem Kühlschrank fehlte noch.

Sie unterdrückten ein Grinsen und teilten mir höflich mit, dass ich zur Polizeistation kommen sollte, wo man mir eine Aktennummer geben würde. Dann gingen sie.

Die Ordnung im Haus war bald wieder hergestellt, aber in meinen Gedanken ging's immer noch drunter und drüber.

Je mehr ich darüber nachdachte, desto mehr Fragen tauchten auf. Warum gerade jetzt? Und vor allem wer? Ich drehte mich im Kreise - und ich brauchte Antworten! Was war, wenn es doch etwas mit Claire zu tun hatte? Ein Hoffnungsschimmer am Horizont.

Vielleicht war es an der Zeit einen Sangoma zu finden, so wie Margarete Marducci es mir damals vorgeschlagen hatte.

Ich schob die ganze Sache schon viel zu lange vor mir her. Aber einen Sangoma zu finden war gar nicht so einfach. Man konnte wohl kaum irgend jemanden auf der Straße ansprechen: 'Verzeihung, könnte Sie mir sagen, wo ich hier einen Sangoma finde?'

Im Büro nachzufragen hätte bloß die Gerüchteküche in Gang gebracht und Kgomotso hatte mal angedeutet, dass sie keine Ahnung von Schamanen hatte.

Vielleicht konnte ja Agnes Müller, meine frühere Setswana-Lehrerin, weiterhelfen. Ich hatte sie zwar seit Monaten nicht mehr gesehen, aber warum eigentlich nicht?

Sie besaß kein Telefon, aber ich brauchte dringend Rat. Also beschloss ich spontan Agnes einen Besuch abzustatten. Heute noch, bevor ich es mir anders überlegte! Sie wohnte auf der anderen Seite der Stadt, in einer Gegend, wo ich mich nicht gut auskannte. Kein Hindernis, wenn man eine Stadtkarte hatte.

Ich ging zur Hauptstraße und nahm umgehend ein Minitaxi zur Mall. Von dort aus ging ich zu Fuß weiter.

Es war schon später Nachmittag und die Sonne stand tief am Himmel. Sie war orangefarben zwischen Bäumen und Häusern zu sehen. Die Tageshitze wurde von der kühleren Luft abgelöst und bald würde es stockdunkel sein.

Was hast du dir nur dabei gedacht, um diese Zeit hierherzukommen! Schalt ich mich. Aber der Weg zur Mall war weit und ich konnte jetzt nicht einfach wieder umkehren. Was Kgomotso und Emily von meinem plötzlichen Verschwinden halten sollten, kam mir gar nicht erst in den Sinn.

Kurz bevor die Sonne ganz untergegangen war, stand ich vor dem Haus. Na bitte. Agnes hatte ein Auto und würde mich mit Sicherheit nach Hause zurückfahren.

Es war aber nicht Agnes, die mir die Tür öffnete, sondern Robert ihr Verlobter aus England. Derselbe Robert, für den sie ihren Mann in Wuppertal verlassen hatte. Ich hatte die beiden mal zusammen in der Mall gesehen.

Robert blickte mich mit dem Ausdruck eines traurigen Hamsters an. Er meinte, dass Agnes noch bei der Arbeit sei, ich aber drinnen auf sie warten könne. Sie müsste bald kommen. Ich dachte an den langen Rückweg zur Mall und nahm die Einladung dankbar an. Leider merkte ich nicht, dass Robert total betrunken war.

Ich folgte ihm ins Wohnzimmer und er setzte sich zu mir und wir warteten gemeinsam auf Agnes. Es wurde dunkel im Haus und draußen kamen keine Straßenlaternen an. Aber Agnes kam nicht. Zu allem Überfluss stieß ich mit den Füßen gegen leere Flaschen unter dem Couchtisch. Kein gutes Zeichen.

"Robert, wieso machst du nicht das Licht an?" fragte ich und seine Alkoholfahne war jetzt unüberriechbar.

"Wir haben keinen Strom," meinte er fast ohne zu lallen. "Schiet, wieder ein Stromausfall!" Das erklärte den Mangel an einer Straßenbeleuchtung.

"Oh je. Wo bleibt denn bloß Agnes, sollte sie nicht schon längst zurück sein?" fragte ich.

"Sie kommt sicher gleich," behauptete Robert mit Bestimmtheit. Na gut... "Habt ihr denn keine Kerzen im Haus?"

"Muss mal nachsehen."

Robert zottelte in Richtung Küche ab und kam mit einer einsamen Kerze in einem Blechständer wieder. Er zündete die Kerze umständlich an und sie verbreitete ein schwaches Licht, das Schatten an die Wand warf. Wenigstens konnte man jetzt etwas sehen.

Mit einem Schlag wurde ich meiner prekären Situation bewusst: Robert war eindeutig betrunken und ich war allein mit ihm! Heute noch etwas über Sangoma in Erfahrung zu bringen, wurde immer unwahrscheinlicher. Soviel war klar.

Wo blieb nur Agnes? Ich sollte gehen. Irgendwie musste ich zur Mall zurück, aber es war jetzt pechschwarz draußen - natürlich war Neumond - und ich hatte keine Ahnung wie ich zu Fuß zurückfinden sollte. So völlig spontan hierherzukommen war eine Schnapsidee gewesen. Schöne Bescherung!

Der Verlobte von Agnes setzte sich auf die Couch neben mich. Zu nahe für mein Empfinden. Er plapperte über dies und jenes ohne viel Sinn zu machen. Mein linker Arm schien ihn besonders zu interessieren und er fing an meine Haut zu streicheln. Mir fiel die unangenehme Erfahrung mit Alfred Jones in Palapye ein. Wollte er mich etwa anbaggern?

Ich sprang wie von einem Stromschlag getroffen auf. "Igitt Robert, was machst du denn da? Schäm' dich was! Ihr wollt doch bald heiraten. Was wird Agnes dazu sagen?" rief ich.

"Agnes liebt mich nicht mehr," begann der zu heulen. Das wurde ja immer besser.

"Warum hast du mir das nicht gleich gesagt? Wo ist sie überhaupt?"

Robert heulte nur. Ich fühlte Panik in mir aufsteigen. Wie kam ich hier nur wieder 'raus? Vielleicht lag Agnes schon im Garten begraben? Oh, reiß' dich gefälligst zusammen! Agnes kam aus irgendeinem Grunde nicht nach Hause, das war alles.

Ohne ein Wort zu sagen, rückte Robert näher an mich heran.

"Ich gehe jetzt," verkündete ich tapfer. Dunkelheit oder nicht, ich würde lieber die stockdunkle Straße entlang laufen, als hierzubleiben.

"Das darfst du nicht."

"Was, warum nicht?" fuhr ich ihn an. Wollte dieser Robert mich etwa davon abhalten zu gehen? Das sollte er nur mal versuchen!

"Es ist zu dunkel draußen. Du wirst dich verlaufen," meinte er.

Verdammt, Robert hatte recht! Ich kannte mich in der Gegend viel zu wenig aus. Ich konnte ja nicht einfach in einem Baum klettern und dort bis zum nächsten Morgen übernachten.

"Also was schlägst du vor?" fragte ich ihn barsch.

"Du kannst hier übernachten," grinste Robert betrunken und nahm einen Schluck aus einer Brandyflasche. "Ich glaube, Agnes kommt nicht mehr."

"Kommt überhaupt nicht infrage," sagte ich entschlossen und ging auf die Tür zu.

"Ich kann dich auch fahren. Aber erst muss ich zu meinem Freund Colin im Oasis Hotel." Colin Dalglish war ein entfernter Bekannter. Ein Hoffnungsschimmer flackerte auf und verblasste gleich wieder.

"Aber du bist doch total betrunken," erwiderte ich. Der Schimmer flackerte wieder auf. "Vielleicht sollte lieber ich fahren."

"Ich kann immer noch selbst fahren!" behauptete Robert.

Mir blieb kaum eine andere Wahl. Er war wohl in Gedanken schon dabei, sich mit seinem Freund Colin Dalglish weiter zu betrinken. Hoch die Tassen. Ich kannte Colin, er war Ingenieur bei Roberts Firma und eigentlich ganz in Ordnung. Wenigstens würde ich dann nicht mehr mit Robert alleine sein. Ich musste das Risiko eingehen.

"Also gut ...lass uns zum Hotel fahren," seufzte ich.

Robert brauchte ganze zehn Minuten, um seine Schlüssel zu finden. Dann fummelte er am Schloss seines Bakkies in der dunklen Auffahrt herum. Ich bereute meine Entscheidung schon. Konnte dieser Mensch überhaupt noch geradeaus fahren?

Er leistete sich noch einen kleinen Scherz auf meine Kosten, indem er den Wagen ein wenig von mir weg den Weg hinunterrollen ließ. Er fand das sehr komisch.

Ich kletterte todesmutig auf den Beifahrersitz und sagte nichts. Die Lichtkegel der Scheinwerfer waren die einzige Beleuchtung, als Robert sich langsam bis zur Hauptstraße vortastete. Wenigstens raste er nicht.

Meine Erleichterung hielt nicht lange an. Der Bakkie fuhr in Schlangenlinien auf dem Mittelstreifen und verpasste knapp einen Besoffenen, der in dunklen Klamotten die Straße entlang torkelte.

Ich schwitzte Blut und Wasser.

Als wir beinahe auf der Hauptstraße waren, kam auf einmal das Straßenlicht wieder an. Es kamen uns gleich zwei Autofahrer entgegen, die klug genug waren auszuweichen.

Auf dem Hotelparkplatz kam der Bakkie kaum zum wackeligen Halten, da sprang ich auch schon heraus. Das Hotel war meilenweit von der Stadtmitte und der Mall entfernt. Von hier aus nach Tsholofelo zu laufen war ausgeschlossen.

Ein paar Leute kamen die Treppe herunter, die einigermaßen nüchtern aussahen, aber sie lehnten es misstrauisch ab, mich mitzunehmen. Mist!

Ich kannte Colin Dalglish zwar nicht gut, aber er war meine letzte Hoffnung nach Hause zu kommen. Es war nicht schwer Robert einzuholen, der auf die Motelzimmer zuwankte.

Colin sah Asterix verblüffend ähnlich, nur mit weniger Haaren und einem starken schottischen Aberdeen Akzent. Ich stellte bald fest, dass der sonst so vernünftige Schotte sich auch hatte volllaufen lassen. Nahm dieser Albtraum denn keine Ende mehr?

Ich erzählte ihm trotzdem, was vorgefallen war. Er begriff genug und ich wartete geduldig, bis Colin mithilfe mehrerer Tassen starken Kaffees immer nüchterner wurde.

Robert schlief derweil auf der unsauberen Couch laut schnarchend seinen Rausch aus. Wenigstens erfuhr ich endlich, dass Agnes weit davon entfernt war, sich die Radieschen von unten zu besehen. Buchstäblich.

Sie hatte Robert vor einer Woche verlassen, um zu ihrem Mann zurückzukehren. Das heißt, sie war in Deutschland.

Colin wurde von Minute zu Minute nüchterner. Er war ein solider Familienvater. Seine Frau und Kinder warteten in Schottland darauf, ihm nach Botswana zu folgen. Und er fühlte sich einsam. Mit Robert war er wenigstens nicht ganz allein.

Nachdem ich ein paar schottische Trinklieder über mich hatte ergehen lassen und ein Familienalbum angesehen hatte, bot Colin endlich an, mich nach Hause zu fahren. Es war 2:00 Uhr morgens. "So, du magst Robert also?" fragte er auf dem Weg in die Stadt.

"Was - wie kommst du denn auf die Idee?"

"Er hat mir das vor zwei Tagen gesagt und jetzt bist du hier."

"Na so ein Scherzkeks, ich kenne ihn ja kaum."

Mir war im Moment egal was Robert so erzählte. Alles was ich wollte, war nachhause zu kommen und in mein warmes Bett.

"Warum warst du dann mitten in der Nacht bei ihm?"

"Das hab' ich dir doch schon erzählt! Ich wollte Agnes besuchen und dann gab es einen Stromausfall. Man konnte draußen die Hand nicht vor den Augen sehen. Woher sollte ich wissen, dass sie Robert verlassen hat?"

"Aha." Mir platzte der Kragen!

"Du verstehst überhaupt nichts. Ich bin nicht im geringsten an deinem öligen Kumpel interessiert!" sagte ich gereizt.

"OK." Halt dich zurück Bridget, wir sind jetzt fast in Tsholofelo!

Als Colin in unsere Straße einbog, konnte ich es kaum abwarten aus dem Auto zu steigen und diese ganze groteske Nacht hinter mir zu lassen. Pauli winselte und begrüßte mich lebhaft. "Danke Colin. Du hast mir das Leben gerettet," sagte ich ehrlich dankbar.

"Jetzt bist du mir was schuldig." Colin scherzte - oder meinte er das etwa ernst?

Ich war nicht in der Stimmung für Scherze. "Tschüss dann und danke nochmal," sagte ich und beeilte mich ins Haus zu kommen.

Mein erster Versuch einen Sangoma zu finden war kläglich gescheitert. Sollte das ein Zeichen sein, dass es eine schlechte Idee war? Emily war noch wach und schaute sich einen Film im Fernsehen an.

"Wieso bist du denn da überhaupt hingefahren? So spät noch! Es hätte sonst was passieren können." Der mütterliche Ton beruhigte mich.

"Ich wollte Agnes Müller fragen, ob sie nicht einen Schamanen für mich auftreiben kann. Woher hätte ich wissen sollen, was da passieren würde?"

"OK, einen Schamanen." Emily sah mich mit großen Augen an. Sie versuchte zu verstehen.

"Ja doch. Ich möchte 'rausfinden was das alles zu bedeuten hat. Das mit dem Einbruch. Und mit Claire."

Emily nickte noch nicht ganz überzeugt.

"Und da hast du gedacht, ein Schamane könnte dir dabei helfen - jetzt sofort?"

"Ja, freilich. Nur jetzt weiß ich auch nicht mehr so recht. Nach der Erfahrung."

"Na ja, du willst eben alles versuchen. Ach ich wünschte, ich könnte dir helfen, aber mit Schamanen kenne ich mich nicht aus. Sei bitte nicht wieder so leichtsinnig, die Stadt ist voll brünftiger Männer."

"Vielleicht sollte ich mir einen fahrbaren Untersatz beschaffen."

"Keine schlechte Idee. Dann bist du unabhängiger. Und wenn es dir mal wieder einfällt mitten in der Nacht herumzustromern, kannst du jederzeit nach Hause. Du hättest dir übrigens auch Motsos Auto leihen können..."

"Daran hatte ich gar nicht gedacht. Ich hatte es eilig zu Agnes zu kommen und bin ins nächste Minitaxi gesprungen."

"Wenn du wieder mal sowas machst, schreib' uns wenigstens einen Zettel! Dann wissen wir wo wir nach deiner Leiche suchen müssen."

"Haha, witzig."

Kurz darauf ließ mich Stoeckl wissen, dass ein Bekannter seinen 1974 VW Käfer verkaufen wollte. Ich sah mir den Käfer an. Stoeckl hatte schon gesagt, dass es sich lohnte.

Abgesehen vom Auspuff und den Bremsen war das Auto in einem guten Zustand und er wollte mir helfen, die Karre wieder in Schuss zu kriegen.

Ich kannte mich mit dem Innenleben von Autos ungefähr so gut aus, wie ein Elefant damit wie man ein Flugzeug steuert, aber der hellblaue Käfer gefiel mir.

Anscheinend war der Wagen geschenkt für zweitausend Pula. Der Käfer wechselte den Besitzer und zwei Tage später hatte ich die Papiere.

Stoeckl hielt Wort und reparierte an Auspuff und Bremsen herum, damit ich zur Arbeit fahren konnte. Es stellte sich leider heraus, dass keine Autowerkstätte in Gabs Ersatzteile hatte. Er versprach die notwendigen Bremsbacken bei seinem nächsten Besuch in Südafrika zu besorgen.

In der Zwischenzeit musste ich eben ohne auskommen. Das hieß, ich konnte nur bremsen, wenn ich in den zweiten Gang schaltete.

Das war nicht gerade ideal, wenn man dauernd an einer Straßensperre angehalten wurde. Manchmal war ich gezwungen auf dem Schotter neben der Teerstraße zu halten. Nervöse junge Soldaten, geladene Maschinengewehre und fehlerhafte Bremsen. Keine gute Mischung!

Was mich rettete, war wohl die Tatsache, dass ich eine Frau war. Außerdem hatte ich meinen hellblauen Käfer in einem Anflug von Kreativität mit Goldfischen, Seetang und Luftblasen bemalt. Das löste eher Heiterkeit als Misstrauen aus.

Welcher Terrorist fuhr in Gaborone schon mit einem Goldfischglas durch die Gegend. Ich musste aber meinen ganzen Charme einsetzen, um erstaunten Soldaten klarzumachen, warum ich nicht sofort bremsen konnte. Wie naiv von mir!

Ein Gerücht machte die Runde, dass ein junger Brite aus Versehen in die Straße eingebogen war, wo der Präsident in seinem Palast residierte. Als er die Soldaten mit ihren Maschinengewehren sah, versuchte er erschrocken zu wenden. Aber es war zu spät. Er starb im Kugelhagel, bevor er sich davonmachen konnte. Umgebracht, dafür dass er sich nicht in der Stadt auskannte!

Mir lief es eiskalt den Rücken hinunter, wenn ich nur daran dachte. So sollte man sein Leben nicht aufs Spiel setzen. Stoeckl half mir danach schleunigst die Bremsen auszuwechseln und ich fühlte mich um einiges sicherer.

Ende Februar lud mein Chef, Wolfgang Klein, das Designteam ins Kino ein. Als Dankeschön für unsere harte Projektarbeit. 'Rainman' mit Tom Cruise und Dustin Hoffmann war gerade in die Kinos gekommen und wir freuten uns darauf einen brandneuen Film zu sehen.

Als wir draußen vor der Glasfassade in der Schlange standen, sah ich Benjamin, wie er von Entwicklungshelferinnen umgeben auf einer niedrigen Mauer saß.

Wir hatten seit der abgesagten Namibiareise nicht mehr miteinander gesprochen. Du kannst mich nicht sehen, du kannst mich nicht sehen, du kannst mich nicht... Er hatte mich gesehen! Ben schälte sich lässig von der Mauer ab und kam herübergeschlendert.

"Hi Bridget," sagte er und lächelte charmant.

"Hi." Was sollte ich auch sonst sagen: schön dich zu sehen?

"Wie geht's?" Er täuschte wahrscheinlich Interesse vor, um den Damen zu zeigen, was für ein Wahnsinns-Kerl er war und wie zivilisiert er mit seiner Ex-Freundin umging. Natürlich wussten sie, wer ich war.

"OK und du?"

"Wollte mir 'Rainman' mit 'n paar Freunden anschauen."

"Ja, wir auch. Das ganze Team ist hier." Ich drehte mich um und stellte meine Kollegen vor. Benjamins Gesicht wurde immer länger. Er starrte eingeschüchtert auf die strammen Jungs, die sich um mich scharten.

Bens Großspurigkeit schwand dahin. "Hmm, ich muss jetzt gehen. Viel Spaß noch." Er drehte sich abrupt um und setzte sich wieder zu seiner Gruppe.

"Euch auch," rief ich ihm nach. Es machte Spaß. Fast so als hätte ich ihm einen Streich gespielt.

"Was war das denn für ein Knabe?" fragte mein Chef. "Hat er dich belästigt?"

"Nur ein Ex-Freund. Peinlich, aber sonst nichts weiter. Danke für die Unterstützung."

"Kein Problem," grinste er.

So musste es sich anfühlen, wenn man große Brüder hat, dachte ich. Einen ganzen Haufen Brüder.

Die Gerüchteküche schlief allerdings nie. Nach einem langen Arbeitstag fragte mich Theunis Grobelaar, ein holländisch-indonesischer Bekannter von Gaby, ob ich noch auf einen Drink ausgehen wollte. Ich sagte spontan zu.

Sobald wir uns an die Hotelbar gesetzt hatten, bat er mich mit ernsthafter Miene, nicht die Ehe von Richard Fourie zu zerstören. Ich ließ fast mein Glas fallen.

Richard war glücklich verheiratet. Er war ein Ingenieur aus dem Windhuker Büro und unserem Team kurzfristig zugeteilt worden. Man hatte uns dabei gesehen, wie er mir beim Kino aus seinem Auto half. Über Nacht hatte ich mich zur Geliebten meines Kollegen gemausert. Theunis selbst hatte eine scheußliche Scheidung hinter sich und verstand angeblich die Situation.

Was?! "Jetzt hör' mal gut zu Theunis, du bist total auf dem falschen Dampfer! Richard und ich sind nur Kollegen. Damit hat sich's. Wir waren mit dem ganzen Arbeitsteam dort.

Vielleicht solltest du deine Fakten klarkriegen, bevor du mich als Ehebrecherin beschuldigst."

"Du bist eben Single und die Leute reden. Jennifer meinte, ach egal... Bist du sicher, dass da nichts ist zwischen euch?"

Jennifer Harland war also die neue Klatschkönigin in Gabs. Das hätte ich mir ja denken können. Als ob ich nicht schon genug am Hals hätte!

"Todsicher. Wenn du mich jetzt entschuldigen würdest, mir wird auf einmal so anders."

Als ich nach Hause kam, lungerten Kgomotso und Emily vor dem Fernseher herum und sahen sich eine Dokumentarsendung an.

"Hallo ihr beiden." Ich warf die Schlüssel auf die neue Kommode neben der Tür.

"Hallo selbst. War Wolfgang heute mal wieder 'n Sklaventreiber?"

"Ja, wichtiger Termin. Dann war ich noch kurz mit Theunis auf einen Drink weg."

"War's nett?"

"Ja, er hat mich beschuldigt mit Richard eine Affäre zu haben und ich hätte ihn am liebsten erdrosselt."

"Ah, hört sich gut an." Emily starrte gebannt auf den Bildschirm.

Kgomotso kicherte. "So'n Esel. Hast du ihm die Meinung gegeigt?"

"Da kannst du Gift drauf nehmen. Was gibt's eigentlich so spannendes in der Glotze?" fragte ich leicht irritiert.

"Komm' Bridsch, schau' dir das an," meinte Kgomotso.

Ich ließ mich in die Sofakissen fallen. Anscheinend waren meine Neuigkeiten nicht sehr aufregend. Ach, wenn ich doch jetzt nur einschlafen könnte.

"Es geht um afrikanische Initiationsrituale. Das hier sind Xhosas."

Wieso war das denn so interessant? Ich zwang mich auf die schimmernde Bildscheibe zu sehen. Die Musik wurde gerade dramatischer. *Typisch National Geographic,* dachte ich. Ein Trupp von etwa zehn jungen in Decken gehüllten Xhosamännern stolperte barfuß einen steilen Gebirgspfad hinauf.

"Warum sind die denn alle weiß angemalt?" wollte Emily wissen.

"Ich glaube wegen der Ahnen," antwortete Kgomotso.

'...die Körper sind zu Ehren der Vorfahren weiß bemalt, ...' sagte der Sprecher mit eintöniger Stimme.

"Wieso das denn, sind die Vorfahren etwa weiß?" fragte Emily naiv

"Nein, red' nicht so'n Quatsch! Das ist eben einfach so."

Emily bot mir aus einer Plastikschüssel Kartoffelchips an. Die grüne Packung lag noch auf dem Couchtisch. Ich streckte meine Beine unter dem niedrigen Tisch aus, fand es dann aber bequemer meine Füße oben 'drauf zu legen.

"Hey, Bridget, zieh' gefälligst die Schuhe aus," schimpfte Kgomotso. Ich gehorchte und hörte dem Sprecher mit geschlossenen Augen zu.

'... Weder Essen noch Getränke sind erlaubt. Die Makwetha müssen auf dem blanken Fußboden schlafen, egal wie kalt es ist...' Ich schob mir noch ein paar Chips in den Mund.

"Uuh, das ist ja scheußlich," meinte Kgomotso erschüttert.

"Mhmm."

"Wieso machen die denn sowas?" fragte Emily.

"Soweit ich weiß, lernen sie wie man 'n richtiger Mann wird," meinte Kgomotso.

Ich war immer noch sauer auf Theunis und wollte mich lieber entspannen.

"OK, ich gehe duschen und rasier' mir die Beine," verkündete ich.

"Wird auch langsam Zeit!" rief Emily mir munter hinterher. Das also hatte sie gehört!

Ich kam zurück und rubbelte meine Haare mit einem Handtuch trocken. Statt der Dokumentarsendung gab's jetzt irgendeine schmalzige Fernsehserie in der Kiste. Emily stand am Fenster und blickte auf die Straße hinaus. Es war schon fast dunkel und ein paar Sonnenstrahlen mischten sich mit dem Licht der Straßenlaternen.

"Hey Emily, was gibt's denn so faszinierendes da draußen?" fragte ich.

"Oh gar nichts," fuhr sie zusammen. "Schleich' dich doch nicht so an."

"Sorry."

"Zeit zum Kochen. Huhn oder Curry?"

Sie ging schnell vom Fenster weg und zum Kühlschrank hinüber. Ich hatte das unbestimmte Gefühl, dass sie mich ablenken wollte.

"Hähnchen," sagten Kgomotso und ich gleichzeitig.

"Wo hast du bloß den tollen Kopfsalat und die Kirschtomaten gekauft, Motso?"

"Beim neuen organischen Markt nahe der Mall, sie verkaufen da auch Blumen," antwortete Kgomotso ein wenig zu eifrig. Gestikulierten die beiden etwa hinter meinem Rücken?

Ich ging zum Fenster und sah auf die Straße - und sah gerade noch aus dem Augenwinkel Ben, wie er Hand in Hand mit einem blonden, kichernden Mädchen auf der anderen Straßenseite entlanglief!

Was machte er denn hier? Wir waren auch oft Hand in Hand spazieren gegangen. Nur hatte ich nicht dauernd gekichert. Das Mädchen trug ein kurzes Hemdchen, das ihren Bauch zeigte. Als sie gerade unter einer Straßenlampe standen, griff er um ihre Taille, bog sie nach hinten und küsste spielerisch auf ihren Hals.

Mein Handtuch fiel zu Boden.

"Tut mir leid, Bridsch. Ich wollte nicht, dass du das siehst. Ben ist so ein Arsch," sagte Emily mitleidig und nahm das Huhn aus dem Kühlschrank. "Komm' da vom Fenster weg, sonst sieht er dich noch."

Sie ging mit dem nackten Huhn in der Hand um den Tisch herum. "Ist mir doch egal," sagte ich trotzig. Sie hob das Handtuch auf und legte es mir um die Schultern.

"Das sah mir aber gerade nicht so aus," sagte Kgomotso geradeheraus. "Meinst du der stolziert absichtlich hier durch die Gegend? Ich meine was macht er um diese Zeit ausgerechnet in unserer Straße?"

"Wer weiß. Ben hat eh 'ne Schraube locker." Emily schaltete den Ofen an. "Komm' hilf mir beim Kochen."

Ich nahm die Gewürze und streute mit zitternden Fingern geräucherten Paprika und Salz über das rosa Huhn.

"Ich bin ziemlich sicher, sie ist Jörgs Tochter. Ich hab' gehört, dass sie zurzeit mit Jörgs Freundin hier ist," sagte Kgomotso.

"Is' ja 'n Ding. Sieht wohl mehr ihrer Mutter ähnlich. Hat Jörg nicht 'ne Wohnung ganz in der Nähe?"

"Ja, an der Hauptstraße," antwortete ich mechanisch.

"Deshalb stolzieren die hier abends in unserer Nachbarschaft herum," sagte Emily.

"Ach, egal, die können machen, was sie wollen." Ich wollte nicht mehr daran denken.

"Ben wickelt Frauen um den kleinen Finger. Hast du ihn nicht erst gestern beim Kino gesehen?" fragte Kgomotso.

"Ja, hab' ich. Sie wird bald 'rausfinden, wie er wirklich ist."

"Genau!" feuerte mich Emily an. "Richtige Einstellung."

Das Huhn war fertig gekleidet für den Ofen.

"Es tut weh, aber ich komm' schon drüber weg." Das war die Untertreibung des Jahres.

"Warum machst du dann so'n langes Gesicht?" meinte Kgomotso misstrauisch.

"Weiß' nicht, ich fühl' mich so rastlos. Erst das dumme Gerede von Theunis - jetzt das. Können wir heute nicht mal ausgehen?"

"Warte mal..." Kgomotso sah auf die Küchenuhr. Die Uhr ging immer 15 Minuten vor, aber jeder hatte sich daran gewöhnt.

"Es gibt heute Abend ein Amapondo-Konzert im Maitisong. Wenn wir uns beeilen schaffen wir die Vorstellung um acht."

'Amapondo' war eine traditionelle Gruppe von der südafrikanischen Südküste.

"Hört sich gut an. Ich kann Ablenkung gebrauchen. Was machen wir mit Essen?"

"Wir gehen hinterher zum Chinesen. Das Hühnchen gibt's

dann eben morgen," schlug Emily vor.

Also kam der Vogel wieder in den Kühlschrank.

Wir gingen zum Konzert und hinterher zum Chinesen und ich musste nicht mehr an Ben und seine neue Freundin denken. Es war gut Freunde zu haben. Und Zeit heilt alle Wunden, nicht wahr?

Bald kamen auch Neuigkeiten aus England.

Diane hatte sich mit Felix verlobt und ich hatte ihn noch nicht einmal kennengelernt. Sie schrieb, dass er als dänischer Austauschstudent nach England gekommen war, und dass sie heiraten wollten, sobald er sein Architekturstudium abgeschlossen hatte.

Ich sah mir die beiden Fotos an, die sie mitgeschickt hatte. Die brünette Diane und ein blonder Felix zeigten stolz ihre Verlobungsringe auf dem Rasen im 'Jesus Green' vor. Auf dem anderen Foto saß Diane lachend auf seinem Schoss in unserer Lieblingskneipe.

Ich freute mich für Diane. Warum sollte nicht wenigstens sie Glück in der Liebe haben?

Ich erfuhr auch, dass meine Freundin Liz jetzt Reisebroschüren in London übersetzte und Sahida sich immer noch der Junggesellen erwehren musste, die ihr Vater ihr andauernd vorstellte. Ich hatte plötzlich Heimweh. Botswana war so weit weg und keine meiner Freundinnen hatte das Geld, mich besuchen zu kommen.

Meine Eltern planten eine Reise an die italienische Amalfiküste im April. Sie wollten schon seit langem mal nach Italien. Ich hatte Tränen in den Augen, als ich die Weihnachtsbilder mit Tanten und Onkeln und Cousins sah. Wie sehr ich mir wünschte, sie wieder in die Arme schließen zu können.

Wie abgemacht, rief meine Mutter mich eine Woche später bei Gaby zuhause an. Moms Telefonrechnung musste astronomisch hoch sein, aber sie bestand auf wenigstens einem Gespräch pro Monat. Es gab zwar ein Telefon im Büro, aber das war nicht sehr privat. Man wusste nie, wer gerade lauschte.

Mom berichtete atemlos, dass die Lokalzeitung Wind von Claires Verschwinden bekommen hatte. Ein Reporter war plötzlich vor ein paar Tagen in der Tenison Avenue aufgetaucht.

'Ich war allein im Haus und konnte den Mann kaum loswerden.' Meine Mutter war immer noch ganz aufgeregt.

'Hast du ihm denn irgend was gesagt?' fragte ich.

'Um Himmels willen Bridget, natürlich nicht!' rief sie. 'Ich habe ihn hochkantig rausgeschmissen. Nicht auszudenken, was er mir in den Mund gelegt hätte. Wahrscheinlich irgendwelche Geschichten erfunden. Und was ist, wenn solche Nachrichten irgendwann in Afrika eintreffen?'

Sie hatte Recht. Ich war ja noch inkognito hier. Das hörte sich schrecklich nach James Bond an. Reporter, Medientrubel... nein Danke! Gleichzeitig fühlte ich ein furchtbares Schuldgefühl in mir hochsteigen. Arme Mom und was hatte ich in letzter Zeit schon für Claire getan?

'Wir haben das Telefon halt eine Weile nicht beantwortet und da erschien nur ein kurzer Artikel in der Zeitung. Zum Glück ohne Fotos. Dann hatte sich der Staub wieder gelegt. Ich glaube die wissen nichts Näheres und haben auch nicht von deiner 'Mission' Wind gekriegt.'

Mom konnte sich ein wenig Sarkasmus nicht verkneifen. Sie hatte es schon lange aufgegeben, mich davon zu überzeugen endlich wieder nach Cambridge zu kommen. Ich wünschte mir, ich könnte ihr in die Augen blicken, statt umständlich in einen Telefonhörer zu sprechen.

'Ich möchte wirklich wissen, wer dem Reporter den Tipp gegeben hat. Ich dachte, die Sache sei top secret. David vielleicht...' Ich unterbrach mich, als Gaby an mir vorbeiging und in der Küche verschwand. Wohl um zu sehen, wie es mit dem Abendessen voranging. Ich hörte Stimmen, dann klapperte Beauty, die Maid, mit dem Geschirr herum.

'Wie geht es Dad?' fragte ich leise.

'Er ist oft mürrisch. Die Arbeit als Berater am College hält ihn auf Trab und er beschäftigt sich mit seiner Briefmarken-sammlung.'

Ich konnte meinen Vater vor mir sehen, wie er am Schreibtisch saß. Seine Bifokalbrille auf der Nase. Wie er beim Licht der Leselampe vorsichtig Briefmarken mit einer Pinzette anhob und in seinem Briefmarkenkatalog nachschaute.

'Italien wird euch beiden guttun. Richte ihm aus, dass ich ihn sehr liebhabe, Mom."

'Das werde ich tun, er liebt dich auch, weißt du...'

'Ich weiß, Mom, ich weiß...'

'Oh, bevor ich es noch vergesse Kind, dein Großvater hat einen Flug nach Gaborone gebucht.'

'Was? Warum? Für wann?' stotterte ich und schluckte eine Träne hinunter.

'Nächste Woche am Donnerstag, den 22. Februar.'

'Was, schon?!!!' Ich fühlte mich überrumpelt.

'Warte, das steht alles hier.' Mom gab mir die Flugnummer und die Ankunftszeit. Eine Vorwarnung wäre nett gewesen. Ein Brief oder eine Postkarte!

'Grandpa sagte, dass du besser nicht zum Flughafen kommen sollst. Er hat schon alles organisiert und will dich später im Büro anrufen. Er wohnt im Hotel - warte - im Gaborone Sun Hotel Zimmer 113.' Sie vermied es geschickt mir eine Antwort darauf zu geben, warum Grandpa gerade jetzt nach Botswana kam. Und ich war zu erstaunt, um nachzuhaken.

'Danke für die Warnung, Mom. Das ist ja 'ne ziemliche - Überraschung - ich freue mich aber.'

'Ich werde es ihm ausrichten. Muss jetzt gehen, mein Schatz. Pass auf dich auf. Ich rufe wieder an. Am Freitag, gleiche Zeit?'

'Ja.' Mehr brachte ich nicht heraus. Ich konnte es kaum fassen: mein Grandpa war auf dem Weg nach Gaborone!

ZWÖLFTES KAPITEL

Grandpa kam am Donnerstag ohne großes Aufsehen in Gaborone an und war gleich mit dem Taxi zum Hotel gefahren.

"Gib mir einen Tag Zeit um mich einzugewöhnen, Bridget. Ich bin nicht der Jüngste und der lange Flug war doch ziemlich ermüdend," meinte er kurz darauf am Telefon.

"Klar Grandpa, kann ich verstehen... wie gefällt dir das Wetter hier?"

"Ganz schön heiß für Februar, und die Sonne ist mir noch viel zu grell. In England war es grau und kalt. Aber davon mal abgesehen, gefällt es mir gar nicht schlecht. Im Moment zieht es mich Richtung Schwimmbad. Bis morgen denn, Kleine."

Ich hatte keinerlei Zweifel daran, dass er sich bis morgen einleben würde. Wir wollten uns um 4 Uhr beim Swimmingpool treffen. Ich wartete dort aufgeregt und ein wenig nervös auf ihn. Es war interessant die Leute zu betrachten.

Kinder plantschten im niedrigen Wasser und ich sah meinen ersten String-Bikini. An einer Dame, deren gepolstertes Hinterteil sich nicht gerade für diese Art von modernem Badeanzug eignete.

Nicht weit entfernt lag ein rothaariger Tourist ausgebreitet auf seinem Liegestuhl und zwinkerte mir ständig zu. Vielleicht dachte er, ich sei eines der leichten Mädchen, die sich an die reichen Touristen im Hotel heranmachten.

Offenbar wusste er noch nicht, dass es sich dabei in erster Linie um hübsche Tswana-Ladys handelte. Viele Touristen aus kühleren Breiten merkten auch erst viel zu spät, wie schädlich die afrikanische Sonne sein konnte. Seine sommersprossige Haut hatte schon eine feuerrote Farbe und schälte sich unschön von Armen und Schultern ab.

Der Tourist setzte sich auf, gerade als Grandpa in der Tür seines Zimmers im Erdgeschoss erschien. Grandpa winkte mir zu und rettete mich vor einer peinlichen Anmache. Er war noch immer ein gutaussehender Mann mit seinen klugen, blauen Augen und sah kein bisschen wie 72 aus.

Der rothaarige Mann auf dem Liegestuhl verstand die Situation falsch und drehte sich mit einem beleidigten Grunzen um.

"Hi Grandpa!" Ich lief ihm quer über den Rasen entgegen und umarmte ihn fest. Er gab mir einen Kuss auf die Stirn, wie er es immer tat.

"Schön dich endlich zu sehen, Kleine. Wie geht es dir?"

"Gut. Hast du dich von dem langen Flug erholt?"

"Weißt du, ich glaube ich werde einfach zu alt für diese Langstreckenflüge. Nach ganzen 12 Stunden in der Luft…" Er schüttelte den Kopf und beschwerte sich darüber, wie unangenehm es gewesen war, die ganze Zeit neben einem ungehobelten Mann mit spitzen Ellenbogen zu sitzen. "Nächstes Mal fliege ich wieder erste Klasse!"

Soweit ich mich erinnern konnte, war Grandpa uns nach einer Auslandsreise immer besuchen gekommen und dann hatte kleine Geschenke mitgebracht. Claire und ich durften auf seinen Knien reiten und er brachte uns Kinder-Reime bei. Irgendwann wurden wir natürlich zu alt für solche Spiele.

'Du liebe Güte, wie schwer ihr geworden seid!" meinte er dann und machte ein schockiertes Gesicht. 'Sarah, was gibst du diesen Mädchen bloß zu essen?'

Wir kicherten und zeigten ihm unsere Armmuskeln. 'Ihr beiden werdet noch zu Riesen heranwachsen.' Wir kletterten auf seinen Schoss zurück, um noch ein Lied zu singen und von seinem Bein herunterzurollen.

'Kinder, lasst Grandpa eine Weile in Ruhe. Er hat eine lange Reise hinter sich. Kommt, helft Dad beim Kochen!'

Wir rannten in die Küche, um Dad dabei zuzusehen, wie er seine berühmten Spaghetti Bolognese zubereitete oder das deftigste Sauerkraut aller Zeiten (das dem 'Süßkraut' eines österreichischen Chefkochs in Gaborone weit überlegen war).

Wir brachten ihm Mehl oder eine Dose mit Tomaten oder wuschen Gemüse, während Mom sich in aller Ruhe mit ihrem Vater unterhielt.

Ich war froh, dass es Grandpa war, der mich in Botswana besuchen kam. So sehr ich meine Eltern liebte - Grandpa würde meine Situation einfach besser verstehen. Er hatte einige Zeit in Afrika gelebt und konnte sich wohl am ehesten in die Situation hineindenken. Wir setzten uns nicht weit vom Pool entfernt an die Bar.

"Gin und Tonic. Einfach," bestellte Grandpa, "und…?" er sah mich fragend an.

"Das Gleiche bitte." Ich schob den Barstuhl näher an die Theke heran.

"Zweimal Gin und Tonic dann und die Speisekarte, bitte."

"Sofort, Sir." Der Barmann legte zwei übergroße Speisekarten mit geübtem Schwung vor uns auf die Theke.

"So, wie geht es zuhause?" unterbrach ich als erste die Wortstille.

"Deine Eltern wollen, dass du nach Hause kommst, Bridget." Genau was ich erwartet hatte. Mom hatte nichts davon gesagt, aber Grandpa redete nicht gern um den heißen Brei herum.

"Ich weiß, Grandpa, aber das geht nicht. Noch nicht. Ich muss zuerst Claire finden."

"Wirklich? Kleines, wir alle vermissen Claire. Aber es gibt da Grenzen für das, was man tun kann. Ich habe heute Morgen mit dem MI 5 Detektiv gesprochen. Sie haben nicht die geringsten Hinweise gefunden. Alles deutet auf einen Unfall hin und - auf Autodiebstahl. Er sagte, es gäbe fast keine Hoffnung mehr, dass Claire noch am Leben ist, nach so langer Zeit." Er wischte sich geschwind die Augen.

Er hatte die Sachlage also aus erster Hand erfahren.

"Das wundert mich nicht - so wie die arbeiten," meinte ich mürrisch. "Wenn irgend jemand Claire finden kann, dann bin ich das und ich weiß, dass sie noch am Leben ist. Ich kann es fühlen. Wie könnt ihr bloß alle so schnell aufgeben?"

Ich sagte das, um Grandpa zu überzeugen. Aber war Claire eigentlich noch ein Teil von mir?

"Schnell? Bridget, das geht schon fast zwei Jahre so. Ich möchte nur, dass du den Realitäten ins Auge siehst. Hierzubleiben wird sie nicht wiederbringen. Du hast doch dein eigenes Leben…"

Ich wollte mich nicht mit ihm streiten. Wie sollte er das auch verstehen.

"Grandpa, ich weiß, dass du es gut meinst - aber wir sind nun mal Zwillinge. Ich kann sie hier nicht einfach alleine lassen. Ich weiß, es nicht gerade logisch, aber ich kann es dir nicht besser erklären."

"Na gut. Aber bist du sicher, dass das der einzige Grund ist, warum du noch hier bist? Hast du vielleicht einen Freund, Bridget?" Ich musste mich wundern. Grandpa war normalerweise diplomatischer bei solchen Themen. Aber die Situation war eben nicht normal.

"Nein - jedenfalls nicht mehr. Da… war jemand… für eine kurze Zeit," stammelte ich.

Ich war schrecklich ungeschickt, aber ich konnte doch Grandpa nicht einfach die Wahrheit auftischen. Dass ich nahe daran war, die Verbindung zu Claire zu verlieren. Wie alles schiefging. Meine Suche war nicht gerade in vollem Schwung. Schuldgefühle knabberten an mir und es musste sich auf meinem Gesicht gezeigt haben.

"Aha."

"Er hat mich ganz schön abgelenkt und… er hatte Beziehungsängste."

"Das tut mir leid."

"Ach egal. Es hätte sowieso nicht funktioniert. Ich bin hierher gekommen, um meine Schwester zu finden und nicht einen Freund, aber —"

"Schon gut Kind, schon gut. Wir sind alle menschlich. Ich will dich nicht drängen oder gar verurteilen. Ich werde versuchen dir zu helfen während ich hier bin. Vielleicht kann ich das Interesse der Polizei an dem Fall wieder in Gang kriegen. Wir werden sehen."

Der Barmann setzte die Gingläser auf die Theke und goss Tonic aus kleinen gelben Dosen auf die Eiswürfel. Grandpa dankte ihm und wollte noch ein paar Minuten warten, bevor er etwas zu essen bestellte.

"Wir haben so langsam den Eindruck, dass du dich mit allem übernimmst. Vielleicht solltest du etwas kürzertreten. Und das könntest du eben am besten zuhause in England."

"Sowas wie 'ne Familienentscheidung?"

"Nein, nicht wirklich. Mehr gesunder Menschenverstand."

"Bei mir ist alles paletti."

"Stimmt das auch? Das Ganze sieht dir nicht sehr ähnlich. Vielleicht solltest du mal für 'ne Weile hier raus. Neuen Fokus bekommen."

Es gab eine Gesprächspause, während ich mir das durch den Kopf gehen ließ.

"Ich glaube, etwas moralische Unterstützung könnte ich gebrauchen. Aber England? Ich kann nicht lange weg hier. "

"Deine Eltern wollen dich natürlich wieder um sich haben, aber wenn du noch nicht so weit bist - ich bleibe ja noch für zwei Wochen, vielleicht sogar drei. Die Entscheidung liegt bei dir, Kind."

Wir schwiegen für eine Weile und lasen die Speisekarte. Die Stille war nicht mehr unangenehm und die Achterbahn, in die sich mein Leben verwandelt hatte, wurde ein wenig langsamer.

Colin MacDougal und seine Frau, die vor kurzem aus Schottland angekommen war, betraten das Restaurant und winkten mir durch die offene Tür zu. Der Vorfall mit seinem besoffenen Freund Robert gehörte schon wieder zu den Akten. Ich winkte zurück und wir bestellten Snacks.

"Weißt du eigentlich, wie ähnlich du deiner Großmutter bist — " sagte Grandpa.

Wirklich? Ich konnte mich kaum an meine Großmutter erinnern. Sie war weich und liebevoll gewesen und hatte immer gut gerochen. Und sie hatte Claire und mir immer Schlaflieder vorgesungen. Die wenigen Erinnerungen, die ich noch hatte, waren mit den Fotos in unserem Wohnzimmer verbunden. Ein schönes, lächelndes Gesicht mit Grübchen, eingerahmt von seidig braunem Haar, und eine Perlenkette um den schlanken Hals. Grandma war vor langer Zeit an Krebs gestorben.

"Wieso meinst du das?"

"Hannah war auch immer so anmutig. Und du hast diese stille Entschlossenheit. Du stellst dich dem, was dir in den Weg gelegt wird. Ohne zu wissen, ob du Erfolg haben wirst," sagte er.

"Ich kann mich kaum noch an sie erinnern," gestand ich.

"Es ist schon sehr lange her." Grandpas Blick schweifte zum Gewimmel im Swimmingpool hinüber.

"Was hätte Grandma denn an meiner Stelle getan?"

"Das ist eine gute Frage. Wahrscheinlich genau das gleiche wie du. Du wirst es dir wohl nicht anders überlegen, oder?"

"Es tut mir leid, ich brauche einfach noch Zeit hier."

"Deine Mutter wird enttäuscht sein."

"Ja - sorry. Es gibt da Dinge, die ich erledigen muss. Zum Beispiel mit einem Schamanen sprechen."

"Mit einem Schamanen? Du wirst mit jedem Tag afrikanischer, Kleines," lachte er.

"Ich meine das ernst, Grandpa. Zumindest muss ich es versuchen."

"Wer bist du und was hast du mit unserer schüchternen Bridget gemacht?"

"Ich glaube, die ist in England geblieben," seufzte ich. "Bitte versteh' mich —"

"Weiß nicht so recht. Aber sei bitte vorsichtig, egal was du meinst noch erledigen zu müssen."

"Klar doch. Kannst du bitte mit Mom und Dad sprechen? Um das zu erklären? Am Telefon ist das immer so schwierig." Grandpa konnte sie sicher überzeugen, geduldig zu bleiben.

"Dann wirst du mir das aber erstmal selbst erklären müssen, Kind."

Und so erzählte ich ihm von dem Einbruch, von Margarete Marducci und wie ich versucht hatte, einen Sangoma über Agnes Müller zu finden. Und wie in letzter Zeit so vieles schiefgelaufen war. Das mit der kleinen, mahnenden Stimme ließ ich aus. Dann kamen auch schon unsere Snacks.

Mehr und mehr Leute setzten sich an die Freiluftbar, um sich nach der Arbeit auf ein paar Drinks zu treffen. Ich stocherte ohne Appetit in meinem griechischen Salat herum. Zwei meiner früheren Siebtklässler saßen sexy gekleidet und in voller Kriegsbemalung auf einem Sofa im Korridor. Sie sahen keineswegs aus wie 14. Wahrscheinlich warteten sie auf ihre viel älteren Freunde. Ich versuchte die Mädchen zu ignorieren. Schließlich war ich ja nicht mehr ihre Französischlehrerin.

Grandpa knabberte an seinen gegrillten Hühnerflügeln, während ich ihm von Tony, Benjamin und der Kalahari Wüste, Ronnie Immelman und von meiner Umzugs-Odyssee erzählte. "Da hast du ja einiges mitgemacht, Kind. Kein Wunder, dass du dich so in deinem Leben hier verfangen hast," meinte er und ich fühlte mich irgendwie leichter.

Dann schob Grandpa den Teller mit den abgenagte Hühnerknochen von sich und wischte die Hände an einer weißen Serviette ab. "Danke, dass du so offen bist."

"Ach übrigens Grandpa, stell dir vor, ich habe eines deiner Bücher gelesen. 'El Jadida'."

"Entweder du bist krank," sagte Grandpa erstaunt, "oder morgen schneit's."

"Ha, wohl kaum!" lachte ich und wurde gleich wieder ernst. "Kann ich dich bitte was fragen?"

"Sicher, immer 'raus mit der Sprache."

"Glaubst du an ein Leben nach dem Tod?" Grandpa sah mich verwundert an.

"Du weißt schon - dass wir in einer anderen Dimension weiterleben, oder so. Die Afrikaner glauben da an das 'Land der Vorfahren', wo man hinkommt, wenn man stirbt. Hältst du das für möglich?"

Für ein paar Minuten sagte er nichts und spielte mit seinem Gin und Tonic Glas herum. Ich versuchte ihn nicht zu erwartungsvoll anzustarren und beobachtete eine Gruppe Kinder, die mit orangen Schwimmhilfen unermüdlich in den Pool sprangen.

"Weißt du, Bridget," sagte Grandpa zu guter Letzt und sah an mir vorbei. "Als deine Großmutter starb, konnte ich es zunächst einfach nicht fassen. Sie war das Zentrum meines Universums gewesen. Und sie machte mich so glücklich. Hannah konnte manchmal auch richtig verwegen sein…"

Er lächelte und ich sah, dass er sich die verwegene Grandma vorstellte.

"Als ich in Afghanistan war, hörte ich zum ersten Mal was über Reinkarnation. Ich dachte, es sei vollkommener Blödsinn und lehnte die Idee einfach ab ohne weiter drüber nachzudenken. Aber dann - als ich meine wunderbare Hannah so sehr vermisste, dass ich es kaum mehr aushalten konnte - tröstete ich mich mit dem Gedanken, dass vielleicht ein Teil von ihr noch am Leben ist… dass sie in so einer Art Wartesaal im Himmel ist und dass wir uns eines Tages wiedersehen werden."

Wir schwiegen und es war nicht leicht danach weiter zu sprechen.

"Manchmal habe ich das Gefühl, dass Claire so nahe ist… dass ich einfach nicht verstehen kann, warum sie nicht neben mir steht. Vielleicht ist sie ja auch in so einer Art Wartesaal… und wartet dort auf mich…"

"Nah, nah. Heute sind keine morbiden Gedanken erlaubt. Ich möchte mal wissen, was du von 'El Jadida' hältst. Jetzt wo du das Buch schon gelesen hast. War dir das nicht ein wenig zu… "

Wir verbrachten den restlichen Nachmittag damit, über 'El Jadida' zu diskutieren, und über Sangomas und dann über meine Eltern. Ich sah unser Haus vor mir: der sommerliche Garten hinten, der Geruch in unserer Küche und die Kneipe wo wir uns immer mit Freunden trafen.

Ich vermisste die warmen Umarmungen von Mom und Dads ruhige Stärke. Es tat mir leid, dass sie meinetwegen traurig waren. Und wegen Claire.

Für einen kurzen Augenblick kam mir sogar David in den Sinn, obwohl ich ihn ganz und gar nicht vermisste.

Grandpa erzählte mir auch von seinem neuesten Buchprojekt. Ein Roman über Ägypten. Er wollte auf dem

Rückweg in Kairo Zwischenstation machen. Wir sprachen überhaupt viel während der nächsten zwei Wochen; mehr als jemals zuvor.

Wie versprochen stattete er dem Polizeihauptquartier einen Besuch ab. Ohne Erfolg, natürlich, aber immerhin hatte er es versucht. Wir fuhren zum Gaborone Damm hinaus und zu einer Mini-Safari in ein privates Wildreservat außerhalb von Gaborone, von dem Emily mir vorgeschwärmt hatte.

Es gab dort zwar keine Raubtiere, es war aber genauso aufregend Giraffen, Kudus und Zebras zwischen den Dornenbüschen zu beobachten.

Gaby nahm uns in ihrem Suzuki zur berühmten Töpferei in Tamaga mit. Das Allradauto kletterte die steinige Sandstraße hoch, trug uns durch Bäche und am unscheinbaren Livingstone-Denkmal vorbei. *Wieviele Livingstone-Denkmäler gab es eigentlich?* Wunderte ich mich.

Grandpa schrieb seine Eindrücke in ein Notizbuch. Ständig. Er lernte auch meine Freunde kennen, traf sich im President Hotel mit Autorenkollegen aus Südafrika und feierte meinen Geburtstag mit.

Ich hatte das Tennisspielen schon wieder aufgegeben, aber es reichte noch für ein Match mit Gaby und meinem fitten Großvater im Gaborone Club.

Pauli mochte Grandpa auf Anhieb und die beiden spielten oft Stock werfen im offenen Feld vor unserem Haus in Tsholofelo. Mom schickte einen Brief aus Italien. Die Fotos am Strand und auf einer steilen, kurvenreichen Straße in Positano sprachen für sich. Dad lächelte für die Kamera und Mom hielt lachend ihr vom Wind zerzaustes Haar.

Für ein paar Wochen war ich wieder im Schoß der Familie gewesen. Ich blickte Grandpa wehmütig hinterher, als ich ihn in meinem Fischglas am Flughafen abliefern musste. In seiner Gegenwart hatte ich mich geborgen gefühlt. Jetzt war ich wieder allein.

Wieder im Büro, hörte ich zufällig wie sich zwei der Ingenieure, Desmond und Werner, in dem kleinen Kopierraum unterhielten. Ich wartete in der Küche nebenan in Gedanken versunken auf das Kochen des Teekessels.

"Ich frage mich, ob jemand was merkt wegen der Materialbestellung, " sagte Werner.

Nur Arbeitsgerede, vermutete ich und sah durchs Küchenfenster, wie Kgomotso draußen mit einem ihrer Verwandten redete.

"Hoffentlich nicht," Desmond dachte wahrscheinlich, dass er flüsterte. "Claire hatte das damals gleich spitzgekriegt mit dem billigen Zeug auf der Liste. Wir müssen vorsichtiger sein."

Ich stand da wie vom Blitz getroffen. Bislang hatte noch niemand im Büro Claires Namen erwähnt. Was hatte Claire mit dieser blöden Materialliste zu tun?

Das gab mir doch sicher das Recht zu lauschen, oder?

"Ja, sie hätte nicht so einen Wirbel darum machen sollen. Die Baubehörde hätte fast Wind davon gekriegt. Ich meine, wir hätten unsere Jobs verlieren können. Glücklicher Zufall, dass sie damals verschwunden ist." Ein glücklicher Zufall? Ich schnappte nach Luft.

"Was ist da eigentlich schon bei? Sie war ja nur technische Zeichnerin. Vielleicht hat sie ihrer Schwester Bridget davon erzählt und die fängt jetzt auch an hier herumzuschnüffeln."

Woher wussten die beiden von mir und Claire?

"Du übertreibst. Feindlich hat sie nicht aus den Augen gelassen, seit ich ihm gesteckt habe, wer sie ist."

Ich musste mich am Herd festhalten. Wie lange wussten sie das schon und vor allem - wer hatte es ihnen gesagt?

"Oh Hallo Liesl, hübsches Kleid hast du heute an," schmeichelte Werner Desmonds unbedarfter Freundin.

Liesl gab irgendeinen Quatsch von sich, wie sie letzte Woche das neue Kleid bei Berger's gekauft hätte, für diesen unglaublichen Preis uns so weiter.

Geh' endlich fort Liesl, hätte ich am liebsten geschrien. Ich wollte hören, was es war, das Claire herausgefunden hatte. Liesl schlenderte mit wiegenden Schritten in einem schrillen grün-gelben Kleid an der Küchentür vorbei.

"OK, das sind die letzten Kopien." Das war wieder Desmond, der glaubte, ich könnte auch herumschnüffeln, genau wie meine Schwester Claire es getan hatte. Vor so langer Zeit.

"Ja. Die offizielle Materialliste ist gut an die Packer Ausschreibung angepasst. Liesl begreift ja nicht, was sie da schreibt und es ist am besten, wenn keiner sonst was mitkriegt. Vor allem Bridget nicht."

Werners Stimme war jetzt so leise, dass ich die letzten Worte nur vermuten konnte. Ich kannte mich mit Buchhaltung nicht sehr gut aus, aber es war ja wohl offensichtlich, dass es sich hier um etwas Illegales handelte. Wusste mein Chef etwa, wer ich war und hatte die Sache etwas mit Claires Verschwinden zu tun?

Mir wurde vor lauter Fragen ganz schwindelig. Ich musste so bald wie möglich mit Kgomotso und Emily sprechen.

Am Abend bot sich eine Gelegenheit. Ruí war wie gewöhnlich noch im Büro. Zuerst musste Kgomotso endlich erfahren, warum ich in Botswana war. Also platzte ich damit heraus. "Sorry, Motso. Bitte nimm's nicht persönlich. Das Ganze stand mir einfach…viel zu nahe."

"Wie soll ich's denn verstehen? Also gut, du wolltest nicht, dass jemand am Anfang was davon erfährt. Das kapiere ich. Aber wie lange kennst du mich jetzt schon? Und da hast du nie 'ne Gelegenheit gefunden, mir die Wahrheit zu sagen?"

"Du hast ja recht. Aber ich wollte selbst nicht mehr daran denken. Als ich bei der Polizei nichts erreichen konnte, habe ich das einfach von mir weggeschoben. Es tat so weh. Das hatte nichts damit zu tun, dass ich dir nicht vertraue."

Kgomotso dachte nach.

"OK, ich kann nicht gerade behaupten, dass ich das alles verstehe, aber dann habe ich auch noch nie in deinen Schuhen gesteckt. Du hast Bewährung. Von jetzt an gibt's keine Geheimnisse mehr. Wenn schon bei uns eingebrochen wird wegen deiner Schwester, dann habe ich wenigstens die Wahrheit verdient."

"Danke," ich umarmte meine Freundin. "Ich werde ab jetzt alles mit euch besprechen."

"Jesses, Bridget. Das ist ja vielleicht was!" flüsterte

Kgomotso mit rauer Stimme. "Da denkst du, du kennst jemanden und dann —"

"Ja, das ist schon was," echote Emily ihre Worte. "Und du hast wirklich nur Gaby eingeweiht?"

"Tja, ich hab' auch Rita Winckler davon erzählt, aber die ist schon 'ne ganze Weile weg und hat bestimmt niemandem was davon erzählt."

"Was ist mit Benjamin?"

"Der weiß von nichts. Ich konnte es ihm irgendwie nie erzählen," meinte ich.

"Zum Glück. Aber jemand muss es den beiden Spatzenhirnen bei geklopft haben. Du kannst sicher sein, dass ich es nicht war. Gaby vielleicht?" fragte Emily mit einem gewissen Unterton. Konnte meine hilfreiche Freundin mich verraten haben?

"Und die Polizei, natürlich."

"Kgomotso hat recht. Da hat doch jeder Zugang zu Informationen."

"Na wunderbar."

Das mit der Materialliste war da ein einfacheres Thema.

"OK, ich bin froh, dass wir das geklärt haben. Meint ihr, es gibt da eine Verbindung zwischen unseren beiden Büro-Trotteln und dem Einbruch oder noch schlimmer: mit dem was deiner Schwester passiert ist?"

"Nicht auszudenken!"

"Die können doch nicht einfach minderwertige Materialien bestellen und auf der offiziellen Liste die Preise nach den Baubestimungen angeben! Was ist, wenn die Häuser undicht werden oder zusammenstürzen? Das kommt dann ja doch ans Tageslicht."

"Bis dahin sind sie über alle Berge," meinte Kgomotso lakonisch. "Ich habe nie was mit den Listen zu tun gehabt und ich bin sicher, dass Wolfgang Klein auch keine Ahnung hat. Feindlich und Desmond machen die Bestellungen. Feindlich gibt mir nur die Beträge und behält die Rechnungen in seinem Büro unter Verschluss"

"Mit anderen Worten, Feindlich und Desmond und

Werner…"

"…verdienen sich 'ne goldene Nase dabei." Emily schüttelte den Kopf. "Wer hätte gedacht, dass unser alter Feindlich so korrupt ist? Gemein vielleicht… Aber korrupt?"

"Oh, bitte, ist das nicht fast schon normal? Eine Hand wäscht die andere?" Kgomotso schien nicht sehr überrascht zu sein.

"Hey, was ist, wenn jeder das machen würde…" warf ich ein.

"Willkommen in der Realität, Bridget. Da geht's nur um Profite."

"Seit wann bist du denn so abgebrüht, Motso?" Emily boxte sie leicht in die Schulter.

"Meinst du, das alles könnte mit Claires Verschwinden zusammenhängen?"

Ich wollte unbedingt eine Verbindung dazu herstellen.

"Glaub' ich nicht. Da ist ein großer Unterschied zwischen dieser Art von Korruption und Kidnapping oder sogar Mord. Oh sorry," Kgomotso wurde klar was sie da gesagt hatte. "Das war dumm von mir. Natürlich ist Claire noch am Leben," meinte sie schnell.

"Also wenn Desmond und Werner das wissen, dass Claire deine Schwester ist - wir sollten dann Wolfgang davon erzählen!"

"Na toll, die glauben, dass ich hinter ihnen herspioniere - wegen dieser Listen."

"Versuche ihnen eine Weile aus dem Weg zu gehen." Emily sah ernst drein.

"Schwierig, wenn man den lieben langen Tag zusammen-arbeitet."

"Klar, aber du darfst dir nicht anmerken lassen, dass du ihre kleine Unterhaltung mitgehört hast."

"Vielleicht haben die mich nur getestet - vielleicht wussten sie ja, dass ich nebenan in der Küche war?"

"Neh, dazu sind die doch viel zu blöde," sagte Emily.

"Benimm' dich einfach ganz normal. Wir versuchen was über die Sache herauszufinden."

Leichter gesagt als getan. Kgomotso sprach mit einem ihrer Verwandten, der im Ministerium arbeitete. Er warnte sie davor die Sache an die große Glocke zu hängen. In der Zwischenzeit würden Nachforschungen angestellt werden.

Ich ging Desmond und Werner aus dem Weg. Nach einer Weile gab ich auch den Verdacht auf, dass da ein Zusammenhang zu Claires Verschwinden bestand.

Es war einfach zu weit hergeholt und wir konnten keinerlei Beweise dafür finden. Immerhin wurden sie am Ende mit ihren Mauscheleien erwischt. Viel später, als ich schon nicht mehr für die Firma arbeitete.

Was mir klar wurde, war, dass ich mich wieder damit beschäftigen musste - warum ich eigentlich nach Botswana gekommen war. Grandpas Besuch hatte mich in die Realität zurückkatapultiert. Ich dachte jetzt wieder öfter an Claire.

Es war schmerzhaft, aber ich zwang mich dazu an sie zu denken und wurde rastlos wie ein gefangener Tiger im Käfig. Es musste doch etwas geben, das ich tun konnte. Aber was?

Emily schlug mir Tapetenwechsel vor. Sie musste zwar arbeiten, aber ihre Eltern in Johannesburg würden sicher nichts dagegen haben, mich für ein Wochenende aufzunehmen.

Es war besser als auf eine Eingebung zu warten. Mein Aufenthalt bei ihrer Familie in dem Vorort Parkhurst wurde arrangiert und unser Kollege, Thomas Taylor, erklärte sich bereit, mich nach Johannesburg mitzunehmen.

Emily und Kgomotso versprachen, sich um Pauli zu kümmern und ihn pünktlich jeden Nachmittag zu füttern.

"Vergesst nicht, seine Wasserschüssel immer aufzufüllen. Und passt auf, dass er nicht in die Straße läuft," trug ich meinen augenrollenden Freundinnen auf.

"Ja doch, wir werden uns um ihn kümmern, als wäre er unser eigenes Kind," versicherte mir Emily. "Geh' und genieße dein Wochenende. Es wird schon alles glattgehen."

"In fünf Stunden bist du in Joburg," sagte Kgomotso. "Das heißt, ihr fahrt das letzte Stück der Strecke nachts. Schau nicht so schockiert, es werden schon keine Kühe auf der Straße herumliegen."

Und so fuhr ich mit Thomas Taylor nach Johannesburg.

Er sah er genauso aus, wie Claire ihn in ihren Briefen beschrieben hatte: stämmig, mit einem flammend rotem Bart und dröhnender Stimme. Seine gutmütige Natur stand zwar im Widerspruch zu seiner Erscheinung, aber jeder der Thomas Taylor begegnete, hatte großen Respekt vor ihm. Thomas fuhr fast jedes Wochenende zu seiner Familie nach Benoni, im Osten von Joburg.

Wir machten uns am frühen Nachmittag auf den Weg. Reihen großer Mais-Silos, Berge, endlose Gemüsefelder und Minen-Städtchen flogen an uns vorbei. Ich betrachtete alles staunend. Wer hätte gedacht, dass all das in unmittelbarer Nähe zu Botswana existierte!

Thomas war stolz auf seine Familie. Er erzählte mir haarklein, wie er mit seiner Frau Janice und zwei kleinen Kindern vor Jahren aus der Stadt Bath nach Südafrika gekommen war. Der Grund dafür war ein lukrativer Job in der Bergbauindustrie gewesen. Die beiden hatten mittlerweile vier Kinder und ein großes Haus mit Swimmingpool.

Ich erfuhr, wie er sich aufs Computerprogrammieren spezialisiert hatte und nun ein gefragter Experte war. Seine Frau war Krankenschwester und hatte sich zur Nachtschicht einteilen lassen, seit die jüngste Tocher Gillian drei Jahre alt war. Sein fünfzehnjähriger Sohn Sam war Schlangenfanatiker und teilte sein Zimmer mit zwei Kornschlangen und einer Python. Igitt! Hoffentlich waren die Terrarien weit vom Gästezimmer entfernt.

Während Thomas redete, begann ich meine eigenen Gedanken zu ordnen. Dazu hatte ich eigentlich nie richtig Zeit gehabt.

Ich ließ meine Trennung von Ben und die unangenehme Episode mit Kurt Köhler vor meinem inneren Auge vorbeirollen und in den grünen Hügeln verschwinden. Aah! Es wurde einfacher an Claire zu denken - und wer war eigentlich noch Cliff Bailey?

Nach 3 Stunden wurde Thomas des Redens müde und spielte lieber Musik der Gruppe America. 'A Horse with No Name' und 'Ventura Highway' verfolgten mich danach noch tagelang.

Irgendwo in Krugersdorp auf einer breiten, gut beleuchteten Straße musste ich eingenickt sein. Das Auto hielt auf einmal vor einem großen Tor. Thomas Taylors Haus in Benoni. Es war zehn Uhr und man konnte in der Dunkelheit nicht viel erkennen. Milo, ein kleiner Cockerspaniel war ekstatisch, Thomas wiederzusehen.

Der musste das Auto vorsichtig um den hüpfenden Kläffer herum zur Garage navigieren. Janice war weniger erfreut. Sie hatte ungeduldig gewartet, weil ihr Mann sie zur Arbeit ins Krankenhaus fahren sollte. Wir waren eine halbe Stunde zu spät dran.

"Tom, ich komme zu spät zur Arbeit," schimpfte sie los und ignorierte mich vollkommen.

Dafür dass Janice vier Kinder hatte, war sie beeindruckend schlank und attraktiv, schwarzhaarig, mit hohen Wangenknochen und kessem Kurzhaarschnitt. Thomas hatte keine bessere Entschuldigung zur Hand, als dass die Grenzbeamten in Zeerust sich diesmal mehr Zeit genommen hatten den Kofferraum zu durchsuchen.

Nach der leuchtenden Beschreibung vom idealen Familienleben während der Fahrt hatte ich mir die Begrüßung etwas anders vorgestellt. Erst später erfuhr ich, dass Thomas einmal eine Affäre gehabt hatte und seine Frau anderen Frauen gegenüber immer noch misstrauisch reagierte. Ein geknickter Thomas zeigte mir das Gästezimmer, stellte einen Teller voll Abendessen vor mich auf den Küchentisch hin und fuhr seine Frau zur Arbeit.

"Du kannst Emilys Familie morgen früh anrufen," meinte er noch im Gehen. "Dafür ist es jetzt schon zu spät." No matata.

Ich saß in einer massiven Küche. Genau wie die Farmküche, in der ich mir Claire mit einer Tasse heißer Schokolade vorgestellt hatte. Und wie sie mit mir telefonierte, 'Es gibt ja soviel zu erzählen, Fumpy. Du glaubst gar nicht, was mir passiert ist.'

Ich war praktisch allein im Haus. Mit vier schlafenden Kindern, einem neugierigen Hund und drei Schlangen.

Ich schlich mich zur Hintertür und schaute in den Garten

hinaus. Das helle Mondlicht beleuchtete einen großen Swimmingpool und... Kühe und Schafe.

Als ich am nächsten Morgen anrief, hörte sich Emilys Mutter recht freundlich an. Auf Busse konnte man sich nicht verlassen und Thomas Taylor sollte mich nach Parkhurst bringen.

Sam, Justine, Heather and Gillian nahmen mich derweil in die Mangel, während ich versuchte eine große Portion Spiegeleier mit Speck zu vertilgen. Schließlich hatte ich das Privileg, die ganze Woche über mit ihrem Vater zu arbeiten, wenn er weit weg im mysteriösen Botswana war. Janice schlief natürlich noch. Sie hatte ihre Schicht erst um 6 Uhr beendet.

"Warum hast du denn keine Kinder?" wollte die siebenjährige Heather wissen.

Obwohl ich ein klein wenig Erfahrung mit Kindern hatte, war ich von der direkten Frage überrascht.

"Tja, weißt du, ich bin ja noch nicht verheiratet."

Heather dachte einen Moment nach. Die Antwort schien akzeptabel zu sein.

"Warum heiratest du dann nicht?" meldete sich die zwölfjährige Justine zu Wort.

"Naja..."

"Genug mit der Fragerei. Lasst Bridget in Ruhe essen. Wir müssen eh gleich los," setzte Thomas dem Verhör ein Ende.

"Gehen wir hinterher einkaufen, Dad?" fragte Sam. Er sah seiner Mutter ähnlich; so groß und dunkelhaarig. Den Stimmbruch hatte er wohl schon hinter sich.

"Ja doch. Will jemand nach Joburg mitfahren?"

Die Frage verursachte allgemeines Chaos. Auf jeden Fall wollten alle vier Kinder mit uns eine Spazierfahrt machen. Schließlich hatten sie ihren Vater eine ganze Woche lang nicht gesehen.

"Schhh, Mom schläft doch noch." Die Kinder waren sofort mucksmäuschenstill.

"Ich nehme Heather und Gillian mit," ordnete Thomas an. "Sam und Justine, ihr müsst noch eure Schulaufgaben für Montag machen. Außerdem wird Mom sich wundern, wo wir alle abgeblieben sind, wenn sie aufwacht. Marsch, raus jetzt!"

Die Kinder verließen widerstrebend die Küche, um draußen Ball zu spielen. Das war nicht halb so interessant wie die Fremde zu verhören, mit der Vater arbeitete, aber bald gab es großes Gejohle.

Thomas hatte schon einen anstrengenden Morgen hinter sich. Eines der Schafe war dummerweise in den Swimmingpool gefallen, als es versuchte daraus zu trinken. Thomas musste nur seine tropfend nasse Kleidung wechseln, nahm es aber gelassen hin. "Ach solche Sachen passieren schon mal," meinte er. "So ist das eben mit Tieren."

Ich hatte also nicht geträumt letzte Nacht. Es gab tatsächlich Schafe und Zwergkühe hinten im Garten! Da waren auch ein Pony, Enten und Hühner unter den Eukalyptusbäumen. Wer hätte gedacht, dass mein Kollege Thomas Taylor, das Computergenie, eine derart ländliche Existenz führte?

Benoni war eine ganze Ecke von Joburg entfernt. Wir kamen auch irgendwann am Flughafen vorbei. Nach dem ruhigen Dasein in Botswana wurde mir beim Anblick der vielen Autos, die die Stadtautobahnen rauf und runter rasten, ganz schwindelig. Konnte man das einen umgekehrten Kulturschock nennen?

Wir fuhren von der Autobahn ab und es ging die kurvenreichen Jan Smuts Avenue entlang. Dieser Jan Smuts musste ja ganz schön wichtig gewesen sein, wenn man gleich einen Flughafen und eine Straße nach ihm benannt hatte.

Thomas machte noch eine Runde durch die großbürgerlichen, baumreichen Vororte, die Parktown und Westcliff hießen, um mir etwas von der Gegend zu zeigen. Sogar die Kinder uuhten und aahten beim Anblick der vielen Enten und dem Springbrunnen mitten im Zoo-See.

Südafrika war so gar nicht wie ich es mir vorgestellt hatte und Johannesburg war um einiges weltstädtischer als Gaborone. Sobald Thomas sich mit seinen Kindern wieder auf den Weg gemacht hatte, wurde ich in den Wochenendplan der van Heerden Familie aufgenommen.

Einen peinlichen Moment lang diskutierte ich mit

Charmaine und Hendrik, Emilys Eltern, den gestörten Ronnie Immelman. Sie entschuldigten sich immer wieder dafür, mir den Sohn ihrer Bekannten aufgehalst zu haben. Glücklicherweise war das Thema schnell abgehakt.

Emilys Vater schien sich in khakifarbenen Shorts und Hemden am wohlsten zu fühlen. Zumindest sah ich ihn nie etwas anderes tragen.

Er war ein umgänglicher Mann, der nicht viel sagte. Er gab gerne Witze mit Afrikaans-Ausdrücken zum Besten, die ich nie ganz begriff. Ich lachte trotzdem mit.

Hendrik van Heerdens braune Haare waren ordentlich gekämmt und er hatte einen Schnurrbart. Er arbeitete für eine große Versicherung in Pretoria und machte einen sehr korrekten Eindruck.

Seine lebhafte, blonde Frau war so ziemlich das Gegenteil von ihm. Sie liebte eine gute Unterhaltung und hätte mit ihren farbenfrohen Kaftanen und dem kurzen Twiggy Haarschnitt eher in die Hippiezeit gepasst.

Irgendwie erinnerte sie mich an Rita Winckler. Charmaine führte mich zum Gästezimmer, das ich mit einem ausgedienten Heimtrainer und einer Nähmaschine teilte. Der Patchwork-Quilt an der Wand war ein wahres Kunstwerk.

"Charmaine, der ist ja zu schön!" bewunderte ich den Quilt.

Ich hatte zwar Nähprojekte während meiner Schulzeit angefertigt, aber das hier war reine Kunst.

"Ich kann dir ja mal zeigen wie das geht, aber nicht dieses Wochenende. Wir haben zu wenig Zeit."

"Du hast den gemacht? Ja sicher," stammelte ich.

"Weißt du was? Ich gebe dir ein paar Zeitschriften über Quilten mit. Wenn du nächstes Mal zu Besuch kommst, können wir uns hinsetzten und ich zeige dir, wie es geht."

"Das hört sich gut an," sagte ich immer noch ganz erstaunt.

Ich setzte meine Tasche ab und überreichte ihr einen Brief und ein Päckchen von Emily.

"Oh, danke dir. Mach es dir bequem hier, Bridget. Wir fahren in einer halben Stunde in die Stadt."

Hatte sie Stadt gesagt?

"Hi Mom." Ein verschlafenes Gesicht erschien in der Türöffnung. Das musste Emilys jüngere Schwester Leanne sein. Sie war das blasse, blondere Ebenbild von Emily.

"Morgen Leanne. Das ist Emilys Freundin Bridget. Sie ist übers Wochenende aus Gaborone hier."

"Aha. Hi Bridget," krächzte Leanne.

"Hi Leanne."

"Leanne war letzte Nacht aus. Erst siebzehn und schon dauernd auf Achse," meinte Charmaine trocken.

"Ja, ja, Mom."

"Wie war das Konzert letzte Nacht?"

"Es war OK."

Das war wohl die Teenager-Antwort auf alle elterlichen Fragen: 'Wie war's in der Schule?' 'OK.' 'Wie fühlst du dich?' 'OK.' 'Wie war das Konzert?' 'OK.' Claire und ich hatten das genauso gemacht.

"Ich geh' nachher mit Debs und Elaine nach Rosebank."

"Kein Problem."

"Kann ich Geld für den Bus haben?"

"Ich hab' dir doch gestern erst Geld fürs Wochenende gegeben," meinte ihre Mutter.

"Ja, aber ich musste auch noch zum Frisör und..."

"Ich kann dir diese Woche nicht mehr geben, frag' deinen Vater," sagte Charmaine fröhlich und fügte verschmitzt hinzu, "oder geh' doch einfach zu Fuß —"

"Tschüss denn," murrte Leanne in meine Richtung und verschwand im Flur. Augenblicklich ertönte ein Lied von 'Supertramp' aus ihrem Zimmer.

"Ist es denn nicht gefährlich in die Stadt zu gehen?" platzte ich heraus. Die Frage hatte mich beschäftigt, seit Charmaine meinte, wir würden in die Stadt gehen. "Ich hab' soviel über Bombenanschläge gehört und gewalttätige Demonstrationen und all sowas."

"Naja, da wo wir hingehen sollte es eigentlich sicher sein. Letzte Woche gab es eine Explosion in einem Nachtclub auf der anderen Seite der Stadt. Jemand hat wohl nicht mitgekriegt, dass Nelson Mandela aus dem Gefängnis entlassen wurde."

"Letzte Woche erst? Es könnte also wieder was passieren?"

"Sicherheitspersonal durchsucht die Leute immer mit Metalldetektoren und schaut in Handtaschen, bevor man ein Geschäft betreten darf. In der Innenstadt wurden auch alle Abfalleimer entfernt, in der man Bomben verstecken könnte. Aber wo kommt man da hin, wenn man ständig in Angst lebt? Wir machen das beste draus. Könnte was mit Pioniergeist zu tun haben."

"Gaborone ist so friedlich dagegen. Bist du sicher wir sollten gehen?"

"Heute sind keine Demonstrationen angesagt," versicherte mir Charmaine. "Und ich muss ein paar Besorgungen machen, aber wenn du lieber hierbleiben willst…"

Ich nahm mein Herz in die Hand. Ich wollte ja nicht das ganze Wochenende in Joburg nur herumsitzen. "Nein, das ist schon in Ordnung. Ich komme mit."

Emilys tollkühne Mutter musste schließlich jeden Tag damit umgehen.

"Gut, ich bin froh, dass du mitkommst," sagte sie einfach. Man konnte hören, wie jemand hinter dem Haus Gartenmöbel aufstellte.

"Das ist übrigens Gladys. Ich stell' dich schnell vor."

Sie führte mich nach hinten auf die Terrasse und ich lernte Gladys kennen. Seit 17 Jahren die erfahrene Maid im van Heerden Haushalt und ein geschätztes Familienmitglied. Sie trug eine hellblaue Uniform mit weißer Spitze am Schürzensaum und ein passendes Kopftuch dazu.

"Guten Morgen Madam," strahlte sie mich an. Ich hatte mich inzwischen daran gewöhnt, als Madam angesprochen zu werden und es machte mir nichts mehr aus.

"Guten Morgen Gladys, wie geht es dir?" grüßte ich sie zurück.

"Danke gut, Madam," erwiderte sie höflich.

"Gladys ist eine Tswana und kommt aus Bophuthatswana. Das ist nicht weit von der Grenze entfernt. Sie hat Familie in Lobatse und Rustenburg," meinte Charmaine.

Lobatse war auf der Botswana-Seite und ich hatte eine vage Erinnerung daran, dass wir gestern durch Rustenburg gefahren waren.

"Dumela Gladys, le kai?" wechelte ich in einfaches Setswana über.

"Re teng, re teng, wena o tsogile kai?" Sie strahlte noch mehr.

"Es geht mir gut, Gladys. Ke utlwa Setswana gologonje." Ich verstehe nur ein wenig Setswana.

"Ehéy, sorry. No matata, Madam," erwiderte Gladys.

Sie machte sich wieder lächelnd daran die Gartenmöbel zu putzen und summte ein Kirchenlied vor sich hin. Ich ging zum Gästezimmer zurück, um auszupacken und las dann noch ein bisschen in Zeitschriften, die herumlagen.

"Bist du fertig?" rief Charmaine mir aus der Küche zu.

"Komme!" Ich stand auf.

"Gut, dann lass uns gehen."

Charmaine fuhr einen roten Käfer, der sich wie zwei Motorräder gleichzeitig anhörte. Es ging die Jan Smuts Avenue hinunter, über die Autobahn hinweg, an der Wits Universität vorbei, durch Braamfontein und über eine Eisenbahnbrücke in die Stadt.

Wir verließen die ruhigen, grünen Vororte und stürzten uns in die belebte Stadtmitte mit ihren hohen Betonbauten, einer farbenfrohen Menschenmenge und hupenden Minibussen, die Minitaxis hießen. Frauen aller Couleur trugen bunte Kleider mit großen Schulterpolstern, wie es die momentane Mode vorschrieb. Es herrschte ziemliches Gedränge in der zentralen Eloff Street. Es gab lange Warteschlangen an den vielen Bushaltestellen, wo sich rote Doppeldecker-Busse geradezu stapelten. Das Ganze erinnerte mich an London.

Charmaine parkte ihren Käfer in einem bewachten Parkplatz und wir gingen an einigen Kaufhäusern vorbei: OK Bazaar, Foschini und Edgars. Ich sah nicht einen einzigen Abfalleimer weit und breit und entspannte mich.

"Minitaxis werden in Südafrika nur von Afrikanern benutzt," erklärte mir Charmaine. "Man steht an der Straße und zeigt den Taxifahrern mit Handzeichen, in welche Richtung man fahren will." Charmaine zeigte mir ein paar Handzeichen.

"Die Fahrer halten dann entweder abrupt an der Straßenseite an und bringen die Autofahrer hinter sich in Rage, oder sie ignorieren das Handzeichen und fahren vorbei."

"In Gaborone nimmt jeder die billigen Minitaxis in der Stadt. Die halten immer an den gleichen Stellen und die Fahrer benehmen sich recht zivilisiert."

"Tja, das ist hier noch anders. Busse sind auch noch getrennt," fuhr Charmaine fort, als wir in eine Seitenstraße einbogen. "Es gibt weiße und schwarze Bushaltestellen. Man muss aufpassen, wo man auf einen Bus wartet oder der Fahrer hält nicht an."

"Immer noch? Das ist aber blöde," wunderte ich mich.

Johannesburg erschien mir auch nicht anders als andere Großstädte, wo sich Menschen dicht aneinander vorbeidrängten.

"Ja, das kann man wohl sagen. In Afrika braucht eben alles etwas länger. Es gibt auch noch weiße und schwarze Toiletten und Parkbänke. Aber die meisten Leute ignorieren das. Lass uns hier 'reingehen."

Wir wurden am Eingang des Geschäfts durchsucht und kamen mit Einkaufstaschen beladen wieder heraus.

"Halte deine Handtasche fest, Bridget. Hier gibt es Taschendiebe," warnte mich Charmaine als wir Diagonal Street entlanggingen. Ich klemmte mir sofort meine Handtasche unter den Arm und hielt die Plastikbeutel fester.

"Ich habe bisher nur von einem einzigen Taschendiebstahl in Gaborone gehört. Es kam fast auf die Titelseite der Gazette-Zeitung."

"Ja, Emily erzählt mir immer, wie sicher es in Gaborone ist."

Wir kamen an einem großen Glasgebäude vorbei, das wie ein geschliffener Diamant aussah. Ich grüßte eine ältere schwarze Dame, die uns entgegenkam, aber die schoss mir nur feindselige Blicke entgegen. In Gaborone wurde es als gutes Benehmen angesehen, Leute auf der Straße zu grüßen, aber offenbar nicht hier.

"Die Leute sind nicht so freundlich wie in Botswana," seufzte Charmaine.

"Wegen der Apartheid?" fragte ich verwirrt.

"Nein ich glaube, es liegt eher daran, dass wir in einer großen Stadt leben, wo Menschen sich nicht über den Weg trauen. Auf dem Lande ist das auch noch anders. Ag nee man!" Charmaine wich einem unerwarteten Hundehaufen aus.

Und ich dachte, die Sitten wären in Afrika überall gleich!

"Letzter Halt," sagte Charmaine und wir betraten ein recht seltsames Geschäft. Es war dunkel dort und eng und es roch unangenehm. Als ich mich an das Licht gewöhnt hatte, sah ich getrocknete Tiere von der Decke herabhängen. Kleine Reptilien, Straußenköpfe und -füße und noch so einiges andere Dunkle und Unidentifizierbare lag in Kästen auf dem schmutzigen Ladentisch.

Gleich daneben gab es eine Auswahl aufgerollter Häute und Hörner, Glasperlen und Samenkörnern. Ich war gleichzeitig angeekelt und fasziniert. Das musste ein Muti-Laden sein!

"Emily sagte mir, dass du dich für Schamane interessierst. Das hier ist ein Laden wo Schamane einkaufen gehen."

Eine alte Frau hinter der Theke war dabei, getrocknete Kräuter in einem Mörser zu zerstoßen Sie hatte lange, dünne Zöpfe, die mit weißen Glasperlen verziert waren. Hinter der alten Frau hingen Regale mit farbigen Pulvern, Muscheln und Knöchelchen in Glasbehältern, kleine braune Glasflaschen und getrocknete Flaschenkürbisse. Bunte Perlenschnüre, Figuren und Amulette hingen an der Wand. Eine Inderin in gelbem Sari kam auf uns zu und fragte nach unseren Wünschen.

"Ich wollte dieser jungen Dame aus Botswana zeigen, wie ein Mutiladen aussieht," erklärte ihr Charmaine. Ich starrte sprachlos auf das gruselige Wirrwarr rings um.

"Wir verkaufen hier alles was Sangoma für ihre Arbeit benötigen," sagte die Inderin.

"Kommen etwa auch tote Tiere in Muti-Pulver?" fragte

ich und zeigte nach oben.

Muti war ein breiter Begriff und umfasste alles von Kräutermedizin angefangen über magische Elixiere, Zaubersprüche und Flüche.

"Manchmal. Ich bin zwar keine Schamanin, aber ich weiß, dass sie für manche Zaubersprüche wichtig sind." Ekelhaft. Muti war nichts für mich.

"Chinesen verwenden doch auch so etwas in ihrer Medizin. Nur werden die Tiere dann oft eingelegt, wie Schlangen zum Beispiel," meinte Charmaine mit einem schelmischen Ausdruck. Sie wühlte in einer Holzschachtel voller Anhänger herum.

Mir wurde ganz anders. Der Geruch war kaum auszuhalten und der Gedanke an eingemachte Schlangen war auch nicht gerade anregend. Wir kauften ein paar glückbringende Amulette und Schnüre mit Glasperlen für Gladys. Ich wollte niemanden beleidigen, konnte es aber kaum erwarten diesen Mutiladen wieder zu verlassen.

"Hier, der ist für dich," Charmaine hängte mir eine Perlenschnur mit einem geschnitzten Anhänger um den Hals. "Zu deinem Schutz."

"Danke. Den kann ich wahrscheinlich gut brauchen, wenn ich mal was mit Schamanen zu tun haben sollte."

"Ja, besser auf Nummer sicher geh'n." Charmaine beendete ihre Besorgungen und wir fuhren im knatternden Käfer wieder nach Parkhurst zurück.

Die van Heerdens waren warm und gastfreundlich und ich genoss das Wochenende bei ihnen. Was ich damals noch nicht wusste, war dass Emily und Charmaine seit zwei Jahren geheime Botschaften zwischen Südafrika und Botswana hin und hers chleusten.

Hoffentlich nichts was mit Bomben oder Gewalt zu tun hatte. Sicher nur einfach Briefe zwischen Verwandten in Südafrika und Botswana, die aus politischen Gründen getrennt leben mussten. Auf diese Weise hatten sie auch die Immelmans und deren Sohn Ronnie kennengelernt.

Thomas Taylor holte mich am Montagmorgen kurz vor 7

Uhr wieder ab. Er schaute überrascht auf die volle Plastiktasche, die vor lauter Zeitschriften, Briefen und einem Care-Paket für Emily fast aus den Nähten platzte, verstaute aber alles ohne weiteren Kommentar im Kofferraum. No matata. Zwei Coladosen und die Morgenzeitung legte er obendrauf. Für die Beamten am Grenzposten, die dann nicht so genau hinsahen.

Bei Tageslicht kamen mir die Hügel an der Grenze wie mit Warzen übersäte Rücken riesiger Reptilien vor. Es hätte mich nicht im geringsten gewundert, wenn ein paar Dinosaurier die Hänge herunter und auf uns zu galoppiert wären.

Wir kamen kurz vor Mittag im Büro an. Herr Feindlich hatte Grippe und verzichtete auf seine üblichen spitzen Bemerkungen.

Ich überreichte Emily die Briefe und das Care-Paket und machte mich sofort an die Arbeit. Ein Stoss wichtiger Unterlagen an die Hauptgeschäftsstelle in Hamburg und ein Projektbericht aus Mozambik warteten schon.

Außer Richard und Thomas waren bald alle zum Mittagessen verschwunden.

Ich bückte mich, um ein paar Fisherman's Friend Pfefferminz-Bonbons aus meiner Handtasche zu kramen. Als ich wieder aufsah, starrte mich ein fremdes Gesicht durch das große Fenster hinter dem Computermonitor an. Ein junger Tswana in gestreiftem Hemd presste Lippen und Nase gegen die Scheibe. Ich bekam einen solchen Schrecken, dass ich die Bonbons fallen ließ und einen Schrei ausstieß

"Was ist los, Bridget?" Richard kam quer durchs Büro geeilt.

"Jemand... da draußen..." stammelte ich und zeigte zum Fenster.

Richard und Thomas rannten nach draußen und jagten den Burschen bis zum Tor, wo er um die geparkten Autos herumsprang und sich blitzschnell davonmachte.

"Einfach keine Sicherheit hier," beschwerte sich Richard und atmete schwer nach dem ganzen Gerenne. "Der hat wahrscheinlich gedacht, dass wir alle ausgegangen sind und wollte mitnehmen was nicht niet- und nagelfest ist."

"So schnell kommt der bestimmt nicht wieder," sagte Thomas mit seiner tiefen Stimme und zwirbelte an seinem roten Bart. "Aber ich werde mal ernsthaft mit Feindlich über die Sicherheit hier sprechen."

Ich fühlte etwas um meinen Hals hängen. Es war das Amulett, das Charmaine mir im Mutiladen geschenkt hatte.

Vielleicht kann es mich ja tatsächlich beschützen, dachte ich und sah mir den Holzanhänger zum ersten Mal genauer an.

Der Anhänger hatte die Form einer grob geschnitzten Eidechse.

DREIZEHNTES KAPITEL

Es überraschte niemanden, dass Herr Feindlich behauptete, es sei für einen Einbruchsalarm kein Geld in der Kasse. Gaborone war schließlich sonst sehr sicher. Uns war ein paar Tage lang unbehaglich zumute, aber dann war bald wieder alles beim Alten.

Ich fragte mich aber, ob es da nicht einen Zusammenhang gab zwischen dem jungen Mann beim Büro und dem Einbruch in Tsholofelo. Ich sollte recht behalten.

Und das war erst der Anfang.

Nach der doppelten Dosis Familienleben in Joburg war ich noch fester entschlossener Claire nicht aufzugeben. Ich hatte mich durch eine unsichtbare Trennungswand zwischen uns gekämpft und musste mich jetzt wieder ins Zeug schmeißen. Und wenn ich dazu einen Schamanen brauchte, dann ließ sich das eben nicht ändern.

Und auf einmal ereigneten sich seltsame Dinge - vielleicht um mich anzuspornen.

Ich traf mich mit Gaby zum Mittagessen im Parks Restaurant. Gaby war gerade von einem Heimaturlaub in Bayern zurückgekehrt und wir hatten uns wochenlang nicht gesehen. Geschweige denn über die Sache mit Desmond und Werner gesprochen und woher die beiden wussten, dass Claire meine Schwester war. War es Gaby gewesen, die ihnen davon erzählt hatte? Ich glaube, ich hatte Angst, sie könnte es mir krumm nehmen, wenn ich sie direkt fragte. Also ließ ich die Sache ruhen.

Wir assen marinierte schwarze Pilze - die Spezialität des Hauses - und sie berichtete, wie sie mit Freunden in der Tschechoslowakei, nahe beim Städtchen Karlsbad

313

Windsurfen gegangen war. Sie hatten dort bei einem See gezeltet und das berühmte Heilbad besucht und Gaby hatte mir eine Dose Karlsbader Oblaten mitgebracht.

"Es war einfach fantastisch," erzählte sie begeistert, während ich neidisch zuhörte. "Da musst du auch mal hinfahren. Prag lohnt sich allemal. Willst du Kuhsaft?" Ich nickte und Gaby goss Milch in meinen Kaffee.

"Vielleicht gibt's ja mal 'ne Gelegenheit," murmelte ich.

"Ach, es ist trotzdem schön wieder hier zu sein. Ich kann den ewigen Nieselregen in Europa nicht ausstehen."

"Das kann ich mir vorstellen —"

"Und jetzt werde ich bald wieder nach Deutschland versetzt!" lamentierte sie. "Tollen Anhänger hast du da übrigens," meinte Gaby.

Ich sah auf mein Eidechsen-Amulett hinunter. "Ja, ich hab' das von..."

"Du liebe Güte... ist es schon so spät?" unterbrach sie mich. "Hab'n Tennismatch beim Club. Schade, dass du nicht mehr spielst. Got to go." Sie wechselte von Deutsch auf Englisch und kramte in ihrer Tasche herum.

"Das ist ja wohl nichts Neues..." musste ich lachen. Gaby war immer in Eile.

"Ich zahl' schon für dich mit. Lass' dir ruhig Zeit. Wir haben zu allem Überfluss noch die Rechnungsprüfer im Büro. Muss mich sputen. Ich seh' dich ja bei der Party heut' Abend," sagte sie und ihre braunen Augen zwinkerten.

"Schmatz, schmatz." Gaby hauchte zwei Küsschen über meine Wangen und war blitzschnell zur Tür hinausgeeilt. Also saß ich noch eine Zeitlang allein mit meinem Rock Shandy am Tisch und sah mich um. Das Parks Restaurant war beliebt zur Mittagszeit und bis auf den letzten Tisch besetzt. Gruppen junger Angestellter trafen sich hier zum Essen und drängten sich auf den rot gepolsterten Vinylbänken zusammen.

Dann sah ich sie. Ich sah Claire! Mein Gehirn war mit einem Mal hellwach. Sie saß drei Tische weiter vorne. Auf der anderen Seite des Ganges!

Ihr Haar sah von hinten genau so aus wie immer: ein blonder zerzauster Bob. Sie trug sogar dasselbe T-Shirt, das sie damals eingepackt hatte. Pink und grün gestreift. Wie konnte das sein? Ich rieb meine Augen und blinzelte. Sie war immer noch da. Ich hatte Tränen in den Augen und spürte wie es mir heiß und kalt dann wieder heiß wurde.

Wer waren nur diese fremden Menschen, mit denen sie am Tisch lachte und erzählte? Wahrscheinlich ihre neuen Freunde. Es war mir egal.

Auf einmal stand ich hinter Claire und legte lachend und weinend meine Hand auf ihre Schulter. Aber die überraschte Frau, die sich umdrehte, war nicht meine Schwester. Sie sah mich fragend an. Ich hatte ihr Gesicht noch nie vorher gesehen. Mein Herz setzte aus. Oh Claire, spiele keine grausamen Spielchen mit mir!

"Oh, es tut mir leid, es tut mir ja so leid," stotterte ich. "Ich dachte, Sie wären jemand anderes."

"Oh, das iss' scho' OK. Kei' Problem." Die Frau war wenigstens zehn Jahre älter als Claire und sprach mit einem breiten Akzent. Als sie meine Tränen sah, blickte sie mich aus dunkelbraunen Augen voller Mitleid an. Ich wollte im Boden versinken.

"Es tut mir wirklich leid. Ich dachte wirklich... Sie sehen ihr zum Verwechseln ähnlich. Wie dumm von mir." Ich schleppte mich zu meinem Tisch zurück. Die Freunde der blonden Frau sahen flüsternd und kichernd in meine Richtung. 'Was für eine Verrückte,' sagten sie wahrscheinlich. 'Die dachte, du wärst jemand anderes.' Wie witzig!

Ganz matt nahm ich noch einen letzten Schluck aus meinem Glas und lief zitternd hinaus. Mein alter Freund, der hellblaue Käfer mit dem aufgemalten Aquarium, grüßte mich schmunzelnd. 'Keine Sorge,' schien er zu sagen, 'du hast ja noch mich.'

Der Anblick tröstete mich. Vielleicht war das Ganze ja ein Zeichen gewesen. *Ich muss unbedingt an einen Sangoma drankommen*, dachte ich heftig, *egal wie!* Gleich, sofort.

Aber da war erst noch Gabys Gartenparty.

Als ich abends gerade dabei war meine Partygarderobe zu planen, ergriff ein Windstoß mit plötzlicher Vehemenz die Akazienbäume draußen vor dem Fenster. Nicht das übliche Rascheln, sondern ein schmerzvolles Knarren.

Große Regentropfen pladderten gegen das Fenster. Immer schneller kam der Regen heruntergeprasselt und bearbeitete das Haus. Plink plonk peng. Es begann zu hageln.

Pauli war draußen!

Ich ließ ihn ins Wohnzimmer und er versteckte sich winselnd unter dem Esstisch, als der erste Blitz den grauen Himmel zerschnitt. Ich duckte mich auf dem Boden neben dem Tisch. Der Donner war ohrenbetäubend.

Hagelbrocken prallten von Autos und Dächern ab. Nach einem heißen Tag konnte so ein afrikanischer Sturm ganz schön heftig sein.

Was sollte ich tun, wenn die Fenster zersprangen oder das Dach davonflog? *Bitte lass' mich nicht sterben!* dachte ich verzweifelt. Es blitzte, der Donner krachte und rollte, aber die Fenster zersprangen nicht und das Dach blieb, wo es war.

Als dem Gewitter endlich die Puste ausging, waren Büsche und Bäume völlig zerzaust und zarte Blüten lagen zermalmt auf dem Boden. Es wurde kühl.

Ich sah durchs Fenster und traute meinen Augen kaum. Ein winziges Vögelchen lag tot auf einem Haufen Hagel. Es musste aus seinem Nest gefallen sein.

Gabys Gartenparty wurde aufs nächste Wochenende verlegt. Es war aber zu spät, um jetzt noch einen Sangoma zu finden.

'Du wirst nicht glauben, wie es hier aussieht...' schrieb ich noch am selben Abend an Liz. 'Die Straßen waren wie zugeschneit - aber nur ein paar Minuten lang! Und der Geruch von all den zerquetschten Blättern und Blumen..."

Vermutlich würde mir meine Freundin kein Wort davon glauben. Hagel so groß wie Golfbälle? Stürme in England waren nicht so extrem. Aber Realität konnte eben manchmal verrückter sein als Erfindung.

Dann passierte noch etwas, wohl nur um mich auf Trab zu bringen. Ich war mal wieder allein zuhause, als ich ein bekanntes Gesicht durch das Küchenfenster sah.

Das war doch der gleiche Mann da auf der Veranda, der mich durchs Bürofenster angestarrt hatte! Er trug jetzt zwar ein rotes Hemd, aber es war ganz bestimmt der gleiche Mann. Was zum Teufel...

Ich sprang auf. Der Teller auf meinem Schoss fiel zu Boden und zerbrach. Der Eindringling erschrak durch den Krach. Er sprang die Verandatreppe hinunter. Er rannte schon wieder davon! Pauli, der sich im Hinterhof gesonnt hatte, bellte und jagte hinter ihm her.

Ich holte die beiden zwei Häuser weiter an der Straßenecke ein. Pauli stand knurrend vor dem Mann im roten Hemd und einer alten Frau in afrikanischer Kleidung, die wohl auf ihn gewartet hatte. Sie hielten sich ängstlich aneinander fest. Die beiden sollten Einbrecher sein?

"OK, Pauli, alles in Ordnung... Was wollt ihr von mir?" fuhr ich sie an. "Ich will, dass ihr damit aufhört mich zu belästigen, verstanden?" Ich stand da, Hände auf der Hüfte. Pauli bellte, um mich zu unterstützen und sie drückten sich gegen die Gartenmauer. Mein Zorn verflog. "Was wollt ihr von mir?" wiederholte ich ruhiger.

"Ga ké utlwé," sagte der Mann und zeigte auf seine Ohren. "Ga ké utlwé!" Ich verstehe nicht.

Die Frau schaute mich herausfordernd an, mit erhobenem Kinn ohne etwas zu sagen. Was hatte das alles zu bedeuten?

"Arré, tsamaye," sagte die Matrone zu guter Letzt. Komm' lass uns gehen.

Sie ignorierten todesmutig meinen Hund und mich, drehten sich um und gingen in Richtung Hauptstraße davon.

Das nahm mir den Wind aus den Segeln. Ich hielt den aufgeregten Pauli am Halsband zurück und sah ihnen hinterher, wie sie um die Ecke verschwanden. Sollte ich dem Pärchen folgen oder einfach zurückgehen?

Es hatte keinen Zweck die anderen Tswanas aufzustacheln, die an der Hauptstraße auf ihr Minitaxi warteten. Wie hätte ich ihnen erklären sollen, was vorgefallen war. Also drehte ich mich um und ging zum Haus zurück.

Pauli trottete ganz verwirrt neben mir her.

Ich meldete den Vorfall diesmal nicht der Polizei. Es war weder etwas gestohlen worden, noch hatten die beiden etwas angestellt. Mein Instinkt sagte mir, dass sie nicht wirklich Diebe waren. Aber warum waren sie dann hinter mir her?

Kgomotso fand mich eine Stunde später nachdenklich auf der Hollywoodschaukel sitzend. Pauli hatte es sich neben mir bequem gemacht.

"Alles OK mit dir?" fragte sie und ich schüttelte den Kopf. Sie zog einen Stuhl heran und ich erzählte ihr was passiert war.

"Hört sich ja verrückt an." Sie runzelte die Stirn. "Eine alte Frau und ein junger Mann sind hinter dir her? Warum? Aus welchem Grund?"

Ich seufzte. "Genau! Ich habe keine Ahnung wer die Frau ist, aber der Mann war der vom Packer Büro. Ich glaube, ich habe ihn sogar mal in der Mall gesehen. Er starrte mich einfach nur an. Und jetzt auch wieder."

"Verrückt," wiederholte Kgomotso. "Wieso kommen die hierher? Vielleicht haben sie nicht alles gefunden, was sie in deinem Zimmer gesucht hatten."

"Wenn sie's überhaupt waren. Aber mich einfach nur anzustarren —" sagte ich.

"Nicht gerade Pros, wenn's um Einbruch geht. Vielleicht nur fanatische Fans."

"Ha witzig - meinst du die sind gefährlich oder einfach nur neugierig?"

"Hmm, schwer zu sagen. Vermutlich wollen sie was von dir, was auch immer," sagte sie. "Was hast du da eigentlich um den Hals?"

Der Holzanhänger war aus meinem Ausschnitt gerutscht.

"Ach nur ein Amulett. Emilys Mutter hat es mir geschenkt. Soll mich beschützen."

"Hmm, eine Eidechse... das bringt mich auf 'ne Idee. Wir schauen besser mal nach, ob die hier irgendwo Muti versteckt haben."

Natürlich, daran hatte ich noch gar nicht gedacht! Mit

Muti war nicht zu spaßen.

Emily kam kurz darauf nach Hause und half uns, die Veranda zu durchsuchen, vor allem beim Küchenfenster. Nichts. Dann war die Hecke vor dem Haus an der Reihe. Pauli versuchte auch mitzuhelfen und schnüffelte im Garten herum.

"Ich hab' was!" rief Kgomotso plötzlich.

Emily und ich waren gerade dabei Blätter im ehemaligen Blumenbeet an der Auffahrt umzudrehen und sahen auf. Kgomotso hielt ein zerfleddertes Stückchen Fell hoch.

"Na bitte, ich hab's euch ja gesagt," sagte sie triumphierend, als wir zur strubbeligen Hecke hinübergingen. Die war seit Ewigkeiten nicht mehr geschnitten worden, aber der Sturm hatte genug Blätter abgerissen, um das - Ding bloßzulegen. Es sah aus wie ein symbolisches Püppchen aus Stöcken, die in ein modriges Stück Fell mit weißen und schwarzen Haaren gewickelt war.

"Das ist Ziegenfell," stellte Kgomotso fest.

An der Puppe war ein Täschchen aus dem gleichen Fell festgemacht. Etwas Kleines, Viereckiges war in der winzigen Tasche, aber wir hatten keine Lust nachzusehen, was es war.

Ich fühlte, wie sich meine Nackenhaare aufstellten. "Ich hab' sowas schon mal gesehen. Beim DFO Büro. Das war auch draußen in der Hecke gehangen."

"Das soll Muti sein?" Emily inspizierte den kleinen Beutel. "Puh, das riecht übel. Yerré!" Sie rümpfte die Nase.

"Was macht dieses Muti denn in unserer Hecke?" fragte ich entsetzt. "Ob die alte Frau und der Mann es dort wohl versteckt haben?" Mir fiel beim besten Willen kein Grund ein, warum diese Leute meinetwegen Muti deponieren sollten.

"Glaub' ich nicht. Zumindest nicht in letzter Zeit. Es sieht so aus, als sei das schon ziemlich lange hier," meinte Kgomotso.

"Vielleicht hat es dann ja gar nichts mit mir zu tun? Das erklärt aber immer noch nicht warum diese beiden mich verfolgen." Ich betrachtete das Objekt misstrauisch.

"Irgendeine Art von Zauber. Ein typisches Sangoma-Ding. Soweit ich weiß, hat es was mit einer Person zu tun und da ist oft Fell mit dabei. Aber warum Ziegenfell?" wunderte sich Kgomotso. "Aber - was weiß ich schon von sowas..."

"Claire hatte eine Ziege angefahren. Vielleicht will jemand eine Entschädigung für die Ziege. Das heißt, wenn das Ding was mit uns zu tun hat. Aber woher kennen die mich?"

"Kann sein, dass sie einen Sangoma benutzt haben, um dich zu finden," sagte Kgomotso. "Sangoma benutzen manchmal solche Sachen wie Fotos oder irgendwas Persönliches."

"Au weia!" Emily war beunruhigt. "Du meinst so etwas wie Voodoo?"

"Ich bin mir nicht sicher. Außerdem kosten Sangoma Geld und eine Ziege ist den Aufwand nicht wert. Das ganze nur wegen einer Ziege? Aber dann sitzen wir immer noch mit dem Muti hier," beendete Kgomotso ihre Analyse.

Sie hielt die primitive Puppe weit von sich weg. Pauli versuchte daran zu schnuppern und wir schrien alle gleichzeitig, "Nein Pauli, pfui, lass das!"

Er verkroch sich mit dem Schwanz zwischen den Beinen und beobachtete uns lieber aus sicherer Entfernung.

"Lass uns das Ding verbrennen oder wir vergraben es einfach," schlug Emily vor.

"Du darfst sowas nicht verbrennen," sagte Kgomotso und wir fragten erst gar nicht nach dem Grund.

Zu guter Letzt warfen wir die Puppe samt Beutel in den großen Abfalleimer draußen, wo sie die Bekanntschaft von fauligen Gemüseschalen, alter Pizza und durchweichten Teebeuteln machte. Das Muti würde auf einer Halde enden, wo es hoffentlich keinen Schaden anrichtete.

Meine Mutter reagierte besorgt als ich ihr von dem vermeintlichen Voodoo-Zauber berichtete. Wie dumm von mir.

Sie hatte in letzter Zeit so eine lebhafte Fantasie. Mom hatte mir neulich von einem angeblichen UFO Absturz in der Kalahari erzählt und dem Versuch der amerikanischen Regierung das zu vertuschen. Laut eines Dokumentarberichts im Fernsehen. Heiliger Bimbam!

Mom interessierte sich für alles, was sie über Botswana finden konnte. Sie schien ihren Britannica-Atlas ständig vor sich aufgeschlagen zu haben und reiste mit dem Finger auf der Karte in das Land, das ihre beiden Babys geraubt hatte.

Dad nahm den Hörer von Mom. Ich jauchzte lautlos. 'Hallo Kleine, was immer du tust, mach' das weiterhin so,' sagte er. 'Alles wird gut werden. Du hast einen Job, du hast Freunde. Aber komme ab und zu mal nach Hause zurück, hörst du?' Die Sache mit dem Voodoo schien ihn nicht im geringsten zu beunruhigen.

Ich wusste, dass Dad irgendwie stolz auf mich war. Seine Tochter, die nie aus dem Nest fliegen wollte war eine unabhängige junge Frau geworden. Auch, wenn sie dazu nach Afrika hatte ziehen müssen. Und soweit war ja alles gut gegangen.

Am nächsten Morgen in der Frühe konnte ich nicht mehr schlafen. Irgend etwas machte mir zu schaffen, ganz so wie ein hartnäckiger Schmerz.

Ich musste nach draußen in den kühlen, grauen Morgen hinein, und zwar allein. Ich fuhr in meinem Aquarium in die Stadt. Die Mall lag noch wie ausgestorben und die ersten Geschäfte würden nicht vor 9 Uhr aufmachen. Nicht weit vom Corners Supermarket setzte ich mich auf eine Bank zwischen einem Brunfelsia-Busch und einer ausgiebig blühenden Bougainvillea.

Kein Walkman, nur Vogelgesang und Stille. Ich vermisste die Stille der Kalahari, wo ich einfach nur ich sein konnte.

Eigentlich dachte ich an nichts Besonderes, ich saß einfach nur da und beobachtete wie die blau-schimmernden Rollervögel Krümel aufpickten.

Wie lange ich so dasaß, kann ich nicht sagen.

Es war Samstag und ein Flohmarkt wurde vor mir aufgebaut. Ich schaute zu, wie die Verkäufer Schmuck und afrikanische Souvenirs unter schattigen Markisen ausbreiteten. Ohrringe so groß wie kleine Pizzas und Topflappen mit afrikanischen Mustern. Jemand zupfte mich am Ärmel und riss mich aus meinen Gedanken.

"Nein, ich habe heute nichts für euch," sagte ich zu zwei Straßenkindern, die schon früh ihrem Bettelgewerbe nachgingen. Ich hatte früher mal Geld gegeben und wurde nun immer wieder angesprochen. Diese Kinder schienen nie ein Gesicht zu vergessen.

"Pleeese madam, pleeese..." Sie sahen mich mitleiderregend an. "Re batlá mádi!"

"Nein, heute nicht," wiederholte ich. "Tsamaya, móna. Ga ke ná mádi!" Geh' Kind, ich habe kein Geld für dich.

Die beiden Jungs gaben schließlich auf und liefen einem einsamen Touristen hinterher, dem eine große Kamera von der Schulter hing. Vielleicht noch eine Stunde später begann mich die Sonne am Hinterkopf zu kitzeln. Die Mall war wieder voller Menschen. Geschäfte und Flohmarktstände waren von lärmendem Trubel umgeben.

Es war Zeit zu gehen. Und ich war zu einem Entschluss gekommen. Als Erstes musste ich mich wieder mit Tony in Verbindung setzen. Ich würde meinen Mut zusammennehmen und ihm einen Brief schreiben. Oder besser noch das Botsalo Hotel anrufen oder einfach nach Palapye fahren. Neo kannte sicherlich ein paar geeignete Sangoma in der Gegend.

Es ging nicht anders: Ich musste mit einem Schamanen sprechen. Einem richtigen Sangoma.

Es war an der Zeit die Wahrheit zu erfahren. Vielleicht hatte die Entdeckung der Muti-Puppe etwas damit zu tun. Und dass ich dachte, ich hätte Claire im Parks Restaurant gesehen. Vielleicht war es auch einfach Zeit für Botswana, mich loszulassen.

Ich wollte mich nicht mehr ablenken lassen. Statt mit meinen Freundinnen zum Essen zu gehen, unternahm ich einen langen Spaziergang in der Wildnis vor unserem Haus. Pauli schien mich mit seinem Hundegespür zu verstehen. Er zog mich erbarmungslos den unebenen Pfad auf und ab.

Als er kurz Pause machte, sah er mich an, als wollte er sagen, 'Hey, du kannst auf mich zählen.'

Gaby, Emily und Kgomotso verlangten eine Erklärung dafür, warum ich mich plötzlich zurückzog. Ich verlangte Geduld von Ihnen und sagte, dass es mit Claire zu tun habe. Meine Freundinnen schmollten ein wenig, aber sie versuchten zu verstehen.

Als Erstes kündigte ich im April bei Packer Engineering. Meine Ersparnisse würden mich ein paar Monate über Wasser halten. Ich war jetzt frei, meine eigenen Entscheidungen zu treffen. Claire wurde wieder zur Priorität. Wenigstens wollte ich mein Bestes geben.

Ich ging zum Immigration Office, um meine Aufenthaltsgenehmigung verlängern zu lassen. Man gab mir einen weiteren Monat, zusätzlich zu den zwei verbleibenden Wochen, die ich noch hatte. Das hieß, ich hatte sechs Wochen Zeit, um etwas zu erreichen.

Ich zog bei Gaby ein. Der Brief an Tony kam als Nächstes an die Reihe. Es war noch unklar, ob er mich unterstützen würde, aber das sollte ich ja bald herausfinden. Ich sprudelte über vor Entschlossenheit.

Dann ergab sich plötzlich alles wie von selbst. Beate Belseck kam zu Besuch. Eine deutsche Entwicklungshelferin, mit der ich mich während meiner Zeit bei der DFO angefreundet hatte. Sie brachte ihre drei Monate alte Tochter mit - und einen Brief von Tony!

Beate gab mir den Brief nach ihrer zweiten Tasse Tee und noch einem Stück Karottenkuchen. Konnte das noch Zufall sein? Der Brief hatte zwei Wochen in einem Fach bei der DFO gelegen, bevor Beate meinen Namen darauf sah.

Sie wollte ihn mir schnurstracks zukommen lassen, daher der Überraschungsbesuch. Ich hätte sie umarmen mögen - was ich dann auch tat. Ganz vorsichtig, um ja nicht das Baby aufzuwecken.

Tony wusste natürlich nicht, dass ich meinen Job gewechselt hatte und von einem Haus zum anderen gezogen war.

Deshalb hatte er den Brief an die alte Adresse geschickt. Nachdem Beate gegangen war, öffnete ich den Brief ungeduldig und traute meinen Augen kaum:

'Hi Bridget, (kein Datum!)
Lange nichts von dir gehört. Ich war auch ziemlich beschäftigt. Mit Examensvorbereitungen und so. Du weißt

ja, wie das ist. Krieg' jetzt bitte keinen Schrecken, aber ich habe Neuigkeiten was Claire betrifft...'

Ich musste mich setzen. Neuigkeiten von Claire!

'Ein junger Mann namens Thabang kam gestern zum Haus. Ich habe kein Wort von dem kapiert, was er sagte, deshalb ging ich, um Neo zu holen. Thabang kommt aus einem Dorf im Tuli Block. Er erzählte uns, dass der Inyanga, so eine Art Ober-Medizinmann, ihn geschickt hätte, um dich zu finden. Er sei schon mal hier gewesen und hätte mit dir gesprochen, als du noch in Palapye warst...'

Wirklich? Das musste der junge Mann im weißen Polohemd und Sonnenbrille gewesen sein, der auf der Treppe bei Tonys Haus gewartet hatte. Er war damals fortgelaufen, als ich nach Tsanana rief. Es war zwar schon eine Weile her, aber ich konnte mich noch an ihn erinnern.

'...Sein Bruder und seine Großmutter wurden losgeschickt, um dich in Gaborone zu finden, aber das erwies sich als schwierig. Als sie dich endlich gefunden hatten, wurde der Bruder weggejagt. Beim nächsten Mal warst du so wütend, dass du den Hund auf sie angesetzt hast. Du dachtest wohl, sie wären Einbrecher und sie konnten sich nicht richtig verständigen.'

Der junge Mann beim Büro und dann später beim Haus!

'Thabang meinte, sie wollten dich nicht schon wieder erschrecken. Er möchte, dass du bitte nach Palapye kommst. Neo kann übersetzen. Anscheinend wissen sie, wo Claire ist und brauchen dich für irgendwas. Werde dir später alles erklären. Bitte komme, so schnell du kannst. Gruß, Tony'

Das waren ja atemberaubende Neuigkeiten. Im wahrsten Sinne des Wortes. Ich holte tief Luft. Ich musste den Brief ein paarmal lesen, um sicher zu sein, dass ich alles richtig verstanden hatte.

Es gab keinen Zweifel daran: Tony hatte ganz deutlich geschrieben, dass dieser Oberschamane wusste, wo Claire war!

Das Blut rauschte mir in den Ohren.

Der junge Mann, der sich Thabang nannte, hatte es mir schon vor so langer Zeit sagen wollen und ich konnte ihn nicht verstehen. Aber warum brauchten sie ausgerechnet mich, um Claire zu finden? Warum konnten sie nicht einfach holen und zu uns bringen?

Warum mussten sie direkt mit mir sprechen, wo ich doch so wenig Setswana verstand? Tony meinte, er würde mir alles später erklären. Na gut.

Da gab's nicht viel zu überlegen. Ich musste sofort nach Palapye!

Im Handumdrehen hatte ich ein paar Sachen in den Käfer gepackt und Pauli auf den Rücksitz. Dann fuhr ich zum Büro.

"Ich muss so schnell wie möglich nach Palapye. Mein Schwager hat geschrieben, dass sich was mit Claire ergeben hat. Bitte sagt Gaby Bescheid. Ich kann sie nicht erreichen. Pauli nehme ich mit."

Ich erklärte Kgomotso und Emily so einfach wie möglich, was in dem Brief stand. Sie waren überrascht, versprachen aber mir zu helfen, wo es ging. Meine Freundinnen hatten Tränen in den Augen als wir uns verabschiedeten.

"Viel Glück, Bridget. Ich hoffe, du findest endlich was heraus. Ich würde es dir wünschen."

"Pass auf dich auf und stell bitte nichts Dummes an," heulte Kgomotso und umarmte mich wieder.

"Das kann ich dir nicht versprechen, aber ich lasse von mir hören. Irgendwas wird da schon bei rauskommen," sagte ich noch.

Und dann - einfach so - verließ ich Gaborone für immer.

VIERZEHNTES KAPITEL

Mein fahrbares Aquarium erregte einiges Aufsehen auf der Francistown Road. Die Leute am Straßenrand zeigten lachend und winkend auf mein Auto. Ich winkte zurück, aber ich war woanders mit meinen Gedanken. *Claire - ging es mir durch den Kopf - Palapye, Shaka Zulu, Tuli Block - Sangomas können helfen, die wissen, wo sie ist - Benjamin...* Nein! Ich schüttelte vehement den Kopf. Nein, an Benjamin wollte ich nicht denken!

Ich musste mich zusammenreißen und wieder auf die Schlaglöcher achten. Allerdings hatte ich wenig Kontrolle über meine Gedanken. *Kalahari, magischer Sternenhimmel - Claire, ohgott, Claire, Claire!*

Bevor ich wusste, wie mir geschah, pflügte sich mein Wagen auch schon durch den tiefen Sand der Abkürzung in Palapye. Tony war nicht zuhause, dafür aber Klein-Gina. Sie war zu einer schönen jungen Hundedame herangewachsen, mit seidig schwarzem Fell und einem weißen Streifen auf der Brust. Genau wie ihr Vater. Pauli winselte auf dem Rücksitz und konnte es kaum abwarten, bis ich die Autotür aufmachte. Die beiden Hunde begrüßten sich ausgiebig auf Hundeart, während ich es mir in einem Korbstuhl auf der vertrauten Veranda bequem machte. Hier saß ich und wartete.

Um mich herum hatte sich einiges verändert: Mrs. Poppelmeyer beobachtete die Umgebung nicht mehr hinter gestärkten Spitzengardinen. Wie ich erfahren hatte, war sie längst abgereist und zu ihrem gewohnten Leben in Cobblestead zurückgekehrt, aber die Häuser über der Straße sahen allerdings alle bewohnt aus. Tonys Haus wurde jetzt von einer grünen Motsetsi-Hecke bewacht und ein ansehnlicher Rasen bedeckte den sandigen Boden. In dem aus Autoreifen gebauten Wakah wuchsen üppige Kräuter und Salatpflanzen. Der Akazienbaum streckte seine dünnen Ärmchen bereits in alle Richtungen aus und kräftige Sukkulenten hatten den Steingarten in Besitz genommen.

Der Ausblick auf die Hügel über den Baumwipfeln war aber noch genau der gleiche wie vorher. Ein leiser Windhauch kam auf. So saß ich auf der Veranda und blickte verträumt auf die dunstigen Hügel, die sich in der untergehenden Sonne schon orangerot färbten. Endlich kamen meine verworrenen Gedanken zur Ruhe.

Tony fand schnell heraus, dass er Besuch hatte. Jemand hatte ihm berichtet, dass ein seltsam buntes Auto in seiner Auffahrt geparkt war und er wusste, dass ich es sein musste. Neo kam auch gleich mit. Es war eine Ewigkeit her, dass wir uns gesehen hatten und wir begrüßten uns herzlich. Ich sah, dass Tony an Gewicht verloren hatte und Neo runder geworden war.

"Tut mir leid, dass es so lange gedauert hat," sagte ich. "Ich arbeite ja nicht mehr bei der DFO. Eine Freundin hat mir den Brief heute Morgen erst vorbeigebracht und ich bin so schnell wie möglich gekommen."

"Schon in Ordnung, Bridget," meinte Neo. "So ist das mit der afrikanischen Zeit." Wir wussten alle, wie das war mit der afrikanischen Zeit und nickten zustimmend.

"Ich bin nur froh, dass du jetzt hier bist," sagte Tony.

Ich wollte sofort loslegen. "Also was muss ich tun? Wann geht's los?"

"Immer mit der Ruhe. Erst müssen wir reden. Möchtest du Tee oder Saft vielleicht?" fragte Tony und zog zwei Stühle heran.

"Fruchtsaft wäre gut, Danke."

Obwohl es wieder auf den Winter zuging, waren die Tage noch immer heiß und ich merkte erst jetzt, wie durstig ich war. Pauli schlabberte gierig Wasser aus Ginas Schüssel und schnupperte dann am Außenwaschbecken herum. Ich füllte das Wasser auf und Pauli leckte mir zum Dank die Zehen.

Ich setzte mich neben Neo und Tony machte sich in der Küche zu schaffen. Neo lehnte sich nach vorne. "Was hat

Tony dir eigentlich geschrieben?"

"Nicht sehr viel. Nur, dass irgendein Obersangoma angeblich weiß, wo Claire ist und ich bei irgendwas mithelfen soll. Anscheinend hatten auch zwei Leute versucht mich in Gaborone aufzutreiben, was zu ziemlichen Missverständnissen geführt hat." In Worte ausgedrückt hörte sich das nicht mehr ganz so logisch an, aber Tony würde es mir ja jeden Moment erklären! Ich zappelte auf meinem Stuhl herum und trippelte mit dem Fuß auf dem gewachsten Verandaboden.

"Ja, der Inyanga, der oberste Sangoma, versucht gerade die Dinge wieder ins Lot zu bringen," meinte Neo.

"Versucht was ins Lot zu bringen?"

"OK, das ist nicht so einfach zu erklären. Du musst da bitte versuchen unvoreingenommen ranzugehen, Bridget," warnte mich Neo.

"Was meinst du damit? Das hört sich ja furchtbar mysteriös an," sagte ich. "Ich bin ja schon lange genug in Afrika. Was kann mich daran noch schockieren?" Es sei denn... Ich bekam einen Kloß im Hals und schob die dunklen Gedanken schnell wieder beiseite. Pauli legte sich auf meine Füße und Gina schmiegte sich an ihn. Wie lebende Wärmflaschen waren die beiden.

"Mach's nicht so spannend, Neo, sag' schon endlich was los ist!"

Die Fliegentür schnappte ins Schloss. Tony trug ein Tablett mit Saftgläsern und einer Schüssel Chips vor sich her, die er auf dem Tisch absetzte. Die Hunde schnupperten die Luft und legten sich wieder hin.

"Lass dir das lieber von Tony erklären," sagte Neo. Tony setzte sich und goss gemächlich Saft in unsere Gläser.

"Oh fangt schon an damit! Wann kann ich Claire endlich sehen?" rief ich ungeduldig.

"Naja, das ist so..." sagte Tony und erzählte mir die ganze Geschichte vom Anfang bis zum Ende: wie Neo von dieser Sangomafrau aus seinem Dorf in einer wichtigen Angelegenheit kontaktiert wurde. Neo dachte zuerst, dass jemand im Klan gestorben sei, aber das war weit gefehlt. Es hatte mit Claire zu tun!

"Die Sangoma bestellte uns beide zu sich und erklärte, was vorgefallen war." Kurz und gut, eine weniger geachtete Schamanin aus der Tuli Block Gegend Kurz und gut, eine weniger geachtete Schamanin aus der Tuli Block Gegend steckte dahinter, dass alles schiefgelaufen war.

"Sie hatte Claires Kopfwunden behandelt. In der Nacht, nach dem Zusammenprall mit der Ziege in der Nähe des Dorfes. Die Schamanin ließ Claire dann allein in ihrer Hütte schlafen." Soweit so gut. "Claire war anscheinend im Morgengrauen aufgewacht, konnte sich an nichts erinnern und war davongelaufen." Ich sog den Atem scharf ein.

"Das ganze Dorf zog aus, um sie zu finden, und ein paar Jungs sahen sie ängstlich in einem Gebüsch kauern."

Ich konnte Tony nicht ganz folgen und starrte ihn mit offenem Mund an. "So, wo ist Claire jetzt? Sie haben sie doch nicht etwa —"

"Nein, warte doch, es kommt gleich," sagte Tony. "Am nächsten Tag war Claire dann wieder verschwunden! Diesmal blieb sie aber unauffindbar. Sie konnte allerdings nicht weit gekommen sein. Der Schamanin war klar, dass sie so allein und verletzt nicht lange in der Wildnis überleben würde. Das konnte nur eins bedeuten —"

"Was Tony? Oh komm, sag' schon!"

"Es gibt da eine Stelle in den Hügeln, die nur schwer zugänglich ist. So eine Art *Öffnung*. Nur Sangomas wissen, wie man da hinkommt, aber Claire muss sich irgendwie dahin verlaufen haben," sagte Neo an Tonys Stelle.

"Was?!" Ich lachte schrill. "Ihr beide wollt mich wohl auf den Arm nehmen!" Pauli bewegte sich unter dem Tisch.

"Wieso? Nein, überhaupt nicht," sagte Neo ganz ernsthaft und ich hörte auf zu lachen.

"Was soll das denn heißen? So eine Art Öffnung —"

"Dort sind die Vorfahren."

"Die Vorfahren?"

"Ja."

Ich war zu erschrocken, um weiter zu fragen.

"Der Zugang zum Land der Vorfahren muss vor Fremden verborgen bleiben. Deshalb kam diese Schamanin auf die brillante Idee, alles einfach so zu lassen, wie es war.

Sie versuchte den Unfall mit der Ziege zu vertuschen, ordnete an, ein Loch unter einem Baum zu graben und Claires Habseligkeiten hineinzutun. Die wurden mittlerweile gefunden. Ein paar junge Männer aus dem Dorf mussten dann das Auto nach Motschudi fahren, um die letzten Spuren zu verwischen. Problem gelöst."

"Ha!"

"Sie schüchterte die örtliche Polizei ein und alle, die etwas von der Sache wussten. Das ist hier leider so üblich und niemand wagt es gegen die Anweisungen eines Sangomas zu verstoßen."

OK, mittlerweile verstand ich, dass diese namenlose Schamanin vom Tuli Block die Schuld daran trug, dass ich mit meiner Suche nicht weitergekommen war.

"Aber warum hat sie das denn getan?"

"Vom Standpunkt eines Schamanen aus gesehen, hatte sie guten Grund dazu, nur *wie* sie es getan hat, das ist einfach unakzeptabel."

"Verdammt nochmal, wegen so einer lausigen Schamanin konnte ich nichts über Claire herausfinden!" fauchte ich.

"Und das ist noch längst nicht alles," sagte Tony und bot mir Chips an, aber ich konnte vor lauter Ärger nichts runterkriegen.

"Nicht jeder im Dorf stimmte mit ihr überein. Die Ältesten lehnten sich auf - still und heimlich," sagte Neo. "Sie schickten jemanden, um dich aufzusuchen."

"Ja, der junge Mann wahrscheinlich..." begann ich.

"Was?"

"Nichts. Erzählt weiter."

"Uns wurde gesagt, dass sie auch versuchte alle Verbindungen zu Claire abzubrechen. Wie erkläre ich dir das am besten... mit einem... Zauber." Es fiel Tony offenbar schwer die richtigen Worte zu finden.

"Wie hat sie das denn gemacht?"

"Mit Muti. Der Schuss ging aber nach hinten los und alles geriet außer Kontrolle. Aber ich schweife ab…"

Neo übernahm wieder. "Eine Weile hatte sie sogar Erfolg damit. Aber dann kam es heraus. So etwas ist nicht erlaubt und dem Reich der Vorfahren bleibt nichts verborgen. Und die Vorfahren waren verärgert. Die Schamanin hätte Claire helfen müssen, ihren Weg zurückzufinden und jetzt war alles aus dem Gleichgewicht geraten."

"Was denn für ein Gleichgewicht, bitte?"

"Warte. Dann schaltete sich aus der Ferne der Inyanga ein, der irgendwo in der Kalahari lebt. Die Wünsche der Vorfahren müssen respektiert werden; das ist ungemein wichtig. Thabang wurde von den Stammesältesten wieder nach Palapye geschickt, um dich zu holen, aber du warst nicht mehr da."

"Wie bitte? Moment mal… meinst du mit Vorfahren etwa verstorbene Verwandten? So richtig tote?"

"Ja sicher, genau das," sagte Tony.

Er kannte sich anscheinend ganz gut aus damit. Als ich damals aus Palapye wegzog, war Tony noch nicht mal fähig gewesen, Claires Namen aussprechen Und jetzt sprach er auf einmal ganz selbstverständlich über die Welten und Wünsche der Geister von Verstorbenen!

"Wer bitte ist Thabang?" fragte ich.

"Mein Cousin," sagte Neo.

"OK." Ich holte tief Luft. "Das klingt alles sehr verwirrend. Aber mal angenommen, dass die Schamanen mit - Verstorbenen reden können. Dann verstehe ich das aber immer noch nicht. Wo war Claire denn die ganze Zeit über und was hat sie mit all dem zu tun?" Mein Verständnis für die afrikanische Denkweise wurde mittlerweile doch sehr beansprucht.

"Ich bin ja auch noch nicht fertig und bin mir selbst nicht so ganz sicher. Ich tue mein Bestes hier." Tony räusperte sich. "Also die Sangoma aus Neos Dorf meinte… dass die abtrünnige Schamanin noch immer dachte, ihre Magie sei stark genug um die Situation unter Kontrolle zu halten. Na, um eben die lästigen Lekgoas davon abzuhalten, Claires Spur bis zum Dorf zu verfolgen. Deshalb dauerte das alles so lange. Sie verstieß gegen den Wunsch der Stammesältesten und den der Vorfahren, und das hat alles noch viel schlimmer gemacht."

"Ich begreife das immer noch nicht."

Tony kratzte sich am Kopf. "Was gibt's denn da nicht zu begreifen?!"

"Entschuldige bitte - ich höre das alles zum ersten Mal."

"Sie hatte ja Claire mit dem Zauber belegt, um ihre sämtlichen Verbindungen abzubrechen," erzählte Neo weiter. "Du warst zu dem Zeitpunkt ja schon in Gaborone. Der Zauber ging aber weit über ihre Fähigkeiten hinaus und hat dann mehr bewirkt als nur eine Trennung von Claire. Sie wusste ja nicht, dass ihr Zwillinge seid."

"Der Zauber sollte zwar einfach trennen, was Beziehungen angeht, aber sehr wahrscheinlich hat das auch meine Verbindung zu Claire und zu dir beeinflusst," fügte Tony hinzu.

In meinen Gedanken wirbelte es. Das ging dann wohl auch meine eigenen Beziehungen an. Meine Beziehung zu Benjamin zum Beispiel, und die zu Kurt Köhler und Ronnie Immelman. Gab es sonst eine Erklärung für all meine Missgeschicke in Gaborone?

Neo sah mir an, wie verwirrt ich war.

Neo sah mir an, wie verwirrt ich war. "Wir fanden auch heraus, dass diese starrsinnige Schamanin sogar noch Muti benutzte, um dich von hier fernzuhalten und mit anderen Dingen abzulenken. Aber sie hat dich dann wohl in Gaborone aus den Augen verloren."

"Das wundert mich nicht. Ich konnte ja selbst kaum mithalten!"

Vielleicht war deshalb die Puppe in der Hecke gewesen. Eigentlich gleich zwei davon! Die andere hatte ich beim GFO Büro gesehen. Aber ich wollte Neo nicht unterbrechen.

"Die Vorväter bekamen das natürlich mit und waren schrecklich wütend über ihren Ungehorsam. Deshalb wurde der Inyanga wieder eingeschaltet, und der machte sich zu guter Letzt auf den Weg zu meinem Dorf, um die Sache selbst in die Hand zu nehmen. Tony und ich wurden hin zitiert und der Inyanga warf die Knochen für Tony, um zu sehen, was getan werden musste. Den Rest kennst du ja."

Ich brauchte ein paar Minuten, um das alles zu verdauen.

"Weil die Vorfahren es so wollten. Die Vorfahren wollen auch, dass Claire so bald wie möglich zurückkehrt. Mittlerweile ist die starke Verbindung zu einem Blutsverwandten nötig, um die Lekgoa wieder herauszulocken," sagte Neo. "Deshalb brauchen wir dich."

"Das ergibt doch keinen Sinn. Von wo herauslocken?"

"Doch, es ergibt Sinn, ich bin ja auch noch nicht fertig."

"Na gut, dann erzähl weiter."

Tony schien ein paar Bienenfresser auf der Motsetsi-Hecke ungeheuer faszinierend zu finden. Auch wenn er sich offensichtlich bemühte, fiel es ihm auch nicht leicht das alles zu begreifen. Ich nahm einen Schluck Erdbeersaft und streichelte Paulis Rücken.

Eine Brise trug rauchige Gerüche aus dem Dorf zu uns herauf. "Der Inyanga ordnete an, dass alles Muti entfernt werden musste, um den Zauberspruch zu entkräften. Ich konnte meine Arbeit nicht im Stich lassen, also kamen Thabangs Bruder und seine Großmutter in Gaborone auf den Plan — "

Oh nein, hätte ich doch bloß nicht so überreagiert, dann könnte jetzt alles längst geklärt sein. *Wir sind aber fast am Ziel, Claire*, dachte ich. *Es kann nicht mehr lange dauern!*

"Die beiden fanden zwar eine Menge Muti, konnten dir aber nicht begreiflich machen, warum sie dich sehen mussten. Sie hatten Tonys Brief dabei. Du dachtest aber, sie seien Diebe. Deshalb musste Tony dir einen Brief mit der Post schicken."

"Sie wollten den Brief nicht einfach hinlegen, wegen dem großen, schwarzen Hund. Er hätte ihn ja auffressen können," sagte Tony und sah zu Pauli hinunter.

"Sorry, jemand war davor schon in unser Haus eingebrochen und hatte meine Briefe und Fotos gestohlen. Deshalb dachte ich, die beiden hätten was damit zu tun. Und ja, Pauli hätte den Brief wahrscheinlich gefressen."

Neo schüttelte den Kopf. "Oh je, ich kann verstehen, dass du ihnen nicht über den Weg getraut hast. Ich wette, die schlechte Sangoma hatte was mit dem Einbruch zu tun. Wahrscheinlich um den Trennungszauber zu verstärken. Kaum zu glauben!"

"Aber was ist jetzt mit Claire? Wo ist sie?" Dann ging mir wieder dieser schreckliche Gedanke durch den Kopf. "Ist sie etwa wegen... Muti... umgebracht worden?" Ich stieß die Worte hervor. Wenn Körperteile für magische Zwecke benutzt werden, das konnte einen qualvollen Tod bedeuten. Wincklers Maid Princess hatte mir ja gesagt, dass manche Leute die Dienste solcher ehrlosen Schamanen in Anspruch nahmen. Mir wurde ganz anders.

"Nein, nichts dergleichen. Beruhige dich."

"Dann sag' doch endlich was los ist!" Warum kam Neo nicht endlich zum Punkt?

"Claire ist am Leben, aber eben nicht - hier," seufzte Tony.

Ich war so erleichtert, dass mir die Tränen kamen. Alles, was ich hörte war, dass Claire am Leben war! Wahrscheinlich in irgendeiner Höhle oder Hütte versteckt und sie konnte sich nicht bewegen oder war in einem Koma und wurde von Einheimischen versorgt... Was sollte es sonst sein?

"Gehen wir jetzt endlich und holen sie ab? Hier bin ich, die Blutsverwandte, die der Inyanga haben wollte. Worauf warten wir noch?"

"Das geht nicht so einfach. Du musst verstehen..."

"Ach hört schon auf damit! Dass das nicht so einfach ist, habe ich schon kapiert. Meine Güte... also was muss ich tun?" Ich wischte mir die Tränen ab, die meine Wangen herunterliefen. Tony und Neo schauten mich aber immer noch so komisch an.

"Wie sage ich dir das am besten —" meinte Tony endlich. "Also gut - Claire ist im 'Land der Vorfahren'."

"Was soll das heißen, Claire ist im 'Land der Vorfahren'?" schniefte ich.

"Claire ist auf einer anderen - Ebene. Im 'Land der Vorfahren' eben. Das heißt hier 'Abzu'. Sie ist dort irgendwie hingekommen ohne… tot zu sein." Ohne tot zu sein?!

"Was?! Das ist doch unmöglich… das gibt es doch… gar nicht!" stotterte ich. Wie konnte Tony, dieser rationale Denker, an einen solchen Quatsch glauben? Einfach absurd!

"Ich kann es dir nicht besser erklären," sagte Neo langsam. "Sie ist dort und kann nicht mehr alleine zurück. So hat der Inyanga es uns erklärt und du musst da hin und deine Schwester aus dem Abzu rausholen."

"Das kann doch nicht dein Ernst sein."

"Es ist mir leider sehr ernst." Ich konnte nicht die Spur eines Grinsens auf Neos Gesicht entdecken. Ich fragte ihn nicht wo oder was genau das Abzu sein sollte, aber anscheinend war Claire dort. Also hörte ich widerstrebend zu, was die beiden mir noch zu sagen hatten. Was blieb mir auch anderes übrig?

"Niemand weiß, wie sie ausgerechnet zu diesem Kliff und an diesen geheimen Ort gelangt war, aber sie muss wohl ausgerutscht und… hineingefallen sein," fuhr Neo fort. "Das letzte Mal als das passierte, war es ein Schafhirte, der verschwand. Das war vor ungefähr 80 Jahren. Er tauchte eine Woche später mit einem Geisterführer wieder auf. Seitdem sind die Leute hier sehr vorsichtig auf dem Hügel."

"Du willst mir erzählen, dass Claire in so eine Art… Portal gefallen ist? Das, was du Öffnung nennst? In so eine Art Totenreich?" Vielleicht verstand ich das Ganze ja besser, wenn ich es selbst aussprach.

"So würde ich das nicht bezeichnen, eher so eine Art… Oh ich weiß auch nicht, wie man das nennen soll," fuhr Tony auf.

"Hmm, wenn das wahr ist - und ich hab' da so meine Zweifel - warum kam sie dann bitteschön nicht auf dem gleichen Weg zurück wie dieser Schafhirte?"

"Es ist möglich, dass Claire sich an nichts mehr erinnern kann. Sie hatte ja schließlich einen Unfall," sagte Tony.

"Ja, du hast recht," meinte ich entmutigt.

"Natürlich hatte der Inyanga einen Geisterführer geschickt, aber Claire weigerte sich mitzugehen. Deine Schwester versteht nicht, warum sie das Abzu verlassen soll.

Es ist sehr angenehm dort und niemand kann gezwungen werden den Ort zu verlassen."

Ich war ganz perplex. Ein Geisterführer?

"Und wie bitteschön soll ich dabei helfen sie da rauszubekommen?"

"Du musst ihr helfen sich wieder zu erinnern. Du gehst mit dem Geisterführer hin. Du sprichst mit Claire. Ihr kommt beide zurück," sagte Neo im Telegrammstil.

"Oh nein. Nein wirklich nicht! Wie stellt ihr euch das vor? Ich kann nicht in irgendein Totenreich gehen oder zum Abzu oder wie immer das heißt," sträubte ich mich.

"OK ich glaube, es ist Zeit für eine kleine Pause," sagte Tony. "Als ich das erste Mal davon hörte, wollte am liebsten auch davon rennen!"

Ich nickte wortlos und nahm einen Schluck Saft aus meinem Glas. Mir war ganz mulmig zumute von diesem ganzen Gerede über Muti und Schafhirten und andere Reiche und was sonst noch alles.

Außerdem hatte ich Schuldgefühle. Wie konnte ich mich von dieser Schamanin mit ihrem blöden Zauber so lange an der Nase herumführen lassen? *Hör' dir das an*, rebellierte ich innerlich, *du glaubst also doch an solche Zauber!*

Ich ging mit Pauli und Gina kurz die Straße hinauf und hatte etwas Zeit zum Nachdenken. Tony machte inzwischen Hotdogs zum Abendessen. Es wurde dunkel und wir aßen schweigend beim Licht flackernder Kerzen in Gurkengläsern. Danach konnte ich wenigstens wieder einigermaßen denken. Es wurde zu kühl auf der Veranda und wir gingen nach drinnen.

"Also was muss ich tun?" fragte ich ergeben und lehnte mich in die Kissen zurück.

Ich sah einen Hoffnungsschimmer in Tonys Augen. Hoffnung war das einzige was uns diese ganze Zeit geblieben war, sogar ihm.

"Ich schicke eine Nachricht zum Inyanga," meinte Neo und wärmte sich die Hände an seiner Teetasse. "Er hat den Schlüssel zum Abzu - sozusagen. Je schneller du Claire dazu bringst sich wieder zu erinnern, desto besser."

Das Ganze war zwar komplett unlogisch, aber wenn sich Claire tatsächlich in diesem - Abzu - aufhielt, dann musste ich dorthin und sie zurückholen. So einfach war das. Also riss ich mich zusammen und warf meine Bedenken über Bord.

Am nächsten Morgen gingen Tony und Neo gemeinsam zum Trainingszentrum und ich bereitete mich auf den bevorstehenden 'Ausflug' vor. Den Eidechsen-Talisman trug ich immer noch um den Hals. Vielleicht half er ja gegen meine Angst vor dem Unbekannten. Die beiden kamen bald wieder zurück. Sie hatten den Urlaub sofort wegen einer dringenden 'Familienangelegenheit' genehmigt bekommen. Aber Neo hatte immer noch nichts vom Inyanga gehört. Wir mussten noch einen Tag warten!

"Nun haben wir schon zwei Jahre gewartet," sagte Tony, "auf einen Tag mehr oder weniger kommt es jetzt auch nicht mehr an." Er stellte das Geschirr in die Spüle und begann aufzuräumen, als ein junger Tswana unerwartet zur Tür hereinspaziert kam. Er glich jemandem, den ich schon mal getroffen hatte. Das weiße Polohemd, die Sonnenbrille im Ausschnitt. Neo begrüßte ihn herzlich.

"Das hier ist Thabang aus Bobonong, der Sohn des Kgosi. Ein Cousin von mir," stellte er den jungen Mann vor.

"Hallo, ich bin Thabang," sagte Thabang. Er sprach jede Silbe langsam und betont aus.

"Hallo Thabang, ich bin Bridget," erwiderte ich.

"Ja, weiß ich," sagte er und ich wusste sofort wieder, woher ich ihn kannte.

"Du hast Englisch gelernt?"

"Ja, ich habe gelernt. Ich spreche Englisch."

"Warum bist du denn das letzte Mal so schnell weggelaufen, Thabang?" fragte ich ihn. Es hatte nichts mit unserer Mission zu tun, aber ich wollte es trotzdem wissen.

Neo musste die Frage übersetzen.

"Er sagt, dass einer der Handlanger der Sangoma aus seinem Dorf bei einem leeren Haus über der Straße herumgelungert war."

"Wirklich - hier?"

"Er meint, er wollte dem Mann keine Gelegenheit geben ihn zu erkennen. Die Gefahr war zu groß, dass die Sangoma etwas anstellen würde."

Thabang sagte auf Setswana, dass er eine Nachricht vom Inyanga habe: wir sollten uns am nächsten Morgen zu Thabangs Dorf im Tuli Block begeben und ihn dort ganz früh treffen. Thabang würde uns begleiten. Er zeigte uns mit ausgestrecktem Arm die niedrige Position der aufgehenden Sonne an. Die übliche Art unter Tswanas, die Tageszeit auszudrücken. Er wiederholte das Ganze noch zweimal, dann ging er wieder.

Als wir am frühen Morgen aufbrachen - mit etwas Essbarem und unseren Zahnbürsten im Gepäck - versprach es ein schöner, kühler Tag zu werden. Wir ließen Alfred Jones und Tsanana in dem Glauben, dass wir zu einer Beerdigung nach Bobonong mussten, und sie versprachen die Hunde zu füttern. Dann holten wir Thabang im Dorf ab.

Ich hielt den Talisman umklammert und versuchte nicht zu viel darüber nachzudenken was passieren würde. Stattdessen stellte ich mir Claire vor, so wie ich sie in Erinnerung hatte: blond, mit ihren abenteuerlustigen blau-grünen Augen, die mich verschmitzt anlachten. 'Hallo Bridget, da bist du ja...' Die Vorstellung war elektrisierend. Ich würde meine Schwester wiedersehen und das nicht nur vor meinem inneren Auge!

Als wir in Thabangs Dorf ankamen, war der Inyanga noch nicht da. Dafür liefen wir der besagten Schamanin über den Weg, die soviel Ärger verursacht hatte! Und die war verständlicherweise auch nicht gerade erfreut uns zu sehen. Sie hatte die gleichen geflochtenen Zöpfe und die Kleidung aus Fell, wie ich sie an einer anderen Schamanin, der ich bei einer Beerdigung vor zwei Jahren begegnet war, gesehen hatte.

'Unsere' Schamanin war eine derbe Frau mit jähzornigem Gehabe. In ihrer Nähe schienen die Dorfbewohner auf Zehenspitzen zu gehen. Ich konnte nicht anders und erwiderte ihre wütenden Blicke, aber warum war sie überhaupt noch hier? Neo hatte uns doch gesagt, dass sie nicht länger praktizieren durfte, also was machte sie noch hier im Dorf?

Thabang wollte seinem Vater Bescheid geben und verschwand in einer der größeren Hütten. Die Schamanin deutete uns schroff an, dass wir ihr in die andere Richtung folgen sollten. Wir konnten uns kaum weigern. Wahrscheinlich sollten wir nur in ihrer Hütte auf den Inyanga warten, aber ich würde sie scharf im Auge behalten und Neo hatte anscheinend das Gleiche im Sinn.

Drinnen war die aus Gras und Zweigen geflochtene Rundhütte mit allerlei Sangoma-Zubehör ausgestattet. Ein großer Mörser, Trommeln und Tontöpfe standen auf dem Boden herum, und da hingen doch tatsächlich getrocknete Teile von Tieren und Kräuter an den Wänden, gleich neben den Schöpflöffeln und Flaschenkürbissen. Wie gemütlich.

In der von Steinen umringten Feuerstelle schwelten rot glühende Holzkohlen. Wir setzten uns um das Feuer herum und streckten unsere Hände aus, um sie zu wärmen. Tony und Neo saßen beschützend rechts und links neben mir, und die Schamanin ließ sich uns gegenüber auf den Boden nieder. Das Feuer gab eine wohlige Wärme ab, aber ich zitterte.

"Deine Schwester hat mir großen Ärger gemacht. Sie hätte nicht zu unserem geheimen Ort gehen dürfen. Wer ihr wohl davon erzählt hat? Das ist nichts für neugierige Lekgoas," sagte die Frau in barschem Ton. Als sie auf Setswana weitersprach, übersetzte Neo widerwillig. Sie sagte noch so einiges mehr oder vielmehr, sie zischelte es vor sich hin, aber Neo übersetzte bei weitem nicht alles.

"Der Inyanga hat uns gebeten hierherzukommen," sagte ich kurz angebunden.

Die Frau starrte an mir vorbei, dann holte sie einen schmutzigen Beutel hervor. Sie ließ Knochen, Münzen, Stöckchen und Samenkerne in ihre Hand fallen und warf sie mit Schwung auf eine Grasmatte. Genau, wie die Schamanen es für die Touristen in Victoria Falls getan hatten. Die Schamanin las die 'Knochen' und schob die Gegenstände auf der Matte zornig hin und her.

"Ich sehe schon, man kann euch nicht aufhalten!" Sie wiegte sich zu einem eingebildetem Rhythmus und peitschte ihre Glasperlenzöpfe nach vorn. Dann verfiel sie in einen beängstigenden Singsang, der mein Herz bis zum Halse schlagen ließ. Die Frau war offensichtlich verrückt.

"Wo ist bloß der Inyanga?" fragte ich nervös.

Thabang erschien in der Türöffnung. Die Schamanin kreischte etwas und er antwortete mit vorsichtigem Respekt.

"Wir sollten gehen," beschloss Neo und stand auf. "Sie will 50 Pula für ihre Dienste haben."

"Was denn für Dienste? Wir sind nicht zum Hellsehen hergekommen," sagte Tony irritiert. Neo übersetzte und die Schamanin warf uns einen hasserfüllten Blick zu und stürmte dann zur Hütte hinaus. "Ich glaube nicht, dass sie hier mit euch sein durfte. Wir werden woanders auf den Inyanga warten," sagte Neo.

Wir warteten in Thabangs Hütte. Sie war bequem eingerichtet und von innen viel größer als sie einem von außen erschien. Der Geruch des Strohdaches brachte Erinnerungen an die Kalahari zurück. Wir tranken gerade Tee, als eine Fahrzeugkolonne eintraf.

Es war der Inyanga, der von Stammesältesten und der Sangoma aus Neos Dorf begleitet wurde. Sie waren durch einen schadhaften Vergaser aufgehalten worden. Der oberste Sangoma war ein eindrucksvoller Mann von ungefähr fünfzig Jahren und sah ein wenig wie Shaka Zulu in der Fernsehserie aus. Er trug aber einen Anzug und erschien mir recht bescheiden und vernünftig zu sein. Jemand, dem man vertrauen konnte. Nach einer kurzen Begrüßung verloren wir keine Zeit und folgten ihm zur Rundhütte der Schamanin. Die verrückte Frau ließ sich glücklicherweise nicht blicken.

Wir setzten uns erwartungsvoll auf den blanken Erdboden. Der Inyanga zog seine Hosenbeine etwas hoch und setzte sich auf seine Fersen. Der Steinkreis glühte noch voll roter Glut. Die Sangomafrau aus Neos Dorf nahm ein paar getrocknete Kräuter aus einem Säckchen, schöpfte Wasser in ein Kochgefäß und stellte es in die heißen

Holzkohlen.

*

Eine Art Zeremonie begann. Der Inyanga schüttete Asche aus einem kleinen Flaschenkürbis, der an seinem Gürtel hing, in die hohlen Handflächen und begann diese rhythmisch zusammenzuschlagen. Als die Asche die Luft trübte signalisierte er seiner Assistentin das Gleiche zu tun und beide begannen etwas auf Setswana zu rufen.

"Sie bitten die Vorfahren um Hilfe," flüsterte Neo.

Der Gesang skandierte schneller und schneller. Der Inyanga sprang auf, begann mit einem langen Wedel aus schwarzen Tierhaaren herumzufuchteln und stampfte auf den Boden.

"Das zieht die Geister an," flüsterte Neo wieder.

Die beiden Sangomas klatschten die ganze Zeit mit diesem hohlen Geräusch. Mir lief es kalt den Rücken hinunter.

"Jetzt rufen sie den Geisterführer," meinte Neo und der Inyanga richtete ein paar Worte an ihn. "Er möchte, dass du dich so stark wie möglich auf deine Schwester konzentrierst und darauf, wie sehr du sie wieder zurückhaben willst."

Ich konzentrierte mich, bis mir der Kopf schmerzte. Die Assistentin füllte eine hölzerne Schöpfkelle mit der heißen Flüssigkeit aus dem Topf und zeigte mir, wie ich darauf pusten und den Tee dann trinken sollte. Ich pustete auf die Kelle und nahm einen Schluck des Tees. Er schmeckte heiß und bitter, aber ich musste austrinken.

Der schwarze Haarpinsel kam wieder zum Einsatz und fegte durch die Luft. Die Sangomas liefen jetzt im Kreis um mich herum und sangen pausenlos. Ich hielt den Atem an und erwartete einen Knall oder Blitz, um den Geisterführer direkt in die Hütte zu transportieren.

Nichts dergleichen geschah. Jedenfalls nichts, was ich hätte verstehen können. Mir war, als ob ein eisiger Finger an meinem Rückgrat entlangfuhr. Ich zitterte.

"Bist du okay?" Tony saß plötzlich hinter mir und legte seine Hand auf meine Schulter.

"Das werde ich wohl sein, wenn wir Claire endlich finden."

Die Geisterbeschwörung brauchte ihre Zeit und ich fühlte,

wie ich langsam müde wurde. Der Inyanga und seine Helferin sangen, winkten mit dem Wedel herum und stampften mit den Füßen. Dann hörten sie ganz plötzlich auf.

Die Assistentin verschwand in den Hintergrund und ich wurde aufgefordert aufzustehen. Na endlich! Nachdem wir auf die Bibel geschworen hatten, dass wir keiner Menschenseele etwas davon erzählen würden - das muss man sich mal vorstellen - gab der Inyanga ein Signal.

"Er will, dass du den Talisman abnimmst und dann mit ihm gehst," sagte Neo und sah mich intensiv an. "Der Geisterführer ist hier. Wir müssen in der Hütte auf dich warten."

Daraufhin nickte ich wortlos, reichte der Assistentin meinen Eidechsen-Talisman und folgte dem Inyanga nach draußen. Ich fühlte mich so leicht.

"Wir sehen dich später. Viel Glück!" rief mir Tony noch hinterher. Seine Stimme klang tiefer als sonst.

Das helle Sonnenlicht schmerzte und ich kniff meine Augen fest zusammen. Keiner der Dorfbewohner war zu sehen. Nicht weit vom Dorf entfernt, führte mich der Inyanga einen Hang hinauf und winkte mir. Ich hatte das Gefühl zu träumen. Auf einmal standen wir oben auf dem Hügel.

"Lausche auf den Wind." Der Schamane hielt seinen Zeigefinger hoch. "Du musst mit dem Wind sprechen, sobald du bereit bist von der anderen Seite zurückzukehren."

Er sprach ganz verständliches Englisch.

Ich nickte und lauschte auf den Wind und es schien mir ganz normal zu sein. Eine leise Brise strich über den Hügel, aber für mich hörte es sich wie ein Summen an. Dann sollte ich etwas auf Setswana wiederholen. Etwas, das ich nicht vergessen durfte. Ich wiederholte die vier Worte immer wieder. Ich musste sie richtig ausgesprochen haben, denn der Inyanga nickte zufrieden, was seinen Halsschmuck zum Klirren brachte. Er winkte mich nach vorne.

Eine Gestalt saß zusammengesunken unter einem gekrümmten Dornenbaum. Sie schien zu warten und hob den Kopf, als wir auf sie zugingen. Die Gestalt stand mit fließenden Bewegungen auf. Es war eine alte Frau, das grobe Gesicht von weißen, flaumigen Haaren eingerahmt. Ihr Gesicht war ausdruckslos und die schwarzen Augen schienen tief in mich hineinzusehen. Um ihren Hals hing an einer Kette ein großer Anhänger. Der Stein in der Mitte schien zu leuchten.

"Skuá haaf!" Keine Angst! Der Inyanga machte eine beschwichtigende Handbewegung. "Sie ist Freund... Geisterführer."

Das sollte der Geisterführer sein, den man heraufbeschworen hatte? Ich drehte mich um und wollte den Inyanga fragen, aber der war auf einmal verschwunden. Jetzt standen nur noch die Geisterführerin und ich auf dem Hügel. Es war in Ordnung. Ich lauschte dem Summen des frischen Windes. Die sanften Konturen der Landschaft und der Geisterführerin schienen in seltsam nebeliges Licht getaucht zu sein. War die Frau etwa selbst ein Geist?

Sie nahm mich unvermittelt bei der Hand. Die fühlte sich ganz fest an, sogar ein wenig rau und hart. Kein Geist also?

Sie führte mich an den Rand des Abgrundes. Alles war still. Die Natur hielt den Atem an. Ich stand neben der merkwürdigen Frau mit den weißen Flaumhaaren und sah ins Tal hinunter. Sand, Steine und durstige Pflanzen.

Sie blickte in die Ferne. Ich konnte auch dort nichts Ungewöhnliches entdecken. Ein goldgrüner Bienenfresser zirpte in der hohen Agavenpflanze links von mir. Ich drehte den Kopf, um den Vogel zu betrachten, dann sah ich wieder ins Tal hinunter. Es gab keine Eile und ich stand nur da und lauschte dem Wind.

"Spring!" sagte die Frau.

"Vom Kliff hinunter?" Ich starrte auf den steinigen Abgrund und tat einen Schritt zurück.

"Spring!" Die Geisterführerin schloss ihre Augen und nickte ein einziges Mal. Dann zog sie fest an meiner Hand und wir sprangen gemeinsam von dem Kliff. Es war ein merkwürdiges Gefühl, ganz so als ob mich ein Handschuh mitten in der Luft auffing und sich um mich schmiegte.

Unten angekommen glitt ich aus dem Handschuh heraus und öffnete meine Augen einen Spalt. Nur lange genug, um die Umrisse einer Landschaft zu erkennen, die ganz anders war als vorher.

Wir standen nun am Fuß des Hügels. Die Geisterführerin hielt noch immer meine Hand und tat einen Schritt nach vorn. Weiches, taubedecktes Gras berührte meine Fußsohlen, nicht spitze Steine wie ich es erwartet hatte. Die Luft war frisch und leicht neblig. Ich nahm einen tiefen Atemzug und drehte mich um.

Der Hügel hinter uns war immer noch da, nur dass er grüner aussah und mit tropischen Pflanzen bewachsen war statt mit Agaven und zähem Gras. Ich hörte gedämpften Vogelgesang. Das Sonnenlicht drang durch einen zarten Nebelschleier zu uns und in der Ferne glänzte ein See unter einem rosenroten Sonnenuntergang. Alles schien irgendwie zu leuchten. War dies das Abzu?

Die Geisterführerin löste ihren Griff. Ich sah auf und sie wurde blasser, durchsichtig, dann verschwand sie ganz. Es beunruhigte mich nicht besonders. Ich stand einfach nur da und ließ die warme Brise durch mein Haar streichen.

"Musungu! Musungu!"

Oh nein, lasst mich in Ruhe, ich will doch nur hier stehen und träumen! Aber da waren wieder diese lauten Rufe.

"Musungu! Musungu!"

Lautes Rufen und Sprechen passten nicht an diesen sanften Ort. Auf einmal fühlte ich mich nicht mehr so wohl. Warum hatte mich die Geisterführerin nur allein gelassen? Ich versuchte mich unter einem weiß-blühenden Busch zu verstecken und fragte mich, ob es vielleicht der Vorfahre eines modernen Busches war. Es war kein sehr gutes Versteck. Man hatte mich entdeckt! Eine Anzahl dunkelhäutiger Männer versammelte sich rund um den Busch. Immer wieder hörte ich die Worte 'Musungu' - und - 'O mang?'

Hatte man mich nach meinem Namen gefragt? Wie unterhielt man sich mit Vorfahren? Würden sie mich verstehen? Ich musste etwas sagen.

"Ich bin Bridget, Bridget. Ke mang Bridget," hörte ich mich meinen Namen sagen.

"Brishd," sagte ein alter Mann mit grauem Bart.

"Ehey," lobte ich ihn und er berührte meinen Arm.

"Arré." Komm mit.

Wir gingen gemeinsam zu einem Kraal. Da war eine Motsetsi-Hecke und dahinter standen viele Hütten. Die Hütten sahen gepflegt aus und wir gingen auf eine dieser Hütten zu. Ich musste dann dort eingeschlafen sein. Vielleicht war es ja doch nur ein Traum gewesen...

Ich weiß nicht, woher ich es wusste. Ich wusste es eben einfach. Es war Zeit aufzuwachen. Als ich meine Augen aufschlug, sah ich eine junge Frau mit blonden Haaren in einem langen Kleid neben mir knien. Ich rieb mir die Augen. Ein kleiner Papagei saß auf ihrer Schulter und sah mich fragend an. Er war honiggelb und grün. Vielleicht war er der Vorfahre eines Papageis.

"Ist dein Name Bridget?" Sie sprach die Worte so fremdartig aus, aber dies konnte kein Traum sein! Ihr Haar war länger und sie trug diese Tunika, aber es war ganz eindeutig - Claire.

Es war mir egal, ob wir in einer Farmküche waren oder in einer Hütte an einem fremden Ort, den ich nicht begriff. Es war mir egal, dass sie mit einem fremden Akzent sprach. Für mich war sie realistisch genug und es war Claire! Ich hätte gleichzeitig lachen und weinen mögen.

"Claire!" Ich konnte vor lauter Tränen kaum noch etwas sehen. Ich wollte sie nur in die Arme schließen. "Oh Claire du bist es. Ich hab' dich gefunden, ich hab' dich endlich gefunden!"

Aber Claire sträubte sich. Sie wollte sich nicht umarmen lassen. Für einen langen, glücklichen Moment hatte ich vergessen, dass sie sich vielleicht nicht mehr an mich erinnern könnte. Und offensichtlich war ich eine Fremde für sie.

"Ich kenne dich nicht," sagte meine Zwillingsschwester unbewegt. Da war keine Bosheit in ihrer Stimme - Claire erkannte mich einfach nur nicht.

Denke nach, Bridget, denke nach!

"Du kennst aber meinen Namen," sagte ich.

"Ja, die Leute sagen, dass du dich so nennst. Ich weiß nicht warum, aber der Name hört sich vertraut an. Du sprichst eine fremde Sprache, die nur ich hier verstehe."

Ich hustete in meine Faust, um meine Verwirrung zu verbergen und wischte mir die Tränen aus den Augen, um richtig sehen zu können. Der Papagei tanzte auf Claires Schulter herum und knabberte an ihren blonden Haarsträhnen.

"Wer bist du?" fragte sie verwundert und besah sich mein Gesicht.

"Ich bin deine Schwester," sagte ich eindringlich und vergaß meinen Plan, sachte vorzugehen. "Deine Zwillingsschwester. Oh Fumpy, ich habe dich so sehr vermisst!"

Sie runzelte ihre Stirn. "Ich habe keine Schwester und du siehst auch nicht so aus wie ich." Ich war verzweifelt.

"Doch, wir haben dieselben Augen. Sieh nur." Claire sah mir angestrengt in die Augen.

"Du kommst aus meinem Klan?"

Ich zerbrach mir den Kopf. Was sollte ich ihr bloß sagen? "Ja, ich komme aus demselben Klan. Kannst du dich an Cambridge erinnern, Fumpy? An Mom und Dad und unser Haus in der Tension Avenue? Botswana? Tony Stratton - dein Ehemann?" Ich betonte das Wort Ehemann. Oh wie sollte ich nur zu ihr durchdringen?

"Was ist ein Fumpy?" fragte sie und ich musste lachen.

"Warte, Claire." Ich tastete nach den Fotos in meiner Brusttasche. Die Fotos, die ich noch besaß. "Sieh nur hier, das bist du." Ich deutete auf das eine Bild. "Und hier sind wir beide zusammen drauf. Und hier sind Mom und Dad." Ich hielt das Foto aus Italien hoch.

Ihr Gesichtsausdruck veränderte sich. Es war schwer zu sagen, ob es die Fotos waren, die etwas bei ihr auslösten, oder weil sie mich wiedersah. Ich kann mich nicht richtig erinnern und die Zeit verstrich sowieso ganz anders dort im Abzu.

Claire wurde gerufen, um mit einer Gruppe ehrwürdiger, älterer Menschen zu sprechen und ich saß die ganze Zeit neben ihr. Sie schauten sich die Fotos an und sprachen sanft mit ihr. Im Hintergrund war ein vertrautes Geräusch. Es war ein Summen, aber anders als das Summen des Windes.

"Singende Eidechsen," sagte Claire. Ich hatte noch nicht mal die Frage gestellt.

Meine Gedanken flogen zurück zu dem kühlen Kalahari-Morgen, an dem Benjamin mir die singenden Eidechsen gezeigt hatte. Vor langer Zeit. In einem anderen Leben.

Dann standen wir auf einmal unten am Fuß des Hügels. Das nächste, woran ich mich erinnerte, waren die Worte des Inyanga. Die Worte, die ich aufsagen sollte, wenn es an der Zeit war, zurückzukehren. Ich sprach die vier Worte und wiederholte sie. Immer wieder. Ich sprach zu der warmen Brise und vor uns geschah etwas. Eine Gestalt schritt auf uns zu. Es war eine alte Frau mit flaumig weißem Haar und mit jedem Schritt wurde sie deutlicher.

Wir mussten nicht einmal springen. Wir schwebten einfach nur gemeinsam nach oben auf das steinige Kliff zu und standen auf einmal wieder auf dem Hügel. Zumindest habe ich das so in Erinnerung.

*

Dann sah ich den Inyanga wieder, wie er bei der Feuerstelle in der Sangomahütte kniete und Kräuter in die Flammen warf. Da war ein leiser, monotoner Trommelrhythmus. Wie war ich denn wieder hierhergekommen? Ich konnte mich nicht daran erinnern, dass ich zum Dorf zurückgegangen war.

Die schwelenden Kräuter brachten mich zum Husten. Claire saß wie benommen neben mir und ich berührte sie vorsichtig. Sie war warm und lebendig. Es war keine Einbildung und mein Herz hüpfte wie wild vor Freude.

Meine Schwester war wirklich hier bei mir in dieser elenden Hütte!

Ich schlief auf dem Rücksitz in Tonys Auto ein, als der Corolla auf der steinigen Straße nach Palapye zurückrumpelte. Claires Kopf war auf meine Schulter gesunken. Der Himmel färbte sich schon violett, dann dunkelblau, und ich konnte meine Augen einfach nicht mehr aufhalten.

Als nächstes erwachte ich in Tonys Gästezimmer zu den Überresten eines fantastischen Traumes. Die Sonne schien hell durch die zugezogenen Vorhänge und ein herrlicher Kaffeeduft zog durchs Haus. Kaffee. Ich setzte mich blitzschnell auf. Claire war gerade noch neben mir in der Hütte gesessen und dann in Tonys Wagen und dann... nichts mehr.

Ich wurde fast bewusstlos, als ich aus dem Bett sprang und musste mich an einer Stuhllehne festhalten, die kläglich knarrte. Mein leerer Magen wollte sich schier umdrehen. War ich etwa krank? War ich hier in Tonys Haus in Palapye weil ich krank war?

Direkt vor meinen Augen hing ein Afrika-Poster. Sechs farbenfrohe Vögel in sechs Quadraten. Ein goldgrüner Papagei hielt seinen Kopf schief und schien mich zu beobachten. Mein Magen beruhigte sich und das Rauschen in meinen Ohren ließ nach. Das war gut so, denn ich hörte etwas, das mein Herz höher schlagen ließ.

"Bist du wach, Fumpy?" rief jemand draußen vor der Tür.

Das war Claires Stimme! Oh bitte lass es Claire sein! Sie sah durch den Türspalt und ich brach in Tränen aus. Mal wieder.

"Oh Bridsch, heul doch nicht schon wieder! Ich bin ja hier. Wir sind okay."

Ich begann mich zu erinnern, was gestern vorgefallen war: die Sangomas, und dass ich vom Kliff gesprungen war und die seltsamen Dinge, die im 'Abzu' passiert waren. So ungefähr jedenfalls. Dann war ich mit Claire zurückgekehrt.

"Claire, du bist wieder da," heulte ich trotzdem und ließ den Stuhl los, um mich an den Hals meiner Zwillingsschwester zu werfen. Es war einfach zu viel, dieses überwältigende Glücksgefühl.

"Ja, das bin ich wohl," sagte Claire - ganz so als hätte ich nie Grund gehabt es anzuzweifeln.

"Komm, mach dich 'n bisschen frisch und – bürste dir um Himmels willen die Zähne!" Das war typisch Claire.

Tränen rollten jetzt auch ihre Wangen herunter. Sie lachte und winkte den eingebildeten Mundgeruch von sich weg. Zumindest hoffe ich, dass er eingebildet war.

"Tony hat Kaffee aufgesetzt und uns ein verspätetes Frühstück gemacht. Rühreier mit Speck..." Sie drückte mich an sich. Wir waren wieder zusammen und Claire wusste, wer ich war!

"Was ist denn eigentlich mit deinen Verletzungen?" fiel es mir plötzlich ein. Ich sah ihr ins Gesicht.

"Du meinst das hier?" Claire berührte eine helle Narbe an ihrer Stirn. "Das tut schon gar nicht mehr weh. Sie haben sich gut um mich gekümmert."

"Wer hat sich um dich gekümmert?"

Claire sah mich verwirrt an. "Du weißt schon..."

Nein, das wusste ich eben nicht. Vielleicht wusste sie es selbst nicht so genau. Ich änderte das Thema.

"Weißt du was, ich könnte jetzt wirklich einen starken Kaffee gebrauchen. Dieser Tee gestern. Ich muss den Geschmack irgendwie aus meinem Mund bekommen..." Dann rief ich wieder zusammenhanglos: "...und du bist hier, Claire!" Es würde wohl eine Weile dauern, bis ich mich wieder normal benehmen konnte.

"Ja Fumpy, ja das bin ich. Ich hab' dich mal wieder dazu gekriegt mit mir zu verreisen, oder?"

"Das hast du wohl. Ich dachte, du wärst die ganze Zeit über in irgendeiner Höhle gelegen. Im Koma. Und dass die Einheimischen dich versteckt halten und sich fürchteten was zu sagen," platzte ich heraus.

"Oh bitte, das ist ja lachhaft. Ich war zwar bei Menschen, aber ich wollte dort sein." Zwei Jahre lang?

"Lachhaft? Was hätte ich denn sonst denken sollen? Dass du in so einer Art parallelem Universum steckst?"

Sie sah mich an, als hätte ich nicht alle Tassen im Schrank.

"Ich hab' dich ja so vermisst," sagte sie schnell und umarmte mich spontan. "Lass uns beim Frühstück über alles reden." Und das taten wir dann auch.

Ich stellte vorsichtige Fragen. Das bisschen woran Claire sich erinnern konnte machte zwar noch immer keinen Sinn, aber ich finde, es ist in Ordnung, wenn nicht immer alles Sinn macht. Es war unmöglich das, was uns widerfahren war weiterhin geheim zu halten. Zu viele Leute hatten davon Wind bekommen. In den folgenden Wochen machte Claire große Fortschritte und unsere Geschichte machte Schlagzeilen: Eine junge Britin, von der man angenommen hatte, dass sie im afrikanischen Busch ums Leben gekommen sei, war von ihrer Zwillingsschwester in dem wenig bekannten Land Botswana wohlauf wiedergefunden worden.

Claire war angeblich nach einem Unfall in ein Koma gefallen. Einheimische in einer unzugänglichen Gegend hatten sie am Leben erhalten. Sie erwachte aus ihrem Koma. Ich wurde gerufen. Happy End.

Zudem handelte es sich interessanterweise um die Enkeltöchter eines bekannten Romanschriftstellers. Einzelheiten später.

Aber die Einzelheiten blieben aus und die Öffentlichkeit verlor mit der Zeit das Interesse an der Geschichte - wie immer. Niemand erwähnte Schamane oder irgend etwas, das sich nicht logisch erklären ließ. Und das war gut so. Zumindest standen wir nicht wie Zirkusattraktionen da.

Wir kehrten danach für ein paar Monate nach England zurück. Claire verbrachte eine Woche zur Beobachtung im Krankenhaus, aber die britischen Ärzte konnten genauso wenig feststellen wie unser Dr. Ritter in Motschudi.

Es war wundervoll, meine Freunde und Familie wiederzusehen, aber ich merkte nach einer Weile, wie ich mich verändert hatte. So sehr hatte ich mich verändert, dass ich einfach nicht mehr in mein altes Leben hineinpasste. Claires Rastlosigkeit stellte sich natürlich schon nach ein paar Tagen wieder ein.

Mom und Dad verwöhnten uns und veranstalteten eine Party zu unseren Ehren. Alle heulten sich ordentlich aus und Grandpa kam auch. Er lud die gesamte Familie für eine Woche nach Lake Windermere ein, wo uns die Presse nicht finden konnte. Wir blieben noch zu Dianes Hochzeit in London und schmiedeten dann wieder Reisepläne.

Claire nahm eine Stellung in Neu-Delhi an und ich zog mit Pauli nach Joburg, wo wir ein Jahr lang eine Gartenwohnung mit Emily teilten. Dann heiratete sie Craig und ich lernte bei der Hochzeit meinen zukünftigen Ehemann kennen. Er war ein Freund des Bräutigams und nicht nur einfach gutaussehend, sondern auch treu und intelligent. Endlich war ich glücklich verliebt und das bis heute.

Die meisten meiner Freundinnen heirateten und eine ist sogar schon wieder geschieden.

Emily und ich leben noch immer in Südafrika und wir sehen uns oft. Ihre beiden Töchter sind etwa im gleichen Alter wie meine beiden Racker. Oh ja, und ich lernte doch tatsächlich von ihrer Mutter, wie man Quilts näht!

Übrigens heiratete Sahida ein Jahr nach mir. Einen irischen Künstler mit gefärbten Haaren!

Gaby verließ Botswana ziemlich bald nach uns. Sie blieb ein paar Wochen in Deutschland, dann wurde sie nach Thailand versetzt. Ich besuchte sie dort während meiner Flitterwochen in Phuket. Sie war immer noch genauso fröhlich und spielte wie immer leidenschaftlich Tennis. Danach verbrachte Gaby ein paar Jahre in Canberra und ging dann nach Buenos Aires. Sie schrieb mir neulich, dass sie sich mit einem deutschen Geschäftsmann aus München verlobt hat. Ich werde wohl im August zur Hochzeit nach Argentinien fliegen.

Kgomotso heiratete endlich ihren William Konenga und landete einen gutbezahlten Job in der Computerindustrie. Sie zogen nach New York und bekamen einen Sohn. Kgomotso schickt mir manchmal E-Mails und Bilder.

Traurigerweise habe ich den Kontakt zu fast allen anderen Bekannten aus meiner Botswanazeit verloren, aber so ist halt das Leben.

Ich habe nichts als Worte, um zu beschreiben, wie sich mein Leben in Botswana abspielte und die andere Sache, die ich nie wirklich verstehen konnte: das 'Land der Vorfahren'.

Ab und zu kommt mich ein recht wichtiger und weiser Sangoma aus Soweto besuchen. Er weiß, dass das, was ich erlebt habe der Wirklichkeit entspricht. Natürlich kann ich unseren Freunden hier in Johannesburg oder in England nicht vom Abzu erzählen. Die würden mich sonst bestimmt für verrückt halten.

Claire reist immer noch in der Weltgeschichte herum und hat eine Zeitlang in Indonesien für ein Hilfswerk gearbeitet, bis das mit dem Tsunami passierte. Wir sind uns jetzt viel ähnlicher als vorher. Manchmal ist sie monatelang auf Reisen und ich höre nichts von ihr, aber das ist jetzt in Ordnung, weil ich fühlen kann, dass es ihr gutgeht.

Ich habe das Gefühl, sie kehrt sogar ab und zu mal wieder in das Abzu zurück. Wer weiß. Zugegeben hat sie es jedenfalls nie.

Mit Tony ist sie nicht mehr verheiratet, aber die beiden sind noch gute Freunde. Tony lebt schon seit einiger Zeit mit seiner japanischen Frau in Australien und es scheint ihm dort gutzugehen.

Auch die Dinge um uns herum verändern sich ständig. Europa holt Botswana so langsam ein, was Hitzewellen angeht und das Botswana, das ich damals kannte, hat sich auch stark verändert. Die Trans-Kalahari Autobahn durchschneidet jetzt die Wüste dort, wo ich noch auf der alten Sandpiste entlang gesaust war. Gaborone ist schon lange keine Kleinstadt mehr und fast nicht wiederzuerkennen. Ständig kommen neue Stadtteile hinzu - und Hotels und geteerte Straßen.

Aber wie ich hier so saß und auf meinen wilden Garten in Johannesburg hinausblickte, konnte ich immer noch die Wildnis spüren. Den Geruch der Erde und der Pflanzen zum Beispiel oder die wilden Sommergewitter.

Es gibt auch auf dieser Seite der botswanischen Grenze viel Schönes und große Weiten zu entdecken. Ich habe meine ersten Löwen und Leoparden aber erst letztes Jahr im Krüger Park aus der Nähe gesehen. Der Busch ist mir vertraut. Schließlich habe ich in der Kalahari gelebt und hörte den Gesang der Eidechsen. Und wir Lekgoas erleben so etwas nur selten.

Draußen dämmerte es schon und ich sah, wie gelbliche

Wolken mehr Sommerregen für heute Nacht ankündigten.

War ich etwa im Sessel am Fenster eingeschlafen? Das Scheidungsurteil starrte mir vom Computerbildschirm auf dem Schreibtisch entgegen. Oh je, das musste heute noch fertig werden! Bald würde auch Peter mit den Kindern nach Hause kommen.

Ich stand auf und streckte mich, ging mit meiner Teetasse in die Küche und legte ich den Telefonhörer wieder auf.

Wenige Minuten später begann das Telefon zu klingeln - und diesmal antwortete ich.

Ende

Singende Eidechsen

DIE AUTORIN

Evadeen Brickwood wuchs in Deutschland mit zwei Schwestern auf und studierte dort Sprachen und Kulturwissenschaften. Als junge Frau unternahm sie ausgiebige Reisen ins Ausland und viele ihrer Bücher basieren auf Erfahrungen, die sie bei diesen Gelegenheiten sammelte.

Die Autorin zog 1988 nach Afrika, mit einer Ausbildung zur Übersetzerin und einer ordentlichen Portion Abenteuerlust im Gepäck. Sie arbeitete zwei Jahre als Sekretärin und Sprachlehrerin in Botswana und beschloss dann, sich in Südafrika niederzulassen.

In Johannesburg traf sie ihren deutschen Mann, heiratete und bekam zwei Töchter. Evadeen Brickwood studierte Informatik und Training-Management, arbeitete als freiberufliche Software-Trainerin und Beraterin für Firmen, als Übersetzerin und Referentin an der WITS-Universität.

Im Jahr 2003 begann sie mit dem Schreiben von Romanen und wurde in Südafrika von zwei Verlagen veröffentlicht. Zunächst Jugendromane in der Reihe „Erinnerung an die Zukunft", in der es um Abenteuer und verlorene Zivilisationen geht, dann auch Romane für Erwachsene. „Singende Eidechsen" ist Evadeen Brickwoods Debüt-Roman in deutscher Übersetzung.

Wie Dieser Roman Entstanden Ist

Als ich im Jahr 1988 anfing, in Botswana mein Tagebuch zu schreiben, war ich eine junge Übersetzerin, die mit ihrem Freund von Berlin aus nach Afrika in ein kleines Dorf gezogen war. Wahrscheinlich half es mir das zu verarbeiten, was mir alles so zustieß.

Als Erstes fand ich heraus, daß mein Freund sich veränderte, Affären hatte und keinen Grund darin sah, es zu verbergen. Er wurde auch gewalttätig, kurz bevor ich in die Hauptstadt Gaborone zog, um dort mein Glück alleine zu machen. Hier fand ich viel Unterstützung, aber Menschen, die mich nicht einmal kannten, waren auch sehr voreingenommen. Letztendlich zog ich über die Landesgrenze nach Johannesburg.

Die Erfahrungen hatten mich stärker gemacht und mein Glück begann sich zum Besseren zu wenden. Damals hatte ich allerdings noch keine Ahnung, daß mein kleines Tagebuch mit Ortsangaben und Geschehnissen eines Tages zur Grundlage von "Singende Eidechsen" werden sollte.

Ich brachte das Schwestern-Thema ins Spiel, da meine Schwester Barbara, die nur ein Jahr älter ist als ich, endlich erfahren wollte, was sich in den ganzen Jahren zugetragen hatte. Den Rest habt Ihr meiner Fantasie zu verdanken.

Ein Großteil dieses Romans ist reine Erfindung, aber ich habe natürlich viele meiner eigenen Erlebnisse darin verarbeitet. Die singenden Eidechsen gibt es wirklich und gehören meines Wissens nach zu der Familie der Kalahari-Skinks. Das südliche Afrika ist wunderbar, aber auch wild und herausfordernd - und ich lebe hier immer noch.

Evadeen Brickwood

Weitere Romane von Evadeen Brickwood:

Erwachsenwerden während der siebziger Jahre ist schon schwierig genug und die eigenwillige Isabell Bertrand muss zu allem Überfluss auch noch zur Hypno-Therapie. Könnte diese in Seidensaris

gekleidete Schönheit wirklich einmal sie selbst gewesen sein? Isabell geht weiter ihren eigenen Weg und unternimmt Reisen, wann immer es geht. Als sie dann aber mit neunzehn zu einer Hochzeit nach Pakistan eingeladen wird, ereignen sich unerwartete Dinge.

… und eine neue Geschichte aus Südafrika. Diesmal erschüttern die Morde an einem Ranger und einem seltenen Nashorn die ländliche Gemeinde von Rutgersdrift und die Polizei tut sich mit der Aufklärung schwer. Als in Johannesburg ein weiterer Mord passiert, lassen sich lange gehegte Geheimnisse nicht länger verbergen.

Die Webseiten der Autorin sind:

http://www.evadeen.wixsite.com/novels
http://www.evadeen.wixsite.com/youngbooks
http://www.evadeen.wixsite.com/charlieproudfoot

Man kann sich auch online mit Evadeen verbinden, und zwar u.a. bei Facebook, Amazon, Twitter, Pinterest, LinkedIn, google+, Goodreads und Instagram.

Singende Eidechsen

**Diese Bücher sind im Internet und in jedem guten
Buchgeschäft erhältlich.**

**Als E-Buch gibt es sie bei Smashwords, Amazon, Takealot,
Loot, Kobo, Tolino, Kindle, Apple i-Store u.a.**